JN081855

久間十義

Hisama Jugi

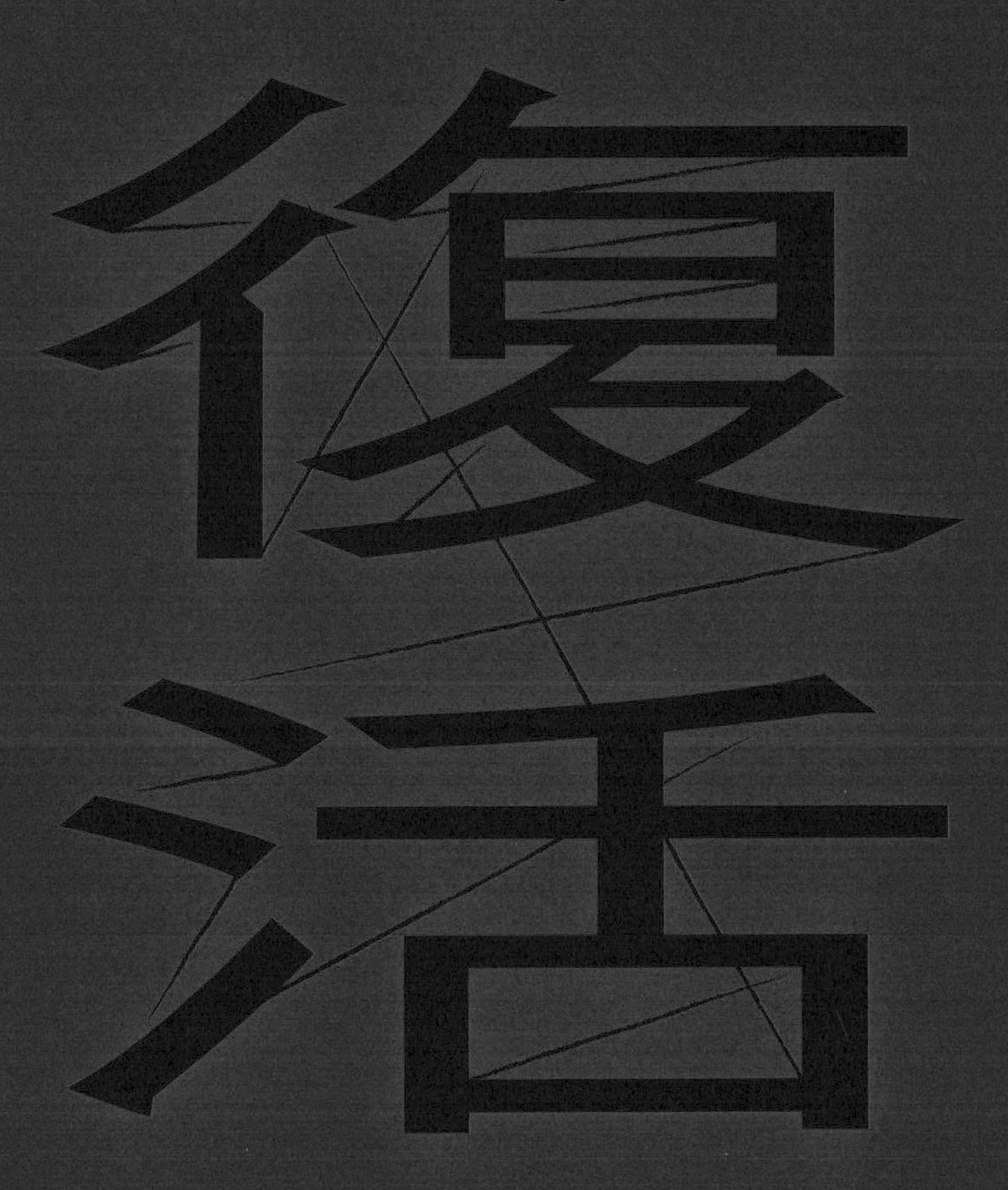

日本経済新聞出版

復活

久間十義

この物語はフィクションであり、著者の創作である。
実在の人物、組織・団体、諸制度等とは関係がない。

プロローグ

男は帰ってきた。男の乗った貨物船が東京湾に入り、横浜の埠頭が見えてきたのは午後の五時過ぎ。晴れ渡った夕暮れの空が、日没の揺らめきの中で茜色に染まっていた。

デッキにたたずみ、陸(おか)を見つめて全身を夕陽の朱にゆだねている男に、声がかかった。

「ホルヘ！」

振り向くまでもなく、その声はコレガ（同僚）のハンセル・コファンコのものだった。常雇いの甲板部員ハンセルは、新入りで急遽マニラから乗り込んだ男の教育係でもあった。いつもの唄うような調子で訊いてきた。

「ホルヘは横浜は初めてか？」

ホルヘと呼ばれた男は、おもむろに同僚に頷(うなず)き返した。

「ああ、日本は初めてだよ」

流暢な英語でそう応えながら、男は自分がホルヘ・エストラーダと名乗るミンダナオ出身のフィリピン人であることを改めて意識した。マニラで生まれたハンセルは、実は男の出自が日本であるとは、今の今も知らないはずだった。

「夕陽がそんなに珍しいのか？　さっきからぼーっと眺めているけれど、夕陽はマニラ湾が一番だろう？」

　おしゃべりなハンセルはフィリピン人なら誰もが当たり前に信じて疑わない事実を、躊躇（ためら）わずに口にした。じっさいマニラの夕陽は真っ赤に燃える色合いがひときわ素晴らしい。湾口にせり出したバターン半島の紫色のシルエットを背に、群青色の空を深紅に染めながら、南国の太陽がどろりと海に沈んでゆく。

「うん、夕陽はマニラ湾が一番だよな」

　男がそう頷くと、ハンセルは嬉しそうに黄色い歯をむき出して笑った。

「これからは忙しくなるぞ。今夜はお前と俺とでワッチ（見張り）だし、朝からの荷役をサボるわけにはいかねぇしな」

　ハンセルの言葉に生真面目に頷き返し、そのついでに男は気（け）どられぬように両の目を瞬いた。そうだ、これからは忙しくなる。やっと俺は帰ってきたのだから……。

1　セブ島

日本に帰ってきたらまず何をするか、何をせねばならないか？　男はすでに何十回、何百回も、いや何千、何万回もこのことを自らに問い、反芻してきた。

男が日本を離れてすでに十五年が経っていた。初めは何のことはない、海外に新規投資案件を求めるための、出張を兼ねたフィリピン小旅行のはずだった。

「セブの不動産はこれから儲かりますよ」

そう知り合いの投資ブローカーに囁かれて、まずは男の会社の副社長兼ＣＯＯだった長瀬がこの話に乗った。

「社長、ここは絶対に分散投資ですよ」

と長瀬は男にブローカーの口真似をした。「なあに、会社の金庫にカネは唸っているんだから、いまのうち少々海外に投資しておきましょうよ」

いまになってみれば、よくわかる。あれは男の会社が内部留保していたカネほしさに、ブローカーや長瀬たちが仕組んだ芝居だったに違いない。十五年前、投資話が出た当初も、彼らのいま一つ不審な動きを男は少なからず警戒したはずなのだった。

それでも何も気づかぬ振りをしてフィリピンに飛んだ。当時、男の会社は有卦に入っていた。株式公開によって得たカネを原資にＭ＆Ａ（合併買収）を繰り返し、会社が急速に大きくなっていったからだ。

むろんこのM&Aを快く思わない連中がいることは知っていた。それまでM&Aといえば、その分野でのシェアを大きくするために同業他社を買収したり、あるいは行き詰った他社を吸収合併する、というのが通り相場だった。だが男がやったのは違った。業種を問わず、買収できそうな会社はどんどん買っていったのだ。

ちょっとした賭けだった。株式公開によって得たカネが原資では、とても足りなくなるくらい、男は激しくM&Aを繰り返した。実は買収は手持ちの現金や借り入れなどではなく、株式交換という手法を使った。自分の会社の株を新規に発行し、買収する会社の株と交換したのだ。本来ならばそうやって発行済み株式が増えると、自社の株は希薄化され株価が下がるはずなのに、なぜか男の会社はそうならなかった。

じっさい会社の株価は下がるどころか、逆にM&Aの度毎に高くなっていったのだ。その理由の一つには、男の会社がいわゆるIT企業であり、一時期、株価がバブルになるほど持て囃された業種だったということがある。ヤフーやライブドアを思い出してほしい。一時期、株の世界では、そういったIT関連銘柄が評判を呼んで、小さなバブル景気のような現象が起こったのだ。

そのITバブルで、最後の最後に間に合って株式公開した新興企業が、何を隠そう男の興した会社（デジキッズ）だった。当時はITとかネット関連といえば、中身にかかわらず世間はその会社の株を欲しがった。海のものとも山のものとも知れぬ商売（ホームページの作成請負業）だったにもかかわらず、男の会社は注目を浴びていたのだ。

　その会社が果敢にM＆Aをする。小が大を飲み込むというが、業態なぞお構いなくどんどん大きくなる男の会社に、株式市場はもろ手を挙げて好感した。しかも男の会社は広報が上手かった。次にはこれこれの会社を買い、その結果の業績はこうなります、とあらかじめ誇大に宣伝したから、評判が評判を呼んで株価が高騰していった。

　もちろん、この話には裏がある。実現が定かでない売り上げ（見込み）を発表してみたり、会計制度を利用して原価計上を先送りしたり。「株価の極大化」のために、あらゆる手段を駆使して、高株価を演出していたのだ。

　これを詐欺まがい、いや、はっきり違法、と糾弾するのは簡単だ。しかし男はこれを合法すれすれで行っていると自負していた。一歩間違えば犯罪になるぎりぎりのところで踏みとどまり、会社を大きくする。大昔から誰もが資本の本源的蓄積（！）を行う際には通る道筋のはずだった。だが、長瀬はじめ男の会社の幹部たちは、この強引な商売にいつしか怖気を震い始めていたらしい。セブ投資を口実に、彼らは密かに男の排除を図ったのだ。

　社長の排除――幹部たちの企みが分かっていて、あえて男は彼らの誘いに乗った。幹部たちの中で自分に最後までついてくる信頼できる部下は誰なのか？　長瀬はもはや信用できないとして、男を信奉する幹部たちも確かにいるはずで、誰が敵で誰が味方か？　それをあぶりだす必要性を感じた男は、逆にこのフィリピン投資を絶好の機会と踏んだのだった。

　かくしてフィリピンに向かった一行は、くだんのブローカーの山本、副社長の長瀬、財務の掛川、広報の黒木、秘書室長で紅一点の金森、そして社長である男の六人。現地のセブでは日本の大手商社の駐在員や、地元の不動産業者と落ちあう手筈になっていた。

セブはフィリピン中部のビサヤ諸島にある島で、南北に二百キロ以上にわたって延びる細長くて大きな島だ。人口は三百万人ほど。面積は約四千五百平方キロ。周りをマクタン島をはじめとした小さな島々に囲まれている。

投資案件はリゾート・ホテル。ホテルは島の中部の東海岸に接するマクタン島にあった。そこには国際空港や経済特区、ショッピングセンターが集まっていて、美しい浜辺やダイビングスポットもあった。

「どうです？　これを見たら、もうハワイなんか投資できなくなりますよ。何しろハワイの何分の一かで、そこそこラグジュアリーなホテルが手に入るんですから。収益も二〇パーは保証できます」

日本の商社の現地駐在員も請合って、続けた。「現地の言葉はタガログ語じゃなくてセブアノ語ですが、英語も通じます。もともとマゼランが世界一周のとき到達したのがセブですからね、スペインの文化やカトリックはここでこそ根を張ったわけで、日本人が好む異国情緒はばっちりですよ。日本のＯＤＡ（政府開発援助）も入っていますし、後顧の憂いはありません」

かくして一行は、心行くまで南国の夜を楽しみ、案件については「ぜひとも肯定的に検討を」ということで、長瀬と黒木、掛川が日本に帰っていった。男はこの時点で、注意深く幹部たちの出方を窺ったのだ。

「明日はアイランド・ホッピングに行きましょう」

と投資ブローカーの山本は、男たちのために設けた夜の接待の場で、フィリピンの極上の女たちを侍らせながら上機嫌で告げた。マクタン島からボートに乗ってセブ島近郊の離島を巡ろうというのだ。

「よく白い砂にエメラルドグリーンの海って言いますけど、お連れするのは透明度が抜群の海です。そこでシュノーケルをつけて体験ダイビングをするんです。熱帯特有のブルーやオレンジに輝く美しい魚が群れている光景なんて、もう極楽ですよ。みんなでワイワイやって、ゆったりと流れる豪奢な時間を愉しみましょう」

放っておけば、まだまだ話が続きそうだったが、男は皆まで言わせずに、明朝のホッピング開始時刻と、その後のコースについて詳しく尋ねた。

「そうですね、ちょっと早いですが、朝七時までに朝食を済ませて、ソルパ島、ヒルトゥガン島、パンダノン島辺りを回りますか。軽く潜水った後のお昼にはバーベキューがぴったりです。いかがです？」

ブローカーが現地の旅行業者に言い値でつくらせた贅沢な遊びの日程を、つぶさに確認して、男はその後、秘書室長で腹心の金森をホテルの男の部屋に呼んだ。

「ちょっと頼まれてくれるか」

「何ですか、改まって？」

実は金森迪子と男とは過去に男女の仲だった。起業し、会社を大きくして、株式公開に漕ぎ着けるまで、彼女は文字通り男の片腕として秘書課を仕切ってきた。途中でお互い納得ずくで訳ありの仲を解消し、金森は大学で同窓だった宣伝会社のディレクターと結婚したが、男との同志的関係は維持されていた。だからと言うわけでもないが、上場したとき、彼女は副社長の長瀬とほぼ同じ額の売却益を手にしたし、社長である男に面と向かって意見ができる女傑、と社内ではみなされていた。

「実は……」

と耳打ちした男に、金森は頬を赤らめて、つよく頷いた。「社長、大丈夫です。この私にお任せください」と。

金森ならば信頼していい。間違いなく自分の指示を守って、思惑通りに事を運んでくれるだろう。そう信じ、彼女が退室してすぐ、男は東京に一報を入れた。当時、男と恋仲だった年上の女性医師に国際電話をかけたのである。

「もしもし、先生?」

そう呼びかけた女性医師は、彼からの電話と知って一瞬微妙に沈黙した。何か男の身に特別なことが起こっているのでは、と直感したらしかった。彼女は米国で新しい技術を学んだ心臓カテーテルの使い手で、カテーテル手術に必須の危険を察知する能力に長けていた。なぜか分からないが、彼女の目は誤魔化せないのだ。そういう勘が鋭く働く女性だ、と男は以前から感じていた。

「今、セブ島に来ています」

のんびりした口調を装ったものの、男の声にはどこかに強い緊張感が漂っていたのかも知れない。すぐに問い返された。

「どうしてセブ島なんて所にいるの？」

「話をすれば長くなります」

男に対して詳しく訊いてこようとする恋人の言葉に辛抱強く対応しながら、彼は彼女との不思議な縁について思いを巡らさざるを得なかった。

実は女性医師との最初の出会いは、米国ラスヴェガスにおいてだった。心臓カテーテルの学会が開かれたそこで、研究発表に訪れた彼女に、彼は一目で惹かれたのである。彼はといえば、電子商品見本市のコムデックスをクライアント（顧客）とともに訪れて、接待でカジノに遊び、そこで上司の医学者とともに居合わせた彼女に遭遇したのだ。

あのとき俺は……、と男は遠い目つきになった。あのとき自分の起業家としての運を確かめる意味もあって、自分の背後で自分と同じ賽の目にベットした彼女を意識したのだ。この女性は幸運の女神かもしれない。彼女が傍らについていれば、きっと俺に大きなツキが回ってくる、と。

実際、男はそのとき大当たりした。思い切って一挙に五万ドル（五百万円）賭けて、十万ドル（一千万円）当てたのだ。

まったく不思議な成り行きだった。

あのときは感謝の気持ちをこめて、女神の彼女に、男は黄色のチップ（千ドルチップ＝十万円）を強引に押し付けた。

「サンキュー」

そう言われて、よく分からぬままそれを受け取った彼女は、後からチップの額に気づいて、ひどく慌てたらしかった。男に会ったらそれを返そうと、そのチップを換金せずにずっと手元に保持し続けていた。

この事実を知ったのはずっと後。彼女が心臓カテーテルの腕を買われて日本に帰国し、千葉の某大規模病院で働き始めてからだった。たまたまその病院のホームページ作成を請け負ったのが男の会社で、そこを訪ねて二人は再会したのだった。

それからは男の猛烈なアタックが始まった。彼女は男より五歳年上。しかもシングルマザーだった。将を射んと欲すれば、まず馬から。男は彼女の小学生の一人息子と仲良くなり、次第に彼女との距離を縮めていった。野球好きの少年とキャッチボールをし、何くれと世話を焼くうち、ついには躊躇いがちで頑なだった彼女の心も開いてくる気配だった。

そして二人のつながりが深まっていったその頃には、男の起業した会社が大きくなり、株式公開に漕ぎ着けるまでになっていた。かくして毀誉褒貶はあるものの、その後のM＆Aでさらに力をつけた彼は、このとき乾坤一擲の賭けに出ようとしていた。――営利法人は医療法人に出資はできるが議決権は持てない。この事実を承知で、経営破綻した病院に男の息のかかった医療関係者を送り込み実質支配する。そうやって、近い将来、医療の新しいビジネスモデルを構築する。そしてそれが成った暁には、彼女をパートナー（理事長）に迎えた一大医療法人グループを作る。男はそう彼女に告げたのだ。

　そんな大風呂敷を広げなくても……、と渋る彼女を、男はここを先途と説得に当たった。

「いいですか、〝誰もが最善の医療を受けられる医と介護のネットワーク〟が、いままさに求められているんです」

　戸惑う彼女を尻目に男は積極的だった。このとき彼は彼女との結婚を考えて、外堀を着々と埋めていったのだった。


　いまなぜセブにいるのか？　電話の向こう側の彼女が得心していないのを承知で、それでも彼は本題に入った。

「しばらくは先生には会えなくなるかも知れない。……よく聴いてください。私はいったん姿を隠します。姿を隠すけれど、死ぬ訳じゃない。殺されたり、自殺したり、そんなことには絶対にならない」

「どういうこと？」

「いずれにしても、ほとぼりが冷めたら連絡します。いまの私にとって身を隠すのが最善で、先生に約束できるのは、そのうち絶対に連絡する、ということしかありません。……会社の私の持ち株については、もしものことがあった場合は、先生にすべて譲渡されるように手配済みです。万が一そんなことになったとしたら、先生、よろしくお願いします」

男にしてみれば、彼女を信頼していればこそのセリフだった。医療法人グループへの布石は着々と打ってあって、彼女はこのときすでに彼が手に入れた、傘下の心臓カテーテル専門病院の院長だった。電話での「持ち株云々」の言葉は、男が女性医師に自らの強い意志を伝えるための、いわばダメ押しの言葉でもあった。

「いいですね。しばらくすったもんだがあるかも知れないけれど、当初の予定通り、先生はうちの病院グループの理事長になってもらいますからね」

「それはわかっているけれど、でも……」

「もう時間がない、電話を切ります」

あっ、ちょっと待って、切らないで――と、懇願する受話器の向こう側の声を無視して、男は電話を切った。

これでいい。これでいいはずだ、と男は自分に言い聞かせた。男は本気でこのとき、ほんの数日間姿をくらます気になっていた。社長兼ＣＥＯである彼がいったん行方不明となれば、東京の男の会社ではどんな反応が起こるのか？　男を排除しようとしていた幹部たちが誰なのか？　長瀬に加えてどんな連中が噛んでのものか、クーデターの全体像が露わになるはずだし、幹部たちに協力する外部の勢力についても正体が判明するはずだった。

ともかくも賽は投げられたのだ。首尾よく男がホッピングの最中にいなくなれば、後は金森がうまく処理してくれるはずだった。そう信じ、安んじて翌朝、彼はアイランド・ホッピングに出かけた。

一行はブローカーの山本に加えて、日本商社の現地駐在員、現地の旅行業者、それに男と金森、さらにフィリピン人ホステスの綺麗どころ二名が加わった計七名。ふだんホッピング用に使うボートよりもずっと豪華なクルーザーを用意したという触れ込みの船上で、男は自ら姿を消すチャンスを見計らっていたはずだった。

「社長、ここら辺りの海が透明で、一番ダイビングに適しているんです。どうです、ひと潜り？」

そう薦める現地旅行社の添乗員の言葉を受けて、男はよし、と頷いた。潮目もよし、今、ここで決行しよう。

「バディ（一緒に潜る相棒）をつけます。おい、クリスティーナ。お相手させていただきな」

大きな声で若いフィリピン人ホステスを呼んで添乗員は片方の目を瞑(つぶ)った。「クリスティーナは河童です。生まれたときからこの海で泳いで育ちました。万事彼女に任せてください。大丈夫、怖いことなんて一つもありませんよ」

頷いて、男は金森に目配せした。計画は寸分の狂いもない。男は自信ありげにマウスピースを咥(くわ)え込み、クリスティーナとともにエメラルドグリーンの海に身を投じたのだった……。

「ホルへ！」

男はハンセルの声にはっと我に返った。近づいてくる故国の陸を目の当たりにして、知らずに自らの事故――と現地の新聞には書きたてられた――失踪の記憶を男は引きずり出していたらしかった。

「もうそろそろ飯の時刻だ。早いところ食っちまって、夜のワッチに備えなきゃな」

「わかった。今すぐ行くよ」

ハンセルに応えながら、男は思わず叫び出したくなる自分を抑えていた。帰ってきた。俺はついに日本に帰ってきたぞ！

2　恵郁会病院

「鶴見先生は次期病院長人事について、どうお考えですか？　三人の副院長から選ばれるとして、私たちとしては、是非とも鶴見先生に院長になっていただきたいのです」

何気なさを装いつつ、けれど真顔で尋ねた循環器内科の葛西部長に、鶴見耀子は戸惑い気味の声を返した。

「何を仰っているんですか。わたしは院長先生が勇退なさるなんて話は聞いていません。それに仮にそんな事態になったとしても、わたしにはそんな心算(こころづも)りも資格もありませんよ」

葛西は彼女の返答に、首を横に振った。

「いえ、先生には充分に院長になる資格があるんです。鶴見先生が病院に来られてから、うちの科の治療実績がぐんと伸びて、病院の中でもっとも稼ぐ診療科になった。新しい院長は先生しかいません」

「わたしは病院経営に関しては素人も同然ですよ」

と耀子は反論した。「ついこの前にも、理事長にお金を使いすぎると叱られたのをご存知でしょう？　他の部門の先生方もわたしが予算を使いすぎることを苦々しく思っているんじゃないのですか」

耀子のその言葉に、葛西は破顔した。

「もしかして購入してそんなに経っていない16列マルチスライスＣＴを、理事長とやり合って３２０列の最新式に替えたことを言っているんですか？」

「ええ」

頷いた耀子に、うーん、と葛西はわざとらしく困ったような、しかしちょっと嬉しそうな声を上げた。

「でもですよ、あのＣＴは確かにびっくりするぐらい高価ですが、心臓の検査のためだけに利用されるものじゃない。頭部の腫瘍や胸部の炎症、消化器などなど、すべてに適用されます」

「それは、そうですけど……」

「あれは日本にはまだ数カ所にしか入っていませんが、だからこそいいんです。うちの病院には３２０列の最新式のＣＴがある。そう評判が評判を呼んで、患者様が集まってくる。すべて鶴見先生のお手柄ですよ」

もともとマルチスライスＣＴは米国で考案されたもので、耀子が得意とする心臓カテーテル治療では、今や必須の医療機器だ。そのため彼女が強く望んで手に入れたＣＴは最新式。

320枚の身体断面図を同時に撮影し、約八秒で全身の内部を3D画像で見ることが可能になった。

しかも従来に比べ放射線の被曝量は約五分の一。造影剤の使用量もぐんと減ったし、撮影中に不整脈が発生した場合は、それを自動的に検知してX線照射が止まる。高価すぎることをのぞけば、安全この上ない本当のスグレモノだった。

「先生、予算のことは経営陣に任せればいいんですよ。ここは攻勢に出ましょう」

葛西が言葉に力をこめた。「恵郁会病院グループは理事長の青写真通りに行けば、十年以内に北海道、いや国内でも有数の大病院になります。私としてはこのさい、ぜひとも鶴見先生に院長になってもらって、わが循環器内科を心臓カテーテルの一大拠点にしたいんです」

葛西の言いたいことは分かっていた。恵郁会グループはもともと札幌の老人病院が始まりだ。それが北斗医科大学の学長だった野口周作先生がトップに座ってから大きくなった。札幌の奥座敷と呼ばれた定山渓温泉にあるリハビリ病院を買収し、組織を大幅に改編して総合病院へと成長させた。

野口先生がしたことは、まず資本の導入。北斗医大の学長だったために東京や大阪の製薬会社、それに保健省に太いコネクションがあって、道内は言うに及ばず本州からも広く資金集めに成功した。

資金が集まれば次は人材。これに関しては北斗医大閥がものを言った。最初は自分の弟子を積極的に病院に呼んで脇を固め、さらに全国からこの人ならば、という専門の名医を集めて評判を高めた。病院経営における腎臓透析の重要さに気づいて、いち早く透析センターを設けたのも、野口先生の先見の明による。

次いで土地所有。北海道は土地の広さや人口も手伝って、用地買収に関しては比較的有利な環境にあったが、その有利な条件を目いっぱい生かして、恵郁会は札幌郊外に広大な土地を取得したのだ。当初は「こんな広さは必要がない、牧場にでもする気か？」などと陰口をたたかれたものの、それが不動産バブルの際に生きた。土地を担保にあっという間に病棟を何棟も建設。ＪＲの某駅は恵郁会病院で持っている、と誰もが噂するほどの急成長を遂げた。

もちろん、そのツケは早々に回ってきた。バブルがはじけたときの負債額が半端ではなかったからだ。何十億円単位の有利子負債に恵郁会病院は押しつぶされそうになった。

窮地を救ったのは、野口院長が白羽の矢を立てて招聘した春日恒平理事長だった。春日は保健省の元キャリア官僚（医系技官）だった。保健省の留学生としてシカゴの大学院で病院経営を学んだ後、息苦しい宮仕えを嫌い、野口院長の三顧の礼に応えて保健省を辞めた。

彼は医務を離れて理事長として、恵郁会グループの病院すべてを統括し、財務の面倒を見始めた。この時点で、恵郁会グループは実務の野口院長と財務の春日理事長の二頭立てになった。お互いが信頼しあって、強力なスクラムを組んで病院経営に邁進したのである。

二人に共通していたのは保健省の覚えがめでたかったことだ。国立医科大学の元学長である院長と自らの省のキャリア出身の理事長を、保健省は全面的に支援した。その結果、北海道地区のモデル病院として、恵郁会はかなりのフリーハンドを得ることになった。

もっとも理事長はたんに保健省とのつながりだけで、財政を立て直そうとするような軟弱な人物ではなかった。着任に当たって、彼は自分自身に相当額の生命保険を掛け、その保険金を担保に関係金融機関と病院の負債についての交渉をしたのだ。むろん、スタンドプレーとの見方もないではなかった。だが裸一貫、もし何かあったら命を差し出します、という気概をもって金融機関と渡り合った結果、病院の財務は劇的に上向いていった。

とはいえ完璧な調和は長くは続かない。二人の信頼関係は変わらぬものの、最近では周囲の受け取り具合が微妙に変わってきた。院長が年老いて、そろそろ院長職を後進に譲る話が出始めたからだった。

院長の席を襲うのは誰か？　野口院長の北斗医大からの子飼いである綿貫副院長（消化器外科センター長）か、はたまた院長が病院に引っ張ってきた透析センター長の柴田副院長か。この二人が有力だったところに、春日理事長の引きで、新たに副院長になった心カテの鶴見耀子が加わった。

「鶴見先生の経歴は他の二人と比べて医療実務者としての実績が違いますよ。先生だって内心ではそうお思いでしょう？」

葛西部長はそう言って、次期院長の話を端から受け付けない耀子を、何とかその気にさせようと必死だった。

耀子の心臓カテーテル専門医としてのキャリアは、葛西医師が大げさに吹聴している訳ではなく、じっさいに圧倒的だった。米国で修業したカテーテル治療の草分けとして、日本にロータブレーター治療法を持ち込んだのは、何を隠そう彼女自身だからである。

　ロータブレーターは一言でいえば、カテーテルの先端部分がダイヤモンドで出来ている高速回転ドリルだ。冠動脈（心臓の血管）の狭窄病変は往々にして硬く石灰化している場合があるが、その石灰化した血管をドリルで削って血流を甦らせる。まさにカテーテル治療上の決定的な解決策の一つだった。

　ただ、ロータブレーターの効果は絶大だが、いっぽうで重大な合併症も起こりうるため、これには絶大な技量が求められる。この点、日本の治療の草分けである耀子の立場は決定的だった。起きているときは常に放射線防護服を着用して、ハードワークで治療にたずさわる耀子の評判は高く、評判を聞きつけて、彼女の下にはいま全国から熱意に燃えた若手医師たちが集まってこようとしていた。

「葛西先生がそう仰ってくださるのは有難いですが、わたしは病院内でこれ以上の地位は望んでいません。わたしはただ、よりよい治療をしたい。それだけです」

　言いながら、どこか自分の言葉が建前というか、お利口な学級委員然としたものになっているのを、彼女は意識した。

　耀子だって朴念仁ではない。狭い医学界でのこととはいえ、ある種の権力の階梯をのぼる経験をしてこなかった訳ではない。いや、だからこそ、この種の誘いに素直に身をゆだねることに躊躇してしまうのだ。

　彼女は声に出さずに呟いた。ごめんなさい、でも、今の自分はかつてとはまったく違う。何もかも違う……。じっさい、今の彼女の素直な気持ちは、地位や権力に失望し、これを怖がり、忌避している、と言うほうが当たっているのだ。

何もかも十五年前、突然降りかかってきた運命の急変がそうさせた。耀子は一瞬、遠い目をする自分に気がついた。そう、あの日以来、本当にすべては変わったのだ。恋人だった山崎三樹夫がフィリピンで遭難死し、それとほとんど時を同じくして一人息子の譲が突然の事故に倒れた、あの日以来――。

3 耀子

今でも、もし十五年前の一連の出来事がなかったら、自分はまったく違った世界に生きていて、まったく違った意見や感覚で物事を判断していたに違いない。そう耀子は思う。でも、すべてはもう昔のようにはいかない。かつてそう信じていた全ては変わってしまったのだ。

まだ心のどこかでその事実を拒否する自分がいる。だが、それでも恋人は異国で亡くなり、息子は札幌で行われたリトルリーグの試合で、打球を胸に受け、意識不明の危篤状態に陥ったのだった。そして、その後にやってきた恋人の会社のスキャンダルの数々――。

死んだ恋人は被疑者死亡で書類送検され、実質的に裁かれることはなかったが、会社は一時期、市場の監理ポストとなった。彼から贈与された株はその後、訴訟もあって手放さざるを得ず、気がつけば耀子は重篤な容態の息子を抱えて、故郷の北海道へと戻らねばならなくなっていた。

病床の息子とともに耐える生活に光が差したのは、それから一年以上も後。息子がゆっくりと回復に向かっていったことで、耀子は心の動揺を抑えて、何とか札幌の恵郁会ホープ病院で職を得て働き始めたのだった……。

耀子は葛西に向かって小さく頬笑んだ。

何も知らない傍からは、彼女は何の不自由もない治療環境を与えられて、勝手気ままに振舞うカテーテル治療の地方ボスのように見られているかも知れない。だが、それは単なる見かけであって、彼女自身には言うに言えない、それなりの苦悩があるのだ。


息子の譲は有難いことに一命を取り留め、その後の病院関係者の懸命な治療とリハビリで、なんとか旧の生活に復帰することができた。意識の混濁が余りに長く続いたので回復後も長期間の入院が必要だったが、実質三年遅れになった学業は、本人の努力と家庭教師たちの督励のおかげで何とか挽回した。そして時間はかかったものの、高卒認定試験を経て、運よく大学に入学した。しかも受かったのは耀子の母校の国立北斗医大だった。

「おめでとう」

合格したとき、そう譲に声をかけたが、「ありがとう」と返してきた息子の言葉に彼女は思わず涙がこぼれそうになった。母一人子一人で育った息子が思わぬ事故にあい、一時はもう二度と言葉を交わすことはできぬと覚悟をした。それがこうやって医学生となった息子の姿を目の当たりにできたのだ……。

このとき息子は身長が一八〇センチを超え、透き通って青い、と感じるほどの瞳が眩しい二十歳の若者だった。

「僕はこれで四代目の医者になる準備をするわけだね」

と洩らした譲の言葉に、耀子は彼女の祖父、父、自分、そして息子と続く鶴見の家の血筋に、ちらりと思いを馳せた。

耀子の祖父は今はなき満州帝大の医学部卒で、戦後、引揚げた北海道の富産別で個人医院を開業した。息子である耀子の父は北斗医大で心臓外科を学んだ。そして日本で初めて心臓移植を試みた教授にしたがって日本女子医大へと転出したが、耀子が幼い頃、交通事故に巻き込まれて亡くなった。三代目の彼女が東京の日女医大で研修医生活を送ったのは、事故死した父の面影を求めてのことだったようにも思う。

そんな耀子に決定的なアクシデントが襲ったのは、日女医大で研修医生活を終えようとしたときだった。当時、彼女には付き合っている先輩医師がいたのだが、彼は主任教授の娘との結婚を選び、耀子をあっさり捨てたのだ。耀子は失望して自分の男を見る眼のなさに気落ちしたが、彼女にさらに追い打ちをかける面倒が起こった。妊娠していたのである。

どうしよう？　苦悩に引き裂かれた耀子だったが、逆にお腹の赤ん坊が彼女の生きる糧となった。耀子は誓った。私はこの子のために、生きる――。

彼女はお腹の子の父親である医師には一切知らせず、その後、米国へ留学。かの地でシングルマザーとして譲を産んだ。そして、そこで先達のドクターたちに援けられ、心臓カテーテルの先端技術を学んだ。思えば、まさに天の配剤のなせる業だった。心カテの最新技術であるロータブレーターの学会発表のため、訪れたラスヴェガスで彼女は、運命の人となった起業家の山崎三樹夫と出会うことになったのだから。

三樹夫は情熱的だった。

もう恋なんてしない、と自らに言い聞かせ、意識的にも、無意識的にもその種の男女関係を拒否していた耀子の心に、彼は持ち前の行動力で有無を言わせず入り込んできた。彼女はたじたじとなった。臆面もなく、あからさまに三樹夫に言い寄られて、まごつき、どう反応していいのか分からなくなった。

「先生、今度私の会社の株を持ってください。株数なんていくらでもいいんです」

そう三樹夫から強引に言われて、応援するつもりで株式公開前に彼の会社の株式を引き受けた。

上場後にはＩＴバブル崩壊による彼の会社の低迷と、その後一転して堰を切ったようなＭ＆Ａの成功に一喜一憂もした。そして、次いで起こった病院買収の話に彼女は困惑した。三樹夫の言葉に、どこか絵空事を聞いているような心持ちが強くなっていった。

「よく聞いてください。私はいくつか経営破綻した病院を買収して、グループを作り上げるつもりです。日本にはすでに徳洲会のような巨大な病院グループも存在するわけだし、いかがです？　悪いアイディアじゃないでしょう？」

彼は怖気づく耀子に、特別誂えの柔らかな微笑を返して告げた。「いいですか、覚悟してください。私が病院グループを発足させた暁には、先生には中核病院の院長とグループ全体の理事長を兼任してもらいますからね」

「嫌よ、そんなものになるのは」

「何を言っているんですか。私たちは〝誰もが最善の医療を受けられる医と介護のネットワーク〟を目指しているんですよ。先生はそこで思う存分腕を振るってください」

そんなやり取りがあって、耀子は彼が買収した関連病院の院長になった。そのことが本当によかったのか、どうか……。

4　譲と絵里花

「ごめん、待った？」

目印の大通駅5番出口のオブジェ前は、地下なのに地上からの外光が差し込んで、柔らかな陽だまりになっていた。ベンチスペースの近くで、ぼんやりと光の氾濫に身を委ねていた譲の頭上から声がかかった。

譲は顔を上げ、緩やかな螺旋になった階段の上から声をかけてきた絵里花に微笑んだ。

「いや、僕も着いたばかりだよ」

「よかった。遅刻したら大変って、すごく焦っちゃった」

　絵里花は初秋にぴったりの茶色のジーンズに、赤いジョーゼットのブラウス、それにふわっとした杉綾織のブレザーといった服装で、肩からバッグを斜め掛けにしていた。数年前に札幌の大学を卒業した彼女は、今は母校の図書館の司書をしている。ふだんは本に埋もれて、お化粧っ気のない仕事をしているのに、今日はいかにも若い女性らしい鮮やかなファッションに身を包んでいた。

　彼女の姿を眩しそうに見返して、譲が応えた。「そんなに慌てなくても、ここは光が一杯だし、のんびり待っていたよ」

「あら、そうなの」

　と絵里花は驚いたように言った。「小学生のときは、わたしが待ち合わせに遅れたら、譲くんはもうどんどん歩いて行ってしまって、なかなか待っててくれなかったじゃない」

　譲は笑った。「それは僕が子供だったからだよ。もうだいぶ大人になったからね」

「ほう、そんなに大きくなりましたか？」

　と絵里花がちょっとおどけたように言った。「そういえば確かに背格好だけは私に負けないわね？」

　絵里花は身長が一七〇センチ近くある。だからいつも履いているのはヒールの低い靴。亡くなった彼女の母親のキャシーがアメリカの出身で彼女に負けないほど大柄だし、父親の健吾も大男。だから絵里花の背が高いのは当然と言えば当然だったが、それでも普段は自分の背が並の女性たちより高いことを、必要以上に気にしていたのだった。

　顔つきもハーフの美少女そのものだったせいもあり、実は彼女は高校生の頃、タレントにならないか、とスカウトを受けたことが何度かあった。住んでいたのが富産別という北海道の小さな町なのに、美少女コンクールに出ないかとか、十代の少女向けのファッション雑誌の専属モデルになりませんか、とか……。

　富産別は馬産地で、セリや牧場の見学に馬主や関係者ばかりでなく多くのファンが訪れる。中にはお忍びでやってきた女優やタレント、そして彼女たちが所属するプロダクションやテレビ業界の人間がたくさんいて、「小田島牧場に美少女あり」との評判がたったからだった。

　でも絵里花は――そして彼女の両親も――そんな話を、きっぱりと断ってきた。絵里花にしてみれば、日本人とアメリカ人のハーフに生まれた自分が多少なりとも日本人離れした美貌や均整の取れた身体を持っていることが、逆に悩みの種だったのだ。周囲と同じでない、ということで苦痛を覚えるほうが断然多かった。

　だから少女の頃から大げさに言えば、彼女は周囲と折り合えない不安を抱えて生きてきた。そんな彼女を自然なかたちで受け止め、何の偏見も持たずに接してくれたのが譲だった。

　譲はアメリカ生まれだ。絵里花の父の幼馴染である譲のお母さんがアメリカに留学していて、そこで彼が生まれた。小学校の途中から日本に帰ってきて、お母さんがお医者様だから千葉の病院の近くで育ったが、譲は夏休みにはいつもお母さんの生まれ故郷である富産別にやってきた。そして絵里花の実家である小田島牧場で過ごした。

譲との夏休みは本当に楽しかった。鈴蘭が群生する牧場の一角で初めて絵里花は彼とキャッチボールをした。譲はとても野球がうまくて、お母さんがラスヴェガスのお土産に買ってきてくれたグラブスミスのグラブを大事にしていた。

「僕はね、3Aの選手でもう少しでメジャーに昇格できたオカンボ選手にキャッチボールを習ったんだぜ」

というのが彼の自慢だった。ホセ・オカンボは譲のナニーであるミセス・マリア・オカンボの息子だった。ホセは怪我が原因で3Aを引退して、地域のリトルリーグの世話人をしていたが、ミセス・オカンボがまだ小さい譲をホセに引き合わせた。かくしてホセが幼い譲のキャッチボールの相手をしたのが、譲が野球に親しんだそもそもの始まり、という訳だった。

「僕のチェンジアップは、ホセおじさんの直伝だよ」

そう言って一歳年上の女の子に、もっと強く、そう、そうやって振りかぶるんだ、などと小学生の譲はキャッチボールの手ほどきをした。

「わたしは女の子よ。お転婆になるから、野球なんてしちゃいけないのよ」

「そんなことないよ。アメリカではリトルは四歳から入団可能だし、女の子も男の子といっしょに野球をやっているよ」

「ほんと？」

「うん、小さいときは女の子の方が上手かったりするし……、絵里花ちゃんだって周りに気を使わずに、どんどん強いボールを投げればいいんだよ」

自分の性格を見抜かれて、絵里花は動揺した。母親である耀子おばさんに似て、譲には単刀直入なところがあった。必要と思われることは何の躊躇いもなく口にして、含むところがまったくない。それが絵里花には嬉しく、譲といるときはだから、何の気兼ねもなく素の自分をさらけ出せたのだった。

譲もそんな絵里花の気持ちが分かるのか、二人でいるときは夢中でお喋りしたり、遊んだりした。草いきれでむんむんする夏の牧場の周辺を二人して歩き回り、母馬に寄り添う仔馬たちの姿を飽かずに眺めたのはその頃のことだ。しかし楽しい夏の思い出は、あるとき暗転した――。

譲がピッチャーをしていて、相手のバッターが打った球の直撃を受け、意識不明の重態に陥ったのだ。リトルリーグの全国大会が札幌で開かれたときのことだった。

六年生になっていた譲はリトルの千葉代表チームのエースだった。最速一三〇キロを超える本格派のピッチャーとして前評判も高く、アクシデントがあったその試合では、初回にホームランもかっ飛ばしていたし、パーフェクト・ピッチングで相手チームを抑えていた。

それが何のことはない、最終回の六回ツーアウトまでいって、ピッチャー返しの打球の直撃を胸に受けた。絵里花はその瞬間を今でもありありと思い出すことが出来る。朝早くに富産別を出発して、親子三人で円山球場の一角に陣取り、応援観戦していたからだ。

譲はキャッチャーのサインを覗き込み、白く端整な顔をぽっと紅潮させて、武者人形のようにマウンドに立っていた。振りかぶって、綺麗なフォームから投げ下ろされた白球が糸を引くようにミットに向かう。そして金属バットの硬質なインパクトの音とともに、球はその倍速の力で撥ね返されて、彼の胸元に飛び込んだのだった。

——危ないっ！

思わず観客の何人かが叫ぶ声が聞こえ、悲鳴があたりにたちのぼった。絵里花の耳にはその悲鳴がハレーションになって飛び込み、視界が一瞬、真っ暗になった。

譲はマウンドに倒れたまま、動かなかった。審判が試合を止め、ドクターが駆け寄って、譲を覗き込み、大会の運営席に向かって大きく腕でバッテンを作った。担架が出て譲を運んでいったのは、決してそんなに長い時間がかかってのことではなかったはずなのに、絵里花には永遠にも似た長い時間のように思われた。

「譲くんのところへ行くぞっ！」

父親に急き立てられ、母親と三人で慌てて、どこをどう通ったのか分からないが、球場のダッグアウト裏へと出た。

「すみません。鶴見譲の関係者です！」

父親が叫んで担架に駆け寄った後、しばらくして救急車がようやく到着した。

後で分かったことだが、譲は病院へ運び込まれたときには、すでに心臓が止まっていた。救急車の中では救急救命士が必死に心肺蘇生を試みた。気道を確保し、心臓マッサージと人工呼吸を繰り返したものの、どうしても自発呼吸は認められなかったという。

けれど譲の身体は強かった。札幌の救急病院のＣＣＵ（心臓疾患集中治療室）に搬送された彼は、全身を管理されて、ボスミン（アドレナリン液）静注と、電気的な除細動を施されて蘇生した。心臓の拍動と自発呼吸が戻ってきたのだ。

しかし悲しいことに、意識が戻らなかった。東京から耀子おばさんが駆けつけたときには、ＣＣＵのベッドに横たわった譲は、静かに目を閉じ、頬がバラ色を帯びて、穏やかに微笑んでいるようにも見えた。

「息子が心停止していた時間はどのくらいですか？」

そう尋ねた耀子おばさんに医師たちは、はっきりとはしないけれど、ものの十分かそこいらではないか、と応えた。

「十分……」

脳は血流が四分間途絶えただけで重篤な脳障害を起こす可能性があるという。耀子おばさんは絶望的な気分に陥り、しかし、ＣＣＵの外で待っていた小田島家の面々につぶやいた。

「わたしは、諦めない……。諦めるもんですか……」

必死に感情を押し殺し、低く、絞りだすような声だった。おばさんが言うには、譲くんは医学的には一回死んで、それでなお生き返ったのだった。バイタルだけが戻った状態で、これが三カ月以上も続けば、おそらくは病状は改善不能と判断されるだろう。そしてリハビリ病院でただチューブにつながれ緩慢に死んでいくのを待つしかなくなる。

「でも、絶対にそんなことはさせない」

そう耀子おばさんは絵里花たちに言った。譲はただ深く昏睡しているだけ。生きているし、いまだって昏睡しながらも、自分たちの呼びかけを聞いていると。

その日から必死の治療が始まった——。


動けず、発語せず、ただスパゲッティのようなチューブにつながれて譲はひたすらその身を養った。耀子おばさんの出身大学である北斗医大のスタッフが、総力をあげて譲の治療に当たる幸運にも恵まれて、一と月が経ち、二た月が経ち……、三月目になろうとするある朝、譲は昏睡から目覚めた。

「おはよう」

昏睡している譲にいつものように声をかけた看護師の言葉に、彼が反応したのだ。譲は目を見開いて、彼女のほうに顔を向けた。まるで「おはよう」と言葉を返さんばかりの、自然な反応だった。

「あらっ」

と看護師は声を上げた。半ば驚き、怪しみながら、再び彼に声をかけ直した。「譲くん、気がついたのね？」

譲はその言葉に軽く頷いたように見えた。彼女は動揺を押し隠して、にっこり彼に笑いかけた。「……本当に、本当に、気がついたのね？」

彼女の声が上ずっていた。譲はいまやはっきりと彼女を見つめ、微笑み返しているように感じられた。

譲、目覚める！　――すぐさま連絡が耀子おばさんのもとに入り、たまたま富産別に滞在していた耀子おばさんは小田島家の人々とともに、札幌の病院へと駆けつけた。もちろん絵里花も一緒だった。

譲！　譲くん！　譲ちゃん！　口々に叫んでベッドサイドに駆け寄った四人だったが、昏睡から目覚めたけれど譲の状態はすべてが元に戻ったという訳ではなかった。主治医の説明によれば「遷延性意識障害（昏睡）は改善されたものの、中枢神経機能の回復に遅れがある。このままいくと学習能力や理解能力が戻ってこないかも知れません」とのことだった。

耀子おばさんはこの状況にしかし、逆に戦闘的に行動した。「譲、譲、譲、マミーが分かるわよね？」

彼女は彼に向かってそう呼びかけながら絵里花たちにも、とにかく譲に向かって話しかけてくれ、と懇願した。譲を呼び戻すには彼を愛するものたちの力が必要だと。

結局、譲がすべての能力を回復するまでには、それからさらにまる二年という歳月が必要だった。ゆっくり、ゆっくりと、薄皮をはぐように譲は回復したのだ。

最初、手足はすっかり筋肉が衰えて動かすことが出来なくなっていた。でも、理学療法チームの必死のリハビリで運動能力が戻ってきたし、意識が戻った当初は斑（まだら）でしかなかった人や物事への反応も次第にはっきりしたものになっていった。
たえず話しかけたり、笑いかけたりといった看護チームの努力があったし、病室を訪れる耀子おばさんと小田島の家の人々の粘り強い看護もあった。身体を摩ったり、揺さぶったり、抱きついたり、手や指を強く握ったり……。微笑んで語りかけながら、飽かずに繰り返した結果、譲はそれらの行為に次第に応えるようになっていった。

その間、これは誰にも内緒で、他人には絶対知られたくないある行為を、絵里花は譲に仕掛けた。彼女は中学校二年になったばかりで、たぶん思春期の真っ只中にいたからこそ出来た行為だった。

今でも思い出すと、恥ずかしくて死にたくなるのだが、たぶん譲自身も不分明な意識の闇の中にいたので、それとは分かっていないはずだった。もし彼があのことを覚えていたなら、もう、と絵里花は叫びだしそうになる。――わたしはお嫁にいけなくなっちゃう、と。

彼女はあのとき、看護師たちはじめ誰も譲の個室に入ってこないときを見計らって、譲に向かって上半身裸になったのだ。「ねえ、譲くん。誰にも内緒だからね……。わたしね、このごろ乳房が膨らんできて、痛いの。なんだか、もう子供じゃなくなってきているみたい……、見てみる？」

そう囁きかけながら絵里花はシャツのボタンを一つ一つはずし、着け慣れないブラジャーの肩紐をはずした。そして青いりんごのように固く、まるい、と当時の自分には思われた胸のふくらみを両手で持ち上げて、彼の目の前に晒した。

そう訊いたとき、絵里花の目は挑戦的だったはずだ。
「どう？　わたしのおっぱい……」
ねていた。
「どうしたんだい、絵里花ちゃん、さっきから顔を真っ赤にして？」
気がつけば、すっかり身長が高くなって一八〇センチをこえた譲が、微笑みながら彼女に尋
絵里花はますます頬を赤らめて、ううん、とつよく首を横に振った。何でもない、ほんとに
何でもないのよ、と。それから、ふと思い直して、彼に訊いた。
「ねえ、譲くん、もしかして」
「うん？」
「もしかして、あなた……」
言い淀んだ彼女に、譲は、ひどく面白そうなうなずきを返した。
「もしかして、僕が何なんだい？」
絵里花は肩をすくめた。ううん、いいの。譲くんがあのとき、わたしの乳房を見ていたの
か、なんて訊けない。
あのとき譲は暗く、何もかにもが底なしの沼に沈み込んでいくような、えも言われぬ目をし
ていた。そしてわたしの「見てみる？」と言った言葉を、ほとんど無意味な何かとして拒否し
た。そうでしょう？　あなたは何も見ていなかった。わたしの言葉も理解しなかったし、わた

しの思いも受け付けなかった。絵里花はそう心の中で呟きながら、譲を見つめた。直視した譲は、ばかげた言い方かもしれないが、ひどく美しかった。アイドルのような男の子たちを「美しい」というなら、譲はそれとは少し違う。でも、彼は美しいと言うしかない表情で微笑んでいた。

譲は言った。「ぼうっとしていると、受付をするだけで、一日が終わっちゃうよ」

「そうね、早くしなくっちゃ」

二人はこの日、中の島にある自動車学校に登録しようと、待ち合わせていたのだ。その自動車学校は札幌の中心部へのアクセスが良いので人気の学校で、二十代も半ばを過ぎ、お互い仕事を持って時間の自由がきかなくなっていた二人が、どうせなら一緒に通おうという話になったのだった。絵里花は譲と二人で行動することに、まったく不都合を感じなかったし、それどころか一緒の時間を過ごせる口実が見つかってにんまりだった。そしてたぶん、研修医として忙しい暮らしを始めた譲にとってもそれは同じはずだった。

5　事故

セブの海の中は最高だった。

エメラルドグリーンの水中は、実際は抜群の透明度。群れをなして泳ぐいろいろな種類の魚や、サンゴの群生が、普段よりもくっきりと大きく見えて、しかもすべてはスローモーションで動いてゆくように感じられる。

　手を伸ばせば届く距離で、極彩色の生き物たちがゆらゆらと移動する。男はそれらを眺め、自分もそれらの生き物の一部となって海の中を漂い、何ものかに生かされているような不思議な感覚に襲われた。

　一種の酩酊とも呼ぶべき気分に包まれていたとき、突然、カンカンとタンクをたたく音が聞こえた。バディ（相棒）のクリスティーナが男の反応を確かめたのだ。

　男は握りこぶしの親指を突き出して、大丈夫、ご機嫌だ、と彼女に伝えた。クリスティーナはその様子を見て、まるで笑ったみたいに、いくぶんか体を小刻みに震わせ、くるりと身体を一回転させた。そして誘うように進行方向を人差し指で示した。ついて来い、と言っているらしかった。

　オーケー！

　男は頷きながら、意外と水の中がざわめきに満ちていることを発見して、いまさらのように驚いていた。実を言えば彼にはスキューバの経験はほとんどなかった。ただアメリカで短い期間講習を受けたのと、少年の頃、伊豆の海で連日のようにシュノーケリングをして遊んだ経験があった。

　本当は厳密なライセンスがなければいけないのだろうが、この日、彼は正真正銘のＶＩＰだった。彼が「右」といえば「左」のものも「右」になるような、そんな専横が少なくともこのアイランド・ホッピングには存在していた。

クリスティーナの動きに注意を払い、彼女の後につき従いながら、男はちらりと左手首のダイバーズウォッチに目をやった。ダイヤルの示すところに従えば、二人はもうかれこれ十分近く潜っていることになる。そろそろ連中がやってくる頃だ。

事前の打ち合わせでは、彼らがクリスティーナの注意を惹いている間に、男が彼女の視界から消える手筈になっているのだが……。

クリスティーナが男に振り返って、大きく手を振った。例のクラック（岩の割れ目）に近づいてきたらしい。

潜る直前、ダイビング・ギアを装着しながら、彼女はクラックを見にいこう、と男を誘ってきた。いま潜っている島の近くには素晴らしいクラックがあって、その割れ目から中に入ると洞窟のようになっていると。実はそこは洞窟ではなく、また違った出口から海につながっているのだが、その中に入り込むと、まるで別世界が広がっているのだ、と彼女は言った。

もちろん男に否やはなかった。むしろクラックの出入りを利用して、計画をより巧みに実行することが出来るのでは、と期待した。彼女が男を導いてクラックに入ったとき、男はその海中にぽっかり開いた穴の中に入る振りをして、彼女の視界から姿を消せばいいからだ。

たぶんクリスティーナは待ってもなかなか現れない男に業を煮やして、再びクラックの外に出ようとするに違いない。だが、彼女が外に出たとき、そこには男が事前に手配していた連中がいて、クラックを一時的に塞ぐか、あるいは彼女の視界を攪乱するのだ。彼を捜そうとする彼女は、手配した連中に邪魔されて、彼の行方を見失うはずだ。

男は大きく頷いた。クリスティーナが呼んでいる辺りにゆっくりと移動しながら、依頼した連中を捜す。連中が乗ったボートは男のクルーザーの後を早朝からそっとつけてきているはずだった。雲隠れした男はそのボートで密かにマクタン島の港に帰還する手筈になっている。連中はどこだ？　どこにいる？

男の視界に連中の姿が入ってきたのは、クリスティーナに近づいた彼に、彼女がクラックを示したちょうどそのときだった。遅いぞ。何をしてたんだ。彼女に気づかれるのを怖れ、緊張する男の前で、クリスティーナは、こっち、こっち、と合図して、クラックの中に頭から半身を入れた。よし、いいぞ、今だ。クラックを離脱しようとした男はしかし、次の瞬間、背後から思いもかけぬ力で首に腕を回された。

何だ？　いったい何なんだ？

最初は冗談かと思った。まさか、自分が手配した連中に襲われるなんて夢想だにしなかったからだ。

しかし、突然首に腕を巻かれ、ぐいっと背後に引っ張る強力な力で、連中は本気だ、と直感した。こいつら、本気で俺を狙っている……。

どこをどう動いたか分からない。けれどありったけの力でもがくうち、ふいに首に巻きついた腕がはずれた。しめたっ！　うまい具合に、揉み合ううちに相手に肘撃ちをくらわせた格好になり、この場から逃げようとフィンを蹴ったとき、だが、もう一人の他の腕が伸びてきて、口に咥えていたレギュレーターをひっぺがされた。

完全なパニックだった。目の前で空気の泡が勢いよく広がり口の中にどっと海水が流れ込みそうになる。このままだと息ができなくなる――と頭が真っ白になった。

はっ、と思い出してオクトパスを探り、それを口に持ってきた。これで息ができる、とほっとしたのも束の間、今度は相手に加勢した誰かが、男のスキューバタンクそのものを剝ぎ取ろうとする勢いで襲いかかってきた。男はがくん、と背中から半回転して、そのまま海底に引きずられていった。誰か！　誰か、助けてくれっ！

口から海水が入り、気が遠くなる一瞬、男は頭上の海面から光が一条、差し込んでくるのを見た。ぐるり、と眼球が反転し、万力でぎりぎりと締め付けられるような圧迫を全身に感じた。錐揉み状態で、ぐるぐると渦巻く光に導かれて落ち、ふいに引き上げられてゆく……。そんな奇妙な感覚に包まれて、男は気を失った。

気がついたのは、船の上でだった。

もちろんそこが船であるとは最初、分かりもしなかった。ただ、何人かの男たちが彼の分からぬ言葉で会話していた。タガログ語？　いや、ビサヤ語か、セブアノ語か？　いずれにしても彼のまったく知らぬ言葉で、連中は会話していた。

――おっと、こいつ、海の水を吐き出したぜ。

英語で誰かがそう言ったのが聞こえた。

「おい、起きろ！　死んだ振りなんてしても、いいことは一つもないぞ！」

身体を蹴られ、明瞭な英語が男の頭上に降ってきて、男は静かに眼を開けた。

「気がついたか？」

野太い声音で問い詰められて、男は首を縦に振った。いちいち反応するのが面倒くさかったが、なぜかここはその言葉に応じるのが吉と思われた。

「お前なぁ」

と声が続けた。「主と聖母マリアのお恵みに感謝しろよ。お前は本当だったら、海の底で死んでたって誰にも文句が言えない状況だったんだぞ。大人しくこっちの言うことを聴いていりゃ、こんなことにはならなかったものを……。ほんと、手こずらせやがって」

男はその声に弱々しく対抗した。

「お前たちは誰だ？　俺が雇った連中だと思っていたが、違うのか？」

「お前が雇った？」

と声がおどけた調子になった。「ああ、あの腰抜け連中のことを言っているのか。それだったら残念だったな。あいつらはちょいと脅すと、一人残らず尻尾を巻いて逃げ帰ったよ」

と言うことは、と意識とともにゆっくりと戻ってきた思考能力をフル回転させて男は訊いた。

「あんたたちは何者だ？　連中を追ったと言うけれど、連中はそんなに柔で、あんたたちはそんなに強面なのか？」

その問いに声は腹を震わせて笑った。

「お前さん、とぼけているというか、何というか。はっきり言っておくが、そのての世迷い言をほざいているようだと、今後、お前のライフポイントは限りなく小さくなるぞ」

頭がしだいに明瞭になってきて、目の焦点もだんだんに合ってきた。男は声の主を注視した。

「山崎社長さんよ」

と赤色の巻き毛の男が、彼に告げた。「一番面倒がないのは、あんたにこのまま海の底に沈んでもらうことなんだが、ボスがあんたに会いたがっている。来てもらうよ」

6　ボス

男が手足を縛られた格好で甲板に転がされ、どのくらいが経ったろう？　やがて船が船着場に着いたらしく、何やらまた意味の分からぬ言葉でのやり取りが聞こえてきた。

「おい、立て！」

例の赤色の髪の男が、力ずくで男を立たせると、「悪いがここからは目隠しさせてもらう」と告げた。

アイマスクをかけられ、急き立てられて船を降り、待っていたトラックの後部座席に押し込まれた。硬い木製の座席の感触から、貸切のジープニー（乗合自動車）のようなものらしいと見当をつけた。

「ひとつ忠告しておく」

と赤色髪の男の声が聞こえた。「頼むからボスを怒らせるな。うちのボスは癇癪持ちでね。怒らせた結果お前自身の身がどうなろうとかまわんが、俺たちにとばっちりが来るのだけは御免だ。分かったな？」

分かるも分からないも、男の語気には頷きを返さねば、一発、二発、顔面にパンチが降ってきかねない響きがあった。

「さっきから、ボス、ボス、と言っているけれど、ボスって、どういう人間なんだ？　ヤクザの親分みたいなものか？」

そう尋ねると、赤色髪の男の口調が厳しくなった。

「ヤクザ？　ヤクザねぇ……。少なくともボスは、お前の生殺与奪の権を握っているんだ。分かったふうな口を利くなよ。俺たちにとっては、親父や、その親父の代から仕えるタイクーンのようなものだぞ」

その言葉に大人しく頷いて、訊いた。

「だけど、そのタイクーンが何でまた、私のような外国人に興味があるんだ。リゾート・ホテルを買いにきただけの、たんなる日本人だぞ。セブに来てからも行い澄ました身でね、聖母マリア様どころかフィリピン名物のマグダラのマリアちゃんたちのお世話になっている訳でもない。お前たちのボスの悋気に触れた訳でもあるまい？」

その瞬間、アイマスクの男の額に、冷たい感触の鉄製の、何かが突きつけられた。「お喋りはそこまで。もうすぐ着く。とにかく忠告したぞ。自分の命を安売りするな、いいな？」

結果的に彼は赤色の髪の毛の男の忠告を、よくよくこころがけて実践することになった。

「お前、何を額に突きつけられているか、分かるよな？　日本じゃどうなのか知らないが、フィリピンでは短銃（ハジキ）は誰にだって簡単に手に入るんだ。そして俺は気が長くても子分たちは短い。俺のボスはもっと短いぞ」

なるほど、たしかに連中のボスは気が短かった。連れて行かれた屋敷（？）の一室で、それほど待ちもせずに相手が出てきたからだ。たぶん杖を突いているのだろう、ボスの足音にはカチッカチッと床を叩く響きが伴っていた。

「手足のロープを解いてやれ」

ボスの綺麗な英語の声が聞こえて、縛めを解かれた。椅子に座った男は、静かに息を吸い込んで次の言葉を待った。

「山崎さん、と言ったね？　あんたをわざわざ呼びたてたのは外でもない。マクタン島のあの物件にあんたの会社が興味を持っているのは知っている。投資話はどこの誰から来た？　誰がどのような意図であのホテルの売買に関与しているのか、詳しく知りたくてね」

単刀直入にそう言われて、男はちょっと戸惑った。手下たちの言動から、ここにいるのは相当手荒な連中で、したがってその連中のボス、と言ったところで所詮地回りのヤクザに毛が生えた程度の者と踏んでいたのだ。ところがこのボスはまるでビジネスマンのような口を利く。こいつら、俺を殺してもいい、などと言った割りには、少々スマートじゃないか？

「それについて答える前に、アイマスクをはずさせてもらえないか？　何も見えない状況で、いちいち御下問に答えるのはちょっと面白くない」

一瞬、周囲の空気が緊張するのが分かった。その沈黙を破ってボスの笑い声が聞こえた。

「いや、山崎さん、なかなかな度胸だ。日本人はこれだから面白い。先の戦争で私たちの国から米国人を一時的にでも追い払ったのは、そういう心意気からだったんだね」

ボスは鷹揚だった。男をあやすように続けた。

「しかし、事はそういうことではない。あんたは今わしの制圧下にある。あんたの答え如何によっては、あんたの命をこちらが左右できるし、しなきゃいけなくなる。このことを忘れちゃいけない」

ドスをきかせた声だった。「それにだ、あんたはアイマスクをはずして私の顔を見たい、と単純に思ったのかも知れないが、あんたが私の顔を見るということは、それだけあんたの自由が束縛されることになる、とは考えないのか？ あんたはわしについては知っちゃいけないのだ」

男は肩をすくめた。確かにボスの言うとおりだ。生き延びようとすれば、彼の意向を受け入れるしかない。

「分かった」

と彼は両手を挙げた。「私にはあなたの正体を知っても、いいことは一つもないらしい。それはあきらめる。しかし、私も何故、アイランド・ホッピングの現場で襲われたのか理由を知りたい。あなたは私から投資物件についての経緯を知ろうとしているのだから、お互い、知りたいことを教えあう、というのではどうだろう？」

言った先で、男の右腕が何者かによって捻じ上げられた。

「お前、言うに事欠いて、ボスに対等な取引を求めようってのか？　いい加減にしろ！」

言ったのはたぶん例の赤毛の男だった。ボスがそれを制して、静かに告げた。

「まあ、まあ……、この男の言い分にも一理ある。よかろう、山崎さん。あんたは実はあんたの身内に殺されかかったのだよ。いまあんたの腕を捻っているカルロが、あんたの部下に殺しを頼まれた。なぁ、そうだよな、カルロ？」

カルロと呼ばれた赤毛の男が頷く気配があって、促されて話し始めた。

「俺に話を持ってきたのは、マクタンの地回りのレジェスです。大口叩きのフェルナンド・レジェス……、ボスはご存知ですよね。あの舌先三寸で、カジノ・フィリピーノの利権を少しばかりせしめた男です」

「大口叩きのフェルナンドか。あいつはこの春、引退したんじゃないのか？　わしには、そんなことを言ってきたが」

「あいつは狸です。引退しても、ちょっとした仕事を請けて、俺のほうに回してきました。マージンを取るつもりだったんでしょう」

「わかった。レジェスにも相応の訳があるのだろう。それはそれで後で対処する。それよりも、殺しの依頼主だ」

「はい」

と赤毛のカルロはかしこまって応えた。「レジェスが言うには日本の商社の誰だかが、この男の——山崎の会社のＣＯＯを紹介してきた。そのＣＯＯの依頼だって言っていました」

「ちょっと待ってくれ、長瀬がこの俺を殺してくれって、頼んだのか？」

男は驚いてカルロに聞き返した。

カルロは一瞬間をおいて、男に応えた。おそらく目顔でボスの許可を得たのだろう。話し始めたときにはもう、何の躊躇もしなかった。

「そうだよ。レジェスが言うには、山崎さん、あんたは殺しても死なない男なのだそうだ。そう依頼主のＣＯＯが話したんだと。『だから、確実に息の根を止めてくれ。でなければ、こっちがおちおち寝ていられなくなる』ってことだった」

男はそれを聞いて、何だか可笑しくなった。長瀬は俺のことを怖れている。おそらく、下手に追い落としても逆襲されるだけと踏んだのだろう。だったら、死んでもらう。死人に口なしで、うまくいけば会社の俺の持分の株券まで自由に出来る、などと欲惚けまでかましたようだった。

まあ、謀反を起こした張本人にしてみれば、それなりに辻褄のあう行動だ。男は幾つかカルロに質問を重ね、大まかのところを摑んで、今度はボスに水を向けた。

「だいたいのところは了解した。カルロのボスさんよ、今度は私があなたの質問に答える番だ。投資物件を最初に持ち込んだのは山本という日本人のブローカーだが、私が知っていることはすべて答える。さあ、何なりと訊いてくれ」

結局、男はマクタン島のリゾート・ホテル買収に関する事柄を、洗いざらいボスに話すことになった。

ボスはときおり質問をさし挟み、微に入り細に入り、男から投資案件の一部始終を聞きだしていく風情だった。

「……なるほどねぇ、だんだん分かってきたよ。要はわしにも、山崎さん、あんたを笑えるような資格はない、と言うことかも知れないね」

ボスは言外に、内部であるのか、外部の者なのかは分からぬが、ボスの地位を狙っての紛糾があることを男に匂わせた。とはいえ、男にとってはその事情は与り知らぬことで、委細に関して訊いてはならぬし、知ってはならぬことのようだった。

「ともかくも」

とボスが続けた。「わしは自分の縄張りで自分が関知せぬ不届きな取引は容認できないし、するつもりもない。山崎さん、あんたに今さら、この投資案件に首を突っ込むつもりがあるとも思えないが、いいか、これだけは肝に銘じてくれ。――あんたは知らずに、わしの縄張りに手を突っ込んだが、それは忘れよう。これ以上は絶対にアウトだ。いいね、あんたも忘れるんだ」

何を言おうとしているのか、分からなかった。これ以上はアウト？　忘れる？

黙っているとボスがさらに続けた。「フィリピンの、特にセブの人間は恩も恥も知っている。あんたが話してくれたおかげで、絵を描いた人間も察しがついたし、この点については、わしも多少はあんたに報いなきゃならん……。後はあんたの今後の身の振り方ということになるが、どうだい、このまま死ぬのは嫌だろう?」

当たり前だ、と言いそうになったとき。ボスが「カルロ!」と声をあげた。

「カルロ! 山崎社長の殺しの一件を請け負ったのは、お前だ。しかし、わしがお前に、こいつを殺すな、と言えば頼まれてくれるか?」

「イエッサー」

カルロの声がして、男は全身にどっと安堵の気持ちが広がるのを感じた。俺は助かるかもしれない。

「オーケー」

とボスが続けた。「お前にそう言ってもらえると、わしも多少は気が軽くなるよ。しかしカルロ、お前が依頼主とした約束は約束だ。相手がいくら大口叩きのフェルナンドだとしても、約束を違(たが)えるのはお前の名誉にかかわる。違うか?」

「はい、ボス」

とカルロがつつしんで答えた。「しかしフェルナンド・レジェスには他の貸し借りもありますから、やつとは俺なりの方法で片をつけます」

「そりゃ、悪いな、と言いたいところだが、カルロ、無理はいけないよ。お前はどうもこういうとき堅物すぎる。いいか、男は評判が大切だ。お前が請け負った殺しは断乎する、ということを皆の前に示して、お前は男を売って生きることが出来る」

「…………」

赤毛のカルロが沈黙したのが分かった。恭順のポーズを続けているに違いないカルロに、再びボスの言葉が響いた。

「心配には及ばん。ここは山崎さんがすべてを飲み込んで、それなりの役割を演じてくれるはずだよ」

何？　何を言っているんだ？　小さく戦慄した男に、ボスが言った。

「まあ、そういう訳だ。山崎さん、あんたに一肌脱いでもらう。どうせ一度は失っているはずの命だ。偽装でもなんでも、死んだ振りをすることに文句はあるまい？」

嫌な口ぶりだった。成り行きで俺に死んだ振りをしろと言うことだろうか？　しかし、死ぬ振りといっても、何をどうしろと言うんだろう。

「段取りはちゃんとする」とボスの声が聞こえた。「後は生き延びるも、そのまま朽ち果てるも、すべては山崎さん、あんたの裁量次第だ。幸運を祈るよ」

そのとたん男は後頭部に今まで感じたことのない衝撃を受けた。そのまま椅子から床にくずれおちるとき、話が違う、まったく違う……、と心の中で叫んだ記憶は、しかし、後からこの場面を繰り返し思い出した自分の、心の補償作用というか、脳内の創作だったのかも知れない……。

7　理事長

「うん、いや、分かりました」

　医療法人・恵郁会グループの春日恒平理事長はスマートフォンの相手方に向かって、静かに頷きを返した。「やはり彼女は乗り気じゃなかったんですね……、いや、その辺はすでに織り込み済みです。簡単に我が方に靡くようでは、損得勘定から動く風見鶏のようで、かえって心証は良くない。むしろきっぱり断ってくれる生真面目さが好ましいんです」

　春日が話している相手は葛西博夫。恵郁会グループの基幹病院である札幌ホープ病院循環器内科部長である。今年三十九歳になる葛西は、ロータブレーター治療で有名な鶴見耀子副院長の同僚で、同じカテーテル治療でもアブレーションを得意としている。

　アブレーションは不整脈を引き起こす異常な心臓内の局所を、カテーテルで焼灼して正常のリズムを取り戻す治療だ。鶴見副院長はロータブレーターに加えてアブレーションもこなす万能型で、その能力に葛西は最初から驚きと尊敬の眼差しを隠そうとしなかった。

「……いずれにしても」

　と春日は葛西に対して確認口調になった。「鶴見さんにはどうしても、野口院長の後を襲って、ホープ病院の新院長になってもらいます。それが後々の恵郁会のためであり、グループが発展していくためには彼女は欠かせないピースです」

「分かっております」

　とスマホの向こう側で葛西が力強く応えた。「私も鶴見先生が循環器内科にいらっしゃるからこそ、自分の未来が見えてくると思っています。くどいようですが、これは決して政治的な思惑から言っているのではありません。彼女の医師としての有能さと勤勉さを目の当たりにすると、同じカテーテルを扱う医師として、どうしても彼女を応援したい。彼女を押し立てて、私はうちの循環器内科を日本で有数のものにしたいのです」

　理事長はその言葉に同意した。

「ええ、葛西先生が鶴見先生の応援団なのは前から知っています。でも、忘れないで欲しいのは、わたしも鶴見先生の応援団だ、という事実ですよ。そうでしょう？」

　春日はそう言いながら、鶴見耀子を恵郁会ホープ病院にスカウトしたときの経緯を思い出していた。

　鶴見耀子は恵郁会が彼女を引き取る半年ほど前までは、千葉の大規模病院に所属しながら、日本女子医大の臨床教授も務めていた。そして、ゆくゆくは日女医大が脱講座制に移行するさいに第一号の教授になる、と誰からも目されていたのだった。

　この事実を春日は保健省の元同僚から聞かされていた。今度の日女医大の学制改革の目玉は、ロータブレーターの使い手である彼女の教授就任である、と。

「何しろ、治療の実績が違いすぎるんだ」

　とその同僚は彼に言った。「米国帰りの鶴見さんは、自分が所属した医局の元教授の狭心症を、カテーテル治療であっという間に治療した。それまで心臓外科の連中がおっかなびっくりで扱っていた症例をだよ。しかも間髪を容れずに、その元教授の盟友の橋詰由之介――きみも知っているだろう、あの元総理の橋詰だよ。その橋詰の孫娘の冠動脈瘤をともなう高度石灰化病変をロータブレーターで完治させた。普通じゃないよ、あの技術は」

事実、鶴見耀子の評判は完璧だった。あの「デジキッズ」のスキャンダルが起こるまでは……。

デジキッズは二〇〇〇年代にＩＴバブルに乗って上場した、新興のＩＴ企業だった。たいした実績もないのに、過大な評価を受けて資金を集め、その金をバブル崩壊後もじっと抱いて、あるとき驚くべき勝負に打って出た。それまでは日本の企業倫理には合わない、と敬遠されていたＭ＆Ａ（合併買収）を始めたのだ。デジキッズはえぐいことに、確信犯的にこれを行った。つまり、法のすれすれのところで他社を買収していったのだ。

小が大を飲み込む！　――デジキッズが手を染めたのは、規模は大きいが業績のぱっとしない企業を株式交換で買収し、それを交換した株式市場で自社の株価を高値に誘導。価値を水増しされた株で、さらに他の会社を買っていく、というギャンブル的手法だった。

かなり無理をした灰色のあくどいやり口である。嫉妬や羨望もあってデジキッズの評判はさんざんだったが、そんな悪評をものともせずに、最終的にデジキッズが打ち出したのが「病院のＭ＆Ａ」だった。病院は営利企業のようなＭ＆Ａはできないため、デジキッズは息のかかった人物を「社員」として送り込み、ともかくも経営破綻した医療法人をくだんの手法で買い取って、強引に一大病院グループを作ろうというのだ。

デジキッズはこの目論見を大々的な記者会見を開いて披露し、じっさいに東京や大阪の経営不振病院を傘下におさめていった。加えてデジキッズには世間を驚かすニュースがあった。彼らの病院グループの中枢に心臓カテーテル専門病院をつくり、院長に鶴見耀子・日本女子医大臨床教授をあてるというのだ。

海のものとも山のものとも分からない病院グループに、スタッフとして加わる鶴見臨床教授の動きは、多くの目には自らのキャリアをかなぐり捨てるように映った。なぜにまた前途有望な彼女が、そんな病院グループと関わらねばならないのか？

人々の当然の疑問は、案の定、その後のスキャンダルへと発展した。何かと黒い噂のあるデジキッズの創業社長と鶴見医師が男女の関係にある、と暴露されたからである。そしてこの一連の報道に誰よりも注目したのは、何を隠そう恵郁会の春日恒平理事長だった。

春日は恵郁会グループの野口院長に三顧の礼で迎えられて以後、グループ病院の再建に心血を注いでいた。だが、もともとは保健省の医系技官。保健省から派遣されて、留学生として米国で病院経営を学んだスペシャリストだった。

その彼の目にデジキッズの病院グループ構想という大風呂敷は、なかなか新鮮に映った。何よりも「誰もが最善の医療を受けられる医と介護のネットワーク」という耳触りの良い謳い文句が気に入ったし、いま評判の心臓カテーテル治療の使い手をトップに持ってくるあざとさも、大いに心を揺さぶられた。俺だったらどうやるだろう？　どうやって、この病院グループを作ってゆくだろう?

興味津々でデジキッズの病院グループ構想を見守っていた春日にとって、デジキッズの興隆と一連のスキャンダルは、一種のケーススタディだった。

デジキッズが破綻したのは、鶴見医師と愛人関係にあったとされる社長の海外事故死が発端だった。この社長が死んでいなかったとしたら、病院グループは立派に存続していたはずだ。うまくいけばかなり大規模な、健全財政も夢ではない優良グループに育っていたのではないか?

鶴見耀子の経営感覚は未知数だが、それは春日の見るところ何の問題でもなかった。おそらくデジキッズが病院経営のすべてに采配を揮うのだろうし、カテーテルの権威・鶴見耀子はその際、象徴的な存在に祭り上げられるからだ。

要は実際の病院がどのようなものであるかは関係ない。お御輿(みこし)とは別物。病院が流行る流行らないはひとえに見かけによるし、その見かけを作るのは鶴見医師のようにマスコミ受けの良い医療実務者。デジキッズのカリスマ社長はその辺の事情を明察して、陰で上手に動いているように見えた。

「まったく、よくやるよ……」

と春日は感心して呟いたのを覚えている。一代で成り上がった経営者というのは、それなりに魅力的な人物であり、ときに偏頗な性格であっても、自分の仕事に使命感を持つ者が大半だ。だが、中には吃驚するくらい大法螺吹きで、夢を語って周囲のものを翻弄する、詐欺師のような手合いがいる。デジキッズのカリスマ社長は、まさにこの種の人間なのではないのか？　もともとＩＴバブルの各社には、既存の会社から莫大なカネを引っ張ったり、株式市場を騙すような格好で株式公開に持ち込んだ、とんでもない企業も多かった。そういった事情を鑑みるに、デジキッズはなかなかいい博打をうった、というのが春日の偽らざる感想だった。

同じ病院経営者として、またグループの拡大を目論む者として、果たして自分に、こんな思い切った博打が打てるのだろうか？　そう考えていた折も折、デジキッズはカリスマ社長の死により業績が急転悪化。病院グループ構想は頓挫し、スキャンダルにまみれた鶴見医師のさらなる噂が彼の耳に飛び込んできた――。

「えっ、鶴見耀子が北海道で職を探している？」

初めはぴんと来なかった。日本女子医大というブランド大学の臨床教授をしくじり、また新興病院グループの中核になる心臓カテーテル病院もしくじったとはいえ、彼女の技術はまだまだ使える。

いくらスキャンダルにまみれたとはいえ、彼女を慕う患者や、ロータブレーターについて学びたいという医療スタッフは多いはずだ。それがいくら出身大学が北斗医大だといっても、なぜ北海道なのか？

実を言えば春日自身が野口院長に三顧の礼で請われたとはいえ、北海道へ渡るのには躊躇があった。自分自身は官僚として保健省で何の問題もなくやっているのに、何を好んでしょっぱい海を渡らねばならないのか？　春日の場合には、しがらみのない北海道で一大病院グループを作れるかも知れない、という野望に似た予感があった。だが、鶴見医師には何があるのか？

　よくよく調べていくうち、鶴見医師には母一人子一人の息子がいて、その子供が事故で札幌の病院に入院していると判明した。彼女は息子のために、どうしても札幌近辺に職を得る必要があるらしいのだ。

　春日に躊躇はなかった。すぐに野口院長に相談し、彼女をスカウトすることにした。彼女が手に入れば、我が恵郁会グループは、デジキッズが画策したと同じ一大病院グループへと成長できる！

　面談に現れた鶴見医師は、なるほどと思わせる佇まいをしていた。何というか、楚々としていて、しかも職務に熱心な医療者が醸し出すオーラのようなものがあるのだ。年齢はすでに四十歳に手が届いていたが、二十代後半とは言わずとも三十代前半といっても通用するような美貌と若さがある。カテーテルの決定的技術がなくとも、誰もがスタッフに加えたくなるような女性的魅力が漂っていた。

「いかがですか？　我がホープ病院は先生を喜んで歓迎いたしますよ」

　そう彼女に告げたとき、春日はあのフィリピンの事故で亡くなったカリスマ社長の役割を踏もうとしている自分を意識した。俺はあの社長の代役をやっているのではないか。

　ともあれ春日の野望はこのとき定まった。

　鶴見医師を担いで、我が恵郁会グループを日本有数の大グループへと発展させる。デジキッズの病院グループの構想をあれこれチェックして、その手法で取り入れるべきところは取り入れ、捨てるべきところは捨てる。デジキッズ病院グループの失敗に鑑みて、恵郁会だけはその轍を踏むまい。そう心に決めたのだ。

まずは鶴見耀子をそれなりに処遇し、ＣＴなど最新設備と彼女のカテーテル治療に最適の環境を用意する。最初は実質的ではあるが目立たない地位を与えて、しかる後ホープ病院の中枢へと引き上げる。病院長が健在でグループの中心にいるとはいえ、その高齢から早晩権力委譲話が浮上してくるだろうし、その際は自らが理事長として全権を振るうつもりだった。

そしてこのとき、病院長の息のかかった古強者どもを押さえ込む切り札として、鶴見医師を使う。幸い彼女は地元の北斗医大の出身であり、北斗医大系のホープ病院としてはカテーテル治療の有名医師である彼女が院長の地位に就くことを嫌がりはすまい。もちろん彼女はお御輿であり、実権はすべてこの春日が持つのだが……。

「ともかくもです」

と春日は電話の向こう側の葛西医師に向かって、しんみりと、しかし、どこか相手の気持ちを鼓舞するような口調になって告げた。「鶴見先生は粘り強く説得すれば、必ずこちらの意を酌んでくれますよ。私も折を見て彼女に話をしてみます。我々の真意さえ分かれば、彼女だって一と肌も、二た肌も脱いでくれます」

「そうですね。くどいようですが、ホープ病院は規模が大きくなってきて、いろんな科の先生がそれぞれに自己主張なさるけれど、何といってもこれからの病院の評判は、心臓カテーテル治療にかかっていると私は信じています」

「わかっています。私もそのつもりでグループを統括していく心算りです」

春日は葛西の意見に頷いて、さらに二、三、言葉を交わして、スマートフォンを切った。

8　譲と絵里花　その二

「ねえ、今度の週末はお休みが取れるんでしょう。何か予定がある？」

訊いた絵里花に譲は小首を傾げた。

「いや、特に何も入れていないよ。でも明日から教習所に通い始めるのじゃなかったの？」

譲は手に持ったパンフレットをひらひらさせた。二人はほんの少し前に教習所の受付で入学を決めたばかりだった。

「そりゃ、もちろん通いはしますよ」

と絵里花は言って、そうじゃなくって、と首を振った。「パパがね、金曜日に札幌に出てくるのよ。道庁に陳情があるらしくって、次の日は富産別に帰るって言ってる。だから、譲くんも土曜日にいっしょに帰らないかなって……」

「ということは日曜日の夜には富産別からこっちに戻ってくるということ？」

「そう。もしくは月曜の朝かな」

と絵里花は微笑んだ。「月曜日の朝早くにパパが札幌まで送ってくれるそうよ」

その言葉を聞いて、譲はふぅん、と考え込んだ様子だった。実は数年前から苫小牧から富産別へと到るJR線が廃止になり、代わりに高速バスが運行されていた。それで日高地方に住む人々は札幌へのアクセスに不便をかこっていたのだ。二人が遅ればせながら自動車学校に通おうと決意したのも、自分で自由に車を運転できればアクセスの問題が解決する、という理由からだった。

「でも、それだったら絵里花ちゃんのお父さんが大変だから、僕は高速バスで札幌に戻ってもいいよ。二泊したとしても、月曜日の朝早くのバスに乗ったら、八時半からの病院ローテにぎりぎり間に合うし」

「何を遠慮してるのよ」

と絵里花は咎めだてする口調になった。「うちのパパだってあなたに会いたがっているし、ドライヴがてら私たちを札幌に送るのも内心じゃ嬉しがっているのよ」

「そんなもんかねぇ」

と譲は納得したような、しないような、釈然としない顔つきになった。

「そうよ。譲くんってば、全然分かってないなぁ」

と絵里花はちょっぴり不満げな口ぶりになった。「大学のときは夏休みだって、やれ、部活の合宿だの、大会だのって、ほとんど富産別に帰れなかったじゃないの」

彼女が言わんとしているのは、譲が大学に入って部活を始めたことについてだった。周囲が驚いたことに彼は再び野球を始めたのだ。

「僕ね、また野球をしようと思うんだけど、どうかな?」

忘れもしない、六年前の四月、北斗医大に入学してすぐに譲に訊かれたとき、けれど絵里花はとても嬉しかったのだ。ずっと意識不明の重態になった記憶を引きずって、野球なんて二度としないだろうとあきらめていた。それなのに昔みたいに五月人形のように、きりりとマウンドに立つ彼が戻ってきたたと思った。

だから一も二もなく賛成したものの、結果は当てが外れた。医学生のほんのお遊びだと思っていた部活がけっこう厳しかったからだ。土日はほとんど試合か練習だったし、夏休みは大会に向けて富良野の野球施設を借り切っての長期の合宿が待っていた! こんなに時間的な束縛を受けるものだとは、彼女は思わなかったのだ。

「仕方がないよ。夏の東医体(=東日本医科学生総合体育大会)に向けて、部員全員が盛り上がってるし、これから毎年、東北・北海道の国公立大学I部リーグに参加するって話だしね」

譲の話だと、何でも野球部の部長をしている胸部外科の教授が熱心で、新入生の中で経験者をかたっぱしからスカウトしたという。それで譲も呼ばれて練習に参加したとき、キャッチボールの様子からしてモノが違う彼に、部員全員が驚いたらしかった。

「もう何年も、野球なんてやってなかったでしょう? それでも速い球を投げられたわけ?」

そう尋ねた絵里花に、譲は曖昧に首を振った。

「まあね、球筋や回転はまあまあだった。大人になって身体も大きくなったし、小学校のときよりは速くなったと思うよ」

譲はそう言ったとき、ほんの少し肩をそびやかしたようにも見えた。

実は彼は身体が回復してリハビリを続けるうちに、筋トレに嵌まったのだ。上背が高くなったから、ひどくは目立たなかったけれど、胸や背や肩は彫刻のダビデ像みたいに縫ったような筋肉がつき始めていた。それとは誇らなかったものの、彼はいつの間にか均整のとれたマッチョになっていたのだ。

「ねえ、今ぐらいが丁度いいんだから、それ以上マッチョにはならないでね」

絵里花はあのとき、着痩せして一見そうとはわからないものの、シャツを脱いだら腹筋が綺麗に三つに分かれる譲に気づいて、そんな言葉を投げかけたのだった。

「三島由紀夫は――」

と譲は微笑んで彼女に応えた。「初めて筋トレをしようと決意したとき、教えを請うた筋トレの先生に『自分も頑張ったらそんなになれますか?』と訊いたらしいよ。そうしたらその先生、返事の替わりに、シャツの下の大胸筋をわざとプルプル震わせたんだって」

「やめてよ、そんなになるのは!」

絵里花はむきになって大声を出したが、譲はマッチョになることに興味はなく、元通りに速い球を投げられるようになるために、筋トレに精を出したようだった。

その甲斐あって、譲はすぐに北斗医大野球部のエースピッチャーになった。球速は一四〇キロをゆうに超える本格派。バッティングのほうもクリーンナップに名前を連ねた。夏の東医体でも活躍して、大会の優秀選手に選ばれた。

絵里花は彼の活躍を喜び、六年間試合のたびに応援に駆けつけたけれど、譲が野球にのめり込むのには反対だった。小学生のとき大怪我を負ったのに、また身体が壊れるような恐ろしいことがあったら、こちらがたまらない。

「大丈夫だよ。プロを目指すようなレベルじゃなし。所詮、球を投げたり打ったりのお遊びなんだから。もっと興味をそそったり、しなければいけないことができたら、たぶん野球はあっさりやめると思うよ」

と譲はにっこり笑って、彼女に請け合った。

でも、それでも絵里花は、譲が野球に熱心になることに賛成できなかった。我儘かも知れないけれど、そうなったら二人で会う時間が野球のおかげで断然少なくなるじゃないの……。そんな彼女に譲が言うには、野球は秋の大会が終わると、冬に向けてはボールを使った練習はなくなる。部活も体力づくりがメインで、練習日はそれほど多くはなくなるとのことだった。絵里花は彼の言葉を信じたが、その結果は彼が国試を通り医大病院で働き始めるこの春まで、六年間ずっと部活三昧。おかげで彼女との仲は曖昧なまま、むなしく時が過ぎるという面白くない状態が生じていた。

「それで譲くんね、今度の週末は富産別に帰るの、帰らないの？」

甘えて訊いたつもりはなかったけれど、年下の譲につい強い口調になったかも知れない。譲は笑って頷いた。

「わかったよ。富産別に行こう。ちょうどおじさんにも会いたかったし、おばさんのお墓参りもしたいしね。ついでに、うちの母親も一緒に行けたらいいけど、まあ無理だな」

それは絵里花にも分かっていた。耀子おばさんはワーカホリックで、下手をしたら土日も手術を入れたりする。週日は一日平均三件のカテーテル手術をするのに、要請があったら関連病院の手術や、患者を診察しに夜ご飯を食べた後も、おかまいなしに病院へ駆けつける。

うちの母（マミー）のやり方は――と、譲があきらめ気味にぼやいていたのを彼女は知っていた。「あれは、心臓カテーテルが自分で、自分が心臓カテーテルであるような、歪んだ認知というか、歪んだアイデンティティの発露そのものだよね。たぶん、手術できなくなったら、生きているのが無意味だと感じて自殺でもするんじゃないのかな」

大げさな、とその場では否定したけれど、実を言えば絵里花自身も耀子おばさんについては、そのような印象を持っていた。ただ譲と意見が違うのは、おばさんにはもう一つの生き甲斐があって、それが一人息子の譲であるということだった。

「譲、あなたは内科でも外科でも精神科でも、どんな科目でも好きに専攻すればいい。でも、忘れてほしくないのは、どんな専門科に就こうとも医療の本分とは何かということよ。医療を求める人がいて、医者はその人たちのためにいる。それさえ忘れなければ、いいわ」

そう譲くんにおばさんが告げたとき、絵里花もそばに居合わせたけれど、あのときの耀子おばさんの言葉には医者としての自負と、譲くんに対する愛情が滲み出ていた。

譲くんは譲くんで思うことがあって、そのために医学生になったのは絵里花にもよく理解できる。だから親子の会話について口を差し挟むことは出来ないのだが、それでも耀子おばさんの譲くんに対する思いの強さは痛いほど感じられた。

「ダメでも誘うだけ、誘ってみてね」

絵里花はそう言って譲に続けた。「きっとおばさん、『また富産別！』って呆れるんでしょうけど」

「いや、うちの母だって富産別には帰りたいと思ってるはずだよ。鉄道がなくなったのだってすごく憤っていたし、過疎化が進むのはどこかおかしいって、いつも嘆いている。富産別は彼女にとって特別な場所なんだから」

絵里花は頷いた。実は絵里花の父親が今度札幌に出てくるのは、その過疎化が原因だった。詳しくは分からないが、廃止されたJR日高線の跡地が中国資本に買われて、海岸線に沿って風力発電の施設が出来る、という話が持ち上がっていた。それを阻止するために道庁に陳情するという。

「えっ、線路の跡に風車が建つの？」

絵里花も聞いてびっくりだったが、耀子おばさんがこの話を耳に入れたら、きっと憤慨するに違いない。

絵里花がそう考えて、この風力発電の話を譲に洩らすと、意外というか、やはりというか、譲が反発した。

「そりゃぁ、ひどいな。その話はうちの母親じゃなくったって憤慨するよ。だいたい鉄道ってのは文明なんだぜ。鉄道が国の隅々にまで張りめぐらされるから、文化文明は国全体に広がるんだ。そもそも赤字だからって、先人たちが辛苦の上に築き上げたその鉄道線路をあっさり廃止してしまうのが問題なんだ」

「まだ話が決まったという訳でもなさそうだし、そんなに怒らないでよ」

「いや、絵里花ちゃんだって、内心では面白くなく思っているんでしょう？」

「それは、そうだけど……」

と、絵里花は今回の父親の出札の件は、牧場に関係があると告げた。かりに風力発電が決まったら、牧場の馬たちに影響がある、と心配してのことらしい。

「風力発電の出す低周波が付近の住民の健康によくないというデータが、ヨーロッパで報告されていて、それが牧場関係者を刺激したみたい。競走馬って繊細な生き物だし、人間以上に音に反応するようなの」

彼女がそう言うと、譲はつよく頷いて言葉を返してきた。

「うん。わかるよ。でも、絵里花ちゃんのお父さんは、そういった地域の生業ばかりでなく、知らないうちに自分たちの住む大地が外国の手に渡ってしまうことにも不安を抱いているんじゃないかな？」

もちろん、それもある、と絵里花は思った。譲の言っていることは風力発電の噂話を聞いたとき、彼女の脳裏に自然に湧き起こった反応でもあったからだ。

「去年だったか、一昨年だったか、隣町の芥子内（からしない）の山が二つほど中国資本に買われたでしょう？　あれ、うちの父親にとってはとてもショックだったみたい」

「そうだと思うよ」

と譲が大きくかぶりを振った。「北海道には、外国人が増えるのを歓迎する向きがあることは僕も知っている。過疎化が進んで近隣に人がいなくなると不安だしね。富産別にもそういった動きは当然あるでしょう。でも、それは程度問題だよ。

たしかにグローバリズムの昨今だし、観光のこともある。北海道の多くの観光地は外国人の旅行客目当てのところがほとんどだしね。でも、例えばニセコはそうやって外国人を受け入れた結果、まったく違った土地柄になったじゃないか?」

それは絵里花も承知していた。パウダースノーで有名なニセコは、季節が逆転している南半球の人々には垂涎の的で、もう何年も前からオーストラリアの人々が訪れ、彼ら目当ての別荘やホテル、コンドミニアムが林立するようになった。その結果、もともとニセコに住んでいた人々は、ニセコに住めなくなった。元の住民は周辺に追いやられ、そこから例えばニセコのホテルなどに仕事のために通うようになったのだ。

「そればかりじゃないよ」

と譲はさらに続けた。「ニセコの土地が値上がりして、それを買いに出たのはオーストラリアの人々じゃなく、中国の人たちだったでしょう? 彼らはただたんに資本の論理にしたがって、土地や建物を買い入れ、それで商売しようとしたんだろうけれど、地元の人々にとっては、ますますニセコが自分たちの手から離れていく、と感じられる事態に陥った」

絵里花は頷いた。外国人の土地所有で問題なのは、彼らが地域の住民といっしょのコミュニティを作ろうとせずに、自分たちだけのコミュニティを作りがちなことだ。『郷に入っては郷に従え』という諺があるけれど、一部の外国人は『郷に入っても自分たちに従え』と言っても過言でないような事態をひき起こしている。

彼女は言った「確かに、そこに住んでいる人たちが分断されるなら、外国の人たちに土地を買ってもらうメリットはあまりないわよね」

「うん、僕もそう思う。ただね、外国人がやって来て、僕らと仲良く暮らすというコンセプトじたいを悪くいうことは、なかなか出来ない。人種差別とかそんな意見が出てきて、それを一概に否定することが難しくなるからね。だから、この問題はやはり、程度の問題だと言っているんだ。土日におじさんと会ったら、この点について話を聞きたいし、僕の意見も聞いてもらいたいな」

譲はそう言って、にっこり笑った。

9　虜囚

息苦しさと、耐えられないまでのじっとりした汗ばみ。蒸すようにこもった熱気。辺り一帯に魚醬をばらまいたような、強烈に饐えて醱酵した臭い……。

身体の肉という肉が、この酸鼻な泥沼の中で徐々に溶け出し、のっぴきならず熟(な)れて、しまいには皮膚のそこかしこから菌糸と胞子がにょきにょきと立ち上がる。身も心も粘つく細菌にがんじ搦めにされて一ミリたりとも動けない自分を、男はずっと感じていた。

どのくらいの長い時間、その黒々とした粘着質のまどろみが男を支配していたのか？　いまの男にはまったく見当がつかなかった。分かっているのは、ただ身動きならず、自分がそこに放り出され、不潔な腐りかけの青魚のように転がされている、という肌の感覚だけだった。

それでも、男は目覚めた。まるで暗い夜の後に朝日が一条差し込むように、頭の中の黒い帳がだんだんと明らんで、気がつけば男は昏睡から目覚めていた。

「ホルヘ……」

声が聞こえた。錆びたような、掠れた老人の声に聞こえた。「気がついたか、ホルヘ？」

目を見開くと、驚いたことに本当に、白髪頭の、皺の深い、枯れ枝のように細い老人の眼差しが、そこにあった。老人は男をじっと見つめている。

この爺様はいったい誰に囁いているのか？　ホルヘ……？　いぶかしむ男に、老人が笑いかけた。

「おう、どうやら気づいたようだな？　心配したぞ、ホルヘ」

老人の言葉を皆まで言わせずに、男は上半身を起こそうとした。とたんに、有無を言わせぬ痛みが男の背骨に走る。男は思わず声に出して呻いていた。

「まだ起き上がっちゃいけないよ、ホルヘ。お前はもう三日三晩、そうやって唸っていたんだからな。ゆっくり起き上がるんだ。なに、身体にひどい傷があるわけじゃない。ちょっとばかり、腹をやられていただけだ。大丈夫、水はそっと与えたから、死にはしないさ」

初めは、老人が何を言っているのか分からなかった。腹をやられている？　内臓がどうかしたのか？　ホルへ？　ホルへって誰のことだ？

自分がホルへと呼ばれていることはうすうす分かっても、男はこの事態を肯(がえ)んずることが出来なかった。俺は山崎だ。山崎三樹夫だ。日本人で、たまたま投資案件で……、とそこまで考えて、ここがフィリピンであって日本でないことを、男はしょうことなしに認めざるを得なかった。

カルロ？　そうカルロだ。素性はよくは分からぬが赤毛のカルロというヤクザに拉致され、カルロのボスに引き合わされたのは、さすがに男もはっきりと記憶していた。

「まあ、そういう訳だ。山崎さん、あんたに一肌脱いでもらう。どうせ一度は失っているはずの命だ。偽装でもなんでも、死んだ振りをすることに文句はあるまい？」

男に向かってそう言い放ったボスの言葉が、脳裏に明瞭に甦ってきた。

そう。段取りはちゃんとする、とボスはこの俺に言ったのだった。「後は生き延びるも、そのまま朽ち果てるも、すべては山崎さん、あんたの裁量次第だ。幸運を祈るよ」と。

男は首をひねった。とすると、俺は今カルロのボスの段取りによって、ここに、こうやって居る、という訳なのだろうか？

「すまない、何も思い出せない。あんた、名前はなんというのだ？」

と男は老人に訊いた。慇懃な口調になったつもりだった。

老人はその言葉を聞いて、にやり、と笑った。続いてうん、うん、と鷹揚に頷きながら、いかにも親しみ深い、やさしい声音で男に告げた。

「なんだ、ホルヘ、わしの名前を忘れたのか？　今お前の目の前にいるのはミゲルだよ。ミゲル・メンドーサ。お前がわしの名を忘れるとはね。お前が小僧っ子の頃から、わしがどれだけお前の世話を焼いたか全部忘れたか？　この恩知らずめ」

ミゲル老人は大げさに舌打ちした。この老人の口振りがまんざら嘘のようには聞こえなかったのは、何故だったろう。

「わかった、あんたはミゲル。ミゲル・メンドーサなんだな」

と男は大きく息を吸って、確かめるように訊いた。「それで俺は、その……、なんて名前なんだ？」

その言葉に、ミゲル老人は大げさにため息をついた。

「ホルヘ。お前、とうとう頭がいかれちまったな？　しっかりしてくれよ。そんなに知りたきゃ、付き合ってやるが、二度とは言わないからな。お前はホルヘ・エストラーダ。このミゲル爺さんと同じ、ミンダナオの生まれだ。わかったか？」

黙って聞いていると、本当に自分がミンダナオ生まれのホルヘだ、と信じ込まされてしまいそうな勢いだった。

この爺、どこまで本気なのか。俺がお前の幻想に飲み込まれるのが早いのか、それともお前のデタラメを白日の下に曝すのが早いのか。それにしても、俺がミンダナオ出身とは、よく言ったものだ。俺は絶対に騙されないぞ、と思いつつ男はミゲルに尋ねた。

「ところで、ここはどこなんだ？　俺は何でここにいるんだ？」

　ミゲル爺さんが、軽蔑したように肩をすくめた。

「お前、自分の格好がわからないのか？　頭ばかりか目も悪くなったのか？　よく見ろ、ホルへ。お前が着ている獄衣の色を」

　言われて自分が着ている衣服が柿色であることに男は気づいた。それに、よく見ると男ばかりでなく爺さんも同じ色の衣服を身にまとっていた。

「わかるか？　赭色(あかいろ)のズボンに、赭色の半袖上着だ」

　黙っていると、ミゲルがはき捨てるように言った。「囚人服だよ。お前もわしも着ているのは獄衣だ。お前とわしはやばい橋を渡って、その結果、ここに居るのさ」

　素直に事態が飲み込めなかった。男はミゲルの視線から逃れようと、周りを見てハッとした。周囲に無数の男たちの目があったからだ。男たちは薄暗がりの中で押し合いへし合いする按配で、じっと男を見ていた。そして男たちの服は皆、赭色だった。

「さあ、これで事態が飲み込めたか、わからず屋め」

　一瞬目を瞑り、両手で頭を抱えたくなった男の耳に、ミゲルの嘲るような声が押し入ってきた。「いいか、ホルへ、ここは監獄だよ。セブ州のＣＰＤＲＣ（監護刑務所）だ。わかったか？　お前は、ここに囚われているんだ。以前からずっとだ。そしてこれからも、たぶんずっとな」

　男はふいに可笑しくなった。歯を剝き出し、大声で笑いながら、気がつけばうん、うん、と男は頷いていた。

馬鹿げた仕種だとは自分でも知っていた。だが、男はもはや自分にミゲルの言葉を押し返す気力がほとんどないことを感じてもいた。この老人が語る絵空事を受け入れたほうが、後々、このおかしな状況を生き延びるためになる……。よくは分からぬ納得の回路が頭の中で働いていた。

結局、男は迎合した。このミゲル何とかという、おかしな爺に逆らうよりも、その歪んだリアリティを引き受けたほうが、何かと困らないのではないか？　嘘も方便というけれど、この老人の世迷い言を引き受け、それを信じた振りをすることが、このさい自分が楽になる最も合理的な行動なのではないのか？

「やっとわかったみたいだな」

と老人は言った。そして言い聞かすように続けた。「もともとホルへはバカじゃない。さすがにおかしな振る舞いはしない、とは思っていたが、まあ、そういうことだ。おいおい、ここのルールについてはお前も了解していくだろうが、わしが傍についていれば飲み込みも早くなるってもんだ。変な強情は張らずに、ここのやり方を受け入れるんだな」

この言葉を聞いて、男はミゲルという この爺がまんざら頼りにならないということはない、と思い始めていた。この老人は俺がホルへではないことを知っている。知った上で俺にその事実を飲めと告げているのだ。

男は静かに微笑んだ。いまや意志的にミゲル老人の言葉を受け入れたことを、彼に知らせるために……。

10　カテーテル手術

そう、そう。このままゆっくり……。

研修医や実習医が背後で見守るなか、モニタを覗き込んでカテーテルの操作を続けながら、耀子はつぶやいた。

「いいですか、ロータブレーターをこのように通していくとき、ここのこの瞬間、ガイドワイヤーを心持ち手前に引きつけてほんの少し抜く。皆さん、この要領を覚えてください」

言いながらモニタを注視し、助手にカメラ操作を指示する。「もう少し右、もう少し。はい、オーケーです」

モニタを覗き込む皆に、さあ、と耀子は声をかけた。「ここが病変ですね。ここにロータブレーターを使います。よく見てください」

ロータブレーターは先端にダイヤモンドをちりばめた高速回転ドリルだ。ふつう、カテーテルの手術ではワイヤーの先に風船（バルーン）を擁したものを狭窄病変に通し、バルーンを膨らませることによって、血管を広げることが行われる。

しかし冠動脈の狭窄が悪化すると、往々にして石灰化し、病変は石のように硬くなる。その硬い病変を広げて、血流を通すためにはロータブレーターのドリルがものをいう。石のような病変に、硬いダイヤモンドのドリルで穴を穿ってゆくのだ。

石灰化した病変をドリルで穿つと、当然のことながら砕けた破片が血管内に飛び散って壁を傷つけたり、ロータブレーター自体が血管を破って、その外に飛び出しそうに思えるかもしれない。だが、ディファレンシャル・カッティングの理論からはそうはならない。むろん理論上はともかく、稚拙な手技によって手術が行われると、重大な合併症を起こすことになるが。

「少し前進して、後退。そしてまた前進……、後退……」

耀子はロータブレーターを巧みに操作しながら、続けた。「この前進後退の繰り返しを〝ついばみ運動〟と呼びます。事前の講習でも述べましたが、この〝ついばみ運動〟に習熟するのが、ロータブレーターを使いこなす上で重要です」

耀子は言葉を継いだが、彼女は青い術衣の下には数キロの重さの鉛が入った防護ベストを着込んでいて、素の彼女よりもいくぶんか膨らんでいる。もちろんそれは研修に入っている医師たちも同じことで、全員が着膨れした格好で、マスクにゴーグル、キャップをつけてかしこまっていた。

「はい、これで病変を通過しましたね」

言いながら、彼女は患者に声をかけた。「さあ、カテーテルが病変を通りましたよ。これからステントを留置しますね」

患者は事前にベラパミルやニトログリセリンといった薬剤を冠動脈に選択的に注入されているが、意識ははっきりしていて、術者（耀子）の言葉と一挙手一投足に敏感に耳をそばだてていた。

抜き専用の低速回転でバーを回しながら、バーの引き抜き作業を終え、患者の様子や胸痛の有無、心電図に注意しながらステントのワイヤーを入れてゆく。彼女は助手に血流の圧を確かめた。

「どのくらい？」

「2・5です」

「オーケー」と今度は患者に声をかける。「はい、ステントが広がりますよ」

彼女はなおもカテーテルを使いながら、告げた。「さあ、咳をしてみてください。えへんッ！」

患者が言われたとおり、えへんッ！　と咳をした。

「オッケー、いいですよ。狭窄部が広がって血流が復活しています」

二十五年ほど前に、耀子がアメリカでロータブレーターの手技を学んだ頃には、実を言えばロータブレーターは今よりももっと複雑で難しかった。ドリルを回転させるためにフットスイッチがついていて、術者は手と足と両方を繊細に動かす必要があったし、バー（ロータブレーター）の回転数の過剰や減少も、自分の耳が経験的にそれを知る手っ取り早い手段だった。

それが今では起動部が一新され、すべてが手元で制御されるようになり、しかもコントロール表示もデジタル化されて、一目で回転数が把握できる。回転数の極度の低下を知らせる警告ランプもついて、まさに至れり尽くせりと言えた。

オペルームの「手術中」の赤ランプが消えた。カテーテル手術を終えた患者は、大事をとって一日だけ入院。その後の検査に異常がなかったら、翌日は晴れて退院の運びとなる。

耀子たちスタッフはルーティンにしたがって、研修医、実習医たちを交えて、一時間後には術後カンファレンスを持つ手筈になっていた。

「鶴見先生、いつもながら、素晴らしいお手並みでした」

手術を終えてカテーテル・スタジオに引き上げてきた耀子に声がかかった。振り向くと葛西部長と、驚いたことにその横に春日恒平理事長がいる。声の主はどうやらその春日理事長らしかった。

「あら、理事長先生、スタジオにおいでになっていたんですね」

会釈した耀子に、春日が畳み掛けるように言った。

「いやあ、鶴見先生がお忙しくって、なかなかこちらに連絡をくださらないので、今日は思い立って、当方から出向いてきたのです」

「何か特別なご相談事ですか？」

春日の言葉を額面どおりに取って、そう訊いた耀子に、春日が笑った。

「手厳しいなぁ。たまにはこちらの葛西先生と鶴見先生に私の三人で病院周りの種々について、意見の交換をしなければと思いましてね。どうです？　この後、お時間が取れますかな？」

耀子はちょっと困った顔になった。

「術後のカンファレンスがありますが、その後でしたら……」

「ああ、やっぱりね」

と春日は頷いた。「いやね、葛西先生にも術後のカンファレンスが毎日あるはずだとは伺っていたんです。では、術後においで願ってもよろしいですか？　私たちは先に行ってかるく一杯やっておりますから」

実力者の理事長にそう言われて、耀子には抗う術はなかった。今週の土日を富産別で過ごしたいという息子から、訊きたいことがあるからできたら早く帰ってきて、とスマホにメールが入っていたのだが……。


息子からのメールは、とりたてて緊急を要するもののようには見えなかった。

《絵里花ちゃんに誘われたので、今週の土日に富産別に行くつもり。健吾おじさんが札幌に来て、僕らをピックアップしてくれるみたい。絵里花ちゃんからはマミーも一緒にどうか？　と言われている。たぶん無理、と答えておいた。

おじさんは、牧場近くのＪＲ線の跡地に風力発電施設ができるらしくて、それに反対して道庁に陳情にくるとのこと。このことについてマミーの意見を訊きたいから、今夜は早く帰ってきてほしい》

だいたいこんな内容のメールで、たぶん譲はその風力発電施設について、自分なりに考えをまとめたいようだった。

譲は詳しくは書いていなかったが、実は耀子はすでに健吾から出札の件について、あらましを電話で聞いていた。

「JR跡地を買ったのは、まだはっきりとしてはいないんだが中国資本だという噂なんだ」

と健吾は彼女に告げたのだ。「耀ちゃんも知っているだろう、芥子内の山が二つ、中国の会社に買われたってのを？　あれね、一つは鈴蘭山って地元の人が呼んでいるなかなかな山でね。うちの牧場に耀ちゃんの土地と隣接している、野生の鈴蘭が群生している丘があるだろう、あそこと同じ風景が広がっているんだ。海も近いし、そこに立てば海坂（うなさか）になった太平洋の水平線が一望できるって話だよ」

「観光のために買ったのかしら？」

「そうじゃないだろう。富良野や美瑛みたいにラベンダーや色んな花の畑があるわけじゃなし。鈴蘭だけだから、いくら中国人が北海道好きだといったからって、そうは簡単に中国人観光客が押し寄せるとは思わないけれどね。問題はあの山とJR線の跡地が、ほぼ境界なしで続いているということだよ。中国の会社はきっとその山に風力発電の別の施設——例えば変電所とかそういうものを造りたがっているんじゃないか。そう私は推量しているんだけどね」

「わかった。中国資本はうちと小田島牧場の土地も買収しようとしているのね？」

耀子は健吾に皆まで言わせずに、そう応えた。

「さすがに鋭いね、耀ちゃん。お医者さんよりも不動産屋さんのほうが向いているかも知れない」

「何を言ってるのよ。本当にそんな話があるの？」

「いや、さすがにまだない」

何だ、だったら、変に先回りして心配しなくてもいいじゃない。そう言おうとしたら、健吾が続けた。

「でも、早晩、そういった話が持ち込まれるんじゃないか、と俺は踏んでいるんだ。芥子内の買収例は決してママゴトじゃないからね。中国資本は相当の意図があってあの二つの山を買ったんだ」

「どういう意図か、推測はつくの？」

「まあ、こういうのは、これこれこうだ、と言ってハズレると赤っ恥だから、人にはあんまり吹聴したくないんだが、北極航路の話って聞いたことがあるだろう？」

北極航路？　ひょっとしてヨーロッパと太平洋を結ぶのには氷が溶けたなら北極海が一番近い、というあれのことだろうか？

「温暖化で北極海の氷が溶けて、っていう話のこと？」

「そう。それだよ」

健吾はもったいぶって咳払いして続けた。「中国はその北極航路の積極活用を狙っていてね。ヨーロッパから北極海を通って中国本土にいたるルートを探っている。その過程でクローズアップされたのが北海道だよ。北極海から南下して北海道の太平洋側を回って、津軽海峡から黄海にいくって寸法だけどね。その関係で、釧路や日高地方の太平洋沿岸、函館、といった場所の確保が重要になってくるという訳だ」

「だからJR線の跡地に風力発電施設、という話が信憑性を持ってくるのね」

「そう、そういう訳。風力発電は方便で、たしかに風車やその他の設備も作るだろうけれど、むしろ沿岸の土地の確保が主目的なんじゃないかな。もう釧路の近辺はずいぶん中国資本の買収が入っているという話だし、北極航路うんぬんというのは、まんざら法螺話じゃないよ」

「でも、土地を買収したからって、その土地が中国領土になるわけじゃないし、いくらなんでも日本の政府だって、そんなにボンヤリじゃないでしょう？」

　耀子が反論すると、いいや、それがどうも、そうじゃないところもあるんだ……、と健吾は続けた。

「北海道の土地が購入名義は日本人であっても、その実、中国資本にたくさん買われているのは知っているよね？」

「ええ」

「空港に近い千歳や、洞爺湖、伊達の周辺からはじまって、中国による北海道の土地買収は富良野や釧路方面の原野など、水源地を含めて広がっている。それを仲介している不動産業者もたくさんいるし、なかにはそのうち何十年か以内に北海道を中国の何番目だかの自治区にすると息巻いている在日中国人も現れているそうだよ」

「条例や何かを作って、その動きを止められないの？」

「いや、なかなか……。なにしろ中国の首相はじめ要人が日本を訪れたとき、北海道を案内してほしいと言われれば、日本の総理大臣が喜んで案内したりするからね。中国に工場進出した日本の会社との兼ね合いもあって、いろいろ向こうの意向について忖度もしなければいけないだろうしね」

「いやだ。それじゃ、まるで中国での商売のために北海道の土地を切り売りしているってことになるじゃない？」

「いや、まあ、そう耀ちゃんのように単刀直入に考える人ばかりじゃないからね……。ここ十年から二十年の間に、何度か彼の国で日本の企業が暴徒に襲われたことがあったろう？　あれは靖国へのA級戦犯の合祀とか、尖閣諸島の土地の国有化とかがあったとき、日本の政治的対応に怒った中国の憤青（愛国青年）たちの仕業だったって言われているけど、実際は向こうの政府が一部の跳ね上がりを上手に利用している側面もなきにしもあらずだからね」

「それは、わたしも聞いている」

と耀子は肩をすくめた。「でも、進出してひどい目にあった日本企業は、半ば自業自得のところもあるのじゃないの？」

「中国の安い労働力を当て込んで、先進国風を吹かせて乗り込み、環境破壊なんておかまいなしに、中国を世界の工場にしていった過去について言っているのかい？」

「ええ、まあ、そう」

「そうとばかりは言えないよ。もともと日本企業に進出して欲しいと言ってきたのは中国政府だったんだから、利害は共通していたんだ。問題が起きれば、お互い痛みわけだろう？」

「それでも、どちらか一方の力が勝って、バランスが崩れたら、やはり政治的にいろいろ問題が生じるでしょう？」

「いや、それは中国が少し勝手なんじゃないかな。日本企業だって従業員を食わせなきゃならないからね。国際競争に巻き込まれてるんだから、安い労働力に魅力を感じるのは当然だし、背に腹は代えられず進出している側面もあるよ」

「日本はあくまでも相手を尊重して、平和的、協力的に進出しているって訳ね？」

「まあ、そう信じたいよ。大企業はいざ知らず、日本の中小企業は中国に進出したおかげで、現地の商習慣や人間関係に足をとられてぼろぼろになり、抜けようにも抜けられないという話も聞くしね」

「難しいわね。それで今度は中国資本が北海道の土地を買えば、静かなる侵略だと考えてしまう私たちもいるんだし……」

「うん、人の振り見てわが身を振り返る必要は確かにあるけれど、でも、それと俺たちの故郷が切り売りされるのは別だよ。いくら地方の人口が少なくなって寂れかけてるからって、二束三文で土地を手放していいって法はないだろう？」

「それは私も、そう思うわ。気がついたら北海道に住んでいるのは外国人で、私たちが少数派なんてのは困るわ」

「いや、俺も耀ちゃんもそう自然に考えているけれど、必ずしもそれが一般的じゃないから困るんだ。どんな手段でも地方を活性化させたい、外国人を呼んででも人口を増やしたい自治体もあるんだよ。道東の町では町役場が音頭をとって、小学生に中国語を学ばせたり、老人に太極拳を教えたりするところも出てきているって話だしね」

「そうか……、北海道の道民といっても、いろいろ意見が分かれるのね。いろいろ聞けば聞くほど、とても難しい問題にみえてくるわ」

　耀子はため息をついた。健吾とは幼馴染で言いたいことを腹蔵なく言い合う仲だから、かりに何か齟齬があったとしても、よくよく話し合えば分かる。

　だが、同じ土地に住んでいるにもかかわらず、なかなか自分の思っていることが通じない人間だっている。これが経済的利益が絡んだり政治的な信条の話になると、完璧な了解はほとんど無理。結局は妥協や〝足して2で割る〟ような話になる。

　中国資本による土地買収にしても、地域の過疎化という現実があり、買収の実際についても詳しく調べなければ、そう簡単には解決策は見つけにくいはずだった。

「でも、まあ富産別の俺と耀ちゃんの土地については、あらかじめ態度を決めといたほうがいいと思ってね……、どう思う？」と健吾が言った。

「どう思うって、健吾くんの意見はもう決まっているんでしょう？　わたしは今のところ、あなたの意思決定に従うしかないように思われるけど？」

　そう応えると健吾が笑った。健吾の牧場に隣接する耀子の土地は、耀子の祖父が病院用に買い求めたものでかなりの広さがあり、いままでは健吾の親切に甘えて小田島牧場に管理を委ねていたのだ。

「まあ、そう言わずに……。とにかく事態のあらましだけは話したよ。いいね」

道庁と、知り合いの議員に外国資本による土地買収の実態を直訴する、という健吾はそう言って「何か進展があったら、連絡するよ」と電話を切った。

譲は土地買収について、母親である耀子の考えを知り、その上で自分の意見をまとめたいのだろうが、たぶん、そこら辺は健吾に任せてもいいだろう。

耀子は顔を上げ、春日理事長と葛西部長に向き直った。どうやら彼女の確約をとるため、きちんとした返事を待っているらしい彼らに、はい、と頷いて言った。「それでは少し遅れて参りますが、よろしくお願いします」と。

11　虜囚　その二

男が記憶を切断され、セブ州のＣＰＤＲＣ（監護刑務所）で目覚めて、はやくも一週間が経とうとしていた。

「三日三晩、お前は眠っていた」

と主張するミゲル老人の言葉を信じて、最初、男はセブのアイランド・ホッピングの最中に拉致されてから、ほんの数日でこの刑務所の中に投げ込まれたとばかり思っていた。しかしカレンダーを確認すると、男が意識を回復したのは九月の初め。どうやら自分の記憶には半月ばかりの欠落がある、と疑い始めた。

むろん、この空白の期間についてミゲルに確かめることは憚られた。ミゲルは男を自分と同じミンダナオ出身のホルヘ・エストラーダだと主張し、それを周りにも吹聴していたからだ。その結果、周囲の誰もが男をずっと以前からこの監護刑務所にいるホルヘと信じて、そのように扱うことに何の躊躇いも持ってはいないように感じられたのだった。

「ホルヘ、お前の肌がいくぶんか白いのはなぁ」

とミゲルは男に言い聞かせるようにつぶやいた。「二代前に華僑の血が混じっているからだよ。お前の婆さんが金持ち華僑の狒々親父の妾に入り、お前の母親が生まれた。その母親がミンダナオのチンピラだったお前の親父と一緒になって、それでお前が生まれたんだ」

なぜそんな話をするのか？　どうして俺に教え諭すように告げるのか？　訳を訊こうとした男に、ミゲルは慌てて言い繕うように続けた。「お前も覚えているだろう？　あのロクデナシの父親を。フェルナンド・エストラーダ。あれは俺の父親違いの弟だよ。つまりお前と俺とは、甥と伯父の関係という訳さ」

ミゲル老が言うには、その甥である彼をこの刑務所で何くれとなく世話するのは、伯父である老人の務めでもあるらしい。「いいか、これを肝に銘じろ。お前は俺の言う通りにやっていれば、ここでの問題はほとんどないんだ」

そう言って、ミゲルは男に熱々のドーナッツを、ほれ、食えよ、と放ってよこした。

「おうっ」

男がミゲルから与えられたドーナッツは美味かった。揚げたてのパン生地の中にみっしりと餡が入っていて、用心しなければ口の中が火傷するぐらい熱いのに、ほろほろと甘く溶けるのだ。味は強烈な甘さを差し引けば、日本によくある餡ドーナッツそのものだった。

なぜ、ミゲルはそんな餡ドーナッツを気軽にほれっ、と男に放ってよこすことが出来たのか？　理由は訊くまでもなかった。老人は刑務所の中で鍋釜を所有していて、油や小麦粉や砂糖などをどこからか仕入れ、熱々のそれを作って、囚人たちに売っていたのだ。

ミゲルが作るドーナッツはけっこう人気があった。朝、揚げたてが出来上がると、あっという間にそれが捌ける。〝ドーナッツ屋の爺さん〟と、周囲にいる囚人たちはミゲルに親しげに声をかけた。ミゲルはそう呼ばれると、揉み手こそしなかったものの、いそいそと顧客たちに振り返った。

「いくら欲しいのかね？」

そう言って老人は帳面に、誰々何個、誰々何個、と鉛筆をなめなめ記していく。要はツケの台帳である。支払いの期限がいつかは分からなかったが、そのツケは何らかのかたちで回収される、ということらしかった。

しかしこの、刑務所で囚人がドーナッツ屋を営む、という考え方に男が馴染むのには少々時間がかかった。どうして娑婆（シャバ）と同じような商売が成り立つのか？　それにミゲルはどうやってこの商売に手を染めたのだろうか？

だが、セブの刑務所はそんなことで驚いてはいられない場所だった。監視が緩いというか、看守もグルになって内部では、ほとんど塀の向こう側と変わらぬ生活が営まれていたからだ。仔細に観察するまでもなく、煙草やジュースを売る小商いの囚人もいたし、氷にカラフルなフルーツやアイスクリームを乗せたハロハロ（かき氷サンデー）を売って回る連中もいたりする。金さえ出せば必要なものは何でも手に入るらしかった。

　あるときミゲルが男に言った。

「こう暑くっちゃ、かなわない。ハロハロでも食うか、お前も好きだったよな？」

　ミゲルが笑いながら男に買い与えたハロハロは、ウベ（ヤム芋の一種）の紫色が特徴的な、やたらと甘いかき氷だった。囚人たちの間ではバニラよりも断然このウベが人気があるらしく、これが暑い日には腸に沁みるくらいうまかった。

「あんまりがっつくなよ、ホルヘ。なんせお前の腹は特別誂えに弱いんだからな」

　ミゲルはそう男に注意したが、男はそんな老人の言葉に目をぱちくりさせながらも、黙って頷いた。こうした物言いの一つ一つが、やはりこの老人が自分の正体を知っていることの証左のように思われたからだった。

　ともあれ刑務所の中での生活はミゲル老人の導きと保護（？）もあって、男にとっては、それほどひどい不自由もなく過ぎていった。

　たしかに衣食住の環境そのものは劣悪だった。狭い房舎に何人もの囚人が詰め込まれるものだから、中には身体を伸ばして眠るスペースがとれずに、立って寝る手合いもいた。そんな連中はたいてい便所の傍の壁が支えになっている場所にたむろして、その壁に上半身を預けて眠るのだ。

　男は幸運にも、ミゲルのおかげでそれなりに眠る場所を確保できた。ドーナッツ屋で爺さんが稼ぐ額が思った以上に大きいらしく、老人はそれをけちけちせずに周囲の種々に使っているようだった。

「いいか、ホルヘ、どこへいっても先立つのは金だ。しかし金ってヤツは、使って何ぼだ、よく覚えておけ」

とミゲルは言ったが、男も必死になって刑務所内での金の動きや人の動きを知ろうとした。そしてそのうち、ミゲル老人がたんにドーナッツ屋として囚人たちに知られているばかりでなく、小口の金貸しとしても周知されていることに気づいた。

というのもミゲルは模範囚たちに与えられる個人ロッカーに、小さなティッシューが詰まった段ボール箱を備えていたからだ。日本だと駅前で通行人に配るあのティッシューである。彼はそのティッシューを、鉛筆なめなめ例の帳面に記入しつつ、頭を下げてくる囚人たちに分け与えていたのだ。

最初はまさか、と思った。しかし、囚人たちはといえば、その頭を下げて手に入れたティッシューと交換で、ときに煙草を手に入れたり、ひどく甘いサイダー水を飲んだり、携帯電話を借り受けて、どこへやら電話をしている様子なのだ。

「ほう、ここではティッシューがペソの代わりだって、もう気づいたか？」

とミゲルは男に言った。「でもな、それはここの仕来たりってだけで、娑婆（シャバ）じゃティッシューはたんにティッシューでしかない。娑婆（シャバ）に出て阿漕にここで貸したティッシューの代金を取り立てても、下手すりゃ逆切れされちまう。ナイフで刺されたりすりゃ割に合わん。ここの貸しはここで、それもほどほどに返してもらうんだ。いいなホルへ？」

　ミゲルは笑ったが、男は金貸しとしてのミゲルの裁量で房の寝床も与えられ、また、他の囚人から手荒な対応をされない事実に、否応なく気づかされたのだった。なお携帯電話については、これは遠慮なく、どういうことなのか老人に訊いた。

「ああ、あれか。もちろん塀の外に電話しているのさ。囚人たちにだって、家族はいる。おっ母さんや、嫁さんや、子供たち、ときにはそのぅ、愛人にだって連絡を取る必要が出てくるじゃないか？

　携帯電話の入手方法？　ああ、それはもちろん塀の外から差し入れてもらうんだ。でも、それじゃあ監視に没収されるって？　心配するなホルへ。獄吏のやつらはたっぷり鼻薬を嗅がされれば、見て見ぬ振りをするからね。それでも直接差し入れが無理だったら、そうさな、時刻を決めて塀の外から投げ込んでもらうさ。

　このＣＰＤＲＣには塀を隔てて、内の外とがやたら近い地点があってね。今度、獄吏たちの官舎の屋根をそっと覗いてごらんよ。あそこの上に、回収できなかった携帯電話が何個か引っかかっているからさ」

　ミゲルは事もなくそう言って、からからと笑ったが、笑いながらその目は油断なく男の顔つきや様子を窺っていた。この老人をどこまで信用していいのか、疑心暗鬼にさせられる目つきだった。

12　監護刑務所

かくして、頭のてっぺんから尻の穴まで監視されているような、怖い感覚がありながらも、男は次第にCPDRC（監護刑務所）の生活に慣れていった。

CPDRCはかなり大規模なつくりで、一週間やそこらの観察では、どこが北側の端っこでどこが南側の行き止まりなのか、東西の幅についても、あまり見当がつかなかった。囚人たちの話では、CPDRCの真向かいにセブ市政府が管理するセブ刑務所（CCJ）があり、そこには既決囚が、そしてこのCPDRCには未決囚が収監されているらしかった。

つまり正確に言えば、ここは刑務所というより、拘置施設なのだ。囚人たちは州庁舎に併設された裁判所で、刑を言い渡されるまで、ここに留め置かれている訳で、内部の緩い生活規律はおそらく、それに起因していた。

ついでに言えば、プライベートで弁護士を雇う余裕がある囚人は、さくさくと裁判に入ることが出来て、その結果、有罪でCCJに送り込まれたり、釈放されて娑婆（シャバ）に出ることが可能になる。だが、ほとんどの囚人には私選弁護人を雇う金がなく、州の公選弁護人の厄介になるとなれば、裁判の順番が回ってくるのを一年以上も待つのがざらであるらしかった。「爺さん、あんたはここに入ってどれくらいになるんだ？」

と男はミゲルに尋ねたが、老人は冷たい視線を男に浴びせて、質問を撥ねつけた。

「ホルへ、お前は訊き方を間違えている。『ミゲル爺さんがここにどれだけ居るか？』と訊くんじゃなく、『俺たちは——ミゲルとホルへは、ここにどれだけ長く居るんだ？』と訊くべきなんだよ」

言っている意味が分からなかったが、ミゲル老人が質問に答えるのを拒否している、ということだけは了解された。周りの囚人たちの話ではミゲルは彼らが入ったときからドーナッツ屋をやっているらしかったから、ひょっとすると一年や二年ではきかない期間、彼はこのCPDRCに住まっているのかも知れなかった。

ミゲル老人のドーナッツ屋についてさらに付言すれば、彼はいつの時点でか、この権利を誰かから買ったか譲り受けたらしかった。せっせとペソ替わりのティッシューを囚人たちに回して、利息を取っていたことを考えると、あるいは借金のカタに権利を手に入れたのかも知れない。

ことほど左様にミゲル老人はCPDRCの内部において根を張り、幅を利かしていた。だが、囚人たちに対してボス然とした行動をとっていた訳ではなく、またそのような地位を獲得していた訳でもなかった。誰もが認めるボスは他にいたからだ。正確な房舎の数は分からないがCPDRCはアルファベットと数字による区分がなされていて、ミゲルと男が属するのは「Dの3」。それぞれの房舎には暗黙裡にボスをいただく、未決囚たちのヒエラルキーが出来上がっていた。

そして男とミゲルの房舎のヒエラルキーの頂点に立っていたのは、〝耳男〟と呼ばれるエミーリオ・サントスだった。噂ではこの〝耳男〟のエミーリオは娑婆では、ヤクザ組織のオラトリオ会の大立者。それが獄につながれたことによって、そのまま、このボスに横滑りしてきたものらしい。どういう経緯でか日本の柔道の経験者らしく、耳がいわゆるギョーザ耳と呼ばれるかたちに変形していて、その渾名がついているという。

〝耳男〟については、このボスにミゲルが呼び出されたとき、男もついていって引き合わされていた。

「わたしの甥のホルヘ・エストラーダです。よろしくお引き立てください」

ミゲルは恭しく〝耳男〟に紹介したが、〝耳男〟のエミーリオはちょうど携帯で誰かと通話していたらしく、その特徴的な耳にスマホをあてがいながら、おう、分かった、と鷹揚に頷いたようだった。

ようだった、と言うのは、男には現地の言葉で交わされたミゲルとエミーリオの会話の詳細がさっぱり飲み込めなかったからだ。実はミゲルは素晴らしい発音の英語を話し、男とミゲルはそれまでいつも英語で意思を疎通していたのだ。

「お前はミンダナオの生まれなんだから、現地のビサヤ語やセブアノ語なんて知らなくてもいいんだ。俺との会話は英語で通してかまわない」

とミゲルは事あるごとに男に言った。男としても、ミンダナオの言葉を使えるでなし、結局は英語でしか意思疎通が出来なかったが、それでもＣＰＤＲＣで暮らすうち、否が応でも現地の片言を覚えていった。

例えば「マァ・ヨン・バン・タ（ッグ）」と言えば「おはようございます」。「アンボ」は「分かりません」。「シグラ・ド・カバ」と言えば「本当ですか？」といった具合だ。

もちろんすべては分からないから、何となく耳に入ったものを口で転がし、それが使われるように感じる、似たようなシチュエーションで言ってみるのだ。それに現地の人間は英語がそれなりに喋れるから、しようと思えば、英語で確かめることもできない訳ではなかった。

そんなこんなで、ここの生活に慣れていくうちに、ミゲルとは別の気がよさそうな囚人たちと、それとなく片言で意思を通じ合うことも、まんざら出来ない訳ではないと分かってきた。

じっさい囚人たちは押しなべて陽気だったり、気さくだったりした。細かいことには余りこだわらずに、そのとき、そのときで、いかにも朗らかな対応を彼らはした。それが実は彼らの好みでもあり、日常生活の流儀でもあるようだった。

もちろん、それはどうあがいても底辺生活から抜け出せないという、諦めに似た感覚や刹那的な享楽主義と交じり合っているものだった。彼らの一見優しくおおらかな態度は、逆にときどき男を苛立たせたり感傷的な気持ちにさせたりもした。

「今日は土曜日だぞ！」

と誰かが言って、土曜日にＣＰＤＲＣ名物のブレイクダンスに誰彼なく誘い合って参加するときなどは、男はこの感を深くした。矯正プログラムとはいえ、囚人たちは運動不足解消と、気晴らしをかねて、獄舎に囲まれた広い運動場に出て、楽しげに、いっせいに踊りだすのが常だったからだ。

じっさい、土曜のブレイクダンスは観光客がバスを仕立てて、これを見物に来るほどセブの市民たちに周知されていた。

それはそうだろう。赭い囚人服を着た総数千五百人ほどの男たちが、いっせいに「スリラー」などのディスコ・ミュージックに乗って、踊りだすのだ。しかもフィリピンの囚人たちは音感があるというのか、ノリがいいというのか、皆このダンスに長けていた。

もともとは余りにも狭いところに、ぎゅうぎゅうに押し込まれて身動きできず、密すぎる関係特有の暴力沙汰や喧嘩が絶えないことから、発想された矯正プログラムだった。要するに刑務官の中に、囚人たちにはダンスでもさせておけば諍いも減るだろう、ぐらいに考えた切れ者がいたというわけだ。

しかもその切れ者は、セブのキャピトル（市役所庁舎）から無料バスを運行して客を誘致し、わざわざこのダンスを観光名物にするというオマケまで考えた。やってきた市民や観光客はあまりにも上手いダンスの踊り手（囚人）たちを見て、彼らと写真を撮ろうとしたり、彼らに御捻りを与えようとする者まで出て来る始末。しかし、これは願ってもない反応で、おかげでダンスを熱心に練習する囚人たちも現れたし、小銭であってもお金が稼げるというのは無一文の囚人たちには大いに励みになることだった。

もちろん、陰ではそれだけではない金が動いていたはずだ。ＣＰＤＲＣの職員たちは、観光協会や市のほうからそれなりの報奨も得られたはずだし、個人情報や人権意識が希薄なことをいいことに、裏でこのダンスを撮影してそれをメディアに流して商売にする者まで現れた。

いずれにしても、このブレイクダンスはまさにＣＰＤＲＣのいろいろな差し障りをブレイク（破壊）した訳だ。多くの囚人たちにとっては何とも結構なことだった。じっさい、男やミゲルにしたところで、この矯正プログラムが行われている最中に密かに動いて、自らの目的を達するための貴重な作業をすることができたのだから。

そう。ブレイクダンスはそれが行われている間中、他の人間たちに陰でこそこそ何かをする余裕を与えた。

例えば所内の麻薬密売人たちは、ドラッグやその他不法なブツを仕込むことができたし、他の囚人たちも、望めば私的なリンチや、壁の外と連絡をとることなどが可能になった。他のときには発覚を怖れて出来ないことを、囚人たちはこぞってこの時間に処理する。――それが、ブレイクダンスの裏側で行われていることだった。

じっさいミゲルはダンスの間、運び込まれる一週間分の食用油や小麦粉、砂糖その他を幾つかの場所に分散して貯蔵することに余念がなかった。ドーナッツの材料の他にも、例のペソ代わりのティッシューもこの間にブローカーが運び込んでいたはずだ。

男はといえば人々がダンスのためにいなくなり、がらんとした房や刑務所内をこのときとばかりにウロツキ回って、脱出の計画を練った。脱獄についてはＣＰＤＲＣで意識が戻って以来、男の脳裏から離れぬ観念だった。

だが脱獄を誰かに相談する、というのは危険だった。ＣＰＤＲＣの生活に慣れて、いわばムショ惚けした頭でぼんやり考えると、ミゲルに打ち明けて協力を要請するのが手っ取り早い解決策のように思われるかも知れない。

何しろ金さえ都合がつけば何でもあり、がこの監護刑務所の暗黙の掟なのだ。すぐにも合法的に脱出できるのならば、ここは一つ、親切なミゲルに……などと他の囚人なら考えたかも知れない。しかし、それは逆に奈落への道ではないのか？

男にはミゲルがこれだけの嘘を周りに吹聴して、男を囲い込む理由がどうしても納得できなかった。ひょっとするとミゲルの役目は俺をここで監視することで、彼はそのために長い間、この壁の中でドーナッツ屋のフリをしているのではないか？

疑いは疑いを呼ぶ。今や不確かで強固な強迫観念が男を苦しめていた。つまり、ミゲルは男を殺さないまでも、懇ろにここに留め、気力を奪い、廃人にする役目を負った、どこぞの組織の回し者ではないのか？

堂々巡りの疑いを胸に抱え込みながら、ブレイクダンスの間、男はひたすらＣＰＤＲＣをウロツキ回った。何箇所かある共同便所や、調理場、面会室に続く長い廊下、風呂代わりの水浴び場……。

いろいろな場所を経巡りながら、脱出の糸口をつかもうとしていたあるとき、男は自分の房舎の近くの水浴び場で、一人の女性に出会った。女性――と言うのは外でもない、その人間は女性以外には見えなかったし、後になって確かめても、本人もまた自らのことを女性と考えているらしかったからだ。

「失礼」

思わずその姿を注視した自らの無作法を詫びて、男がそう声に出したとき、彼女はにっこりと笑って、両手の掌を胸の前で合わせるお辞儀をした。タイ王国のワイに似た仕種だった。というか、それは確かにワイだった。

「ひょっとして、あなたはフィリピン人じゃないのかな？」

そう英語で訊いた男に、彼女は静かに頷いた。ドレープのかかった白いサマードレスのようなものを彼女は着ていたが、頷くとき肩の肌が露出するのを、そっと片手を添えて防いだ仕種がなんとも艶（なまめ）かしかった。

「タイ人？」

続けてそう訊いた男に、彼女は再び恥ずかしそうに頷いた。男はそうやって微笑む女を見て、混乱した。ＣＰＤＲＣに女性が居ることとは想定外だった。それでも無理をしてこの事態を理解しようとすれば、このタイ人女性は、例えば〝耳男〟のエミーリオのようなボスが、ブレイクダンスの間を利用して壁の外から呼んだ娼婦なのかも知れなかった。

「名前は何ていうんだい？」

そう訊くと、女性は白い歯を出して健やかな笑顔を男に向けた。

「本当の名前が知りたいの？　それとも知りたいのは、わたしのチューレン（渾名）かしら？」

「どっちもだよ」

「欲深い人ね。わたしのチューレンはクゥワン。タイの言葉で鹿っていう意味ね」

女はそう言いながら、本当の名前も教えてくれた。「チャッマニー・プーンヤサック。チャッマニーは、宝石のことね」

「チャッマニーか……」

男は口でその音を転がしながら、さらに訊いた。「それでチャッマニー、きみは耳男に呼ばれてきたのか？」

「クゥワンって、呼んでよ」

つんとした声でそう応えながら、クゥワンは続けた。「耳男？　ああ、エミーリオ・サントスのことね。そうよ。あの男はときどきわたしたちを侍らせたがるけど、わたしは気が向いたときしか出向かないの」

いつしか彼女は、猫のような目つきになっていた。彼女は肩までとどく髪をさり気なくかきわけて、男をじっと見つめた。「それで、あなたは何て名前？　人に名前を訊くときは訊くほうが最初に名乗るものでしょう？」

彼女に言われて、なぜか男は頬が赤らむのを覚えた。

「俺の名前は……、ヤマザキ、いや、ホルヘ。ホルヘ・エストラーダだ」

言いながら、なぜだ、と思った。なぜ俺は本名を名乗ろうとして、とどまったのだ？　ＣＰＤＲＣでは誰もがそう呼ぶホルヘという名を、俺は重宝して使ってきたはずなのだ。それなのに、なぜこの女の前で、俺は本名を名乗ろうとしたのだろう？　戸惑った男を、クゥワンはどこか羞(はじ)らっていると勘違いしたのだろうか、にやりと笑って、挑発的な言葉を返してよこした。

「ホルヘか。ホルヘ、ホルヘ、ホルヘは働き者。大地で働く男。うん、農夫の名前だよね？」

何を言っているのか分からなかった。ただ少しからかっているのだけは分かった。

「いいけど、クゥワン。あんたは耳男の傍に行かなくていいのか？　ボスが怒り出してもいいのか？」

「いいのよ、あんなヤツ」

クゥワンは軽蔑したようにちらっと舌をだした。ちょっと蓮っ葉で、それでいて魅力的な仕種だった。そして、これが後々運命的とも感じられることとなる、クゥワン、いや、チャッマニー・プーンヤサックと男との出会いだった。

13　理事長との酒飯

突き出しは焼き銀杏に栗、甘鯛、紅葉麩などの色鮮やかな吹き寄せ。お作りがヒラメと赤貝、モンゴウ烏賊。椀物は岩茸に柚子をちらした牡丹海老の真丈と、紅葉おろしが美しいオホーツクの鱈のお吸い物……。

「さあ、どうぞ召し上がれ。ここはね、主人が椀物にはえらく気を使っていて、自慢するだけあって美味いんですよ」

春日理事長が薦める料理は、なるほど、とても素晴らしかった。仲居が見事な手つきでさっと差し出した小ぶりなグラスの冷酒も、淡麗の辛口で心地いい。まるで岩から湧き出る清水のように喉元をするりと通り過ぎる。これは気をつけなければ酔っ払ってしまう、と耀子は気を引きしめた。

遅れてやってきた彼女は、理事長と葛西部長が彼女を待って、冷たいビールで百合根の饅頭など、店主自慢の一品料理を食しながら、コースが提供されるのを控えていたことを知らされた。

「先におやりになってらしたら良かったのに。申し訳ありません」

恐縮した耀子の言葉を二人は、いや、いや、こういうものは後から来た人が、もう出来上がっている人間に合わせるようじゃダメなんです。さあ、ここからはピッチを上げましょう、などと楽しげに受けた。

「おおい、おかみ、そろそろお願いね」

などとインターホンで告げて、酒飯の提供が始まったのだった。

「ここはね、炊き合わせも、煮物も、なかなかなんです。包丁を握っている主人がとにかく丁寧に下ごしらえして、それを勿体ぶらずに、何というかな、そう、シンプルにして出す。これがいいんだなぁ」

理事長は贔屓の引き倒しのようなセリフを並べたが、行きつけだと言うこの割烹、「庖丁由(よし)松(まつ)」の味はたしかに素晴らしく、彼の言葉には嘘はなかった。

「ここにはいい燗酒があるんです。後からやりましょう」

などと言いながら春日は、ひょいと話題を変えた。

「そういえばですね、鶴見先生、お聞きになりましたか？　最近、妙な肺炎がうちの患者様の中に出ていることを？」

「肺炎、ですか？」

「ええ、最初はそれほど重症には見えず、単なる風邪だろうと考えていると、突然具合が悪くなるらしいんです。それでまさかと肺のＣＴを撮ってみると、間質性肺炎が進行している」

「初めに風邪の診断が下っているなら、当然、Ｘ線検査をしますよね。そこでは発見できないんですか？」と耀子は訊いた。

「いいや、ほんとに軽い風邪の症状で、まさか肺炎になるとは思われないんだそうです。そこで慌てて酸素吸入をしても、肺で過剰炎症が起こり、最悪の場合は多臓器不全ってことになるらしい」

「サイトカインストームですか」

と葛西が受けた。サイトカインストームとは、免疫細胞がウイルスと戦うために作るサイトカインが、制御不能となって放出され続ける現象だ。これが起こると、せっかくの免疫が自分の細胞まで傷つけてしまうため、患者は非常に重篤な状態に陥ることがしばしばなのだ。

「どれほど患者さんが出ているんですか？　まさか院内感染じゃ、ありませんよね？」と彼女は訊いた。

「いや、まだ病院内で肺炎患者が大量に発生しているわけじゃありません。そうじゃなくて、救急外来に担ぎこまれた患者様の中で、ＩＣＵから一般病棟に移ったときに、この肺炎が出る例が二、三あったのです。

それで救命救急科から、ちょっとおかしいという話が出ているんです。ご承知のように、救命救急科はうちの病院の売りの科目の一つですからね。まあ、それで、循環器内科センターの患者様の中にも、そんな事例があったら大変だと思って、お話ししたんですけれど……」

耀子と葛西は首をひねった。耀子は言った。

「うちの科目の患者さんではそんな症状を訴える方はいませんが、肺炎患者さんの年齢は特定できるのですか？」

「いや、先生、さすがに鋭いお尋ねですなぁ」

と春日は言って、続けた。「やはりね、そういう多臓器不全になる患者様はもともと糖尿病とかの持病があったり、高血圧だったり、そういう方々らしいんです。お歳も召してらっしゃいます」

「だったら」

と葛西が言った。「やはりたんなる風邪ですね。ご高齢の方や、持病がある方は、往々にしてその種の症状が増悪しがちですから」

「それが、そうでもないんです」

と春日は打ち消した。「だって間質性肺炎ですよ。単なる風邪からの肺炎じゃありません。ＣＴを撮るとその特徴がはっきり出るらしいんです」

「まあ、肺炎と言っても、普通は年寄りだったら肺炎球菌が原因であることが多いでしょうしね」

そう応えた葛西に、理事長は大きく頷いた。

「そういうことです。たんなる老人の誤嚥性肺炎みたいな扱いは出来ないということらしいです。救命救急科の先生方は確かに風邪が原因かもしれないけれど、在来の風邪ウイルスの亜種じゃないかって見立てらしいです。まあ、風邪のウイルスといってもたくさんありますからね。ライノウイルスにコロナウイルス、それにRSウイルス、パラインフルエンザウイルス、アデノウイルス……」

春日は指を折ってそれらのウイルスを並べ立てた。

「あとウイルス以外でも、一般細菌や肺炎マイコプラズマ、などいろいろありますからね」

葛西が頷いて続けた。「いずれにしても、理事長が仰るようなおかしな風邪が流行るようだったら、うちの病院は大変なことになりますよ。対症療法は見つかったのですか？」

理事長はその言葉に、肩をすくめた。

「救命救急科の先生たちが言うには、対症療法的には喘息の吸入剤が、意外と効果があるとのことです。もっともそれも何種類か薬があるもののうち、一つだけが著効がある、とかいう話でした」

「喘息はアレルギー反応だから、サイトカインストームを一種のアレルギーのように考えようという訳ですか。いやぁ、うちの救命救急科の先生たちはなかなかですね」

葛西は感心したように頷いたが、耀子はすこし引っかかるものを感じた。

「ＣＴで肺炎が見つかるとおっしゃいましたが？」

「ええ、救命救急科では間質性肺炎の確定診断にＣＴを用いるという話でした」

「もし患者さんがこれからも増えるようだったら、専用のＣＴを確保したほうがいいかもしれませんね」

「どういうことです？」

「かりにこれが強力な伝染性のものだったら、消毒の仕方も含めて、いちいち他の病気の診断に利用するＣＴを確保するのは大変です。予算もあるでしょうが、中古でもいいから、肺炎診断専用のＣＴを確保するのが合理的かと思います」

「なるほどね。いや、これは確かに伺っておきます」

と理事長は頷いて、それから気を変えるようにパン、と手を叩いた。「そろそろ燗酒にいきますか？　たぶん蒸し物がやってくる頃ですから……、と言っているうちに、ほら、来た」

襖が開いて、仲居がグジの酒蒸しを運んできた。焼き湯葉や若水菜などが入った、みごとな蒸し物だった。

「お燗を二つ、いや、三つほど、お願いね」

と仲居に言って、春日は耀子に振り向いた。「まず最初に中辛口の純米酒、それから甘口の純米吟醸に移ります。まあ、騙されたと思ってお飲みになってください」

耀子ははい、戴きます、と返事したが、間質性肺炎は話の取っ掛かりで、理事長はもっと他に葛西や耀子に話したいことがあるらしく、酒蒸しに箸をつけながら、それでです……、と続けた。「先ほどのCTの話とは別に、循環器内科センターのカテーテル設備なんですが」

「カテーテル・スタジオを一新する、という話ですね？」と葛西が言った。

「ええ、来年度の予算に、スタジオの費用について盛り込もうと考えているんですが、もう一度、詳しい話を伺っておこうと思いましてね」

「あれは文書で、というご要望でしたので、大雑把ですが見積もりをとって、理事長先生の秘書室のほうに上げておきました」と耀子は言った。

「ええ、それは承知しています。しかし、モノがモノですからね。もう少し具体的に私自身が話を伺っておいたほうが、後々面倒がなくなると思うんですよ」

　耀子と葛西は二人して、春日の言葉に頷いた。もともとカテーテル・スタジオの一新の話は贅沢な提案だった。理事長が鷹揚なものだから、いっそのこと最先端の設備を思うがままに設計したらどういうことになるか——、と耀子と葛西が理想を描いて、ああだ、こうだと議論を重ねて、計画を提出したものだった。

「お二人が上げてこられた文書を見ると、ちょっと近未来の、『スターなんとか』の宇宙船操縦室と言うか、そんな感じがしたのですが？」

「ええ、その通りです。宇宙戦艦ヤマトのコックピットをイメージしたんですよ」

　と葛西が臆面もなく言った。「狙いはうちのセンター内で行われるカテーテル手術を一挙に把握できないか、と言うことなんです。そうですよね、鶴見先生？」

耀子は頷いた。提出したカテーテル・スタジオは、今あるものと違って、全部で六室を数えることになる血管造影室を完全にモニタリングできることを念頭に置いたものだった。

「心苦しいんですが、費用を度外視すると、どんな理想像が描けるかということから出発したもので、一種のパノプティコーン（一望監視装置）になります。待機してもらっている心臓外科のグループには、見ているだけで開胸手術が必要かどうかが一目瞭然になるし、カテーテルの実習教育に便利なだけのものじゃないんです」

力んで説明したつもりではなかったが、思わず熱が入りすぎたかもしれない。理事長は微笑んで、いや、いや、と言った。「べつにスタジオに反対しているわけじゃないんです。まあ、こうやって病院のお金まわりのことを扱う因果な仕事をやっていると、いろいろ要望も多いんですよ。例えば胸部外科で手術支援の〝ダビンチ〟を導入しましたが、他の科目でもロボット支援手術をしたいと言ってきているんです。最近は腹腔鏡下でのロボット手術に保険適用もされてきましたしね」

理事長の言っていることは耀子たちにもすぐに理解できた。ロボットを使って、完全内視鏡下で「切開しない治療」を実現すれば、患者は早期の社会復帰が可能になる。いい事尽くめのはずだった。ただ手術用のロボットは高価で、病院には膨大な出費になる。

「申し訳ありません。私たちのカテーテル・スタジオが予算的に病院の負担になるのは分かっています」

と耀子が俯くと、理事長が慌てて否定した。

「いいえ。循環器内科の設備充実は、うちの病院の最優先課題です。予算に関して気に病まないでください。それよりも結果です。カテーテル手術の評判が、わがホープ病院の集客に当たってどれだけ力になっているか。本当にありがたいことです」

「理事長先生にそう仰っていただければ、私たちも俄然勇気が出ます」

と葛西が言った。「ねえ、鶴見先生、そうですよね？」

「ええ、それは有難いです」

と頷いた耀子に、理事長が手拍子を打つように畳み掛けた。

「そんなふうに感謝していただけるのならば、ぜひお願いがあります。鶴見先生、ここは一つ、我慢して病院内の政治にも臨んでいただけませんか？　病院長については、そのうち先生がおやりになる時期が必ずやってきます。今から覚悟を決めておいてください。これは約束ですからね。お願いします」

理事長の言葉に、慌てて振り返ると、葛西がうん、うん、と頷いていた。何だか有無を言わさぬ動きが進行している、とさすがにこのとき、耀子は感じざるを得なかった。

14　虜囚　その三

「なんだって、クゥワン？　そいつはクゥワンって名乗ったのか？」

ミゲル老人はホルへの言葉を皆まで聞かずに、途中から笑い出した。明らかに男のもの知らずをなじるような、薄ら笑いだった。

「何がおかしいんだよ？」

ホルヘはムッとなって、ミゲルを真っ直ぐに見返した。

「おや、ホルヘ、お前は俺を睨むのか？　ほう、偉くなったもんだな」

ミゲルは男の態度が面白かったらしく、ますますからかうような口調になった。「前々からお前のことは、何も知らないくせに自分を一人前と勘違いしていると感じてきたが、これほどとはね……」

「どういうことだ？」

気色ばむつもりはなかったが、あまりにもミゲルの態度が人を食ったものだっただけに、男ははっきりとムキになった。

「おお、怖い。そんなに怒るなよ」

まだミゲルは笑いをこらえる風情で、違う、違うんだ、とホルヘに首を振った。「それで、とにかくお前はそいつのことを女だと思ったんだよな、え？」

「そうだよ、胸の膨らみも魅力的だったし、実に女らしい体型をしていたよ」

「それがおかしいんだ。それはな、ホルヘ、レディボーイだよ。わかるか？」

「レディボーイ？」

「そうだよ。わかるよな」

ミゲルはそう言って、小さくまた笑った。「そいつはタイ人だって言ったんだろう？　まあ、今度会ったら、連れてくるんだな。俺が検分してやる。そいつはおそらくアレだな、乳房は偽物だ。いまは人工乳腺とかいって、シリコンジェルを入れれば見事なおっぱいを作ることが出来るからな」

男は訝しんだ。あのクゥワンが男？

「ホルヘ、いいか、よく聴け。お前は耳男のことを買いかぶっている。アイツは両刀使いだ。ときどきレディボーイを侍らせるんだ。考えてもみろ、このＣＰＤＲＣには女はいない。女人禁制なんだ。そのクゥワンとかいうのは、どうせ麻薬か何かでぶち込まれたレディボーイだよ。そうに決まってる」

ミゲル老人に断言されて、ホルヘは何が何だか、まったく分からなくなった。

二週間の記憶の空白の後、このＣＰＤＲＣに投げ出されている自分を発見して、以後、とにかく彼は自分の周囲を綿密に眺めることから始めたはずだった。周囲を知らずして、何事も行動には移せない、と……。

ところが、そう考える自分のどこかに間違いがある。いや、狂いというか計算違いがある。だいいちミゲル老人は自分の監視役なのか庇護者なのか、いまだに正体がさっぱり摑めなかったし、比較的縛りの緩いブレイクダンスの時間にＣＰＤＲＣ内を徘徊・観察していて、そこで出会ったあのクゥワンがレディボーイで、その事実に一つも気づかなかったとは。

ミゲルの言うように、自分は何も知らないくせに一人前と勘違いしているトロくさい阿呆。というか、どう贔屓目に見ても、やはりどこか決定的に迂闊なところがある半人前に間違いなかった。

ミゲルは男の無知をなじって、小馬鹿にするだけ小馬鹿にした後、とにかく今度、そのレディボーイを彼のところに連れてこい、と言った。言葉通り、老人自らが首実検してクゥワンが男か女か確かめてやる、と言う意味だろうか？　それとももっと他の意味があって、そのために男に告げた言葉なのだろうか？

いずれにしても、男としては自分の狂った磁石を元に戻し、自分がそうと考える自分と、他人が見る自分がどのくらい隔たっているのか、確かめるためにも、クゥワンにもう一度会う必要があると感じた。

しかし水浴び場で遭遇したあの女にどうすればもう一度会えるのか？　よほど耳男のエミーリオのところへ行って、彼女の居場所を尋ねようかとさえ思った。だが、ボスに何かを訊くためには、それだけで相応の対価を支払わねばならない。このことはすでに短いＣＰＤＲＣの生活で学んでいたし、耳男にそんなことを尋ねても正確な答えが返ってくるかどうか、まったく怪しかった。ヤツラはヤツラの都合でしか動かない。真実はそこで捻じ曲げられるのだ。

しかし、そう思いながらも、クゥワンと交わした会話の記憶を頼りに、クゥワンが居るといっていた区域に足を延ばした男は、意外な結果に驚くことになった。

無理だろう、と考えていた当初の予想とは裏腹に、かんたんにクゥワンを見つけることが出来たのだ。案ずるより産むが易し。彼女を探し回るホルヘを見かけて、当のクゥワンが声をかけてきたのである。

「ホルへ！　ホルへじゃないか！」

クゥワンは囚人たちと同じ赭色の獄衣を着て、彼の目の前に駆け寄ってきた。

胸元はと見ると、たしかに多少は膨らんでいるようだが、あのブレイクダンスの折に水浴び場で会ったときのように挑発的な丸みを帯びているとは思われなかった。体型も、なるほど細身ですっきりとしてはいるが、彼に声をかけ、走り寄ってきた身のこなしは、女性というよりも、ジャガーのような野生動物のすばしっこい動きを連想させた。

「どうしたんだ？　僕を探しに来たのか、ホルへ？」

頷きながら、不躾に見つめたホルへに、クゥワンはちらり、と怪訝そうな表情になって、それから、ああ、と言った。

「これか？　この格好がおかしいか？　でもこの赭色の囚人服は、誰もがここじゃこいつを着る慣わしじゃないか」

「この前の格好はどうした？」

そう訊くと、クゥワンはいたずらっぽい目をして、人差し指を閉じた自分の口に持ってきた。しっ、と声が聞こえたように思われた。

「あれは特別だってことにしてくれ。僕はここじゃ、少なくとも、無敵のムエタイ戦士なんでね」

「ムエタイ？」

そうさ、とクゥワンは頷きながら、男の前で腕を構え、戦いのポーズを取ると、シュッ、シュッ、シュユーッと腹の底から唸るような声を出して、左右の回し蹴りと、後ろ蹴りを披露した。ものすごいスピードだった。

「わかったか？　僕はここじゃ、賭けバトルのちょっとしたチャンピオンなんだよ」

吃驚した顔を装って、肩をすくめていると、いつからそこにいたのか、ごつい体格をした囚人たちが何人か、集まってきた。わら、わら、と湧き出すとまではいかないが、けっこうな人数だった。男は目を瞬いた。集まってきた連中の筋肉が大きくて、ちょっと壮観だったからだ。

「へい、チャンプ、こいつはチャンプのムエタイ仲間か？　けっこういい身体をしているじゃないか」

囚人の一人が、自分たちの身体をよそに、何やらそんなセリフを口走った。セブアノ方言で、実際のところは何を言っているのかわからなかったが、まあ、だいたい、そんな意味らしいと察しがついた。

「違うよ。たんに僕の友達だよ」

ディリ（違う）だの、アミーゴ（友達）だの、そんな単語が聞こえてきたので、男は適当に相槌を打ちながら、英語で彼らに話しかけた。

「クゥワンが強いって言っているけど、本当なのか？」

「ビタウ（本当だよ）！」

「ジノー（彼）、ウサ（一番）！」

ニヤニヤしながら男たちは、そんな言葉を口走った。男もここは知ってる言葉で返事をすべきときだった。

「シグラド　カ　バ（確かですか？）」

イエス、イエス……、誰かが言って、男に「お前の名前は？」と訊いてきた。

「ホルヘ、ホルヘ・エストラーダだよ」

応えたのはクゥワンだった。「みんな、ホルヘは僕のところを訪ねてきたんだ。ちょっと二人だけにしてくれないかな？」

とたんにウヒョー、とかヒューとか、嘆声とも口笛ともつかない声が上がって、一人にバンッ、と肩を叩かれた。振り向くと一番のマッチョで、上背も百九〇センチ近くありそうな大男だった。その大男が嬉しそうに歯をむき出して笑っていた。

「違う、違う。彼と僕はそんな関係じゃない。彼はノンケ（ノーマル）だよ」

クゥワンはそう言って、強く首を振って否定したが、周りの反応を見て、男はクゥワンに訊くまでもなく、今日ここにやって来た目的が達せられたことを知った。

「ワライ　ウラウ（恥　知らず）」

と誰かが頬に手のひらの甲の部分を当てて言って、それが伝染したように笑いが広がった。良くは分からなかったが、クゥワンも笑っていた。

「ごめんよ」

とクゥワンが言った。「僕のことになると、連中、やかましいんだ。これでも本当は心優しいところがあるんだけれど、みんなガチンコのウォーリアーだからね」

「みんな、そのぅ……」

とホルヘは気まずい心持ちになって、それでもはっきりクゥワンに訊いた。「きみと同じ性癖を持っている連中なのか？」

クゥワンは首を横に振った。

「彼らは裏で行われる賭け試合の選手なんだ。皆が、皆、僕と同じじゃないよ」

ということは、こいつらは……、と改めて周りを見回したホルヘに彼女が言った。

「ともかく、ここを出よう」

クゥワンがホルヘの手をとると、連中から離れて歩き出した。背後でまたピューッという口笛がした。

「ごめんねホルヘ、僕に用があったんだろう？　それでいったい用って何さ？」

男は首を振った。もういいんだ、もう済んだ。たいしたことじゃないよ、と笑顔を返したとたん、クゥワンの顔が曇った。「おかしいな？　いったい何が済んだっていうのだい？」

クゥワンが強い視線で男を見つめていた。「ホルヘ、あんたは何か用があって僕に会いにきたはずだ。それがもういい、だって？」

ホルヘはたじろいだ。真っ直ぐにクゥワンに見つめられて、自分がなんとも心根の濁った、嫌なヤツに感じられた。

仕方がないな……。男は観念して、男がいまその庇護の下（？）にいるミゲル老人と、その反応について彼女に洗いざらい話し始めていた。

ミゲルは前々から俺のことを何も知らぬくせに、一人前と勘違いしている阿呆と感じていたらしい。そう面と向かって言われて、俺は分からなくなった。俺はそんなに物知らずなのか？　お前のことを勘違いしていたのか？　だから、お前ともう一度会わなきゃと思ったんだ、と。

何だか不思議な感覚だった。つまり、そういうことだ、とホルヘは続けた。あのとき、ミゲルは俺の無知をなじって、小馬鹿にするだけ小馬鹿にしたが、俺はそれに反論できなかった。

「そこであえて訊きたいんだけれど」

と男は続けた。「クゥワン、きみのことが分からなかった俺はそんなにひどく物知らずの愚か者なのか？」

クゥワンは彼の話を聞いて、微笑んだ。何というか、実に女性的な、慈しみ深い母親のような微笑だった。

「大丈夫、きみは何にも分かっていないんじゃないよ。まだ不慣れなだけだよ。ＣＰＤＲＣにも、蟻地獄のようなフィリピンっていう国にもね」

フィリピンに慣れていない面持ちで見返すと彼女が続けた。

「きみがミンダナオ生まれでないことは最初から分かっているよ、ホルヘ。ミンダナオどころかフィリピンでもない。本当の国はどこなんだ？」

男が詳らかにしない
彼女のこの言葉を聞いて、男に不思議な心持ちが芽生えた。クゥワンにだけは自分が誰なのか、どこから来て、何故ここに居るのか、警戒心抜きに、素直に喋ってもいい気がしてきたのだ。

「しぃーっ」

男が話し始めると、クゥワンはまた人差し指を唇に持ってきた。ダメだよ、壁や木陰には目も耳もあるんだから……。

ホルへも苦笑いして、頷いて周囲を見回し、静かな口調で彼女に自らの身の上話を語り始めた。

どのくらい話したのだったか……、時間はそんなにかかっていないはずだが、一挙に話し終えた男にクゥワンが言った。

「わかった。僕はきみの話を信じるよ、ホルへ。じゃなくヤマザキさんか？　でも、ホルへでいいよね、ここでは？」

いいとも、と男は頷いた。俺の本当の名前は誰にも内緒だ、と。結局、このときから男はクゥワンに心を許し、男とクゥワンは何でも打ち明けあう、友達になった。そうして、彼女に脱獄の話を持ちかけるまでに、そう長い時間はかからなかった。

15　富産別

鈴蘭山は地元の人間がそう呼ぶだけで、山というには少し違和感のある、ほとんど起伏のない台地のような形をしている。ふもとを流れるトミサンベツ川が削り取った段丘からなだらかに続くこの山は、ところどころ傾斜が切れて、まるで平地のようなところもあって、春には一面の鈴蘭が咲き乱れることから、子供の頃の絵里花にとっては絶好の遊び場所だった。

「さあ、いいわよ！」

絵里花はその鈴蘭山の平らな一画にいて、海を背にし、ちょうど野球の塁間ほどの距離に立つ譲に大声を出した。

「ようし、手加減はしないぞ」

譲が応えて、ボールを放ってよこした。回転こそきれいなものの、ほとんど力を入れていない、緩い球だった。

「ダメよ。口ばっかりじゃないの」

彼女はいくぶんか憤ったような声をだした。昔、まだわたしたちが小学生だった頃は、キャッチボールのとき手加減なんかしなかったじゃない。なのに、この球は何？　彼女は思いっきり腕を振り、スナップを利かせて返球した。

「おお、いいボールじゃん。絵里花ちゃん、進む道を間違えたね。図書館学科になんて入らずに、大学はソフトボール部のあるところへ進むべきだったな」

「なに言っているのよ。さあ、早くボールを返して。思いっきり投げてよ」

「よし、ご要望に応えて、ちょっと強くいきますか！」

譲が言って、ビュッと風を切る音とともにボールが返ってきた。しかもベルト辺りに来ると思ったのに、ぐんと伸びて、絵里花は顔面のあたりにグローブを出さねばならなかった。しかもそのグローブのポケットに入った球はバチーンという音がした。

「うん、いいわ。もっと強く投げて！」

彼女は自分のありったけの力をこめて、彼に返球したが、譲は余裕しゃくしゃく。微笑みながらその球をキャッチした。パーンと乾いたいい音がした。彼の背後でトミサンベツ川の上流の山々が、濃い緑と茶色のコントラストで連なり、さらにその向こうに日高山脈が、明るい秋の日の光の中で、紫色に煙っている。

絵里花と譲がキャッチボールをするのは、本当に久し振りのことだった。まだ小学生で、アメリカから帰国したばかりの譲に半ばせがまれて、一歳年上の絵里花が彼のキャッチボールの相手をした。それが始まりで、譲が富産別に帰省する夏の間は何年間かこうやって、二人で小一時間、球を投げあい、受けあった。

あの頃は何をやっても楽しかった。トミサンベツ川から吹いてくる風にのって、甘いシロツメ草の匂いが鼻先を掠めたり、乾いた干草の匂いが漂ってきて、遠くで仔馬が嘶（いなな）く声が聞こえて、二人してどの仔馬だろうと耳を澄ませたりした。

だから、こうやって彼と再びキャッチボールが出来る日が巡ってきたのは、絵里花にとっては何ものにも代え難い歓びだった。ビュッとホップしてくる譲の球は、子供だった頃に比べるとずっと速く、つよいものになっていたけれど、それがなぜか彼とするキャッチボールの幸福感を倍増させているような気がして、彼女は満面に笑みを浮かべた。

もちろん、譲が昔ほど真剣にキャッチボールしているのではないことは、彼女だって承知していた。こんなことよりも、札幌から帰る道々、車中で父の健吾が語った中国資本による土地買占めの話と、それを必然的に招いた北海道の過疎化の話に、譲はひどく興味をしめしていたからだ。

この鈴蘭山と同じ地形の隣町の土地が買い占められ、そこがどうやら風力発電の施設の建設予定地らしい。――そう知って、いろいろ思いを巡らせているらしい譲を、だったら、ちょうど良い機会だから鈴蘭山に行ってキャッチボールをしようよ、と誘ったのは彼女だった。

「あそこからはトミサンベツ川にかかる鉄橋や貯木場の後も眺められるし、廃線になったといっても線路はまだ残っていて、買い占められる予定地も一望できるんじゃない？」

強引に誘った甲斐があって、二人は絵里花の母のお墓参りを済ませ、お昼ご飯の後こうやって鈴蘭山へと足を運んで、故郷の秋の一日を満喫しているという訳なのだった。

富産別へ帰りがてら、車の中で父が語った話は、絵里花にとってもけっこうショッキングだった。絵里花が生まれ育った富産別は、周囲の町村も含めて人口が約三万人。トミサンベツ川に沿って昔からアイヌの人たちが定住していた集落があり、北海道にしては気候がとても温暖なところだった。本州からの旅行客が「冬はすごく雪が降って、寒いんでしょう？」と期待をこめて訊くが、「ううん、全然。スキーなんてしたこともないよ」と応えると、がっかりしたりする。

明治維新の後にそこに天皇陛下の牧場（御料牧場）が出来て、軍馬の養成のためにイギリスから骨量の多い種牡馬が輸入された。これが富産別で競走馬が生産されるきっかけになった。父の話だと、最初の輸入馬はハクリヨウ号―プリメロ号という血統だそうで、戦後の昭和時代に活躍した三冠馬シンザンはその流れになるらしい。

絵里花の家は戦前から続く軽種馬育成農家で、父の健吾は三代目。北大を出た父が修業のために米国のケンタッキーで働いていたとき、亡くなった母のキャシーと出会い、結婚して富産別に彼女を連れ帰った。そして当地で絵里花が生まれたという訳だ。

聞くところによれば、富産別の過疎化は父が母を連れ帰る前から、徐々に進行していたらしい。バブル経済が華やかだった頃は、日本に欧米の競走馬でも、ダービーや凱旋門賞をとった最高のスタリオンが輸入され、血統的には日本の馬が最上位にいる、などと囁かれたりもしたという。

だが、その馬たちの隆盛に比べて、地元は知らない間に人口が減り始めていた。高度経済成長のおり、土地の若い人々が都会に出て帰ってこなかったのが最大の理由だが、それは言い換えれば、日本の工業化・商業化に北海道のような農産地が取り残された、ということだった。

バブルまではそれでも、そんなことは誰も気にしなかった。ジャパンアズナンバー1と煽られて、戦後の繁栄がいつまでも続くと信じていたからだった。しかし父の健吾に言わせれば、問題はバブル以降、失われた三十年がやって来たことだった。

「結局、日本人は驕(おご)ったんだよ。自分たちの経済力が世界で一番になったと勘違いした。でも、そうじゃない。日本はアメリカの核の傘の下で束の間の繁栄を謳歌しただけだった。満つれば虧ける(か)と言うが如しで、バブルの狂騒が終わると日本の経済はおかしくなった。

グローバリズムとかいって工場が安い労働力を求めて、どんどん海外に出て行ったからね。日本人は結局働き口がなくなっていったのに、しかし、昔のようにつらい3K労働は嫌がった。とどのつまりが実習生とか言って、外国人労働者を日本に入れて、その人たちがいつの間にか日本の中でコロニーを作り出した。札幌の薄野(すすきの)のような繁華街でも、縄張り争いで日本のヤクザは負けて、いまは中国人ヤクザが仕切っている場所も多いらしいよ」

「でも、その人たちが北海道の土地を買っている訳じゃないんでしょう？」

そう絵里花が訊くと、父は頷いて、苦虫を嚙み潰したような顔になった。

「もちろんそうじゃないさ。労働者としてやってきたのは、日本の経済力に魅かれてやってきた人たちだよ。中国のほか東南アジアや中東や、中にはアフリカからやってきた人たちもいるはずだよ。

でも土地を買い占めているのは、そういった人たちじゃない。日本が外国に行って工場を作ると、日本企業もお金を儲けるかもしれないが、そこの国にもお金が入る。そのお金が貯まって、GDPも日本よりずっと大きくなったのが中国だよ。そしてその中国の金持ちが今度は日本に進出して、日本の土地を買おうとする。まあ、因果は巡るってやつだね」

「じゃあ、文句は言えない？」と、また彼女は訊いた。

「そんなことはないさ。日本に住んでいる私たちは、工場が外国に出て行ってしまって、今こそ地場の産業を興さなければならない。畜産農家というのはそういう地場産業の一つだよ。でも、肝心の人間が少子化・過疎化でいなくなってしまって、土地が二束三文で外国資本に買われてしまう。日本は自分で自分の首を絞めてしまった」

健吾の話はなおも続いた。

「富産別の少子化・過疎化はひどいものがあるよ。私たちが――つまり私や譲くんのお母さんが育った頃は、各集落ごとの小学校は何クラスもあってね、実に賑やかだったし、中学校もやはり地区ごとにあった。そしてそれぞれの小学校・中学校が野球やソフトボール、バレーボールなどで競い合っていたものだった。

それがどうだい、今は統合中学とかいって、たった一つの学校に各集落からスクールバスで通ってくるようになった。スケールメリットを享受するためとか言っているが、もう集落毎では人数が少なすぎて学校が維持できなくなったんだ。

高校だってそうだよ。絵里花が通っていた富産別高校ね。橋を渡った丘陵に建っているから、地元じゃ〝御山〟って呼ばれているけれど、他にも農業高校や商業高校があったから、それらと区別して〝御山〟と呼ばれたんだ。それがどうだい、今じゃ富産別に高校はたった一つ。もう誇りを持って〝御山〟と呼ぶ人たちもいなくなりつつある」

「それが世の中の趨勢ならば、わたしたちのちっぽけな力じゃ止められないわ」

と絵里花は反論した。「お父さんの言っているのは、それこそ高度成長の昔は良かったという繰言みたい。わたしたちなんて平成の不況しか知らないんだから」

「確かに二人は日本がだんだん落ち目になっていく時代に巡り合わせたのかも知れない。だけどね、それでもその地域に住む人間にはその地域を愛して、大事にして、次世代に引き渡す義務がある。そう私は信じている。しかし、土地は外国に買われる、地域の医療も崩壊するじゃなぁ……」

そう嘆いた健吾に、いままで静かに親子の会話を聞いていた譲が尋ねた。

「地域の医療崩壊って、どういうことですか？」

「譲くんは知らなかったのか？」

と逆に健吾が驚いたように言った。「てっきり噂を耳にしていると思っていたが、そうか、私もきみのお母さんに余計な心配をかけまいと、バトラー病院がなくなりそうだという話は黙っていたからなぁ」

健吾の言うバトラー病院は、正確には富産別市立バトラー記念病院。昔から地域の中核病院として住民に親しまれていて、絵里花もそこの産科で生まれた。

富産別には以前からアイヌの集落（コタン）があったのだが、そのアイヌの人々を教化するために、プロテスタントの伝道師であるウィリアム・バトラーが、明治期に施療院を作った。その頃はアイヌの人々に肺結核が蔓延していて、加えて〝イム〟と呼ばれる、それまでの生活（アイヌプリ）が一変したために起こった、一種の文化的な精神病が流行っていたのだ。

主にそれらの病人を診るために出発した施療院がバトラー病院の始まりで、今では十八科目の診療科を抱える総合病院のはずだったのだが……。

「十八科目？　そんなの夢のまた夢。ずっと以前の話だよ」

と健吾はそう自嘲気味に答えた。「それというのも、過疎化が大きな原因だよ。富産別市の予算では、それだけの科目がある病院を維持できなくなっていたんだ」

「赤字経営だったという訳？」

絵里花が訊くと、健吾は大きく頷いた。「もう何年前になるのかな、保健省が研修医制度を新しくしたろう？　あれですっかり病院がおかしくなっちまった。バトラー病院は、譲くん、きみが勤め始めた北斗医大病院傘下の、いわゆるジッツ病院だったんだけれど、北斗医大が新たに研修医を送ってこなくなり、さらには今までいた先生たちも医大病院に引き上げさせたんだよ」

「ああ、それなら僕にも思い当たることがあります。医大病院の研修医師がたりなくなって、医局が外に出ていた卒業生を呼び戻したということでしょう？」

そう訊いた譲に、再び健吾は頷いた。

「まあ、それまで富産別の市長が市長の片腕を病院に送り込んで、さんざん病院の経営に口を出していたからね。病院改革とかいって、医大からやってきていた院長の給与を減額したりしたから、北斗医大としても腹に据えかねたんだろう。医師をどんどん引き上げさせた。困ったのは市側でね。新たに東京から院長を一本釣りするという荒療治というか、医大側から見ると暴挙に出たんだ」

「何だか、すごい泥仕合みたい」

絵里花が言うと、まあ、そういうことだよ、と健吾は微笑んで続けた。

「最初は医師だけの問題に見えたけれど、不安を感じた看護師やコメディカルの人々がやめていったこともあって、新しく来た院長はスタッフの引止めと、維持できない科目の廃止を決断せざるを得なかった」

「どれくらいの科目がなくなってしまったんですか？」

訊いた譲に健吾は肩をすくめた。

「結局残ったのは内科、外科に整形外科、リハビリ科くらいで、眼科や耳鼻科といった科目は週に一回、札幌から応援を頼んで、細々と続けているようだよ」

「北斗医大との関係は悪化したままなんですね？」

「うん。市としても北斗医大側に頭を下げに行ったり、再生委員会を立ち上げて病院を守ろうとやっきになっているけれど、どうなるか……。新しい院長は自衛隊のＰＫＯに参加した強者で、最低、内科と外科と整形外科の三科目が揃えば病院の体裁は整えられるというので、必死らしい。自衛隊時代の彼の部下だった医官を本州から呼んで、何とか臨戦態勢を整えようとしているという話だよ」

「野戦病院って言うわけですか？」

譲の言葉は、たぶん半ば冗談口だったのに、誰も笑わなかった。健吾が気を取り直すように言った。

「とにかくいろいろな場面で、過疎化や若者の人口減少というのが効いてきている。事実を知らなきゃ、今までと同じ環境だとタカをくくってしまうが、私たちの故郷は気がつけば、まったく様変わりしてしまったという訳さ」

「健吾おじさんは、どうしてうちの母に内情を伝えなかったんですか？」

「伝えたら耀ちゃんのことだ、札幌ホープ病院を辞めて富産別に帰る、なんてことを本気で言い出しかねないからね」

「それでも、言ったほうがよかったんじゃないですか？」

訊いた譲に健吾は強く、いや、いや、と首を横に振った。

「きみのお母さんは、ああ見えてはなっから鶴見医院、つまり富産別のお爺さんの病院を継ぐつもりでいたからね。研修医時代には最初、いろいろな科目を観察できて、後々自分一人で医院をやるとき融通が利く、と言って麻酔科を選択したぐらいだ。バトラー病院が危ないって言ったら、すぐ飛んでくるよ。でもそれじゃダメだろう？

何のためのカテーテル技術、何のためのロータブレーターなんだい？　あの技術は最先端の医療で、地域医療のためのものじゃない。きみのお母さんは難しい患者をたちどころに治す特別な技術を持っているんだ。だからいろいろな患者が集まってくる大都市でこそ輝く医者なんだよ。それを地縁があるからって、こちらの都合で引っぱってくるのは、それこそ地域エゴだろう？」

絵里花と譲はその言葉に頷かざるを得なかった。二人とも健吾の言うとおり、耀子がバトラー病院の危機を聞きつけると、「故郷に戻る」と言い出すと直感していた。

問題はいまの耀子おばさんのホープ病院における立場だ、と絵里花はそっと思った。東京の病院をスキャンダルで追われたおばさんが、彼女を迎え入れてくれた恵郁会グループに恩義を感じているのは明らかだった。かりに富産別に帰るとなれば、当然ホープ病院の期待を裏切るわけで、おばさんとしては深く悩むところだ。

　加えて譲くんのことがある。おばさんが札幌にこだわったのは、事故からの回復が遅れた彼のそばに、どうしてもついていたかったからだ。その最愛の息子である譲くんが北斗医大病院に入局した今、彼女が札幌に居続けたいと思うのは、とても自然なことのように思われた。絵里花は言った。

「やっぱり、お父さんの言う通りよ。耀子おばさんにこのことを話しちゃダメね。おばさんを困らせるだけだわ」

　彼女の言葉に譲は黙り込んだ。誰よりも母の気性を知る息子としては、絵里花の言葉に反論しようとしてもできないのだ。《内緒にしておいたら却（かえ）って、うちの母は嫌がるかもね……》という言葉を、彼が飲み込んだのを、絵里花も健吾も言外に感じていた。

16　虜囚　その四

　ジェイル・ブレイク（脱獄）か……。ホルへも思い切ったことを考えるよね、と最初、それを匂わせたとき、クゥワンは首を横に振って小さく嘆息した。

「ここはＣＰＤＲＣだよ。フィリピンの監護刑務所なんだ。何よりもここで大手を振ってまかり通るのは金さ。だったら郷に入っては郷に従えで、さっさと金で解決するのがスマートってものだけどね」

しばらく間をおいてからそう洩らしたクゥワンに、男は肩をすくめた。

「その金がないから、考えたんだよ。金があるなら、こんなことは考えないさ」

「ミゲルっていうドーナッツ屋の爺さんはどうなのさ？　しこたま貯め込んでいそうじゃないか？」

「ダメだね、やつは信用ならない。彼が知ったら、そもそもの計画を潰して、さらに何か災厄を呼び込みかねない」

などといった会話を交わした後、クゥワンはしょうがないな、ともう一度ため息を洩らして、ホルへのために一肌脱ぐか……、と続けた。いいかい、これは誰にも内緒だよ、と。

クゥワンが言うには、ＣＰＤＲＣには何種類かの人間がいる。まずは囚人と獄吏（看守）。獄吏は大半が金で転ぶ。いっぽう囚人といえば、ほんの一握りの金を持っているヤツと、その他大勢の貧乏人に分かれる。金持ちは獄吏と組んで好き勝手なことが出来るし、そもそも金で裁判を手っ取り早く終わらせるから、脱獄なんて考える必要はない。

脱獄を考えるのは、貧乏で裁判がなかなか始まらない連中だ。その中でも、凶悪犯で死刑か終身刑など相当重い刑が予想される者がまず第一候補。その次は娑婆で会いたい人間が待っていて、しかもその人間が身重の恋人だったり、もうすぐ死ぬかもしれない母親だったりするヤツら、と相場が決まっている。

「お前はどうなんだい、クゥワン？」

「僕か、僕は外国人だからね」

とクゥワンは目を光らせた。ときどき彼女は眸が妙に光沢を帯びるときがあって、そのときは危険だ、とクゥワンの仲間のウォーリアーが言っていたのを男は思い出した。

クゥワンがなぜＣＰＤＲＣの臭い飯を食っているのか。その理由はこの時点で、男はすでに彼女自身から聞いていた。麻薬だ。クゥワンはタイで仕入れたヘロインやスピードをフィリピンに持ち込み、フィリピンからは南米産のコカインを手に入れて、それを自国に持ち込むということをやっていた。

それが出来たのは、彼が元々ムエタイのプロ選手で、フィリピン・プロモーターの依頼でマニラやセブでの異種格闘技戦に出場していたからだった。

「僕を警察に指したのはマニラのプロモーター達だよ。やつら、僕がセブのプロモーターに引き抜かれてマクタン島で試合したことに腹を立てたんだ。タイのプロモーターと談合して、当局に通報しやがった」

「セブの顔役はここから救出してくれる気はないのか？」

「ダメだね。やつはマニラと事を起こすことを怖れているし、ましてやタイの連中が一枚噛んでいると知って、僕を放置することに決めたんだ。どいつもこいつもロクデナシ連中だよ」

クゥワンは眉間にしわを寄せて、吐き捨てるように言ったが、そんな事と次第でぶち込まれたＣＰＤＲＣについては、その生活を楽しんでいる訳ではないが、それほど苦にしている様子にも見えなかった。

「ここでもファイトに誘われるなんて、思ってもみなかったんだけどね……」

クゥワンはどういう訳か、羞らったように言ったが、クゥワンのＣＰＤＲＣでの生活は、賭けて秘密裏に行われるバトル（格闘技戦）にすべて負っていた。不定期で行われるそれで、彼女はムエタイのチャンピオンとして君臨していたのだ。

一度覗いてみるかい？　と誘われて、真夜中に出かけていった賭けバトルは、圧巻かつ凄惨なものだった。房舎と房舎の間にある一角を、誰がどうやってあんなふうに見事に仕切ったものか、幔幕を張り巡らし、盗電した裸電球の光で明々と照らして、スタジアムが出来上がっていた。

観客はせいぜい四、五十人。その連中が自分の手の内の選手たちを、まるで闘鶏の軍鶏のように扱って静かに熱狂しているのだ。

クゥワンの話だと観客は各房のボスや看守たち。選手はパトロンである彼らの賭けの対象だから、身体に不調があってはならない。そのため試合当日はひどく大切に扱われるのだという。もちろんそれは試合までで、試合で選手が負ければそれまで。骨折などして、しばらく使えないと分かると掌を返したように冷たくなるらしい。

「でもね、僕は本物のチャンプだからね。そこいらの野良犬とは違う」

実はクゥワンは某看守のお抱えで、この某看守こそＣＰＤＲＣの影の実力者。だから、勝ってさえいれば大抵の我儘は許されて、今もクゥワンには彼女の練習相手や付き人のようなかたちで、何人かのウォーリアーがついていた。彼らは自らも試合に出るが、そうでないときはもっぱらクゥワンを援けて働く。男がクゥワンを捜してクゥワンの住居区にやってきたとき、わらわらと集まってきたごつい体格の連中は、そのウォーリアーたちだった。

ところでクゥワンに誘われて見た試合で、クゥワンは驚くほどの強さを示した。ものの三〇秒くらいで相手をノックアウトしたのだ。余りの速さに、見ているほうが追いつけなかった。彼女は開始早々すーっと相手に近づくと、相手が間合いを測ろうと繰り出したキックをよけもせず（もちろんそのキックは彼女の身体を掠りもしなかった）、くるっと上半身を反転させた。ファイトを眺めている副監視長とホルへの方へ、「さあ、これから僕の戦いを見てね！」とかるく振り返った感じだった。しかしその瞬間、相手がくずおれた。

いったい何が起こったか分からなかったが、実は肘打ちの裏拳が相手の顔面を直撃していたのだ。相手は脳震盪を起こし、運ばれていくときは、骨折した鼻がこれ以上ないくらいにひしゃげていた。そしてクゥワンはそれを夜目にも妙に光る眸でじっと見送っていた。

男はいま、内緒の打ち明け話に、再び妖しく輝きだしたクゥワンの双眸を見つめていた。脱獄したい、と告げた男のために「いいかい、これは誰にも内緒だよ……」と呟いた彼女は、闇の中でぞくり、とするくらい美しかった。

これは誰にも内緒だよ……、とクゥワンが呟いたのには訳があった。実はクゥワンは某房舎で脱獄の謀議があることを知っていたのだ。しかも、それはかなり具体的な謀議で、さらに言えば、それにはクゥワン自身が一枚噛んでいた。

「僕が何でここで賭けバトルのウォーリアーをやっているか、わかるかい？」

と彼女はホルヘに訊いてきた。

「ここでの生活を、少しでも都合よくするためだろう？」

「いや、それももちろんあるけど、一番はやはり情報収集さ。僕は僕のファイトのパトロンである看守たちや、房舎のボスたちと顔をつなぎながら、ヤツらの動静を窺っているんだ。ボンヤリしていて、ジェイル・ブレイクがヤツらにばれているのに気づかずに、謀議が一網打尽にあったら目も当てられないからね」

そう告げてクゥワンが男に語ったのは、男と同じくらい切羽詰って、脱獄を切望している彼女の心情についてだった。

「いいかい、このままで行くと僕は死刑か、良くって終身刑なんだ。今は看守たちが賭けバトルに必要だから、このＣＰＤＲＣに僕を留めおいている。しかし裁判が始まれば、よほどのことがない限り、僕はその種の判決を受けることになる。これはほぼ決定事項だよ。なぜならば」

「なぜならば、クゥワンは外国人で、麻薬の密輸入に関わる重罪人で、きみを指したプロモーターたちも、きみに全ての罪をかぶって死んでもらいたがっているから？」

クゥワンはにやりと笑った。

「やっぱりホルヘ、きみは利口者だよ。さすがに日本人だけのことはある。僕の見込んだとおりだ」

クゥワンにはタイに彼女の帰りを待ちわびる両親と一族郎党がいた。今まで彼らを養っていたのはクゥワンのムエタイ戦士としての稼ぎと、麻薬の密輸入からあがる莫大な利益だった。そのため、クゥワンが逮捕されて以来、彼らは経済的危機に襲われていたし、それを立て直せるのは今のところクゥワン一人。だから彼女は、何が何でも脱獄しなければならないのだった……。

クゥワンが逆に打ち明けてくれたジェイル・ブレイクは、聞かされてみれば至極まっとうな、計画性と規律と根気とが必要なものだった。彼ら——クゥワンとその一味——が狙っていたのは、何を隠そう、古典的な地下トンネルによる脱出だったからだ。

地下に抜け道を掘るには、綿密な地形の測定と、掘り進む時間とその成果に関する知識がいる。一日、どれだけの人数で、どれだけの仕事量をこなせば、どれほどの距離を進むことが出来るのか？　そしてそれが一週間ではいくらになり、一カ月ではどれほどになるのか？

道具の選定や、仲間の選定、いろいろ入るに違いない邪魔の回避や、細々とした計画の変更、その他諸々を勘案して、この脱獄計画は静かに進行していた。

「ホルヘ、きみが仲間に入ることについては、僕が皆に保証する。だから、もしきみが原因でこの計画が頓挫したら、僕にも責任が生じる。ことによったら、きみをバッサリ切らねばならないことだって起こり得る。承知してもらえるかな？」

男はクゥワンのその言葉に頷いた。

「もちろんだよ。いったんこの計画に加わると決めた以上、きみは俺のボスだし、俺はきみの命令に従うよ」

そう言った男に、クゥワンはにっこり笑って首を横に振った。

「いや、この計画にリーダーはいても、ボスはいない。ただ、これを計画倒れに終わらせないためには、絶対に仲間を裏切らないという忠誠心が必要だ」

そう言って、クゥワンが男を連れて行ったのは、クゥワンの住居区の一角にある擬装を施したマンホールのような、垂直に穿たれた穴の中だった。

「いいかい、梯子は縄梯子だからバランスをとって、ゆっくり降りてきてくれ」

クゥワンにそう教えられて、男はそっと体重移動を繰り返して、穴の底へと降りていった。底のスペースは人間が四人も立てば、土の壁に押し付けられて身動きが出来ないくらい狭いものだった。クゥワンが中腰になって、穴底の側面に置かれたベニヤ板の囲いをはずした。

「ここからは、屈んで進まないといけないんだ。ちょっと残念だけれど、要は人が一人ずつ通り抜けられるトンネルが掘られていれば良い訳で、快適な地下道を整備する余裕なんて僕らにはないからね」

クゥワンのその言葉に頷いて、男は彼女に続いてその狭いトンネルを中腰で進んだ。二人はあらかじめゴムバンド付きのヘッドライトを装着していたが、ライトが暗くて、ぼんやりと小さな範囲を照らすだけで、トンネルがどこまで続いているのか、よくわからなかった。妙に闇の深さだけが際立つような按配なのだ。

歩いていくうちに距離の感覚がなくなり、どこまで進んだのか摑めなくなったが、それでも道はカーブなどせずに真っ直ぐに続いているように感じられた。

「ようし、ここだ。ここで一休みしよう」

クゥワンが言って、前を進む彼女の姿が突然消えうせた。ちょっとびっくりだったが、実は彼女はトンネルの横に開いた一時待避用の横穴に入っただけだった。

横穴は人が二、三人寝そべろうと思えば出来そうな広さで、その一番奥に、スコップやツルハシなどの掘削用具が仕舞われていた。

「ここに置いておけば、いちいち出口まで持って帰らなくて済むからね」

ヘッドライトに照らし出されたそれらの用具を今更のように眺め、手に取って確かめていた男にクゥワンが説明した。「だけどこれは一応予備の用具で、実際に使っているものは掘っている壁の直ぐ近くに放置してある。だから、手ぶらで行っても、そのまま作業が出来るんだ」

なかなか上手く考えられた手順というか、能率的な作業に感じられたが、ちょっと不安に思われたのはトンネルに補強材が入っていないことだった。現にいまクゥワンと男が入って、話をしているこの横穴にしたって、例えば地震のような慮外の揺れがやってきたときは崩れ落ちてしまいそうな、脆弱性を感じた。

クゥワンに確かめると、苦しそうな言い訳が返ってきた。「だって、安全は大事だけれど、スピードも大事だろう？」と。

「トンネルの中にずっといて、作業中に息苦しくなったりしないのか？」

男は気になったことをさらに訊いた。

「もちろんなるよ。下手したら、酸素が足りなくなって、そのまま気絶するんじゃないかって心配になったこともあったよ」

とクゥワンはあっさり答えた。「でも一人、二人が穴にいるだけじゃ、そんなに苦しくもないんだ。経験上、四人以上が中に入っていると気持ちが悪くなる。だから、トンネル内の作業は多くても三人、できたら二人の組で行うんだ」

「うん」

「その場合は一人が掘削係、もう一人が掘削で出た土を運ぶ係だ。掘った土の量はうまい具合に出来ていて、一人が外に運んで帰ってくるぐらいの時間で、またその分ぐらいの量が出るんだ。土の運搬係は思った以上に重労働だよ。なんせ、けっこうな嵩(かさ)の土を背負って出口まで、細い道を中腰で運ぶんだからね」

「それを何時間くらい続けるんだい？　そんなに長時間はできないだろう？」

「せいぜい一時間半だね。それ以上やったら次の日にこたえる。いま仲間が他に五人いて、三組のローテーションで回せば一晩に最低四時間半は掘削できる。後片付けや自分たちの睡眠を考えれば、だいたいそれがいいところだ。そう僕らは踏んでいるんだ」

「それで、どこまで掘り進んだ？　後、どのくらいで脱出できそうなんだ？」

訊き方が性急だったのかも知れない。クゥワンはしっ、とまた人差し指を立てて、男を制した。

「図面上では、もう半分くらい掘り進んだことになるかな。しかし、透視能力があって３Ｄ画面に映し出したり出来る訳じゃないからね、実際にどうなっているのかは分からない。たぶんそうだろう、というだけだよ。あと、土の固さも場所によって違っていて、大きな岩石があって壁になってたりすると、けっこう厄介だ。想定外の時間がかかるからね」

クゥワンはまあ、論より証拠、と男を促してさらにトンネルを進み、ついに男は掘削現場に足を踏み入れることになった。

「すごいなぁ、これじゃ重労働だ」

行き止まりになったトンネルの壁の前にやってきて、男はクゥワンを見返した。

「そうだろう。そう言うと思ったよ」

クゥワンは涼しい声でそう返したが、口許は微かに皮肉に歪んでいた。壁の前ではクゥワンの相方が一人でツルハシを使って、固い土石の壁を掘削している。

「マーヨンガビイ（こんばんは）」

相方に挨拶した男にクゥワンが続けた。「効率を考えてこうなったけど、実はもう少し、広い穴を開けていたほうが良かったかな、と今になって後悔しているよ」

穴は中腰になって進むくらいだから、高さが一メートルぐらい。そこでツルハシやスコップを使うのはけっこう難しい。じっさい相方のウォーリアーらしき、ガタイのいい男は、硬い壁を前に寝そべるとまではいかないが、身体を沈め、片方の足を前に出し、もう一方を後ろへ引いた、筋トレでいうランジのような格好になってツルハシを振るっていた。相当無理な体勢を強いられているのは明らかだった。

「ほんと、いい筋トレだよ」

とクゥワンが続けた。「いまツルハシを振るってる僕の相棒なんて、これで筋肉量がぐっと増えたって言ってるよ」

「俺も早晩、そうなるって訳か？」

「話が早いね」と彼女は頷いた。「ホルへもきっといいガタイになるよ。ことによったらウォーリアーにもなれるかもね」

男は肩をすくめて口をへの字に曲げた。

「心配するなよ」

とクゥワンは言った。「僕がきみを危ない目になんて合わせないから。それよりもきみには頭を使ってもらう」

どういうことだい？　と見返した男にクゥワンは人懐っこい笑いを返してきた。

「後で穴から出たら図面を出して説明するよ。僕たちはこのトンネルについていろいろな角度からチェックを入れないといけないんだ。どうしても行き当たりばったりになる。きみは経営の経験があるんだろう？　どうやって時間的な資源を投入して、どうやって成果を得るか、きみの意見を聞きたいんだ」

17　耀子　その二

　耀子が理事長たちと酒飯を供にしてから、時間は意外に感じられるほど速やかに流れた。「院長になる用意をしろ」という二人の圧迫を、彼女はそれなりにかわしたつもりになっていた。だが、二人は周囲から耀子が次期院長になる空気を醸成していて、少なくとも循環器内科の周辺においては、これが当然の事実のように思われ始めているようだった。

「副院長、実はちょっとご相談があるのですが」

　カテーテル・スタジオにわざわざ足を運んできたらしい病院の経理課長が、耀子を捜して、そう言ってきた。

「何ですか？」

「理事長のほうからＣＴについて、設置数と使用頻度を緊急にチェックするように言われたんですけれど」

「ああ、それはたぶん、間質性肺炎専用のＣＴのことですね？」

「ええ、そうです、そうです」

　と経理課長はにこっと笑った。課長の背後には部下らしき見慣れぬ大柄な男が立っていて、今すぐにでも課長の言いつけを実行しようと身構えているらしかった。「理事長によれば、ちょっと変わった間質性肺炎が流行っていていて、当院においても蔓延の兆しがみえる。できたら肺炎の確定診断専用にCTを一台用意すべきだ、と鶴見先生のお薦めがあったとか」

「ええ、費用的に問題がありましたか？」

「いや、そういうことじゃないんですけれど……」

「高価なものは必要ないと思うんです。中古で買ってもいいいんじゃないかしら」

「それも伺いました。さすが次期院長候補だけあって、設備費用に至るまで心配りが利いている、と我が課でも評判ですよ」

ゴマをすったわけではないだろうが、半ば媚びるような目つきになった経理課長に、耀子は当惑した。

「実は調べて驚いたんです」

と課長が続けた。「確かに間質性肺炎を疑って、その確定診断のために検査室のCTがずいぶん使われていたんです。この肺炎が蔓延するなら消毒にえらい手間がかかるようになる、と不満も出ていましてね。これならば確かにもう一台、専用のものが必要だろうと……」

それで言いだしっぺの彼女のところに相談に伺った、と告げる経理課長を見つめて、耀子はしばし思案した。

課長のこの行動は、素直に考えれば理事長の指示に対するケアというか、対応でもあるだろう。しかしCTを設置する段になって、費用負担と効用のプラスマイナスを問われたとき、その責任を耀子に押し付けようとする魂胆とも考えられる。

耀子には、こういうときは何事においても態度をはっきりさせるのが最善の対処方法、という意識があった。いままで態度を保留することによって、いい目にあったことがなかったからだ。自己保身のためには曖昧な立場をとるのがいいのだろうが、ことは病院の在り方に関わり、患者の容態に関わってくる。あとあと後悔するのだけは絶対に嫌だった。

「肺炎がこれ以上流行するかどうかは未知数ですが、備えあれば憂いなし。高価なものでなくても診断の用を足すものを買っていただけたら、有難いです」

「わかりました。費用はそれほどかからないと思います。日本製の安いものが市場に出回りましたし、地方の病院でＣＴをせっかく設置しても、使いこなせないで無駄にしているところが続出していますからね。そういうところが放出した中古品が、捜せば多数あるんです」

「使いこなせないというと、コンピュータ写真の判断ができないんですか？」

　と話の勢いで耀子は訊いた。むかしＣＴが出始めの頃、頭部の断層写真を見て、硬膜外血腫と判断したけれど、それはたんに断層写真のノイズで、患者には何の問題もなかった、などという笑い話にもならない話がよく囁かれたからだった。

「いや、そういうことじゃなくて」

　と課長はまた言葉を濁した。肩をすくめて言った。「実は地方の病院でいま、過疎化の進行や、医師の引き上げなどで、病院を維持できないところが増えているんです。そういうところはＣＴはあっても、使う医師がいないということらしいです。まあ、私どもには関係のない話ですがね」

　この話に耀子は眉を曇らせた。たしかに過疎化とそれにともなう病院の問題は、医師仲間でもよく話題にのぼる。

しかし、せっかくの先端機器であるCTを使えなくなるほど医師が足りなくなっているならば、さぞかし地方の病院は大変だろう。耀子が生まれ育った富産別には地域の中核病院として、アイヌ施療院から発展した市立バトラー記念病院がある。まさかあの病院もそんな状態に陥っているなんてことはないでしょうね……、と彼女はかすかに胸に不安が萌すのを覚えた。

先日、故郷で牧場を営む幼馴染の小田島健吾から聞いたのは、地方の病院崩壊についてではなく、中国資本による土地買占めの脅威についての話だった。

健吾の言う土地の買占めは、売る者がいて買う者がいるから成り立つ話だ。土地を手放すことについては、北海道の土地が本州の土地に比べて開墾の歴史が浅く、そのために土地への執着がないからだ、という論理で語られることが多い。

でも、耀子が思うに、土地への執着以前に、執着する人々の絶対的数が減ってきているのではないのか？　そう考えるほうが妥当な気がするのだ。土地を継ぐ者がいなくなって、ならば欲しい人へ売って、大切に使ってもらおう。そう考える人が多くなって、結局は中国資本に買い取られるという事態が起こったのではないのか。

事の根っこには過疎（人口減少）という事実があって、それらがいま故郷の人々を悩ませている。おそらく医療体制についても事情は五十歩百歩。バトラー病院については後で健吾に問い合わせてみなければ……、とそんなことを考えながら、彼女は課長とのやり取りを続けた。

「そんなに中古品が出回っているなら、高値摑みはなさそうですね。万が一、肺炎が流行って

CTの相場が高くなると、買える物も買えなくなって地団駄を踏むのが怖いだけですから……」

「わかりました。早速、営繕の者と相談して、中古市場を当たってみます」

「何だか、おねだりばかりで申し訳ありません」

恐縮しながら礼を言った彼女に、課長は、ああ、そうだった……、と思い出したように付け足した。「今日は実は営繕に新しく配属されてきた者を連れてきました。派遣なんですが、なかなか気がつく男です。カテーテル・スタジオの備品調達などに、どうぞ遠慮なく使ってやってください」

課長に促されて、後ろに控えていた男が会釈をした。「営繕の青木と申します。よろしくご指導ください」

「あ、はい。循環器内科の鶴見です。こちらこそ、よろしくお願いします」

慌てて挨拶しながら、耀子はなぜか奇妙な、懐かしい感覚に陥りそうになった。男が誰かに似ている、と思ったのだ。男はいかにも実直そうに背中を丸め、伏し目がちに挨拶してきたが、誰かに似ている。誰だったろう……。

「ところで、程度のいいCTについてですが」

と記憶をまさぐろうとした耀子に、かぶせるように課長が何やら言ってきた。「値段が高くつくとか、そんなことは全然お考えにならなくってもいいんですよ。私どもにとっては、この立派なカテーテル・スタジオをさらに最新の設備に代えることを考えると、はっきり言って中古のCT一台なんてごくごく小さな問題ですわ」

とっさに当てこすりか、と身構えた耀子に、課長は朗らかな笑顔で続けた。「何しろ循環器内科は救命救急科と並んでうちの病院の稼ぎ頭でもあるし、設備投資の必要性については理事長のほうからも口が酸っぱくなるほど言われていますからね」

「理事長先生には本当によくしていただいて、有難いことです。循環器内科センターとしても、信頼に報いたいと思っています」

「いや、まあ、そう仰っていただくと、理事長直属の経理課としては逆に心苦しくもあるんですが。とにかく理事長の副院長先生に対する全幅の信頼というか、肩の入れようは、傍から見ていてもすごいものがありますよ、ええ。それでは、私らはこの辺で……」

耀子はさり気ない口調で課長に応接したが、そうやって、いたって上機嫌でカテーテル・スタジオから去っていった経理課長を見やって、最後には思わずため息が洩れた。

それにしても相当な嫌味ではなかろうか？　理事長が耀子に肩入れしているのは先刻承知しているが、あの課長はまるで病院内の決め事でもあるがごとく、耀子と理事長の信頼関係を吹聴する気配だった。

理事長は独身で、耀子もまた現在は独り身で、そこから理事長の耀子への厚遇をどこか男女関係の意味合いを含めて云々する人々がいるのは、彼女もうすうす感じてはいた。しかし、経理課長のあの、それを当然とでも思っているようなあっけらかんとした態度は、さすがに解しかねた。

確かにホープ病院に採用される際の面接では、彼女を過大評価する言葉に何とも面映い心持ちになったのを覚えている。勤めてしばらくして副院長に抜擢されたときも、はっきりいって面食らった。

醜聞にまみれていたこともあって、自らが日本女子医大の臨床教授だったりした過去については、もはや耀子の念頭にはなかった。新たに恵郁会というグループの中核病院に勤めることになった一介の心臓内科医として、誠心誠意、病院と患者のために尽くす。そう心に誓っていて、病院内の序列や政治については、まったく考えが及ばなかったのだ。

それに、息子がきわどい闘病生活を送っていたこともあって、あの頃は無我夢中だった。実際、ほとんど当時の記憶はないのだ。ひたすら自らを恃み、仕事に没頭して一日一日を過ごしたといっていい。だから理事長が示してくれた好意は、純粋に職業的に自分を買ってくれてのこと、と信じてこれまでやってきたのだが……。

彼女は首を小さく竦めた。自意識過剰は良くない。病院の職員たちがとかく噂したり、何気ない悪意や善意で、人の動きを縛ることに神経質になってはいけない。そんなことは気にしなければいいのだ。――そう思いなおして、耀子は今日の経理課長の気が重たくなるような態度について忘れることにし、また彼の後ろで挨拶していた男についての良くはわからぬ引っかかりについても、その時点で忘れることにした。

そうやって家路につき、自宅マンションのドアを開けたときには、だから耀子は、噂なんて心の持ちようでどうにでもなる、切り替えよう、と自分自身につよく言い聞かせていたはずなのだった。

ところが、そんな自己暗示は、何気なしに点けたテレビの画面にいとも簡単に乱されることになった。彼女は入ってきたそのニュースに慄然となった——。

18 脱出

きみは経営の経験があるんだろう？　どうやって時間的な資源を投入して、どうやって成果を得るか、きみの意見を聞きたいんだ。——そう言ったクゥワンの提案にのって、いざ、脱獄のためのトンネル掘削計画を練り直そうとした男だったが、その矢先から問題が発生した。

トンネルが落盤の危険を抱えていることは承知していたが、これが考えていた以上に脆弱で、男が加わってすぐに掘削係が生き埋めになる事故が発生したのである。

「——おい、大丈夫か？」

トンネルが延びたちょうど半分になる辺りで、その落盤事故は起こった。土の運搬係が土を搬出した直後に起こったため、生き埋めになったのは掘削係の一人のみ。コンビの二人がもろともに地上と切り離された訳ではなかったのが、奏功した。

「おおーい……、おーい……」

向こう側の様子が判明しなかったものの、運搬係の知らせで、次に予定されていたコンビも含めて、ぎりぎり三人がトンネル内に入って、ツルハシを使った。ちょうどトンネルの真ん中辺りに作られた横穴が健在で、そこから掘削用具をすぐさま取り出して、それを利用できたのも幸運だった。また落盤の範囲が小さかったのも、救出にあたってものをいった。

「よしっ、もうすぐだ、それっ！」

ツルハシを使ってどのくらいの時間がたったのか、ようやく手ごたえがあって、ポカッとあいた土壁の向こうに、土砂で真っ黒に煤けて、青息吐息の掘削係がいた。慌てて彼を運び、地上に引き上げて、仲間たちで鳩首凝議した。

「やっぱり、最初から木枠でトンネルを補強し直そう。それが一番の近道だ」

ホルへの主張が通って、トンネルはいったん進延をあきらめ、入り口から木材を運び入れて、壁と天井を補強していく工事に入った。とんだ工程の中断だったが、急がば回れ！　日本人の経営経験者の薦めに倣って、クゥワンの脱獄仲間たちは辛抱強くこの事態に対処した。それから時間は傍目にはゆっくりと、しかし仲間内では速やかに流れるふうだった。

獄に囚われて、じりじりと身動きならずに流れる時間。男がＣＰＤＲＣに放り込まれてすでに二年近くが経っているというのに、脱獄のためのトンネル掘削は遅々として進まなかった。落盤を経験して、工程を全面的に見直したことも原因の一つだが、トンネルが途中で硬い岩にぶつかり、それを迂回して掘り進めねばならなかったことも、作業の遅延を引き起こした理由に挙げられるだろう。

この掘れども掘れども進まぬ時間を、しかし、クゥワンも彼女の親衛隊も、そしてホルへもじっと耐えた。彼らの手元には外部の仲間からもたらされた精細なＣＰＤＲＣ周辺の地図があり、計画ではＣＰＤＲＣと大きな道路を隔てた、ある建物の地階へとトンネルは延び、そこで外部で手引きする者たちと合流するはずだった。

「外の世界のヤツラは、大丈夫、信用できるんだろうね？」

そう訊いた男に、クゥワンは頬をかるく赤らめながら抗弁した。

「僕のムエタイ仲間だよ。ムエタイには師匠と弟子筋の固い絆がある。例えば金に目が眩んでこれを無視してかかるヤツは、最終的に血族ともいえる同門から排斥されて、まともに生きてはいけなくなる」

そんなものか、とこの話を無理にも納得しつつ、男は裏切りが日常茶飯事の実業の世界を思い出した。そして、かつての部下たちによる自分の排除劇について、クゥワンに語るともなく語った。

「それはね、ホルヘ、きみの部下や仲間が本当の血の契りを結んでいなかったからだよ。僕なら、許さないよ。かりにも兄弟と誓った者らのそんな裏切りは……」

まるで昔のヤクザ映画のような科白がクゥワンの口から洩れるのを聞いて、男は妙に新鮮な感覚に打たれた。

考えてみればクゥワンの生きてきた世界は、男の親たちや、もっと上の世代が生きていた世界とどこか似ているのかも知れない。文化が違えば、まったく思考の回路が違うことは承知していたが、クゥワンの言動や佇まいには、どこか懐かしげな匂いをいつも感じてしまうのだ。

ホルヘがクゥワンに知らずに気を許してしまうのは、ひょっとするとそんな雰囲気を醸し出す彼女の生き方と深く関係しているのかも知れなかった。

こいつなら絶対に俺を裏切らない。男は無根拠な信頼をクゥワンに置いていたが、クゥワンもまた男を、見るから頼りにし、何事につけても相談したり、他人には洩らさない出自について、躊躇わずに口にする気配だった。

「ホルヘ、僕はチェンマイのそのまた向こうの山の中で生まれて育った。つまり僕は山岳の少数民族の出ってわけだよ」

「ということは、あの、何ていうんだろう、ヨーデル？　山の民が出すというヨーデルのような声をきみも出せるのか？」

「ああ、もちろんだよ。深い谷間を隔てて向かいの山側にいる連中と、裏声を利かせて、僕らは合図しあうんだ。日本でもそういう連中はいるんじゃないのか？」

「あるかも知れない。ちょっと良くは判らないが山地に住む人々は、遠くの人に呼びかけるのにそういう高い音の裏声を使うって聞いたような気がする」

と、そんな話に始まって、彼の少数民族がタイでどんな社会階層に属するのか、クゥワンは語った。そしてミャンマーやその他の山岳部とつながる場所でアヘンなどが栽培されていることや、少数民族目当ての観光客やＮＰＯと称する人間たちの狼藉やその他について、いろいろなことを男は聞かされた。

「何なら、山の民の裏声を教えてやろうか？」

「えっ、俺にも出来るのか？」

「まあ、才能と、練習次第によってはね」

そんなふうに唆されて、裏声の練習までしたがなかなか……。クゥワンほど多彩な色調で響かない自分の裏声にホルへが絶望しかけたとき、彼女は男を励ましたのか、笑いながらさらに自分の詳しい身の上について話すことがあった。

「僕には姉が四人いるけれど、みんなバンコクやパタヤに出て、結局は売春のようなことをしている。兄貴は三人いたけれど、二人は若くして死んで、もう一人はバンコクでヤクザになってジャンキーだよ。ほぼ廃人さ。僕もそのヤクザの兄貴の下で稼業に精を出した。兄貴たちと違って僕が幸運だったのは、僕にはムエタイがあったということかな。それに故郷にいる親や小さい弟妹たちを養わなければならなかったからね」

そう述懐したときのクゥワンの表情にはそれなりの翳りが潜んでいたけれど、一方で自らの境遇を受入れて、度胸と腕っ節一本で世間を渡ろうとする人間に特有の、つよい矜持が見え隠れしていた。


ところでクゥワンについては、本来だったなら一人合点しないで、事実を質して、はっきりさせるべき点があった。いうまでもなく彼女の性向についてである。

クゥワンが一方では、無敵のムエタイ戦士であり、しっかりした統率力でジェイル・ブレイクの企てを仕切る男性であることは、男も承知していた。もちろんミゲル老人があられもなく指摘したように、彼女は耳男のエミーリオに侍ることがあるレディボーイでもある。

　ただ、クゥワンはホルヘといるときには自然に露わになる〝女性〟性を隠そうとはしなかったけれど、その〝女性〟性を決して押し立てもしなかった。男を自分の思うように操ったり、自らの我儘を通そうとするようなことは、一切なかったと言っていい。何よりもまず彼女は、矜持の人であり、任侠的な潔さと簡明さで自分の行動を律しようとしていたからだ。

　このことを理解したから、男は彼女といるとき、まず第一に同志的な友愛を感じ、そしてときおり会話や仕種に差し挟まれる〝女性〟性に安堵した。何と言うべきか、ふとした瞬間に彼女に慰撫される自分を感じたのである。その意味でホルヘにとって彼女はときに男でもあり、かつ女でもある存在だった。どちらか一方の性として立ち現れることはなかったと言っていい。

　おそらくクゥワンは意識してそのように振舞っていたのだ。彼女は男を性の対象としては明瞭に退けるふうだったし、自分がホルヘにとって〝男性〟性と〝女性〟性のどちらか一方に偏った、剝き出しの存在であることを極力避けようとしていた。曖昧なものは曖昧なままにしておこう、と彼女は選んだのだ。とはいえクゥワンは、男と二人してトンネルの掘削に入る前など、思い出したように男に昔話をねだった。

「ホルヘ、きみが好きだった女性について話を聞かせてくれないか？」

「俺が好きだった女性？」

「ああ、そうだよ。きみは僕と会った初め頃は、日本に残してきた忘れられない女性がいる、お医者さんで年上だった、と話していたじゃないか？」

クゥワンの〝お願い〟に、男はいつもよりずっと心の敷居を低くして、素直に応えるのが常だった。他の誰かにだったら、絶対に洩らさない秘密もなぜかクゥワンに話すのなら、躊躇う必要がないようにも感じられたから……。

彼はそれをクゥワンの〝女性〟性に自分がいくぶんか屈服した証のように感じていたけれど、実際のところはわからない。

結局、誰かに話したかったのだと思う。鶴見耀子という類まれな女性に対し、一目ぼれし、何度か不思議な縁と感じる体験を経て、彼女に接近し、強く迫り、傍目にもおかしなほどに執着した自分の姿を、誰かに語りたい。語って、そうした行為に及んだ自分を、あれは夢の中の出来事ではなく、たしかに男自身ののっぴきならない経験だったと感じたい。というか、自分自身が一所懸命に生きた証として確認したい。

大げさかも知れないが、一種の存在証明のような気持ちもあって、男は促されるままにクゥワンに自らが愛した女の仕種や、表情や、時々に見せた自分への反応のいちいちについて語ったのだった。

じっさい、余り口にしたくないことだが、夜の寝苦しい暑さや、朝方のまどろみの中で男は彼女を——鶴見耀子を間近に感じるときがあった。半ば夢うつつの、精神の武装を解除した状態で、彼女がすぐ自分の傍にいて、何かを訴え、また自分も彼女に何かを訴えている。そんな心持ちになることがあった。

そうしたときは昔、彼女の傍らでそっと聞いたすずやかな寝息や、思わず洩らす吐息や、眼差し、知らずにこぼれ出た笑みや、ときに彼に異論を差し挟むさいの眉根の動きなどがまじまじと思い起こされた。彼は闇の中で知らずに涙を溢していた。

きっと俺は呪文をかけられたのだと思う。あの日、あのとき、彼女があいう仕種や、こういう口ぶりで自分に告げた一つ一つの言葉に俺の心は搦めとられ、それが今の今にいたるまでも続いているのだ……。と、まあ、そんな感慨に打たれる自分を、男はなぜかクゥワンの求めに応じて曝け出すことに躊躇しなかった。

「そうか、ホルへ。きっときみは、芯からその彼女が好きだったんだね」

クゥワンは聞き上手だった。そう言って何度も男にねだって、男の恋人の話を聞き、その度毎に感じ入ったように呟くのが常だった。

「なんだか、恥ずかしいな。俺の話はこれくらいにして、クゥワン、たまにはきみの話を聞かせてくれよ」

男はそう水を向けたが、しかしクゥワンは、なぜかいつも首を横に振った。

「僕には話すような物語なんてないよ。きみの恋人について聞くだけでお腹がいっぱいだ」

「それはないだろう？」

「いや、僕の話は次の機会まで取っておくよ。お互い余りに秘密がなくなると、つまらないからね」

クゥワンはそう言って、ウインクした。はぐらかした訳ではないだろうが、一緒にトンネルに入って作業をする前の二人には、それくらいのやり取りがちょうどいいんだ、という顔つきになっていた。

男は肩をすくめるしかなかった。じっさい、作業前のほんの時間つぶしのお喋りなのだ。せいぜいがこれからの作業を円滑ならしめるための同志的会話の一部、と考えれば、そんなところと納得するしかない。

「わかったよ。でも次は必ずきみのとっておきの身の上話をしてくれよ。どうやってムエタイ戦士で、かつスマッグラー（麻薬取引人）で、かつ魅力的な女性になったのか、すごく聞きたいんだ」

ホルヘはこの言葉をどこか冗談めいた微笑とともにクゥワンに告げたが、クゥワンはそんなとき、いつも頬をばら色に染め、抗弁するように唇を突き出した。

「僕の身の上話は何度もしただろう。僕は北部の少数民族の出身だって……」

クゥワンに睨まれて、男は小さくわかったよ、と呟いた。それ以上聞くのはなぜかクゥワンとの関係を壊してしまうような気もして、彼は口を噤んだ。そうやって、トンネルの掘削は一種の慰みの会話や告白を挟みつつ、長い時間を費やして、次第に脱獄が現実のものになろうとしていた。

19　耀子　その三

何気なく点けたテレビのニュースショーでは、人気の女性キャスターがその記事を読み上げていた。

「港区赤坂のマンションで女性の遺体が見つかった事件で、被害者は会社社長の金森迪子(かなもりみちこ)さんであることが判明しました。金森さんは胸に、鋭利な刃物による深い刺し傷を受けており、現場に凶器らしきものが残されていました。警視庁赤坂警察署は顔見知りによる殺人事件と見ています。

なお、事件当時の現場の状況や、犯人と思われる人物の映像が防犯カメラに捉えられており、映像を解析した赤坂署は重要参考人として金森さんの知人の会社会長に任意同行を求めています」

金森迪子？　会社社長……？　その名前を聞いて、耀子は一瞬、眩暈(めまい)のような感覚を覚えた。赤坂らしき街に建つ高層マンションとその入り口が映し出されたテレビ画面に、突然、見知った名前と顔写真が現れたのだ。そして彼女の知人の会社会長——それはあの忘れもしない長瀬慎次郎のはずだ——が、その殺人事件の当事者ではないか、と女性キャスターが今の今、告げているのだ。

米国育ちで、目鼻立ちがくっきりしていて、ボブ風の黒髪を強調したそのキャスターは、顔を上げて、同じ報道テーブルに就いている白髪の解説者に意見を求めた。

「これは意外な事件ですね」

と彼女を受けて、解説者は少々勿体ぶった面持ちで話し始めた。「この殺害された女性社長は有名なＩＴ企業の創業メンバーですね。しかもその後に立ち上げたご自分の会社を最近マザーズに上場したバリバリの経営者です」

白髪の解説者は、どこまで彼らについて知っているのか？　おそらくは渡されたニュースの台本通りに、けれどいかにも物知り顔で事件を解説するふうだったが、耀子は注意深く彼の話に耳を傾けた。そして、しばらくすると首を横に振っていた。解説者とニュース番組のキャスターとが交わすやり取りが、いかにもそれらしく事件の表面をなぞっているものの、どこか事件の核心から離れたお喋りになっているのに気づいたからだ。

「殺害された女性社長が創業メンバーだった会社は、横紙破りのM＆Aで業績を拡大していった過去がありますが、今ではホテルチェーンや、ネット通販、そしてネットを通じた金融子会社などからなる複合企業です」

そうデジキッズを紹介した解説者は、続けて二人の関係について言及した。「参考人の会社会長は知人とのことですが、実際は殺害された女性と同じくその会社の創業メンバーですね。詳しく調べてみないと解かりませんが、創業者同士ですから、ビジネスそのものや、会社の株式に関係したトラブルがあったのかも知れません」

「ということは、株式所有をめぐるトラブルがあったと、そういうことですか？」

「いえ、トラブルがあったかどうかは、それは捜査が進んでみないと正確には分かりません。ただ、二人は同じ会社の創業メンバーですからね。元々その会社は外国で事故死した創業社長の持ち株を巡って、関係者間で訴訟に発展した過去もあります。もしかするとM＆Aで大きくなった会社の内輪揉めのようなものも、事件と関係しているのかも知れません」

女性キャスターは解説者のその言葉に、深く頷いて、したり顔で「それでは、次です」と、違うニュースに移って行った。

この女性キャスターは、どこかいつも不満げで、権力に物申すことがマスコミの使命と思い込んでいる印象があった。ふだんから余り好きなタイプではない、と考えていたところに、今回も少々剣呑に事態を整理して、事件をなで斬る感じが露わだった。耀子はその手際にちょっとやりきれないものを感じた。

どうにも解しがたいニュースと、株式をめぐるトラブル、という雑駁な説明が頭の中でぐるりと回り、耀子は思わず知らずに、恋人の三樹夫がセブから自分に国際電話をかけてきて以後の、事の顚末を反芻していた。

あのとき、三樹夫は電話で「……よく聴いてください。私はいったん姿を隠します」と彼女に電話で訴えたのだった。「しばらくは会えなくなるけれど、死ぬ訳じゃない」

そして、ほとぼりがさめたら、後で絶対に連絡する。彼が所持している会社の株については、もしものことがあった場合は耀子にすべて譲渡されるように手配済みだ。万が一そんなことがあったら、先生、よろしくお願いします、と。

あの際は、いったい三樹夫の身に何が起こっているのか、耀子には見当がつかなかった。だが、三樹夫が違法すれすれのＭ＆Ａを繰り返して会社を大きくし、彼が考える一大病院グループの中核に耀子を据えるべく、買収した心臓カテーテル専門病院の院長に抜擢したのは、確かな事実だった。

耀子は本来だったなら、その病院の院長になる必要は全くなかったのだ。それまでの医療環境の中でカテーテル治療に励んだほうが、自分自身のキャリアからいっても、よほどいい結果を生むと知っていながら、でも、彼女は三樹夫の強い薦めに従った。彼を愛していたからだ。彼のために自分と自分の能力を捧げることが出来るなら、こんなに素晴らしいことはない。そうあの時は考えたのだ。

けれど、世間の風当たりは違った。世間は彼女と彼の関係を、成り上がりのIT社長と強欲な女性医師のいい気な野合とみなした。当時、ITバブルで会社を上場した三樹夫はアントレプレナー（起業家）というより、口先だけで株主を籠絡する詐欺師のように思われていたフシもあって、限りなくダークな印象を世の中に与えていた。そんなIT詐欺師がセブ島で遊んでいて事故死した。当然の報いだ、とマスコミは反応したのだった。

当然のことだが、耀子は三樹夫の事故死の知らせを受けても、その事実を簡単に受け入れることが出来なかった。

なにしろ三樹夫は、いったん姿を隠します。ほとぼりがさめたら、後で絶対に連絡します、とわざわざ彼女に告げて姿をくらましたのだ。その三樹夫がかんたんに死ぬ訳はない。

だが、世の中の受け取り方は違っていた。現地セブの警察からの「行方不明の日本人らしき死体を発見！」との連絡を受けて、警視庁は捜査官二名を現地に派遣。二人は死体そのものが、腐敗を怖れてすでに火葬されていた事実を確認して、帰国した。

「本当に山崎の死体なのですか？　彼かどうか、例えばDNA鑑定やその他、科学的な検査をして確認に及んだのですか？」

喚き出したい衝動を抑えて、耀子は冷静に警察に質した。しかし警察からの応えは冷たかった。

「実はですね、一応我々は事故死の線で発表しましたが、フィリピンからの報告では他殺の可能性があるのです。最初に一報を受けたときは、行方不明の日本人の死体があがった。他殺の可能性が濃厚だ、とのことだったのです。

しかしながら、現地の情勢が情勢ですからね。邦人がセブの繁華街で酒を飲んで、浮かれて丸腰で夜中に繰り出せば、短銃でホールドアップを受けても何ら不思議じゃないんです。実際そうやって命を落とした駐在員や留学生がいるんですよ。

ただ今回の場合は、被害者が上場企業の社長でもあるし、現地実業家と大きな不動産取引をしていて、かなりのお金が動いている。私どもとしても、事件をないがしろにできないから、わざわざフィリピンまで出張って調査確認した訳でしてね。

それが現地の警察じゃ『もう死体は焼却した』『死体は日本人で間違いない。特徴が不動産取引に訪れた社長と一致する』でしょう。日本側としても現地の処理について強引に、こちらのやり方を主張することがかなわなかったのです。そこら辺の事情をどうぞご理解していただきたいのです」

警察の態度に憤慨した耀子は、これでは埒が明かない、日本もフィリピンも警察を当てにはできない。――そう感じて伝手をたどって、調査会社に依頼。生きているはずの三樹夫の行方を、何とか捜そうと試みたのだった。

しかし結果は見事な空振り。後になってよくよく考えると、フィリピン現地の探偵会社と連絡を取り合っているだの、探偵を現地に派遣しただの、と体のいいことを彼女に告げた調査会社は、評判とは逆の食わせ物だったのかもしれない。忙しい耀子から仕事についての詳しい確認がないのをいいことに、調査そのものを大幅にサボタージュしていたフシがあった。

遅々として進まぬ三樹夫の事件調査に業を煮やした耀子は、事件の翌年、夏の休暇をとって現地に赴き、現地の会社に直接調査を依頼した。傍目には跳ねっ返りの女性医師による、専門家の仕事の手順を無視した、軽挙妄動のように見えたかもしれない。だが、それでも彼女は真剣だった。人の言うがままに事態を受け取ることが、どうしても出来なかったからだ。

三樹夫の持ち株についても事情は同じだった。当初、三樹夫の行方不明と死の情報がもたらされたとき、三樹夫の会社（デジキッズ）の動きは驚くほど素早かった。デジキッズ関連の病院長である耀子は、業務に関してデジキッズの指示に従う必要があった。そのことを百も承知しているデジキッズの幹部から、最初はやんわりと問い合わせが入り、そして後にはほとんど恫喝とも取れる業務命令がくだった。

「鶴見先生、うちの社長が先生に、彼の持っている株式を全株預けたという話を聞き及びましたが、それは事実ですか？」

そう電話をかけてきたのは、秘書室長の金森迪子だった。この時点で耀子は金森と面識があった。金森が会社の立ち上げからの社員であり、三樹夫の片腕であることを三樹夫から聞かされていた耀子は、何の疑いも持たずに彼女に返答した。

「ええ、その通りです」

金森から問い合わせがあった時点では、耀子には何ら身構えるところがなかった。むしろ金森からの電話を、社長と耀子自身を案じた、部下からの心のこもった励ましのように受け取った覚えがある。

しかし、金森秘書室長の口調は、あくまでも自分の聞きたいことを聞き、用件を先に片付けるビジネスライクなものだった。

「それはいつのことでしょうか？　いつ、先生は株式譲渡の話をご承知なさったのですか？」

「いえ、承知もなにも、三樹夫さんがセブから国際電話をくれて、その内容が『自分はしばらく姿を隠す』というのと、万が一に備えて、私に『彼の持ち株を譲渡する』という話でした。何か問題がありましたでしょうか？」

「いえ、問題とか、そういうことではないのですが……」

金森は言葉を濁した。しばらく電話の向こう側で沈黙があって、金森は固い口調で「副社長に代わります」と告げた。

まだ事態を把握できなかった耀子が、何だか様子がおかしいと眉をひそめたとき、長瀬慎次郎の声が流れてきた。

「もしもし、お電話代わりました。副社長の長瀬です」

長瀬副社長についても、カテーテル専門病院の院長に就いたとき三樹夫から紹介されて、以後、何度か食事を共にしたことがあった。あれやこれやを思い出して、お久しぶり、と挨拶しようとした耀子に、しかし長瀬の態度は単刀直入だった。

「山崎社長の株式なんですが、早急に会社にお戻し願えないでしょうか？」

何を言っているか、分からなかった。

「戻す、といいますと？」

と耀子は、それでもまだ暢気だった。「山崎からは『万が一の場合に備えて』私に譲渡するという話でしたけれど」

「その万が一の場合が、いまなんです」

「どういうことですか？」

「会社が危ないんですよ。社長がフィリピンくんだりで不審な事故死をするから、株主も市場も過剰に反応しているんです」

長瀬副社長が勢い込んで説明したところによれば、デジキッズは三樹夫が行方不明になって以来、株価がどんどん下がってきているのだという。

「ストップ安ですよ、ストップ安！」

長瀬の口吻（こうふん）は自嘲的な響きを帯びていた。「このままじゃ、株屋たちのいいオモチャにされて、うちの会社はおかしくなってしまいます」

株屋がオモチャにする……、そう言われても耀子には、具体的に誰がどんなふうにデジキッズの株式をオモチャにするのか、明瞭なイメージが結ばない。黙り込んでいると、長瀬は命令口調になった。

「とにかくいまは弾が必要なんです。株屋どもはここを先途とうちの株の空売りを仕掛けてきています。その空売りに対抗するためには、こっち側もどんどんその株を買い上がっていかなきゃならない。そのためには資金が必要で、少なくとも社長が持っていた株は、そのための弾にすることが出来るんです。そのためです。ここは会社のためです、すぐに全株会社に供出してください！」

何を言っているか、飲み込めなかった。長瀬の物言いでは、株価を維持するためには資金が必要で、そのためには三樹夫の株がどうしても必要とのことだったが、それが何を意味するか全く理解できなかった。

また資金が足りないというけれど、デジキッズの自慢は豊富な手元資金だと聞いたことがある。そのお金では埒が明かない事態なのだろうか？　それとも長瀬副社長たちがデジキッズのお金とは別個に、自分たちの空買いのための原資が必要で、そのために三樹夫の株を担保にしようとしている、ということなのだろうか？　電話口で命令口調で圧力をかけられ、ますます混乱した。耀子は本能的に防御の姿勢になっていた。

「でも山崎は私に万が一に備えて株を預ける、と言ったんです。それって、彼が帰ってくるまで大事に持っていろ、ということでしょう？　仕手株についての詳しい話は解かりません。しかし、わたしには彼を待って、株を保持している義務があります」

「いや、先生。先生も物分かりが悪いというか、頭が少々固いなぁ……。社長の株といっても、会社が倒産したら、そんなものクソの役にも立たなくなるんですよ。山崎社長が生きていれば、社長だってここは自分の株を担保に入れて、空買いで対抗するはずなんです」

長瀬の口調には非難というより、ほんの少し懇願の色も混じっていた。だが、彼の「山崎社長が生きていれば」という言葉が、耀子の神経を刺激した。

「長瀬さん、あなたは山崎が死んだって仰いましたけれど、まだ彼が死んだとは限りません。明日になれば、元気な姿を見せるかも知れないじゃないですか？」

「何を言っているんです。現地から死んだって報告が入って、日本の警察だってそれを確認しているじゃないですか？」

「いえ、だから、それが間違いかもしれない、と言っているんです」

長瀬が彼女のその言葉に息を呑んだのが分かった。ややあって、今度はトーンを落として、低く静かに話し始めた。

「……いいですか先生。先生の仰ることを認めて、まったく有難いことに社長が生きていたとしてですよ。そうした場合はなおさら、先生は社長の株を供出すべきなんじゃないですか？帰ってきた社長が、会社がなくなって自分の株が雲散霧消したと知ったら、どんなに慌てるか……。もしそうなったとしたら、先生、その原因は、いま強引に手元に株をおいて、いっかな引き渡そうとしないあなたにある。あなたの石頭がデジキッズを潰すことになるんですよ」

長瀬はもう必死だった。電話の向こうから彼の憤りが、見えない熱波のようになって、びりびりと伝わってきていた。耀子は脅えて黙り込んだが、その沈黙が頑なな拒否と相手には感じられたのだろう。

「……先生、電話じゃ埒が明きません。これから先生のところにお伺いします」

「藪から棒にそう言われても」

「いえ、事態は急を要するんです。これからそちらに参ります。膝を突き合わせてご説明すれば、先生もきっと了解なさるはずです。いいですね、今から参りますよ！」

長瀬は強くそう言って、耀子の返事を聞かずに電話を切った。

受話器を叩きつける音が直接耳に入って思わず顔をしかめたが、切断されたスマホの画面を見つめた耀子には、彼にもう一度電話を折り返す気力がなくなっていた。

私のもとに来るって言っても、長瀬さんは私のいる所が、わかっているのだろうか？　手に持ったスマホをまだじっと見つめながら、彼女は呆けたように頭の中で呟いたのを覚えている。

実は耀子はこのとき北海道にいた。息子の譲が担ぎこまれた札幌の病院にいて、意識の混濁からいっこうに目覚めようとしない譲を看ていたのだ。彼のベッドサイドにいて、最前までひたすら譲に話しかけ、その掌を揉んでいたのだ。

そんな彼女のもとに再び長瀬から電話がかかってきたのは、それから一時間ほども経った頃だった。開口一番、長瀬は耀子を非難した。

「逃げましたね先生、先生はいまどこにいるんです？」

「私は札幌にいます」

「札幌？　なんで札幌にいるんです？　どうしてそのことを最初から教えてくれないんです？」

「お話ししようと思いましたよ。しかし、わたしの話を聞かないで、電話を切ったのはあなたでしょう?」

絶句する長瀬を尻目に、今度は耀子が切々と彼女自身の立場を説明する番だった。彼女がどれくらい言葉を費やし、長瀬がどれほど彼女の意見に反論したのか。気がつけば耀子は長瀬の口から、捨て台詞のようなものを聞いていた。

「そうですか……、それほどまでに仰いますか。わかりました。先生のそういう態度は、後々、高くつきますよ!」

ほとんど脅しと取れる言葉を口にして、長瀬の電話が金森に再び代わった。金森もいっしょに耀子の家まで出張ってきていたことを知って、耀子は覚悟した。わたしはこの人たちと戦わねばならない。この時点で、はっきりとこの人たちとは敵味方に分かれてしまったのだ、と。

20 ホルへ

脱獄のためのトンネル掘削に参加して早くも二年……。ホルへのセブCPDRC(監護刑務所)での生活はすでに二年半近くが経過していた。夜な夜な、トンネルのために房舎を抜け出すホルへを、最近ではミゲル老人は見て見ぬ振り、というよりもまるっきり無視してかかる風情だった。ホルへもそれをよいことに、大手を振って例の現場へ直行するようになっていた。もちろん最初は違ったのだ。トンネルの謀議に加わった当初は、真夜中過ぎにそっと寝場所を離れる男を、ミゲルは執拗な猜疑の眼で見つめた。

「ホルヘ、お前、最近、夜中にどこへ行っている？」

「どこへって、どこへも行きはしないよ」

「嘘をつけ。お前は真夜中過ぎに決まってトイレに立つ振りをしていなくなる。俺の目が節穴だとでも思っているのか？」

「実はときどきクゥワンと会っている」

「クゥワン？　あのレディボーイか。お前にそんな趣味があったとはな」

「どうとでも取るがいいさ。いま俺にとってクゥワンは必要な人間だ。彼女といると、このくそったれたＣＰＤＲＣで過ごす塩っぱくて粘っこい時間が、多少は許せるものになるんだ」

　そんな会話の後、ミゲル老人はふん、と鼻を鳴らした。

「好きなようにするがいいさ。だけど、これだけは忠告しておくぞ、お前、俺の目の届かないところで、おかしなことをするんだったら、俺はお前を庇（かば）えなくなるからな」

「どういう意味だよ？」

「ここは誰にでも安全が確保されている場所とは違う。お前は自分の安全を自分で賄っているつもりかも知れないが、それは大変な勘違いだ。いつまでも甘っちょろい考えでいると、そのうち痛い目にあうぞ」

　ミゲルは吐き捨てるように言うと、実際にわざとらしく唾を吐き捨てた。すべてを見透かしたような老人の仕種に、男はちいさく慄いた。こいつは、すべて見透かしている。そう、そのときは本気で警戒したはずだったのだが。

「どうもミゲルにバレているんじゃないか？　どうもそんな気がする」

と男は後日、心配してクゥワンに相談した。だが、クゥワンの返事はいたってお気楽だった。

「バレているんだったら、何故、僕たちは捕まらないんだ？　僕たちが夜な夜な何をやっているか、あの爺さんに分かるんだったら、獄吏にご注進して、今頃僕らはみんな懲罰房行きだろう？」

「でも、やつは何だか分からないが、何かある、と感づいている。危険だよ」

「だったら、こっちから少し攻勢に出てみるか？」

クゥワンはあっさりとそんな言葉を口にして笑った。

「ちょっと待ってくれ。どんなふうにミゲルを攻めることが出来るんだ？　あの爺さんは古狸だ。何故ぐずぐずとここにい続けるのか、その理由も分からないんだ。けれど、爺さんはＣＰＤＲＣを自分の商売の場所にして、困った様子も見せない。下手に藪をつついたら元も子もなくなりそうだ」

「そんな言葉を聞くと、ますますちょっと試してみたくなるね。あのミゲル爺さんがドーナツ屋や小金を貸す以外に、何をしているのか？　どんな正体を隠し持っているのか？　僕は興味津々だよ」

「クゥワン」

と男は本気で忠告した。「お前はあの爺さんを見くびっている。あいつは一筋縄ではいかないよ」

「うん、それは知っている。ホルヘがこんなに脅えるんだから、何かあるよね。だからそれが知りたい」

実はこう言い放った時点で、クゥワンは自分の力に絶対の自信を持っていた。何しろ彼女は獄吏のなかでも最も羽振りのいい勢力の子飼いウォーリアーなのだ。とびっきり強いチャンピオンとして、CPDRCにおいて許される最大限度の自由を享受していたし、彼女が方々に巡らせた情報網は驚くほど機能していた。

クゥワンにしてみれば、だからミゲル老人など目じゃない、という判断があったとしても、あながち自己過信とまでは言い切れないものがあったのだ。

「まあ、見ていてくれ。そのうちあの爺さん、必ず尻尾をだすから」

そう言ったクゥワンの自信にあてられて、男は彼女の行動を諫めることをしなかった。後で考えると、非常に甘い判断だった。

クゥワンが攻勢に出る、と告げてから十日ほどたった頃、逆に彼女は手ひどいしっぺ返しを食らった。たまたまお呼びがかかって、耳男のエミーリオのところに侍っていて、エミーリオが座をはずしたとき、見知らぬ男たちに簀巻きにされたのだ。「……おい、クゥワン、お前少しいい気になっていないか？　ここがどういう場所か、お前は本当は分かっていないんじゃないか？　これ以上ふざけた真似をすると簀巻きのまま、マクタン島の沖に沈むことになるぞ」

お気に入りのドレスを着てレディボーイとして振舞っていたクゥワンは、仲間のウォーリアーも連れていず、すっかり油断していた。おそらくエミーリオも承知の上だったのだろう。見知らぬ屈強な連中によって組み伏せられ、間合いが近すぎて、得意のムエタイ技を使う暇などなかった。

クゥワンは乱暴され、弄ばれ、後に述懐したところによると、もうレディボーイとして生きていけなくなるくらい、身体に深いダメージを負ったらしかった。そしてその後三カ月ほど、彼女は引きこもった。身の回りの世話をするウォーリアー以外、誰とも顔を合わせず、訪ねていったホルヘにすら会おうとはしなかった。

「あいつら、許せない」

ようやく身体が癒えたとき、クゥワンは昏い目をしてホルヘに告げた。そしてしばらくして耳男のエミーリオが死んだ。便器に顔を沈めて事切れていたのだ。心臓発作だというが、他殺だとの説もある。ウォーリアーたちの話では、クゥワンは彼女を簀巻きにした連中を見つけだし、一人残らず再起不能なまでに痛めつけたらしかった。彼女はそのことについて何も言わなかったが、一つだけ分かったことがあると男に教えてくれた。

「ミゲルはさ、あいつは反政府勢力だよ。ミンダナオの狼たちの一人だ」

クゥワンの言うところにしたがえば、ミゲル老人はミンダナオの反政府ゲリラに関係があるらしい。詳しいことは分からないが、ミンダナオ島の周辺にはフィリピン政府に従わないモロ人（フィリピン・ムスリム）を中心にさまざまな反政府勢力が根を張っていて、中部ミンダナオのマギンダナオ族やイスラム最大の部族であるマラナオ族などが、その反政府勢力を支援しているという。

「ミゲルに手を出すのは、やばいね。きみの言うとおりだったよ。あいつの出身部族は知らないが、少なくとも反政府勢力の有力なメンバーだったという話だ」

「だった、というのは、今はそうじゃないという意味か？」

「分からないよ。ただ、僕を襲った連中は反政府組織の息のかかったヤツラだった。だから、今もどこかの分派と関係があるんじゃないか？　そいつらからＣＰＤＲＣに物資を流してもらって、ここで金貸しや商売をしているのかも知れない」

「ミゲルがイスラム教徒だとは思えない。爺さんがメッカに向かって礼拝している姿など、とても思い浮かばないよ」

　そう反論したホルヘに、彼女は人差し指を振って、いや、いや、と返してきた。

「宗教に関わることはややこしいからな。とくに一神教のやつらは徹底しているからね。もし信仰を隠しているなら、相当な覚悟で隠し通しているはずだしね」

　クゥワンによれば、ミンダナオの反政府ゲリラ（モロ民族解放戦線）は、七〇年代後半の内部抗争で、反政府勢力が四分五裂して、中にはリビアのカダフィの支援を受けたり、中部ミンダナオに自治区を作って活動しているところもあるらしい。

「いずれにしても、あの爺さんは筋金入りだよ。あの爺さんが、ホルヘを誰からなぜ預かったのかは、分からない。だけど、きっと爺さんの思想信条と、組織の事情とが複雑に絡まっているはずだよ」

すっかり弱腰になったクゥワンの姿勢に、逆に男はあまのじゃくになった。これまで意識的に避けてきたミゲルに対する詮索を試みたい、と感じ始めたのだ……。

詮索と言っても、男に出来ることは限られていた。あれだけの情報網とCPDRCにおける自由を与えられていたクゥワンが、手もなく簀巻きにされたのだ。

たとえ、その末端の実行者たちに復讐が出来たとしても、クゥワンに警告を発した張本人のミゲルは、今日ものほほんとドーナッツを揚げている。男に出来ることといえば何かの機会を捉えて、ミゲルから彼の身の上話を聞き出し、その上でクゥワンの情報と突き合わせて、ミゲルについてあり得る人物像を作り上げるくらいが、関の山ではないのか？

そう考えて、しばし絶望的な心持ちに陥った男だったが、案ずるより産むが易し。何もアクションを起こさないうちにミゲルが彼に言葉を投げてきた。

「おい、ホルヘ、お前言いたいことはないのか？」

おや、と思った。ミゲルはどういう意図で、そんなことを俺に訊くのか？　ひょっとしてクゥワンを痛めつけたことで、反発した俺から寝首でもかかれかねない、と警戒しているのだろうか？

「クゥワンがひどい目にあったことを言っているのか？　それを指示したのがミゲル、あんただ、と俺が疑っているとでも思っているのかい？」

「ほう、やっぱり俺があのレディボーイを痛めつけたと疑っていたか……。あいつはね、俺のことをやたら調べまわっていたので、その種の連中に警告する意味もあって、事実を知らせたまでだよ。後はヤツラが、勝手にレディボーイにお灸を据えたってわけだ」

「クゥワンをやったのはミンダナオの反政府勢力の息がかかった連中だという話だが、ミゲルはそんな連中と関わり合いがあったのか？」

その言葉を聞いて、ミゲルは笑い出した。蔑んだように男を一瞥し、ホルヘよ、お前、貧すれば鈍するか？　と続けた。「お前は何の用意もなしにＣＰＤＲＣに放り込まれたので、大目に見てきたが、僻目もそこまでいくと立派なもんだな。わかった、そこまで思い込みがひどいのなら、説明してやるよ。お前に何度も言っているように、俺はミンダナオの生まれだ」とミゲルは語り始めた。

「ミンダナオは太平洋戦争の末期にアメリカ軍がサンボアンガに上陸し、残るダバオなどの制圧作戦を実行した島だよ。当時ミンダナオ島には日本軍が『永久抗戦』態勢を構築しようとしていてね、徹底抗戦したが、すでにレイテ島やルソン島での戦いで消耗しきっていた日本軍は敗色濃厚。アメリカ軍の物量の前に苦戦を強いられたんだ。

でもな、ミンダナオには日本の民間人が沢山いた。その多くはダバオに住んでいて、米軍と日本軍がぶつかった時点で少なくとも五千人が暮らしていた……、とこう話せば、俺の出自がわかるか？」

ミゲルは一瞬、悲しむような、慈しむような、不思議な目つきで男を眺め、柔らかな口調で続けた。

「俺は戦前からミンダナオに暮らした日本の民間人の家系につながる者だよ。戦後の混乱で家族は散りぢりになり、それでもなんとか一部の者は生き残った。俺が生まれたのは戦後でね、負けた日本がまだ経済成長する前で、よほどフィリピンのほうが生活レベルが良かったときだった。

想像できるか？　親父の系譜につながる日本の軍人たちは島の内陸に逃げ込み、食糧が尽きて、友軍兵の死骸まで食べたって話だ。〝共食い〟だよ。そんな極限の飢餓地獄を経験した記憶が、そっと俺たちや他の日本人につながる家族の中で語り継がれているんだ。お前に話した甥のホルヘの話は半ば本当の話だよ。二十歳になる前に、なぜか反政府軍に入って、ゲリラ戦であっさり死んでしまったがね……。

まあ、ともかくも、そういう訳だ。お前さんがセブのある筋から、ぼろぼろになってここに担ぎこまれたとき、素性を聞いて俺はすぐさま後見役を引き受けることにしたんだ。なにせ俺のご先祖様とつながる国の人間だからな。それに柔な日本人がこのCPDRCで何の後ろ盾もなければ、早晩ろくでもないことになると思ったしね。わかったか？　わかったなら、お前は俺が後見役になった幸運を噛み締めて、少しは慎ましく生きろ」

ミゲルに諭されて、男はしばし沈黙した。かりに老人の言うことが本当だったとしたら、俺は偶然の幸運に導かれて、ここCPDRCで生活していることになる。クゥワンはミゲルの正体を暴こうとしたばかりに手痛い反撃にあったが、自分としては老人の言う通り、しばらく低姿勢を保ってトンネル掘削を続けるべきではないのか？

「ホルヘ、お前が何を考えているのか、俺は関知しない。知ったところで俺にとって良いことはなさそうだからな。でもな、これだけは忠告しておく、お前は俺の顔に泥を塗って何かをしたら、必ず失敗するぞ」

「それは脅しか？」

「脅し？」

と繰り返して、ミゲルは肩をすくめた。「お前は自分のやっていることが、他の者たちに何の影響も及ぼさないとタカをくくっているが、そんなことはない。必ずお前の行いは周囲の者たちに返ってくる。少なくとも俺のようにお前の面倒をみようと決めた人間は、お前がおかしなことをすれば、その分だけここで生きにくくなる」

「ミゲルには迷惑をかけないよ」

「迷惑はもうかけられている。そうじゃなく俺は、お前の行動の対価を、誰でもなくお前が払わなきゃならなくなる、と言っているのだ」

ミゲルはそう言うと、もういい、とばかりに掌を振った。これで話は終わり。あとはホルヘ、お前が自分自身で考えろ、と突き放す風情だった。

普通、こんなやり取りの後は、彼の言うように身を慎んで、囚人たちの誰とも悶着を起こさずに過ごそうとするだろう。しかし男はそうしなかった。ミゲルから彼の出自を含めた〝説明〟なるものを受けて、逆に好きなようにやってみようと考えたのだ。

なぜそう思ったのかは自分でも分からない。しかし、ミゲルとのやり取りで、男は自分が何をやっても老人に許されると踏んだ。ミゲル老人は逆に、そうやって迷惑をかけられることを望んでいるのではないか？　そんな奇妙な確信が芽生えていた。とにかく、ここはミゲルの寛容に期待して、男は破獄に望みを賭けるつもりになっていた。

21　デジキッズ

金森迪子が殺害されたニュースは、翌日の朝刊に詳しく載った。

前日、耀子が見たテレビでは、現場に残されていた防犯ビデオ映像から、知人の会社会長に対し警察が任意同行を求めているということだった。

《……赤坂署では、被害者の知人である会社経営者に任意同行を求めた。しかし、犯行のあった当日から行方不明になっていることが分かり、現在その身柄を確保すべく動いている》と言った具合だ。

長瀬は逃げたのだろうか？

テレビや新聞の言っていることを信じれば、長瀬が金森を殺害。その一部始終が防犯カメラに映っていて、その後、長瀬は行方をくらましたということらしいが、本当だろうか？

捜査本部は任意同行を求めているだけで、長瀬の犯行と断定しているわけではない。耀子の記憶では、長瀬は自分の権力を信じてときどき理不尽な物言いに走るきらいがあったが、暴力的な人間ではなかった。若いアントレプレナー（起業家）によくある視野狭窄に陥ることがあっても、まさか刃物で人を殺（あや）めるような暴挙に出るとは思われなかった。

人を殺すのに刃物は要らない。ほんの少し頭が回れば、その人間を周りからゆっくり追い詰め、真綿で首を閉めるようなことをするはずだ。少なくとも、長瀬だったらそう考えるのではないか？

耀子は三樹夫の株をデジキッズに供出することを拒否してからの、長瀬の一連の動きを思い出して、新聞記事が伝える長瀬の行動に、どこか辻褄の合わないものを感じていた。実際あのとき長瀬と金森は、三樹夫が耀子に残した株を手中に収めるべく、徹底して頭脳作戦に出たのだ。

彼らは電話で埒が明かないと知るや、まずは内容証明郵便によって株の返還請求を行った。そして、それが空振りと分かると、弁護士を伴って耀子に面会を申し出た。彼らの行動はすべて、法を通じて自らに果実をもたらそうという、強い意志に貫徹されていた。

ああいったスマートな行動を思い起こすと、長瀬が力ずくで金森を殺害したというのは、やはりどうしても信じられない。耀子はしばらく考えて、この事件にはもっと複雑な事情があり、デジキッズの創業メンバーだった二人の単なる内輪揉めで済まされるようなことではない、と結論付けた。

例えば殺害には他に実行犯がいて、長瀬がそれを教唆していたり、命令していたというのなら、まだそのほうが納得がいった。長瀬にはああいう若手企業家に多い一種のソシオパスというか、反社会的な側面がある。自分の利益のためには他人をとことん利用して、憚ることが毫もない種類の人間だ。

それはあの株式返還請求のなかで、耀子が痛切に実感していた。長瀬は三樹夫が彼女に株式を譲渡した事実を、法的に無かったものとして論理を構築し、三樹夫の株式は三樹夫が死亡した場合には会社（デジキッズ）に帰属する、と主張した。

「鶴見院長の仰ることはおかしい」

「鶴見さんは亡くなった社長との特別な関係を利用して、会社の乗っ取りを図っているのではないか？」

「鶴見医師の主張は唐突であり、これまでデジキッズの立ち上げから上場、そして今日の隆盛へと会社を導いてきた私たち全員から見て、どうしても頷けない。本当にそんな株式譲渡の事実があったのかどうか、きちんと調べ直してほしい」

そんな意見を創業メンバーらに口々に言わせて、長瀬は株式譲渡を法的に棚上げにさせた。そしてその後、耀子をじっくり料理にかかったのだ。

長瀬に良心の持ち合わせは無い。料理の仕方は露骨だった。株式譲渡を耀子の架空の主張として、その真偽を法廷闘争に持ち込むと、一転してこれでもかと耀子の経済的基盤を攻撃し始めたのである。

まず彼はデジキッズの関連資本下にあるカテーテル専門病院から耀子を追放した。三樹夫亡き後は、耀子とデジキッズは無関係であり、デジキッズはむしろ彼女とは決別していることを株主たちに知らせて、自社の安定を図るのが当然という訳だった。

長瀬には自責の念や羞恥心が欠如していた。いったん耀子を敵とみなせば、彼女に何をやってもいい、とばかりに攻め立てた。嘘は当たり前。自社（デジキッズ）を守るためなら、どんなに破廉恥なことをしても動じることは無かった。そして死んだ金森はじめデジキッズの役員たちは、彼の主張に唯々諾々と従った。

たぶんそれだけ長瀬の指導力、というよりも人を操る力が抜きん出ていたのだ。後に法廷でのやり取りで分かったのだが、彼は極端なナルシシストだった。自分は特別だという感情に支配されていて、他の人間は自分に従うべき劣等な者たちである、と本気で信じているようなところがあった。

「あなたは私の言うことに従うべきです。山崎社長が仮にここにいらっしゃれば、彼も私と同じことを言うはずです」

そう耀子に言って長瀬は彼女を説得にかかったが、そのとき耀子の心に芽生えたのは、かりに三樹夫がその場にいたら、おめおめと長瀬にそんな御託を並べさせはしない、という確信だった。しかし、長瀬は居丈高だった。法廷で満場を振り返り、彼女を蔑んだように見つめるその眼差しには、ものすごい目力があって、大方の者はそれにたじたじとなった。

長瀬の迫力に加えて、デジキッズの創業メンバーたち——金森や財務担当役員の掛川陽一、同じく役員で広報担当黒木嘉彦ら——の口裏合わせは巧妙だった。

三樹夫が亡くなる前に役員会で、「もしもの場合には。彼の持ち株については役員会の判断に任せる」と言明したというのだ。真っ赤な嘘だった。行方不明の前日、耀子が国際電話で三樹夫から聞かされたこととはまったく違う。

「……会社の私の持ち株については、もしものことがあった場合は先生にすべて譲渡されるように手配済みです」

そう言って彼女に全幅の信頼を寄せた三樹夫の言葉は、いったい何だったのか？

確かに三樹夫には若くして会社を創ったやり手ならではの、変わり身の早さや、自身の言葉に酔って何事もやり過ぎてしまう強引さがあったかも知れない。しかし、三樹夫は誠実だった。長瀬たちのようには嘘はつかない。何事にもまして信用を重んじ、人と人との約束は決して破らなかった。

「いいですか、先生。僕が先生との約束を破るようなことがあったら、それは万死に値します。百回死んでも、僕はあなたとの約束を破りはしません」

こんな、考えようによっては歯の浮くようなセリフを吐くことが出来たけれど、それは彼が彼自身の言行に自信があったからだ。絶対に人を裏切らない、裏切ったときは自分の破滅のときだ、とつよく心に戒めていたからだ。

自分たちの都合で、勝手に遺言を書き換えたり、自分たちさえ上手くいくのなら、他人を踏みつけにしてもかまわない。そのために他人が死んだって知るものか。そうタカをくくった長瀬や金森、掛川、黒木たちとは、そもそも人間の質が三樹夫は違う……。

と、そこまで考えたとき、耀子は事件が決して長瀬一人の犯行ではなく、あの創業メンバー全体に関わる、もっと大掛かりなものと確信し始めていた。警察が有能だったら、当然にも彼らは掛川や黒木たちにも捜査の手を伸ばしているに違いない。そしてそう考えた矢先、耀子のスマートフォンの着信音が鳴った。

――もしもし、鶴見耀子先生ですか？

――はい。

――私は警視庁捜査一課の飯田恭介と申します。先般、金森迪子さんが殺害された件について、先生からお話を伺いたく、お電話をいたしました。

余りのタイミングの良さに、耀子は半ば絶句した状態でその電話に応接した。

――……お尋ねの用件は了解しましたが、どうして私の個人的な電話番号がお分かりになったのですか？

――これは失礼しました。先生のプライベートなお電話番号は、お勤めの札幌ホープ病院へアクセスした際に、事情を言って教えていただきました。

――そうですか。

耀子は頷いたものの、あまりいい気分ではなかった。かつて三樹夫とのスキャンダルが持ち上がったとき、いろいろなところから電話がかかってきて、ひどく混乱したし、疲弊した。中には見知らぬ人間からの中傷そのものといえるものもあって、以後、自分の私的電話番号は誰にも教えず、勤め先に問い合わせがあっても、必ず耀子自身に確かめてから教えて欲しい、とあれほど頼んでおいたのに……。

――申し訳ありませんが、二、三、お尋ねしてもよろしいでしょうか？

言葉遣いは慇懃だが、有無を言わせぬ調子で飯田が訊いてきた。「先生は金森迪子さんについて以前からご存知だったと思うのですが、最近、彼女とは連絡をお取りになられましたか？」

——最近ですか？　もう何年も前、デジキッズの山崎前社長が残された株式について、デジキッズと争いましたが、その際に法廷で顔を合わせて以来、会っていません。

——お電話で話されたこともない？

——ええ。

——金森さんほか、デジキッズの創業メンバーがいますよね。例えば長瀬会長とも、連絡は取り合っていないのですね？

——ええ、もちろんです。ニュースで長瀬さんが失踪していると知りましたが、いったいどうなっているんです？　そして他の方たちはどうなんですか？

——ああ、もうニュースでお知りでしたか。そうです、確かに長瀬会長は今行方が分かりません。私たちが鋭意、捜索している最中です。

飯田は耀子に訊かれてそう答えると、しばらく押し黙った。

——他の創業メンバーの掛川さんや黒木さんは、どうなっていますか？　あの人たちは……と、もう一度そう言いかけて、耀子は遮られた。

——すみません、お尋ねしているのは、私どものほうなんですが？　捜査の関係から、私どもとしても情報は秘匿しなければならないことがあります。

——はあ……。

――それでですね、先生は他の創業メンバーについてこだわってらっしゃるようですが、それは何故ですか？

――何故って、あの方たちも事件に関わっているんじゃないかと思ったんです。

――何故そう考えたのですか？

――今回の事件はデジキッズの株に関係がある。だから私にもお電話をかけてきている。そうじゃないんですか？

そう応えると、飯田はまた沈黙した。ややあって続けた。

――確認いたしますが、鶴見先生は、亡くなった金森さんやデジキッズの創業メンバーとは、先年の訴訟以来、連絡をお取りになっていらっしゃらないんですね？

――ええ。

――わかりました。仮にこれから長瀬会長やその他の方から、連絡が入るようなことがあった場合ですね、私どものほうに速やかにご連絡願えないでしょうか？

――はい。まさかそういうことは無いでしょうけど、その時はそうします。

――あと一つ。これは万万が一の、ありえない仮定の話になるのですが、亡くなった山崎社長ですね、彼の名前を騙った電話が入るようなことがありましたらですね、是非ともご一報いただきたいのですが？

――山崎からですか？

耀子は心臓がはっきりと、つよく動悸を打つのを覚えていた。三樹夫が電話をかけてくるなんて、そんなこと、あり得ないでしょう、とはさすがに言えなかった。

かつて三樹夫の生存に一縷の望みをかけていたのは、他でもない自分だったし、あの長瀬たちと争った裁判も、三樹夫が生きて帰ってくる、という望みのもとに彼の株式を死守しようとしたのだった。

それが行方不明から十数年も過ぎた今になって、そのあり得ない仮定を持ち出して、警察は「是非ともご一報」などと、奇妙なことを言い出している。いったい、何なのだろうか?

——いや、万万が一、の話です。

と飯田は黙りこくった耀子に、少々言いよどんだ。「むろん、山崎社長が亡くなっているのは警察でも確認しております。これ以上はお話しできませんが、先生がお察しの通り、事件はデジキッズの株式を巡るトラブルの可能性が強いのです。そうとなれば、前社長の名を騙って脅迫する者が出ないとも限らない状況といいますか……、まあ、そういうことも捜査の形式上、視野に入れねばならない訳でして。先生には大変ご迷惑なことと思われますが、一つ、どうかよろしくお願いします」

どこかしどろもどろの飯田の反応が、耀子の想像力を刺激した。事件がデジキッズの株式トラブルだとして、きっかけになったのは誰か?　まさか三樹夫が黄泉の国から甦って、彼らに連絡を取ったとでも?

——先生、誤解なさらないでください。死んだ人間を騙るワルもいるんです。とにかくお願いについては申し上げましたよ。それではよろしく。

耀子の反応をいぶかったのか、飯田はそそくさと電話を切った。しかし、通話が切られた後も、耀子の胸騒ぎはしばらく収まらなかった。

22　富産別　その二

「さあ、早く乗って。出発するよ！」

ガレージから出した真っ赤な４ＷＤの運転席から健吾が顔を出し、譲と絵里花を促した。

「すいません。またわざわざ札幌まで送ってもらって」

言った譲に健吾が澄まして答えた。

「なに、私に札幌に出かける用があったからね。二人はそんなこと気にしない、気にしない」

絵里花が４ＷＤの助手席、譲が後部座席にそれぞれ乗り込んで、三人は車の外で見送る牧童頭の南方さんに振り返った。

「じゃあ、ちょっと行って来ます、牧場のほうはくれぐれも頼んだよ」

「社長は心配性だな。大丈夫、大丈夫！」

「それじゃあ」

車を発進させながら、バックミラーで手を振る年老いた牧童頭を確認し、健吾は後ろ座席の譲に笑いかけた。

「忘れないうちに言っておくけど、バトラー病院のこと、お母さんには内緒だよ。北斗医大の医師派遣拒否なんて絶対に言っちゃダメだ。まあ、早晩分かることかも知れないが、急いで耳に入れる必要はないからね」

「はい」

「あと、富産別の過疎化については今に始まったことではないんだから、譲くんも気に病まないほうがいい。昔のお母さんみたいに『絶対に富産別に帰って、医者をします！』なんてきみに言い出されても、困るんだからね」

健吾おじさんは半ば冗談めかしてそう言ったが、実はそれが本音であることを譲はよく分かっていた。健吾は外国資本による土地買占めや過疎化に心を痛める余り、今後の富産別や、富産別での牧場経営にも決して明るい展望を抱いてはいないらしいのだ。

昨夜も、食後にとっておきのモルトウィスキーが出て、おじさんと絵里花ちゃんと譲の三人でお喋りしていたとき、おじさんがちらりと今後の展望を語って、幾分か寂しい笑顔になったのを、譲はしっかり覚えていた。

「うちの牧場には牧童が現在、十人しかいないんだよ。昔は倍の二十人以上で牧場を切り盛りしていたんだがね……」

健吾おじさんの話だと、新規に入ってくる人間がいないから、牧童の高齢化も進んで業務に支障が出ているのだという。

「だから、最近はインド人の牧童もちらほら増えてきてね。彼らは元大英帝国の植民地出身だからね、馬を扱うテクニックに秀でていて重宝している。それで二匹目の泥鰌じゃないが、今度、うちでフィリピン人を雇うことになってね、これが期待通りに使える人間だといいんだが」

　健吾によれば、フィリピンの競馬は日本の競馬と同じくらい歴史が古い。一八七〇年代にはすでにマニラにジョッキークラブが出来ているのだという。

「日本はね、鎖国が終わり横浜に外国人居留地が設けられたのが始まりだよ。最古の居留地競馬は万延元年だから、一八六〇年に外国人が勝手に競馬をやったんだよ。当時は治外法権だからね。その後、常設の競馬場である根岸競馬場を江戸幕府が建設した」

「なんだか、ずいぶん古い話ですね」

「そうでもないさ。明治維新後、この富産別に天皇陛下の牧場である御料牧場ができて、そこで軍馬の生産のために英国からアラブ種やサラブレッドを輸入するようになったけれど、それは根岸競馬場からそんなに時間が経ってのことではないよ」

　黙って彼の話に聞き耳を立てた二人に、健吾はしかし、さすがに少々専門的な話にすぎると思ったのか、それでフィリピンだけどね、と話を元に戻した。

「フィリピンの競馬の問題は、あまりにもそれがギャンブル性の高いものだということらしい。例えば有名なサンラザロ競馬場は、敷地内にカジノ・フィリピーノがあるんだよ。他にも闘鶏も行われていて、要は英国風の紳士のスポーツというよりも、紳士ならぬギャンブラーに席巻されている場所、というわけだね」

「そんな風紀の悪いフィリピン出身の牧童を雇っても大丈夫なんですか？」

　そう訊いた譲だったが、健吾は、いや、いや、と首を横に振った。

「とにかく人手が足りないからね。誰であれ働き手がいるってことが重要なんだ。それに、そのフィリピン人はＮＰＯの日比親善友好協会の紹介でね。出たとこ勝負だが、インド人の場合よりもしがらみが無いかもしれないと思ってさ。なにせインド人は、調教出来る人間もいれば助手の人材にも事欠かないんだけれど、斡旋するグループが二つあってね。その二派が対立していて、ちょっと厄介なんだ。まあ、すべては実習生制度を活用した他の農業と同じく、日本側の都合ばかり優先させる我々の問題でもあるんだけれどね」

と健吾おじさんの話はさらに続いた。「そのフィリピン人は牧童の経験者でも、競馬関係者でもないらしい。ただ紹介元の話では、英語が完璧に使えるし、日本語もある程度分かるから、きっと使い勝手がいいというんだ。せっかくうちの牧場に来てみたものの、タガログ語しか話せなくて、こっちの言っていることが何も分からないんじゃ、困るしね」

「年齢は何歳なの？」

と絵里花が訊いた。「若くなきゃ、牧場の仕事はなかなか勤まらないんじゃない？」

「うん、それがどうやら四十代らしい」

「かなり微妙なとこね……」

「まあ、そう贅沢は言うなよ」

と健吾は娘に微笑みながら言った。「もし、これでそのフィリピン人が働き者で、うちの牧場に適した人材だったら、うまくいったらインド系の連中をトラブル覚悟で雇わなくても良くなるんだからね」

「そんなにインド人は派閥抗争がひどいんですか？」と譲が訊いた。

「うん。うちが彼らを雇うのに手を拱いているのは、両方の派閥で牧童の引き抜き合戦をしかねないからなんだ。ただでさえ人手が足りないのに、ある日突然、インド人牧童全員がいなくなったなんていうのは、目も当てられない。インド人の問題はお金だよ。それなりの給料を出しても、グループによる過度の斡旋料で、あれこれ差し引くと十万円程度にしかならないっていう事実があるんだ」

「一月十万円ですか？」

と譲は肩をすくめた。「そりゃ大変だ」

「そんなんで驚いていてはダメよ」

と言ったのは絵里花だった。母親のキャシーが亡くなって以来、牧場経営のこみいった話も小耳に挟むことが多くなったらしい彼女は、ちょっとした情報通だった。「だってインド人たちはその十万円から家族に仕送りしているんだから」

何だか聞けば聞くほど気の滅入りそうな話だったが、あのとき健吾おじさんは、この話題を打ち切るように告げた。

「ともあれ今度来るフィリピン人は、その種の斡旋料や来日時の借金とも無縁らしいから、それだけでもホッとしているよ。ときどきインド人の中にいる豚肉禁止のハラル料理しか食べない、なんてこともなさそうだしね。まあ、出たとこ勝負だけれど、私としてはちょっと期待しているんだ」

いま、健吾の運転する4WDはトミサンベツ川にかかる鉄橋を抜け、丘陵をぐるりと蛇行する道に沿って快調に進んでいた。

昨夜のフィリピン人牧童の話に加えて、さきほど「譲くん、きみまで富産別に帰って医者をするなんて言い出すなよ」と健吾おじさんに言われたことを、妙な心持ちで反芻していた譲に、絵里花がフロントシートから声をかけた。

「ねえ、譲くん、北斗医大のバトラー病院へのお医者様の派遣拒否って、そんなに重大なことなの？　お医者様なら他の医科大学からだって来てもらえるんじゃない？」

譲はその質問に素直に応えた。

「バトラー病院は北斗医大の実質的な植民地だからね。本国が強い態度に出ると、植民地は困るんじゃないかな」

「そうか、要するに権限を握っているのは大学で、地域の医療はその大学の意のままって訳なのね」

絵里花は言ってちいさくため息を洩らした。「日本は地方の力で持っている、とか言っても結局は中央の意志が貫徹するんだね。お父さんたちが絶望するのも分かるような気がする」

そう言われて一瞬黙り込んだ譲に、今度は健吾がとりなすように続けた。

「医療もそうだけれど、地方の人手不足は深刻だよ。牧場だけでなく、農業や漁業に関して外国人労働者がどんどん増えている。土地もいつの間にか外国資本に買収されるし、最近ではインバウンドだ何だって、外国人観光客を呼び込むのに必死だけど、あれって本当にこの土地で暮らす人々に役に立っているのか、疑問に思うなぁ。

　例えばＩＲね、カジノを含んだ総合レジャー施設を作るというのは、私は反対だ。カジノは産業振興だとか、そこで働く人の需要を喚起するという話だけれど、誘致した地方が行き着くところは、その種のプロというか、裏社会の人間たちが牛耳る世界ということになるのじゃないか？　そう思うと、とても心配だよ」

　健吾の慨嘆に、譲も絵里花も黙って頷くことしか出来なかったが、ともかくも４ＷＤはそうやって一路、札幌へ向かっていた。各人各様の故郷に寄せる思いと、不安や懸念を乗せて、それでも快調に……。

23　破獄

　トンネルの掘削は、ホルヘが仲間に入ってからすでに三年弱。ようやく貫通のメドがたとうとしていた。図面を詳細に検討した結果、ほぼトンネルはＣＰＤＲＣの敷地から隣接する大きな通りを突っ切って、目指す建物の地下へと接続する気配なのだ。

　クゥワンは面会で、外部の仲間へそのことを告げ、ジェイル・ブレイクの仲間たちは最近の仕事量から貫通の日時を計算し、某日夜をトンネル完成と見込んだ。

「さあ、いよいよだな……」

「向こう側からも掘り進んでいるんだろう？　土壁に当てて耳を澄ませば、向こうの掘削音が聞こえるんじゃないか？」

「どうかな？　向こう側は地下室のコンクリート壁を取っ払ってくれているだけで、トンネルを掘っているとまで言ってはいないからね」

穴の中でそんな囁きを交わして、いよいよその日が近づくと、クゥワンはジェイル・ブレイク仲間全員を集めて言った。

「計算の上では、明日、僕たちは向こう側に抜けられる。どうする？　ちょっと息苦しいのを覚悟の上で、全員トンネルに潜ってその瞬間を迎えるか？」

ホルヘを除いた一同は、その提案に瞳を輝かせながら頷いた。

一人が言った。「あの落盤事故以来、トンネルは木枠で補強してあるから、人が何人トンネルを通ろうが、まず強度は大丈夫だろう。全員で行こうぜ」

「しかし空気の問題はどうだ？　三人以上トンネルに入ると酸欠になりかねないんだぞ。やはり三人で仕事をして穴が開いたら、地上で待機している残りの者たちに知らせて、そこでまた三人ずつ時間を少し空けて向こうへ向かうのが安全だよ」

ホルヘがそう言ったが、その主張は通らなかった。なぜかトンネルの酸欠についても、皆良くは分からぬ自信を持っていて、穴さえ向こうにつながれば空気は流れる。きっと息苦しさからは解放されるよ、などと言い出していた。

多勢に無勢。結局、全員が数珠繋ぎになって、開通の瞬間に立ち会うことになったのだが……。

「よしっ、開いた！」

　その夜、ツルハシを振るっていたウォーリアーの一人が声を上げた。期待し過ぎていたのか、トンネルが貫通した瞬間は何ともあっけなく感じられた。

「ツルハシを貸してくれ、俺が掘る！」

「俺も掘る、ちょっとどいていてくれっ」

　口々にそんな言葉が洩れ出て、ジェイル・ブレイクの仲間たちは我先に開いた穴に殺到した。だがトンネルの幅が幅だけに、なかなか思うようには交代できない。穴の向こうに鼻先を突っ込んでいたクゥワンが言った。

「ゆっくりやろう。順番に代わってくれ。トンネルの穴は逃げない。それに穴が開いたことが分かれば、向こう側の仲間がきっと穴を広げてくれる。もうすぐなんだから、焦らなくていい」

　まったくその通りだった。穴から吹いてくる風とその空気を胸いっぱいに吸い込んで、仲間たちは必死に我慢をする風情だった。

「よし、だいぶ開いてきたぞ。もうすぐだ。もうすぐ俺たちは向こう側の世界へ出られる！」

　ツルハシを持ったウォーリアーの声が聞こえて、ホルへを含めて誰もが人一人が通れる穴の開通を信じたその時――。

「よーし、そこまでだ」

　背後から違う声が聞こえた。

驚いて振り向いたジェイル・ブレイクの仲間に、いつの間にやってきていたのか、武装した看守達が防弾チョッキを着こんで、短銃を構えていた。

「そのまま、そのまま」

看守の一人が言って、ジェイル・ブレイクの最後尾の人間が両手を挙げてホールドアップの格好になっていた。

「お前ら、よくやってくれたな。お前らが払ったばかばかしい努力には、少しばかり敬意を表してやるぜ」

最先頭の連中は看守の言っていることが聞こえなかったのか、ともかくも耳を貸さずに穴を広げたが、その先に待っていたのは、やはりＣＰＤＲＣの新手の武装看守達だった。穴の向こう側から声がかかった。「ようこそ、元の木阿弥へ！」

「お前ら、もうあきらめろ。全部アシはついているんだ！」

そう言いながら、武装看守達はジェイル・ブレイクの仲間一人一人に手錠をはめていった。力ずくで抵抗する人間が出ると思ったが、誰もがおしなべて静かに事態を受け入れる様子で、呆然となったホルへは看守の短銃でぐいっ、と肩を押された。「早く歩け。後がつかえている」

といっても、トンネルは前屈みになってしか歩けない大きさだ。つよく促されて、ＣＰＤＲＣへと戻る道を辿っていたとき、背後で耳をつんざく破裂音がした。一瞬、やられた、と思った。明らかに穴の開通部分にいたジェイル・ブレイク仲間の誰かが看守によって撃たれたのだ。

　思わず振り向いた男は、しかし、再び看守に短銃を突きつけられた。

「いいから、黙って戻れ！　後ろを振り向くな！」

　誰だろう？　誰が撃たれたのか？　まさかクゥワンじゃないだろうな……。下手な仕種は看守の発砲につながると恐怖しながら、それでも、そっと首をひねって背後に視線をめぐらせた。だが生憎(あいにく)の狭さで、トンネルの何メートルか向こうの様子はまるで分からない。度胸を決めて歌うように訊いてみた。

「誰だ？　誰がやられたんだ？」

　とたんに側頭部が殴打された。看守の仕業だったが、看守は幾分か手心を加えたらしく、瞬間的にぐらっときたが、ただそれだけ。黙って歩けということらしかった。

「……ゴンザレスだよ。ゴンザレスがやられた！」

　背後から振り絞るような声が聞こえたが、その声は紛れもなくクゥワンのものだった。そうか、クゥワンじゃなかったか。ほっとしたものの、ゴンザレスはクゥワンの取り巻きでも、一番クゥワンと仲の良いウォーリアーであることを思い出した。

「うるさいっ、お前も一発お見舞いされたいのか？」

　看守の荒ぶった声がして、数珠繋ぎになった囚人たちは、今やはっきりと沈黙した。一同は葬列のように無言でトンネルを戻り始めていた。

クゥワンとその一味による脱獄失敗は、ＣＰＤＲＣ当局によって速やかに、かつ果断に処理された。

首謀者と看做されたクゥワンには、それまでＣＰＤＲＣ内部で享受してきた特権から考えても、相当な非難が殺到した。結局は極刑に処されるのではという噂がもっぱらだった。

一方、ホルヘはトンネルから連行されて即座に拘束衣を着せられた後、懲罰房に収容された。そして、その翌日には速やかに杖刑(じょうけい)が執行された。これはＣＰＤＲＣ内部の規則違反に関して最も軽い刑罰であり、木製の笞杖(ちじょう)によって受刑者の皮膚を破らないように臀部を打つものだった。要するに〝百叩き〟とか、〝鞭打ちの刑〟と呼ばれるものの類である。

もちろん罪状が罪状だから、懲罰は杖刑で終わり、というものではなく、その後、ホルヘは手錠と腰縄でつながれて、単身ジープに乗せられ、波止場へと運ばれた。まさかマクタン島沖の海に沈められるのではないだろうな、と一瞬、いやな予感が脳裏を掠めたが、付き添った獄吏がニヤニヤしながらホルヘに告げた。

「お前はこれからミンダナオに向かう。マラウィの刑務所だよ。即座に処刑されなかっただけでもめっけもんだと思わなきゃな。向こうじゃ、食い物も違うし、苦労するだろうが、誰かがお前の命乞いをしてくれたおかげで、生き延びられるんだ。ありがたく思わなきゃいけない」

ミンダナオ、と聞いてミゲル老人の差し金か、と直感した。杖刑の後、ぼろぼろの身体を囚人の衛生係が手当てしてくれたとき、ミゲルが自分を厳しい目つきで見つめていたのは、おぼろげながらに覚えていた。

「ホルヘ、だから言っただろう。お前は一人じゃ何にも出来ない小僧っ子だ。こんな風に手を煩わせるんだったら、もう俺はお前の面倒は見切れん。これからは運を天に任せて、勝手にやるんだな」

そんなミゲルの言葉が杖刑で虫の息になったホルヘの頭の上を巡っていたような、いなかったような……。ともかくもホルヘはジェイル・ブレイクの仲間から一人引き離されて、ミンダナオ島に向かっていた。

ジェイル・ブレイクの仲間は七人いて、そのうちゴンザレスが殺されたから、残りは六人。その中で、どうやら俺一人がミンダナオ送りらしい、とホルヘは判断した。

船の中は非常に不快だった。船倉に転がるように押し込められて、護送の官憲は手錠も腰縄も決してはずしてくれようとはしなかった。ぬるぬるした油と汗とが混じったような床板に這い蹲い、不潔なままに放置された。大小便には〝おまる〟をあてがわれたが、そこには用を足した他人様のそれが付着していた。飯はアルミ椀に何やら得体の知れない肉と野菜のぶっ掛け飯。

いや、あれはもしかしたら肉なんかじゃなく、もっと違った獣か魚の内臓の一部なのかもしれない。塩漬けにされたそれが酸っぱく調理されて、さらにその上にこれでもか、と砂糖を振りかけたような甘味がほどこされていた。フィリピンの庶民の料理はひどく甘い味付けのものが多いが、その中でも最低のまずさ、といえば分かるだろうか？

もっとも、船の料理はまだ程度が良かったのだ、と後になってマラウィの刑務所で知った。

実際、マラウィの物は食えたしろものではなく、栄養価的にもひどいものだった。何しろ飢えた囚人の中には、刑務所の床下で生まれた子ネズミを、美味そうに食べるヤツまで現れたのだから……。

「こいつは生卵があれば、さらに美味いんだ。生卵につけて、ミンダナオの黍焼酎と一緒に飲んだら、こたえられない」

そう告げた健啖家の連中が好んで食べたのは、鼠の子の他はフルーツ蝙蝠。これはいわゆる大蝙蝠といわれるでかいヤツで、捕まえるとスープにして、剝き出しになった羽にしゃぶりつく。連中いわく、「こいつらの餌が果物だから、ゼラチン状の羽をしゃぶると、フルーツの味が口いっぱいに広がる」などと口走る。

ＣＰＤＲＣはマラウィに比べたら天国のようなもので、ミゲル老人が「ホルへ、お前は何にも分かっていないが、お前はびっくりするぐらい恵まれているんだぞ」と告げた意味が、ミンダナオではすぐさま実感されたのだった。

とにかく何から何までマラウィの刑務所は別格だった。セブのＣＰＤＲＣはいわゆる監護刑務所で、未決囚が比較的自由にそこに収容されていたのに、マラウィでは重罪犯が足に鎖つきの鉄球をはめられるのなんてザラ。ホルへも着いて四週間ほどは鉄球のお世話になった。

「ここは扱いがひどいな……」

思わず呟いた言葉を聞きとがめた獄吏が、当たり前だろう、ここをどこだと思っているんだ？　とでも言うように、彼を鼻でせせら笑った。後になって知ったが、このマラウィの刑務所は政治犯が大勢収容されていて、それもみんなこの地方の独立運動テロを実行した者ばかり。フィリピン政府としては、そんなテロリストの命など、毛ほども大切とは思わない。したがって待遇は最悪、ということらしかった。

だからか知らん。ホルヘがここへ運ばれてきて直ぐに、囚人たちの集団脱走が起こった。脱獄犯の数は四、五十人もいただろうか？　彼らは獄吏たちを半殺しにし、堂々と監獄の壁をぶち破って、我先に外へ出て行った。

もちろんその結果は、軍隊が導入されて、ほとんど全員を逮捕。そしてその後の裁判なしの銃殺刑が続いた。その一部始終を獄吏から知らされたホルヘは、集団脱走の折、勝手が分からずに、連中に唆されるままに外へ出なくて良かったと安堵した。実際は何が何だか分からず、自分が集団脱走を目にしているとの実感もなく、さらには足に鉄球をつながれていたために身動きならなかっただけだったのだが……。

振り返ってみると、マラウィに来て一番つらかったのは、孤独であることだった。そこにはミゲルもクゥワンもいない。誰とも話すことも、ともに働くことも、笑うこともなく、しばらくは獄吏たちと交わす会話だけが、唯一の会話だった。

獄吏たちは暴力的だった。何の理由もなく折檻が行われて、骨折など当たり前。周囲の囚人たちはこれに恐慌をきたしていた。おそらくは恐怖で囚人たちを支配するために考えられた強圧プログラムだったが、多くの者はそれに気づいていなかった。

ホルヘに対する折檻は強烈だった。意味もなく、ふいに警棒が振るわれ、広背筋や大腿は時に内出血で青黒く膨れ上がり、肩や腰、肘などは、関節が壊れるのではと思われるほど腫れ上がった。

中には倒れた身体を靴底で蹴ったり、小さく踵落としのような技を試みる看守がいて、顔面に踵が入ると、飛びあがるほどの激しい痛みが走った。そんなときは、事後に顔が肉まんのようにパンパンに腫れ上がり、視界が遮られ、食物も咀嚼できず、ひとしきり熱が出た。たぶん顔面を骨折していたのだろうが、こんな折檻が一年ほど続き、あるとき顔を洗っていて鏡に見知らぬ人間の顔が映っていることに気づいた。

以前とはかけ離れた、まったくの別人の容貌の自分を見つめて、男はいったい自分は、何をしているんだろう、と自問した。自分は何をしているのか？　こんなフィリピンの南のはずれのミンダナオくんだりにいて、いったい何を望んで、何のために生きているのか？

セブの脱獄失敗で希望を失い、単身、ミンダナオに回され、ここで圧倒的な暴力によって制圧されて、男は自失していた。始終脅えて、無気力で、おどおどと時を過ごしていた男は、けれど、このときから少しずつ変わっていった。傍目には相変わらず看守達の暴力に脅え、卑屈な態度で命令に盲従しているように見えたかも知れない。しかし、それは単なる素振りだった。男はその日から、日付と曜日を数え始め、自分がどの季節の、どこに居て、このマラウィの刑務所で、どんなふうに日々過ごすべきなのか、考え始めた。

気がついてみれば、それはセブのＣＰＤＲＣに放り込まれたとき、まだ気力が旺盛だった自分が当然の如くに行っていたことだった。あのときにはミゲルという庇護者もいたし、クゥワンという信頼できる相棒にも出会えた。しかし、ここではそんな存在は期待できない。ただ弱肉強食の世界に投げ込まれて、ボーッとしていると捕食されるだけだ。「考えろ！　とにかくどうやって生き延びるか、考えるんだ！」男はこのとき、そう内心で強く呟いていた。

それからというもの、男は寡黙になり、周囲に人を寄せ付けず、ひたすら自らの中に閉じこもった。相変わらず看守達の暴行は続いたが、当初のように脅えなくなった男は、どうやったらダメージを最小に抑えられるかを考えながら、その辱めに耐えるようになった。

突発的に行われると思われた折檻に、何かしらパターンのようなものがあることに気づいたのは、しばらくたっての頃のことだった。看守達は囚人の気力を削ぎ、不服従の意志をいつしか曲げて弱々しいものにさせ、それ以上は何も考えることをしない盲従者を作り出すべく、何らかの工程にそってその暴力を行使しているらしかった。

どうやらそれは心理学を駆使した、一種の洗脳工作のようなものらしい。看守達はその洗脳プログラムにしたがって、反政府ゲリラが主体の囚人たちを、屈服させ、懐柔し、政府側に寝返らせるべく、その強権を発動しているということらしかった。

そうと分かれば、手段はある。看守達には毅然とした態度をとりつつ、彼らの行動（暴力）をどこまでも意味あるものとは認めぬ、慈悲深く、大乗的な視線で接する。それで彼らのやり口が変わったり、こちらに対する距離のとり方が変わってくれれば、しめたもの。彼らと「囚人」

――「看守」といった関係ではなく、人と人との、もう少し違ったあり方に誘うのだ。

ここで肝要なのは威厳（ディグニティ）だ。看守達に対し自分を人間として、意味あるものとして押し出す。彼らは彼らが振るう圧倒的な暴力になぜか屈しない男に、いつしか逆に心理的に圧迫され、密かに男を敬しはじめる、という訳だ。

もちろん獄吏たちすべてにこれが通用する訳ではない。だが最初は一人でも、そうした観念を持つ者が現れたなら、そこからその観念は伝播する。リアリティが次第に変わってくるのだ。そうやって粘り強く、看守達に対処し始めて、いつしか男は彼らと微妙に力の均衡を維持するようになっていた。――そして、そうなったとき、気がつけば男はマラウィの刑務所に服して、おおよそ七年の歳月が経っていた。

24　耀子　その四

耀子の心は落ち着かなかった。

ホープ病院の循環器内科センターで新規患者を受け入れ、診察し、カテーテル手術を毎日のようにこなしながら、事前事後のカンファレンスを行う。そして患者の許可を得て、自分の下で技術を磨く若手の医師たちに具体的な臨床教育を施す。

繰り返されるルーティンをきっちりと踏み、万が一にも医療的な問題が発生しないように気を配りながら、しかし、彼女の心は落ち着かなかった。

理由ははっきりしている。警視庁捜査一課の飯田刑事が、金森迪子殺害事件で電話をよこしたからだ。彼はこれは万万が一の、ありえない仮定の話になるのですが、と断りを入れた上で、「亡くなった山崎社長ですね、彼の名前を騙った電話が入るようなことがありましたらですね、是非ともご一報いただきたい」と告げたのだ。

十数年も前に死んだとされて、彼女が彼の生存をいくら訴えても、誰も耳を貸さなかった人間が生きて電話をかけてくる……？　耀子の動揺を感じてか、「先生、誤解なさらないでください。死んだ人間を騙るワルもいるんです」と飯田刑事は取り繕ったが、耀子は飯田の発言の背後にただならぬ事情を感じ取っていた。

死んだ人間を騙るワルがいる、ということは実際に金森の事件に関して、そのような電話があったということだ。つまり「私は山崎だ。死んだことになっている山崎三樹夫だが――」と、金森か、長瀬か、あるいは他のデジキッズ創業メンバーにあててか、連絡を取った者がいるということだ。

その男が生きている三樹夫だったらどんなにか素晴らしいのに……、と思いつつ、耀子の思考は、しかし何度も何度も仮定の間を行ったり来たりした。推量に推量を重ねながら、結局は、その誰かが連中に接触したことが引き金になって、金森が殺された。――つまり三樹夫（を騙る誰か）が、彼らに殺人事件を起こすような仲間割れをうながしたのだ。

これはもう株しかない。自分が裁判の結果彼らに引き渡した株を、三樹夫を騙った誰かは「返してくれ！」と要求したのだ。

耀子はそこまで考えて、三樹夫が彼女に残した株を巡る裁判の経過を、あれこれ思い出していた。

あれは結局、一審、二審、と耀子が敗訴して、最高裁まで上告したにもかかわらず、そこで棄却された。司法の判断ではもう審理には及ばない、ということのようだった。

しかし彼女にしてみれば、セブの三樹夫から、「私はいったん身を隠します」という電話があって、「会社の私の持ち株については、もしものことがあった場合は、先生にすべて譲渡されるように手配済みです。万が一そんなことになったとしたら、先生、よろしくお願いします」と頼まれたからこその提訴なのだった。

「山崎社長から原告に電話があった後、デジキッズの法律顧問からこのような手紙が届きました」

と耀子の弁護士は、最初の裁判において、三樹夫の事故後に送られてきた手紙に言及した。耀子には三樹夫が戻ってくるまで彼の株を預かる義務がある、と主張したのだった。

「その手紙では」と彼女の弁護士は言った。「デジキッズの顧問弁護士が、山崎社長から、仮に彼が事故にあって死亡した場合には彼女にすべて譲渡する旨、言い付かっているということでした」

けれど地裁の見解は、彼女の主張を信用せず、長瀬らデジキッズ側の主張に傾いたのだった。

「そもそもその手紙には問題があります。くだんの顧問弁護士・木崎氏本人が『いったん山崎社長から依頼されたものの、その後、山崎社長が心変わりした。そして新たにデジキッズ株式会社にすべて譲渡する旨、書き換えた』と証言しています」

　そんな嘘八百を長瀬たちは法廷で主張し、裁判官もまたその意見を認めた。裏で長瀬たちは顧問弁護士に話をつけて、耀子の主張をでっち上げと言い募ったのだ。

「後でそちらには山崎社長が譲渡を翻したとご連絡したはずですが？」

　と召喚された木崎顧問弁護士が答えて、いけしゃあしゃあと耀子を見つめた。

　デジキッズの役員たちとグルになって、そのような証言を臆面もなく述べる顧問弁護士に、耀子は全身が震えるほどの怒りを感じた。

「確かにその趣旨の手紙は、事後的に原告は受け取っております。しかし、それは現在のデジキッズ社長である長瀬氏はじめ会社幹部から、『山崎社長の持ち株を会社に供出してくれ』との要請があって、しばらく経った時点においてです」

　そう耀子の弁護士は抗弁した。「山崎社長に心変わりがあって、『全株を会社へ』という依頼があったのだとしたら、顧問弁護士の木崎さんは速やかにその旨を、原告である鶴見耀子に告げるべきだったのではありませんか？」

「多少の遅延はあったかも知れません」

　とデジキッズ側の弁護人がこの主張を一応認めた。「しかし、山崎社長が心変わりをしたのは、社長が事故で亡くなる前夜です。連絡を受け、その後、書き換えの事務手続きに入り、鶴見さんの手元にそうした一連の経緯をしたためた書面を届けるまでには、物理的に相応の時間を要するのは致し方ありません。木崎氏は決して怠慢だったわけではなく、職務の遂行を故意に長引かせたものでもありません。かかる事情を勘案していただければと、思います」

いかにもその場逃れだったり、取り繕うような嘘だったなら、徹底的に追及のしようもあるのだろう。だが、堂々と吐かれる嘘には耀子の弁護士も舌鋒が鈍るようで、裁判の針は結局、被告のデジキッズ幹部に有利に振れた。

どうします？　と一審の後、耀子の弁護士が訊いてきた。何だったら民事でなく、株の詐取を言い立てて刑事立件してもらう手もある、と最初は鼻息が荒かったこの弁護士は、しかし、この時点で多少なりとも腰が砕けていた。自分の不備や力不足を悟られまいと、妙に力みかえる弁護士を見つめて、耀子はこの裁判の行方に暗澹たる思いを募らせたのだった。


結局、耀子の裁判は一審、二審と不調で、意地で上告した最高裁でも棄却され、三樹夫から預かった株式はデジキッズのものと確定した。

できるだけはやった。力の限りは戦ったのだ、と苦しい言い訳を自分自身に繰り返しながら、それでも耀子はひたすら自らの非力が情けなかった。何かの折があったら、江戸の敵を長崎で……ではないが、デジキッズの経営陣に対して、決して許さない、との思いを抱くこともあった。

とはいえ、もともと彼女は執念深い性質ではない。何年もの訴訟を経て、すでに覆らない法的な裁定に、これ以上関わっては自分がダメになる。執念の鬼と化してこれからの人生を生きることは、かりに自分自身は良くとも、息子をはじめとして周囲の者を不幸にする。――そんな判断も働いて、しがらみを断ち切って、新天地のホープ病院での生活を優先させたのだ。

　それが、ここへ来ての事件。訴訟で敵対したデジキッズ経営陣の崩壊を、いま自分は目の当たりにしている。彼らがその振る舞いによって滅びるのは自業自得だろう。しかし、その滅びのきっかけは、耀子の推論が正しければ、明らかに正体不明の誰かによって与えられたものだった。そう、死んだはずの山崎三樹夫の名を騙る、誰かによって。

　誰だろう？　まさか三樹夫ではあるまい。かりに三樹夫が生きていたなら、彼らに復讐する以前に、まず最初に私に会いにくる。そうではないか？

「よく聴いてください。私はいったん姿を隠します。姿を隠すけれど、死ぬ訳じゃない」「いずれにしても、ほとぼりが冷めたら連絡します」

　そう耀子に約束したのは、ほかならぬ三樹夫ではないか？　彼が死なずに生きていたなら、必ず連絡してくるはず。

　耀子はそう自分自身に言い聞かせながらも、動揺を抑えることが出来なかった。きっとこれから何かが起こる。彼女はあらぬ妄想にとらわれそうになった。三樹夫を名乗る男が、私に接触してきて、何かが起きる。なぜなら、あの飯田刑事ですらがそれをあらかじめ知って、私に電話をしてきたのだからと……。

25　譲と絵里花　その三

「あぁ、面白かった！」

サッポロ・ファクトリー近くのシネマ・コンプレックスから譲といっしょに出てきた絵里花が、興奮気味に言った。「あんまり流行っているので、どうしようか迷ったけれど、やっぱり見てよかった、ね！」

「うん、そうだね」

相槌を打った譲に、絵里花はふと何かを思い出したのか、わざと挑発する口調になった。

「でも譲くん、原作を見ていないんでしょう？　あのアニメってかなり原作に忠実で、全体の中の一部が描かれているだけだよ。前半部はテレビで放映したけど、そういう基礎知識がなくても楽しめたの？」

「ばかを言ってるんじゃないよ」

と珍しく譲が絵里花に反発した。「ボクは事前にあのアニメのテレビ版をちゃんと見てきました。ネットフリックスでやっているのを一晩に三話くらいずつ、毎夜見続けたんだからね」

その言葉に、彼女は待ってましたとばかりに食いついた。

「やっぱり……。わたしね、絶対に譲くん、予習してくると思ったんだ。そういうヤツなんだよね、きみって」

「どういう意味だよ、そういうヤツっていうのは？」

　ムキになって言い返したように聞こえるけれど、実はそのとき譲は笑っていた。彼女にからかわれたり、冗談っぽく弄られるのが好きなのだ。小学生だったとき初めて会って以来、いつもそうだった。そうやって言い合いながらも、二人はほとんど仲違いなんてしたことがなかった。

　彼が打球を胸に受けて、人事不省に陥り、そのまま何カ月も昏睡から目覚めなかったときだって、そうだ。二人の関係は変わらなかった、と絵里花は信じていた。

　冗談を言ったり、からかったりすれば、おもむろに上半身を起こして「どういう意味だよ、それって？」と聞き返してきそうで、だから、もう彼が目覚めないのでは、と不安になったとき、絵里花はそっと彼の耳許で彼がムキになるような言葉をわざと囁いてみたりもしたのだ。

　当時を思い出して微かに遠い目つきになった彼女に、譲が言った。逆に彼女のお株を奪うような、少しからかい気味の口調だった。

「絵里花ちゃん、なんだか最近おかしくないか？　へんに挑発してみたり、夢見る乙女チックな目つきになってみたり」

「何を言っているのよ」

　取り合わない、とでもいうように彼の方を振り向かないで、絵里花は肩をすぼめた。「おお、寒い！　風が冷たくなったね。もう冬だわ」

　大げさにマフラーをかきあげて彼女は呟いたが、たしかに季節は秋から急激に冬になってきつつあった。

「まだ十一月の末だぜ。寒さは序の口だろう？　本番はこれからだよ」

そう言って譲はかるく伸びをした。腕を大きく広げた彼の、ハーフコートの背中がとても男性的で凛々しく感じられた。最近わたしがおかしいですって？　と彼女は心の中で反駁した。知っているくせに。そんなこと女の子のわたしから言わせるものじゃないでしょう？　譲くん、あなたいったい何歳になったの？

絵里花と譲は一歳違いだ。彼女のほうが年上だけれど、そんなことはこの際、関係ない。中学生のとき、昏睡から目覚めたもののまだ意識がはっきりとしない彼に、自分の乳房のふくらみを示してからというもの、彼女は自分の思いを痛いほど自覚しているというのに……。

幾分か恨めしげな目つきで見つめた絵里花に、譲が振り返って言った。

「今夜はこれから絵里花ちゃんのお勧めのお店に行くとして、近いうちにボクの手料理を食べに家に来ない？　母親はなかなか時間通りに帰ってこれないけれど、うまい具合に顔を合わせることが出来たら、すごく喜ぶと思うよ」

「そうね、そういえば耀子おばさんにはずいぶん会っていないな。一緒にご飯を食べられたら、楽しそう」

「うん。是非そうしようよ。実はね、最近母親と顔を合わせる度に、へんな感じがするんだよね。ちょっと心配なんだ」

「どういうこと？　おばさん、身体の具合が悪いの？」

「ううん、違うよ。そういうんじゃなくってさ……」

譲は言いにくそうに、言葉を濁した。

「だったら何か心配事でもあるのかしら？　いくらスーパードクターだといっても、仕事上の悩みもあるかもしれない」

「仕事じゃないと思う。だけど、何というか、心ここにあらずって感じなんだ」

譲は少し躊躇ってから、どこかサバサバした感じで話し始めた。「一と月ほど前に、赤坂のタワーマンションで女性が殺された事件があったのを覚えている？」

「ああ、あの株式公開している会社の女社長でしょう？　やり手で、殺人には前の会社の人が関係しているとかいう」

「そう、そのニュース」

と譲が頷いた。「あれってさ、うちの母親が前に勤めていたカテーテル専門病院ね、そこのオーナー企業と関係あるんだ。もともと母の婚約者がデジキッズという会社の社長だったんだけれど」

「ああ、それは覚えている。その社長が海外で亡くなって、それからおばさんは社長とのスキャンダルや、社長が残した株で大変だった。ちょうど譲くんが野球で事故にあったときと重なってたから、わたしはすごく印象に残っているわ」

「うん……。ボク個人はあの事故で、ほとんどその間の記憶が無いから、後で母親やきみのお父さんから聞いて、それなりに想像するしかなかったんだけれどさ。あのときデジキッズの秘書室長で、その後デジキッズからスピンオフした会社の社長になっていたのが、あの事件で亡くなった女性らしいんだ」

「それじゃあ、耀子おばさんの良く知っている人だったのね？」

「そうらしい。デジキッズを巡っては株式の譲渡に関して法廷で争ったし、余り良い印象を持っていないんだけれど、それでも殺人事件というのはショックだったんだろう」と譲は言って続けた。「でもね、単なるショックだったら、あああでうろたえることもないはずだし、ちょっと不可解なんだ」

「あの事件、犯人はまだ捕まっていないんでしょう？」と絵里花が訊いた。

「うん、迷宮入りに近い状態なんじゃないかな。現在のデジキッズのトップだった人が重要参考人だったけれど、その後行方不明になって、いまだに見つかっていない。週刊誌の記事の受け売りだけど、富士の樹海とかさ、ああいう所で自殺しているんじゃないかとまで噂されているようだよ」

「そうなんだ」

彼女がつぶやくと、譲は頷いて、ただね、と言った。「樹海自殺はご都合主義のストーリーだし、犯人は大金を握ってのうのうと生きているかもしれない。実際、あの事件の前後で十億円ほどがデジキッズから何者かに支払われているっていう話もあるしね」

「それも週刊誌？」

絵里花が冷やかすように言うと、ご明察、とつぶやいて譲が笑った。

「でもね、うちの母親はえらくあの事件にご執心で、記事が載った週刊誌や雑誌を買ってくるんだ。だから結局、ボクもついつい読んでしまうんだなぁ」

肩をすくめた譲に、絵里花も微笑みながら、それでも、と付け加えた。

「耀子おばさん、確かに心配だけれど、興味がデジキッズに向かっていてくれていて、わたし、少しほっとした。バトラー病院の話はまだ耳に入ってないみたいね」

「ああ、そうだね。確かにこれ以上余計な話は耳に入れたくない、とボクも思うよ」

と言って彼は話題を転じた。「そういえば、健吾おじさんが牧場で雇うと言っていたフィリピン人、どうなった？」

「ああ、あの人？　この前、電話で聞いたけれど、すごいしっかりした働き者だって、お父さん喜んでいた」

ふうん……。それは良かった、と返したとき譲はくしゃみをした。ぶるり、と身体を震わせる。今頃になって寒さが身に沁みてきたみたいだ。言わないこっちゃない、と絵里花が言って、二人で笑った。二人を包む冷気がいま、なぜか心地よいもののように絵里花に、そしてたぶん譲にも感じられていた。

26　耀子　その五

耀子の想像は何らエビデンスのないままに、仮定の周りを回っていた。

金森の殺人にまで発展した事件の鍵を握る人物は、三樹夫の名前を騙る男で、その男は必ずや自分に接触してくるはずだ。男は誰だろう？　そしてその男の目的は何なのか？　ときにロータブレーターを用い、ときにカテーテル・アブレーション（焼灼術）の手術に入り、ときに精力的にカンファレンスをこなしながらも、耀子の心は落ち着かなかった。ただ、この落ち着かなさを、逆にホープ病院の日常の忙しさがカヴァーして、傍目には彼女は何の動揺もなく医療をこなしているように映っていたはずだった。

「先生、午後イチの診察のこの患者は、例のＶＩＰですよ」

しかし、あるとき、葛西循環器内科部長に指摘されて、耀子は電子カルテを覗き込みながら、やはり心ここにあらずの自分を意識した。

「加納琢磨？　どこかで聞いたことがあるけれど、この患者さんのこと？」

「ええそうです。北海道三区選出の衆院議員で、この間まで保健省の大臣をしていた方です」

「そう、確かに、そうだったわね……」

「いやだな、先生、お忘れになってらっしゃいますね？」

「何を？」

「何をって、先日、春日理事長から連絡が入っていたでしょう？　あのときは私も横に居て、二人で理事長に返事して、『大丈夫』って請け合ったじゃないですか？」

「ああ、思い出した！」

そうだ、たしかに数日前、理事長の春日が連絡をよこして、加納代議士について、くれぐれも頼むとのことだった。あのときは、何でも理事長が保健省の役人時代に保健族である加納代議士に大変お世話になっていて、理事長の上司だった現在の保健局長も、わざわざ心配して理事長に電話してきたという話だった。

理事長はつよく耀子に言ったのだ。「ホープ病院のカテーテル治療の面子にかけて、大臣をもとのピンピンした健康体に戻してください。お願いしましたよ」と。

耀子は唇を噛んだ。やはり自分はデジキッズの事件に心を奪われていたのだ。まずい、と彼女は思った。これでは肝心なときにとんでもないケアレス事故を起こしてしまいかねない。

「CTスキャンした患者の心臓をみせてください」

そう言って、開いた画面の心臓は、血管に複雑に手術痕が映りこんでいた。

一緒にモニタを覗き込んでいた葛西が呟いた。「確か、二度ほどお忍びでアメリカの病院でカテーテル手術を受けていて、その際のステントが残っているはずです」

「そのようね。ここと、ここだわ」

「患者が前にかかっていた病院から回ってきた電子カルテによれば、東京のその心臓専門病院では、胸部外科が怖くて触れない、ということでした」

「まあ、これだけ癒着がひどければ、怖くなるのも頷けるわね」

「どうします？」

「ここと、ここと、たぶん高度石灰化している。ここらはロータブレーターの出番ね。あと、留置してそのままになったステントだけれど、うちの心臓外科と一回相談しなければ。私はカテーテルで回収できそうな気もするけれど、外科の観点からの意見を聞いてみたい」

「うん、私もそう思います」

「患者本人はどう言ってるのですか？　今日の午後が初診になるわけでしょう？」

「もう、うちの病院に命を預けたと言っているらしいですよ。理事長から聞きましたが、この代議士先生は何でもうちの野口院長の朋友（ポンユー）らしいです。高校、大学と一緒です」

「大学が一緒って、代議士は医者なの？」

「いえ、そうではなく、最初は北大で一緒で、その北大から北斗医大が分離したときに院長先生は医大に進んだ。ちょっとややこしい経緯があるんです」

「へえ、でも院長先生からは何も言われていないんでしょう？」

「いや、そうじゃありません。先生に余計なプレッシャーになるから、黙っていてくれと院長先生に言い付かっています」

　そうか、知らぬは私ばかりなり、という訳か。耀子はそう内心で呟きながら、ぴんと神経が張り詰めて、この患者の心臓病変に意識を向かわせる自分を感じていた。彼女は葛西に訊いた。

「持病はどうなってます？」

「けっこうグレードが進んだ糖尿病です。もう少し病気が進めば患者の腎臓も悲鳴をあげそうです」

「まずいわね。患者さんもそのことは承知しているのですね？」

「いや、もともとがイケイケの代議士で、〝攻めだるま〟の加納と言われた男ですからね。本人は精神一到何事かならざらん、と気力だけは充実してるようですが」

「気力だけでもしっかりしているのは、まだ良いニュースという訳ですね。他に良いニュースはないのかしら？」

「悪いニュースなら、あります」

「何ですか？」

「最近、うちの救急救命科がおかしな肺炎が流行っている、と警戒しているのをご存知でしたよね？」

「ええ、しばらく前にいっしょに理事長から教えてもらったけれど……、それがどうしたのですか？」

「どうもそれが循環器内科の病棟にも一、二例、現れた疑いがあるんです。まだはっきり特定できた訳ではありませんが、軽度の風邪を患者さんが持ち込んで、急に重篤化しそうになり、それで例の救命救急科のレシピ——つまり喘息吸入剤で事なきを得たと連絡を受けました。もう患者さん本人は治って退院したんですけれど、看護師の一人も罹患したようなんです」

「まずいわね。特に高齢の患者さんで持病がある人は気をつけなきゃ」

「まったくです。注意してもしたりない。そして、加納代議士がその高齢既往症の事例にぴったりと当てはまります。しかも支援者や国許の秘書らが始終加納代議士に接触してきて、その中の一人が肺炎ウイルスを持ち込む可能性もある。我々としちゃ、相当おっかなびっくりになりますよ」

そう告げた葛西の顔がはっきりと曇っていた。

確かに葛西の言うとおりだ。決して事態は楽観できるものではない。それでも耀子は彼に頷き返した。

「ともかくも、まずは患者を診てから、恐れるものは恐れましょう」


かくして午後の診察で、加納代議士と面と向かって言葉を交わすことになった耀子は、しかし、考えた以上に患者の病状が切迫していることに気づいて動揺した。

「ふだんは如何なんですか？」

と彼女は最初に代議士に、自覚症状の程度を訊いた。「例えば階段の上り下りや、人と連れ立って歩くときの歩幅や、速さ、といったことはどのように感じられていますか？」

「だめだね」

と加納はにべもなく答えた。「だいたいですよ、ワシのような商売は他人に弱点を知られてはまずいんです。だから、ちょっと歩様が普通じゃなくなっても、全身に倦怠を感じても、相手に悟らせちゃアウト。何が何でも精力旺盛で、活力が溢れているふりをしなくちゃならない。それが先生、このところ、その気力が衰えてきた。そりゃあ、もちろんそれなりに騙りますよ。連れて行った秘書にぐっと身体を支えてもらったりして、元気な振りをしたり、酒の量もいつも通りウワバミですってなふうにね。でもダメ。力が出ない」

「でもそれは心臓からくるものじゃない可能性がありますね？　動悸とか息切れとかは如何で

すか？」

「いや、もう……。ほら、ご存知のようにヘモグロビン何とかという値が悪くって」

「ＨｂＡ１ｃですね？」

「ああ、そうそう、それです」

「糖尿病が悪化すると心臓も相応の負担をこうむるし、他の臓器にも悪影響が出てきます」

「いや、先生、そんなことは百も承知なんだ。承知なんだが、いかんせん、ワシらは商売が商売で、肉体的弱味を他の者に見せられん。とにかくここは、ぼろぼろになった心臓をいったん回復させて、その上で糖尿については考えたいんですわ。そこのところ、よろしくお願いしますよ」

　加納の押しの強さは想像以上だった。

　そうでなければ弱肉強食の政治の世界で生き残ってこれなかったのだろうが、それにしても我が強い。自分の身体は自分が一番良く知っている、ついては先生、なんとか、このポンコツを修理して欲しい、ワシは先生、こうなったら、アンタに命を預けて、アンタの言う通りに従うつもりだから……、と彼はあくまでも主張した。

　今更そんなふうに言い出すのなら、糖尿も、心臓も、もう少し前にそれなりの治療を受けていて欲しいと思った。だが、考えてみれば加納は米西海岸の有名病院で心カテ治療を試みていたし、糖尿病についても東京の大病院に通院している。

　にもかかわらず、こんなに病状が進んでいるのは、間違いなく加納が無理をしたからだ。医師の言いつけを守らずに、自らのレーゾン・デートルと信じる政治活動を優先させたからだ。

「出来るだけの治療はいたします」

と耀子は硬い口調で言った。「しかし、加納先生にも私たちの指示通り養生していただかねばなりません。その覚悟はおありなんですね？」

たぶん女性医師だから、といくぶん甘く見積もっていたのだろう。押しが強い彼自身の言葉を、逆に跳ね返すように耀子に告げられて、一瞬、加納は目を白黒させた。

「いや、もちろんだよ。最前から言っているように、ワシは先生、あなたに命を預けておるんだ」

言い方が時代がかって聞こえたが、加納の目の輝きは本物でそこには力があった。さすがに政治家だけあって、どこか胆の据り方が違うのかも知れない。

「わかりました。それでは私どもも覚悟をして治療いたします。先生には厳密にクリティカルパス（入院診療計画書）を守っていただきます。そうでなければ命の保証はいたしません」

「もちろんだとも」

そう応えた加納に、無理にも彼を信じなければと思い定めた耀子だったが、はたしてその判断が吉と出るか凶と出るか、すべては代議士の覚悟と節制によって決まるはずだった。

27　破獄　その二

マラウィの刑務所に服役して十年……。看守たちの理不尽な暴行や、過酷な作業労働、そして極端に粗末な食事に耐えながら、男は時を待っていた。

すでにして男の外貌は、ほとんど昔の面影を残すものではなくなっていたが、両眼は静かな光をたたえ、何者にも屈しない威厳のようなものが彼の身体から漂い始めていた。そして囚人たちを矯正プログラムによって制圧しようとする看守たちも、一人、二人、と減じ、次第に誰もが男だけには遠慮気味の態度を示すようになっていた。そんなある日——。

「ホルヘ・エストラーダ、お前に面会だ。出ろ！」

看守の一人に鉄格子の前に呼び出され、おもむろに手錠をかけられた。腰縄を付けられて、男は看守に従い長い廊下を歩き出した。面会？　そう言われても、まったくピンと来なかった。これまでマラウィでは、いやセブのＣＰＤＲＣ（監護刑務所）でも、彼は一度も〝面会〟なるものに浴したことはなかった。

クゥワンが外部の仲間たちと〝面会〟して、脱獄の計画を練っていたのは知っていた。だが、その面会も看守たちのお気に入りのクゥワンに与えられた特権であるはずだったし、そもそもフィリピンに知り合いなどいない男にとっては、面会する相手については見当すらつかなかった。

いや、そういえば例外的な噂は聞いた。ＣＰＤＲＣにも麻薬所持やその他で逮捕った日本人の未決囚がいて、その日本人連中には面会があるというのだ。もちろん会いにくるのは知り合いじゃない。日本人の旅行者、それも怖いもの見たさで刑務所見物にきて、そこで看守たちに唆され、彼らへの鼻薬（面会料金）と交換に面会ブースに顔を出す旅行者たちなのだという。彼らはほとんどが若者で、邦人の未決囚は彼らに差し入れや本国への連絡を頼むことができるらしかった。

しかし、ホルヘはＣＰＤＲＣでは日本人ではなかった。れっきとしたミンダナオ生まれのホルヘ・エストラーダと認められていたのだ。彼にそんな日本人旅行者たちの〝面会〟など、望むべくもなかった。

「お前、初めてか？　いいか、ろくでもないことを喋ると、面会は直ちに中止だからな！」

面会係の看守はホルヘとは初見だったためか、横柄な口の利き方をして彼を面会ブースへと押し込んだ。

ブースの向こう側は暗がりで、最初はほとんど相手の顔がわからなかった。相手もだんまりを決め込んで、男をじっと眺めている様子だった。やがて暗がりに慣れた男の目は、そこに背中こそ丸めてはいないものの、顔に皺が深い、枯れ枝のような老人の姿を認めた。老人は櫛で梳けばぼろぼろと毛が抜けるのではないかと思わせる白髪頭で、それでも眼光だけは鋭く、男を射るように見つめていた。

「……ミゲル？　ミゲルなのか？」

男が呟くと、老人はふいに相好を崩した。皮肉な笑みを頬に浮かべて言い返してきた。

「すっかり変わっちまったな、ホルヘ。だけど声はそんなに違っちゃいない——、と言いたいところだが、声もすっかり塩辛声になっちまっている。まあ、それでもいい感じに錆が入ったまでで、お前は確かにホルヘだ。そうだな、ホルヘ？　ホルヘ・エストラーダ」

「そうだよ」

と男は感極まって応えた。「そうだよ、俺だ。ホルヘ・エストラーダだよ」

「お涙頂戴は全然変わっていないな。そんな塩っぱい顔付きになったのに、俺の甥っ子はまだいっこうに甘ちゃんな性格が直っていないとはな」

男はそれに応えてにっこり笑った。二人を隔てる分厚い硬質ポリカーボネイトの透明窓板に手を置き、訊いた。

「出所したんだな、あのＣＰＤＲＣを？」

「そうともよ」

とミゲルが応えた。「あれから七年たって、俺は出所した。お役ご免というわけさ。それから捜したぜ。初めはマニラかと思った。モンティンルパのニュー・ビリビッドか、そこらあたりだと見当を付けたが、風の便りにミンダナオの刑務所に送られたと訊いた。灯台下暗し、とはこのことだよ。俺たちの故郷の島とはな……。遅くなったが、こうやってはるばるやって来たんだ。許してくれ」

「許すも、許さないも……」

と男はミゲル老人の提供する虚構の血縁というリアリティにのせられて、思わず本音を吐いた。

「俺はもう誰もこの世に知り合いなんぞいないと思って、この数年を生きてきたんだ。それがミゲル、俺の伯父さんだというあんたが現れるなんてなぁ。まだ俺の運は尽きていないのかもしれない」

その言葉にミゲル老の瞳がぎらり、と動いた。

「ずいぶん性格がまるくなっちまったじゃないか？　そんな消極的なことではこの弱肉強食の世界を生きてはいけないぞ」

ミゲルのその言葉に男ははっきりと微笑んだ。一見達観したような、しかしどこか不逞な微笑みだった。それを見て、ミゲルも小さく笑った。

「どうやら、十年前にしでかしたことへの見果てぬ夢を、ホルへ、お前はまだどっかに飼っているようだな」

「さてね」と男は答えた。「十年前に比べると、ずっと人間がヒネてきたからなぁ。自分でも、自分が何を考えて、どう行動するのか、皆目見当がつかないよ」

「そうか？　それならば、別にワシが何かお前のために計らう必要は無いってことになるのかな？」

気がつくと、最初小さかったミゲルの笑いはだんだんと大きなものになっていて、どこか歯止めのない哄笑に変わりそうな気配だった。

「いや、すまん」と老人は言った。「お前があんまり立派に囚人をやっていたので、ついあらぬことを口走っちまった。忘れていたが、これを食ってくれ」

　ミゲルは係官に合図して、ブースの壁の開閉蓋を通して包みを係官に預けた。係官経由で手渡されたそれを開けると、プラ容器にミゲルの特製なのだろう、あの懐かしい餡ドーナッツが四つほど入っていた。

「がっつくなよ。ゆっくり食べろ。欲しかったら、ここにいるかぎりもっと差し入れてやる。それもしかし、そんなに長いことにはならない。なにしろ、お前はもうすぐキダパワンに送られるからな」

　キダパワン……？　ミゲルの言っていることの意味が分からなかった。小首をひねると、老人はやはりな、と呟いた。「ホルへ、お前は物を知らん。いや、日本のことや、日本での金儲けのことはよく知っているのかも分からんが、フィリピンについては皆目無知だ。ミンダナオのこともせっかくワシが教えてやったのに、余り興味が湧かなかったようだな」

「ここがミンダナオのマラウィにある刑務所だってことは知っていたよ。ここでそれ以上のことを知る必要もないと思うが」

　と続けて、男はハッとなった。「もしかして、キダパワンってのは……」

「やっと分かったか。少しは小賢かしく立ち回る知恵を身につけたかと思ったが、そんなことだと、まだまだ苦労しそうだな」

　ミゲルは物事のイロハを知らない男を蔑んだような、それでいて慈しむような、不思議な声音になって続けた。

「いいか、マラウィはミンダナオ島の西部にある南ラナオ州の州都だよ。いっぽうキダパワンは同じくミンダナオでも内陸のコタバト州の州都だ。そんなに離れちゃいないが、言葉も違うし、まったく違う地方だと思ったほうがいい。もちろん俺たちのご先祖が住んでいたダバオとも違う」

「そこに……、その、キダパワンの刑務所に俺は回されるのか？」

「そうともよ。どうしてか分かるか？」

そう言われても、男はただ首を振るしかなかった。

「まあ、魚心あれば水心とも言う。お前はそこに行くように謀られた訳だ。少しは有難いと思ってくれなくちゃ、こちらの立つ瀬が無い」

「ということは、俺は？」

「皆まで言うな。とにかくお前は、近日中にキダパワンに送られる」

ミゲル老人はさりげなく呟いたが、男にとってそれは朗報も朗報、思わぬところからやってきた吉報だった。

「そう、そう」とミゲルはさらに付け加えた。「キダパワンにはお前に会いたがっているヤツも居る。まあ、楽しみにしているんだな」

28　加納代議士

加納代議士の治療は彼の持病である糖尿病の病状を睨んで、綱渡りをするように進められた。与えられている時間は国会が休みの一カ月ほど。しかし耀子の判断では、その与えられた期間内での心カテ治療は早くても二週間後、いや、上手くいかないときには三週間後の手術となる。その前に加納のＨｂＡ１ｃをはじめとした数値がある程度改善されなければ、ロータブレーターを使った手術などもっての外と思われた。

耀子はしかし、断乎として加納代議士を治療するつもりになっていた。手術についてのセカンドオピニオンを求めて、橘珠樹（たちばなたまき）心臓外科副部長他からなる、ホープ病院の心臓外科チームが招喚された。

「いかがです？」

あらかじめ加納のカルテや、その他資料を読み込んできたらしい橘副部長は、もう一度コンピュータによる立体画像を注意深く点検した後、きっぱり言った。

「東京の心臓専門病院が、この血管に怖れをなしたのは良く分かりますよ。癒着がひどいうえに、残存するステントは手の施しようがありません。これはそのままに放置して、他からグラフト（血管）を持ってきてつなげるしか、心臓を助ける方法はないように思われます」

「じゃあ、外科手術の適用が最善だとお考えな訳ですね？」

耀子が訊くと橘は一瞬躊躇ったが、それでも言葉を濁さずに応えた。

「……ただ、ですよ。見てください、この脂肪を。黄色くてこってりしたのが、これでもかって心臓にのっている。これはシビアです。ＣＴにはそれなりにぐちゃぐちゃになった血管の込み入り具合が映されていますが、実際に胸を開けてみれば、もうその画像どおり血管が走っているとは、とても思われなくなるはずです」

「ということは、外科的な手法も一〇〇パーセントは信頼できないということですか？」

「ええ、まあ。でも先生、先生はそれをカテーテルで行うということですよね？　本当に可能なのですか？」

訊かれた彼女は、静かに、しかし力強く頷いたのだった。

「やってみなければわかりませんが、やる他はないです」

そう言ったとき、耀子の頬には微笑が貼り付いていた。彼女は橘に続けた。

「カテーテル手術では、少なくとも開胸して心臓の脂肪を取り除く手間はありません。その際に起こるアクシデントや、せっかくグラフトを採取しても、より良い吻合部を探して癒着した部分を傷つけるような怖いことも起こらないと思います」

「しかし先生、患者の血管は石灰化して、ぼろぼろですよ」

と橘も譲らなかった。「いくら先生がカテーテルの名手でも、この周囲の組織と癒着して、ネジくれた血管にそのままカテーテルが通るとは思われません。ロータブレーターだってこんなふうにヘアピン・カーヴしている血管には、なかなか適用できないんじゃないですか？」

「ガイドワイヤーさえ入れば何とかなります。石灰化している血管にこそ、ロータブレーターは威力がありますし……」

「わかりました。そうまで仰るなら、私たちのチームは後詰めで、万が一のときに備えます」

「そうしてくだされば、有難いです。問題はここと、このステントです。これらが異様な形で血管に留置されて、血管内壁に取り込まれてしまったため、自然な血流を阻害しています」

「普通こういった場合は、この血管を放棄するしかないんじゃないですか？　いったいどうやって、このステントの残骸を処理するんです？」

「そうですね、でも、とにかくカテーテルを入れてみます」

そう言い切った耀子は、六〇から七〇パーセントくらいの確率で手術は成功すると見込んでいた。要はワイヤーが通って石灰化した血管がロータブレーターによって開通し、そのうえでバルーンで両側の血管を膨らませ、ステントを拾ってくることが出来ればいいのだ。それなりに高い技術がいるし、患者本人の体調も関わってくるが、やってできない手術ではない。やってみよう、と彼女は決心していた。

加納代議士の糖尿病に対する加療はクリティカルパス通りに進んで、ついにはカテーテル手術を行う日がやってきた。

すでに手術室のランプが点り、前投薬を済ませた加納は医療用ストレッチャーに乗せられ、緑色の手術用シートをかけられて静かに横たわっていた。

「いいですか、加納先生。始めますよ」

と耀子は加納の両足の付け根に局所麻酔を施しながら、簡単に手術の手順について告げた。それから素早く動静脈に穿刺し、シース（カテーテルを入れるための鞘）を入れていった。動脈には造影やロータブレーター用のもの、静脈には輸液や経静脈一時ペースメーカーを入れるためのもの、計二本のシースを通し、さらに特別に腋の下からもう一本、これもロータブレーターのためのものを入れてゆく。

「導尿カテーテル、お願いね」

そう看護師に指示しながら、彼女はスタッフに振り向いた。第一助手、第二助手、二名の看護師、CE（臨床工学技士）、臨床検査技師、放射線技師の七名に、自分を加えて計八名からなるチームである。その八名が鉛を練り込んだ防護ベストを身につけ、そのうえに青い手術衣を着こんでスタンバイしていた。前日、手術の前に、くどいくらいに確かめた代議士とのやり取りが、耀子の脳裏に浮かんだ。

「加納先生、わたしたちは最善の治療を行うつもりです」

と彼女は代議士に言ったのだ。「何度もうるさく思われるかもしれませんが、明日行われる手術の内容についてもう一度お話ししますので、先生にはよろしくご確認をお願いします」

「おお、インフォームド・コンセントってやつだね。病気については実はもう耳タコなんだが、かまわないよ。何でも言ってくれたまえ」

「単刀直入に言います。手術の成功の可能性は六〇から七〇パーセント弱です。これを低いと捉えるか、高いと捉えるかは先生のお気持ち次第です」

「うん……」

「手術の成功確率について、もう少し精度を上げたいのは山々です。ですが、現在の加納先生の心臓の状態に鑑みて、この数字が精一杯と感じています」

「三つに一つは失敗するのか……」

と言って加納は瞑目した。ややあって「三つに二つ成功するなら、それに賭けるのが、まあ、定石かな」と頷いた。

案外あっさりした加納の決断に、耀子はそれでも言うだけは言わねば、と続けた。「もちろん、失敗したとしても死ぬ訳ではありません。カテーテルによる治療を断念して、速やかに他の手段を取るまでです。先生のお身体と相談の上ですが、即日、もしくは日を改めて胸を開きます」

「バイパス手術はかえって怖いな」

と代議士は呟いた。妙に実感のこもった口ぶりだった。「東京の病院で最初に提案されたのが、胸を開いての外科手術だった。ワシも仕方あるまいと思ったが、しかし執刀する医者たちが二の足を踏んだんだ。ちょっと驚いたよ。色々リスクがあるんだろう、外科的な処置の場合には？」

「リスクに関して言えば、カテーテルにも応分のリスクはあります」

「わかっているとも。ワシはもう俎板の鯉だよ。存分にやってくれ」

そう告げた顔から、どこかいつものエネルギッシュな脂っこさが消え、代議士は恬淡としていた。その顔を見て、出し抜けに三樹夫の言葉が甦った。

「しばらくは先生に会えなくなるかも知れない。……よく聴いてください。私はいったん姿を隠します。姿を隠すけれど、死ぬ訳じゃない。殺されたり、自殺したり、そんなことには絶対にならない」

何故その言葉が甦ったのか、まったく分からない。でも、加納の行い澄ましたような、どこかすべてを受け入れ、望まぬ運命を進んで引き受けるような、そんな態度が、あのフィリピンから電話をかけてきた彼の言葉と重なった。

おかしい。こんなことを考えていては明日の手術に響く――、と加納を見つめながら、耀子はいつになく、心の動悸を抑え切れぬ自分を恥じたのだったが……。


カテーテル手術の前段階は順調に進んだ。腎・肝機能が低下中の手技は、患者の体調が突然悪化するリスクもあることから、何にもまして迅速さが求められる。耀子はロータブレーターのガイドワイヤーをよじれを起こさぬよう細心の注意で挿入し、素早くエクスチェンジ・カテーテルを引き抜きにかかった。「ベラパミルとニトロを100マイクログラム、冠動脈に選択的に入れてください」

「はい」

「バー・サイズは一・五ミリから始めましょう」

ダイヤモンド・コーティングしたバーの先に、生理食塩水、ヘパリン、ニトログリセリン、ベラパミルからなるロータブレーター・カクテル液が伝わる。そのカクテルの滴がぽたぽたと垂れてきたのを確認し、ガイドワイヤーにクリップをつけ、バーのテストを行う。

オーケー。彼女は頷くと、バーをアクティベイトさせた。さあ、これからが本番。ロータブレーターを使って、前進、後退、前進、後退を繰り返して、石灰化病変に近づいていく。

彼女はモニタを覗き込み、造影剤によってくまなく映し出される心臓とその周囲の血管を視野に入れつつ、バーを操作した。石灰化し、狭窄した血管が内側から綺麗に病変部を削り取られ、拡張してゆく。くだんのステント留置部に突き当たると、今度は逆にバーを引き抜きにかかる。〝抜き〟専用の低速回転でバーを回しながらロータブレーターをいったん回収。

そして今度はステントの逆の側から挿入したガイドワイヤーによって、ロータブレーターを入れ、同じように石灰化病変を削り取っていく。

「心電図、大丈夫ですね？　胸の痛みがあったら直ぐに合図してください」

ステントの両側から血管が拡張されたのを確認して、今度は両方の側から先端にバルーンのついたカテーテルを入れ、ステント部分を膨らませた。オーケー、いける。彼女は内心で呟いた。このステントは間違いなく回収できる。

カテーテルの先端についたステント回収のフックを広げながら、耀子はスタッフに訊いた。

「ステント留置部、血栓はありませんね。血栓を確認したら、すぐに声をかけてください」

「大丈夫です」

よし、ステントが動いた。耀子はそろり、そろり、とカテーテルを引き抜き、ステントを回収にかかった。いいぞ、今はうまく血管が広がった状態だ。モニタではステントを示す太いスプリングのような金属塊がすーっと滑らかに血管を移動し始めていた。まず一つ……。カテーテルをたたみながら、一個目の回収を確認して、間髪を容れずに、彼女は二個目に挑んでいった。

かくして手術開始から三十分後。二個のステントを回収した耀子は、血流が勢いよく甦った患者の心臓と血管を確認して、ガイドワイヤーをたたんでいった。目を瞑って手術に耐えている加納代議士に、ようやく声をかける。

「終わりましたよ。手術は成功しました」

目を見開いた加納の頬は、それまでの蒼白な顔色が、ほんのり薔薇色に変わっていた。耀子に告げられて代議士は頷き、にっこりと微笑んだ。

必要な後始末を終え、病変部を注意深く観察された代議士が、ストレッチャーに乗せられて手術室のドアを出てゆく。耀子は彼に付き添いながら、開いたドアの向こうの術前室で血のついたゴム手袋と術衣を脱着した。手洗いを終え、防護ベストはそのままに新しい術衣を羽織って、部屋のさらに向こうにあるドアを開ける。

「鶴見先生、ありがとうございます！」

代議士の妻と長男が待っていて開口一番そう告げた。

「いやあ、鶴見くん、素晴らしい。本当に見事な手技でした」

言葉を発したのは、ご家族に付き添っていたらしい代議士の朋友の野口院長だった。そしてその傍らにはなぜか春日理事長まで控えていて、満足げに頷いている……。耀子はあらためてこの手術が、ホープ病院にとって非常に大事な手術だったことを悟ったのだった。

29　キダパワン

ミゲル老人がマラウィの監獄に顔を出してほどなく、ホルヘは老人の言ったごとく、キダパワンに移送された。

キダパワン刑務所のあるコタバト州は、もともと先住民のマギンダナオ族の言葉のクタワト（ｋｕｔａ ｗａｔｏ）から来ていて、「石の要塞」という意味がある。イスラム教が国教のマギンダナオ王国のかつての繁栄を偲ばせる地名だ。

しかし十九世紀にスペインの植民地に編入されて以降、だんだんとこのミンダナオ島の内陸の州は、その面影を変えていった。以前はリオ・グランデ・デ・ミンダナオ（スペイン語でミンダナオ河）の流域に開けた広大な平野にあって、フィリピンでも最大の面積を持つ州だったのに、南北に二つに分かれた後、さらに三分割されてしまったのだ。キダパワン市はその小さくなったコタバト州の州都である。

「まあ、魚心あれば水心とも言う。お前はそこに行くように謀られた訳だ。少しは有難いと思ってくれなくちゃ、こちらの立つ瀬が無い」

その州都の監獄に移送されたときは、こんなミゲルの意味深な言葉から、ホルヘは自分自身の解放が近いか、脱出が可能になるかも知れないという希望を抱いた。当然といえば当然の期待だったが、どっこい、キダパワン刑務所の扱いは決してホルヘにとって優しいものではなかった。重労働としか呼びようがない服役作業がそこには待ち受けていたからである。

いまさら言うまでもないが、フィリピンの刑務所での労役は囚人が看守たちに報いる袖の下の多寡によって決まってくる。大金持ちの囚人は、個室も与えられれば、携帯電話も使い放題。挙句の果ては、外部から女まで引き入れて、その種の欲求を満たすことが出来る。塀の中に暮らすだけで、実は外の世界と同じという訳だ。中には煩い女房から離れて、わざと「別荘暮らし」と洒落込む組織犯罪のボスもいるらしい。

しかし男に金はなく、ミゲル老人も男を助けてはくれなかった。キダパワンで彼を待っていたのは、大谷石に似た石を山腹から切り出す過酷な刑務作業だった。


「おい、新入り。トロトロやってんじゃないぞ。お前一人の不注意が、とんでもない事故を引き起こすことだってあるんだぞ！」

監督に入っている獄吏からときにひどい罵声を浴びせられたが、やがてホルヘはそのほとんど原始的ともいえる滑車と自重を用いての石の牽引や運搬に慣れていった。

「お前、なかなか筋がいいな」

半年ほどがたった頃、獄吏はそう言って、ホルヘに機嫌よく告げた。「よし、もう一人前かも知れないなぁ。ホルヘ、お前、あの石の切り出しをやってみろ！」

見るとそれは、ぎりぎりに切り出された岩のさらにその先。足場を踏み間違えると、切り出された石のために鋭い崖ができている奈落に、墜落してしまいそうな箇所の仕事だった。要するに言葉の正しい意味で「切羽詰った」場所の石だった。

ちなみに石は、切り出すといっても鋸で切り出すのではない。クサビで石を割って、切り出す。ラインに沿ってノミで直線状に叩いて、石を割っていく。

ほとんど垂直に聳え立った崖の、ほんの少しの広がりに足を置いて、ホルヘはノミを振るった。マラウィで経験したあれこれの囚人仕事が今や彼を無根拠な自信で支えていたが、下を向けば数十メートルの断崖であってみれば、ほとんど生きた心地のしない労働ともいえた。

よしっ！

とにかく心を決めて、おぼつかない足場でノミを振るったとき、石切り場の山の向こう側、丸裸にされたもう一つの石切り場の山肌から、懐かしい、震えるような声が聞こえた。

何だ？　あれは何だ？

声が聞こえた向こうの山肌に振り向いて、ホルヘは遠い向こうから誰かがヨーデルで呼びかけているのを知った。

ヨルレィイリー、ヨルレィイリー。

その甲高い声は、あたかもスイスの高地で山の民が叫び交わす、あの合図の声に似ていたていた。

全身で浴びた。ヨルレィイリー、ヨルレィイリー。そう聞こえた声に彼は、大きな叫び声で応え

が、ホルヘはその意味を直感した。顔を切り立った崖を隔てた向こうの山肌に向け、その声を

——ヨルレィイリー、ヨルレィイリー。

おい、ホルヘ、お前は何をしているんだ？

監督の獄吏の制止をきかず、彼は思いっきり、腹のそこから吸い込んだ息を震わせて、裏声を出した。

ヨルレィイリー、ヨルレィイリー。

傍の者の耳には、その裏声はまさしくヨーデルのように聞こえたかもしれない。しかし、それは何年か前、あのクゥワンから教わった、タイ高地の人間が谷間を隔てて向こうの山の人間と交わす声だった。当時、クゥワンに倣って見様見真似でやってみて、彼女に笑われながらも、それでもホルヘは一時、下手糞ながらそんな裏声を出せるようになっていたのだ。

半ば期待したとおり、向こうの山肌から声が返ってきた。

ヨルレィイリー、ヨルレィイリー。

クゥワンだ、クゥワンに間違いないと思った。他の山岳民族にも似たような声を出す人間がいるだろうが、この声はクゥワンだ。クゥワンは生きていたのだ。男はもう一度、喉許を震わせ、腹の底から響く裏声を返した。

「こらっ、ホルヘ、いい加減にしろ。その変な声をやめろ！」

監督の獄吏は急いで男をたしなめたが、男はやめなかった。もう一度、返礼のつもりで高地の声を奏でる。

ヨルレィイリー、ヨルレィイリー。

そのとたんに男は身体を拘束された。獄吏たちがもう我慢ならない、という風情で彼を石切りの足場から引き離した。

「危ないっ！　ホルへ、お前、いいかげんにしろっ！」

男の身の構えから、自分たちも崖下の奈落へ引き摺り落とされると感じた獄吏たちは、それでも何とか足場に踏みとどまり、抵抗する男を元の石切りのたまり場へと引っぱっていった。

そして完全に男を制圧した。

「ホルへ、お前、自分が何をやっているかわかっているんだろうな？」

獄吏たちの怒りは激しかったが、男はそれにかかずらわなかった。彼の頭の中はクゥワンが生きていて、石切り場の向こうの山肌から声を上げたという事実でいっぱいだった。彼女は、クゥワンは生きている！

またクゥワンに会える。そう考えただけでホルへの胸は高ぶっていた。獄吏たちの恫喝や叱責はほとんど気にならなかった。たとえその結果が懲罰房行きだとしても、取るに足らないことのように思われた。

それからその日、どこをどう移動して、獄舎に戻ったのかほとんど記憶がない。それほどハイテンションで彼はクゥワンとの再会を確信し、それを待ったが、機会は程なく訪れた。

数日後、やはり石切り場へ向かう作業班の点呼のさいに、懐かしい彼女の顔と姿が彼の眼前に立ち現れたのだ。

——（クゥワン！）

——（ホルヘ！）

声にこそ出なかったが、二人はお互いをまじまじと見つめあい、看守に見つからぬように小さく、掌でタッチを交わした。

それから同じ石切り場での作業になると、クゥワンは巧みに隊列の順番を違えて、男と同じ作業チームに入り込むようになった。万事が計算され尽くした動きだった。

二人一組で同じ石を切り出し、それを運び出しながら、ようやく彼と彼女は会話を交わした。

「ホルヘがここへ来るかもしれないと聞いて、僕は必死に探し回ったんだよ。それで石切り場の作業をしているらしいというので、僕は木工班からこっちへ志願して回してもらったんだ」

木工班は木や板やその他の材料で、木箱や家具、箪笥などといったものを作り出す部署だ。キダパワンでは、名産に籐細工がある関係で、刑務所木工部でロッキングチェアや籐の棚、籠、といった籐の家具を生産しているらしい。

「それは申し訳ないな、そっちのほうが楽な作業だろう？」

「いや、ホルヘとこうしてもう一度会えて、言葉を交わすことのほうが、僕にとっては重要だよ、労働の質や量なんて問題じゃない」

クゥワンは、はにかんだようにそう言って、男をじっと見つめた。彼女は濡れるような黒い瞳をしていた。少し長めの髪をポニーテールのようにまとめていて、少年のようなその微笑は相変わらずだった。

「きみがマラウィに送られたってのは、風の噂で聞いてはいたんだ」

とクゥワンは続けた。「お抱えの看守に頼み込んで、僕もマラウィの刑務所に服役できるよう試みたんだけれど、ダメだった。なんせジェイル・ブレイクの主犯とみなされていたからね。お前は一緒には行けない、お前はヤツと違って極刑に処されるかもしれないって、きみがマラウィに運ばれるとき、看守が僕に言っていたよ」

そう言うと、クゥワンは笑った。気持ちよさそうな笑い声だった。

「でも大丈夫だよ。看守達は僕に借りがあるからね。彼らが賭けバトルで勝ったカネの大半は僕由来なんだし、なかなか簡単に僕を処刑なんて出来ないよ」

クゥワンが言うには、クゥワンはセブからやはり遠いミンダナオに追われることは決まっていたものの、ジェイル・ブレイクのすべての仲間と離れてキダパワンに送られた。他の大半の連中はマニラのニュー・ビリビッド刑務所に送られたという。太平洋戦争終結のさいに、日本の捕虜たちが収容されたモンティンルパの地に建つ大規模監獄だ。

「ともかく、僕はこのキダパワンで何とか生き抜かねばならなかった。そのためにまたウォーリアーになって、この刑務所で何が何でもチャンプになるって誓ったんだけど、目論みは外れたんだ」

どういうこと？　と訊く前にクゥワンが説明してくれた。

「このキダパワンでは、囚人同士を戦わせる賭けのバトルが無いんだよ。あったのは闘鶏と地カジノだった」

「地カジノ？」

「うん。知っているだろう？　看守お抱えのギャンブラーがカードゲームやその他で競うんだ。華僑の影響もあって大小やクラップスのさいころゲームに加えて、ファンタン、牌九（パイゴウ）……、何でもありだよ。もちろんカードゲームもあり。そのうちホルヘも試されるんじゃないか？　ギャンブルの強い日本人だってわかったら、ヤツら、放っておかないよ、きっと」

そう言ったとき、クゥワンの目はもう笑ってはいなかった。クゥワンはたぶん、男がラスヴェガスでならしたけっこう強い素人ギャンブラーだったという話を、覚えていたのだろう。じっさい、あの鶴見耀子を幸運の女神に見立ててワンチャンスで十万ドルを当てた話を、何度か聞かせた覚えもある。

しかし、それも気がつけばひと昔、いやふた昔近くも前の話になる。男は微笑んだ。キダパワン監獄での地カジノとなれば、これはたぶんイカサマが横行しているはずだ。でなければ看守の代打ちなど、驚くような強運を持った人間——つまり、結局はサマ師——にしか務まらない。所詮、素人には無理な話なのだ。男は彼女に言った。

「たしかに俺はギャンブル好きだし、そこそこ腕に覚えがあるけれど、それはどうかなぁ……」

「いや、ホルヘならいけると思う」

なぜか頬を高潮させながら、思い込みを曲げないクゥワンに、男は首を横に振った。

「いける、いけないの前に、たぶん地カジノは早晩、俺たちには必要なものでなくなるんじゃないかな」

「どういう意味だい？」

いぶかしがるクゥワンに、男はミゲル老人がマラウィに訪ねてきたこと、そしてミゲルから自分がキダパワンに送られるように謀った、少しは有難いと思ってくれ、と告げられた経緯を話した。

「……ふぅん、ミゲルか」

クゥワンは絶句した。当然といえば当然な反応だった。かつて彼女はホルヘからミゲルについていろいろ聞き込んだ結果、軽い気持ちでこの老人にちょっかいを出し、ミンダナオの反政府派にボコボコにされた過去があったからだ。ややあって彼女は言った。

「ミゲルはやっぱりヤツらと繋がっているのかもね？」

「ヤツら？」

「うん。実はきみがキダパワンに来るって僕が聞いたのは、ミンダナオの反政府派からなんだよ」

「ムスリムか？」

「ああ、ここにもヤツら、けっこうな数がいるんだ。初めここに来たときは、キダパワンはルソンやセブ（ビサヤ）の出身者が多いって聞いていたんだけど、それでもミンダナオだからね、受刑者達にはアブ・サヤフもいるんだ」

「ミゲルは甥が反政府派になって、それで政府に殺されたと言っていたけれど、やっぱり今も彼らと関係があるということか?」

そう男が言うと、クゥワンは当たり前だろう、という顔つきになって言った。

「でも、どこまであの老人を信用していいか、はっきり言って分からないぞ」

「……うん」

ミゲルがどこまで信用できるかということについては、最初から男自身も危ぶんでいた。老人の話を聞けば、そのときはその通りと納得する。老人のリアリティに巻き込まれて、それが真実と思い込む。しかし、ときが経って老人以外——たとえばクゥワン——の話を聞けば、とたんに老人のリアリティは輝きを失う。いったいどちらのリアリティが正しいのか、判断がつきかねるのだ。

「ホルへ」とクゥワンは確かめるように訊いた。「ミゲルがきみをここに送るように謀ったというのは本当なんだね?」

「それは本当だろう。だから、今俺はここにいる」

「誰かがきみをここに送ると決定したことをミゲルが知って、それであたかも自分がそのように謀った、ときみに告げていた可能性はどうなんだ?」

「それはないだろう。そんなことをする理由はない」

「いや、少なくともミゲルがわざわざきみのところへやって来て、この事実を告げたのには何かあるな」

「例えば？」

「分からないけれど、今まで放っておいて、急にきみに会いに来たのには何かある」

「うん、それは俺も考えた。だけどね」

と男はクゥワンに言った。「何かミゲルに魂胆があったとして、その魂胆に乗ってみてもいいんじゃないか？　どうせもう何年もセブやマラウィの刑務所に繫がれて、燻（くすぶ）っているんだ。老人がやって来て、キダパワンで何かが起こると教えてくれたんだから、その起こることに乗ったっていいんじゃないか？」

言われて黙り込んだ彼女にさらに、男は続けた。

「俺は捨て鉢な気持ちじゃなく、そう考えているんだ。どうだろう？」

じっと見つめた男の視線を受けて、クゥワンは肩をすくめた。ややあって腹を決めたのか、男に言った。

「まあ、きみがそう考えるなら、別に反対はしないよ」

「そんな消極的なことを言うなよ。この計画にはクゥワン、きみと俺とが一緒に乗ることが前提なんだからな」

そう言ったとき、男はたしかに強く彼女に同意を求めていた。セブのＣＰＤＲＣでも、彼女との関係は一種運命的なものと感じていたが、ここキダパワンでも彼女が男を待っていてくれたことに、大げさに言えば人知を超えた何かの力を感じていた。この圧倒的な力に賭けずして、何に賭けるというのだ。男はそう信じた。

「だけどホルヘ」

とクゥワンが訊いた。「ミゲル老人はこれから何が起こると言っていたんだ？」

「わからない。しかし、ミゲルは何かが起きるという風情だったし、それにキダパワンにはお前に会いたがっているヤツも居る、と言っていた。それはクゥワン、どう考えてもお前のことだろう？」

「いろいろ思わせぶりな言辞を弄するよな、あの爺さん。要するに、僕たちを一緒にしてまたぞろジェイル・ブレイクを画策させようという訳か？」

「わからない」

と男は答えた。「でも、何かが起こりつつあるのは確かだよ。俺たちは、それに乗じてここを脱出できるのじゃないか？　何故かそんな気がする」

「オーケー、それじゃあホルヘの予感を信じて、ここは四方八方にアンテナを巡らせてみようじゃないか」

興味津々ながら、上辺は気のない返事を試みたクゥワンだったが、ホルヘの予感はほどなく現実化した。キダパワン監獄で未曾有の騒乱が起こったからである。

二人が再会して一カ月ほど経った、ある払暁のことだった。ミンダナオ島を拠点とする反政府勢力（モロ・イスラム解放戦線）と思しき武装集団が、大挙して刑務所を襲撃してきたのだ。

30　襲撃

「おい、何だ？　何が起こったんだ？」

地響きがともなう大きな音で、ホルヘは眠りから引き剝がされた。同じ雑居房に入っている囚人たちが目を覚まし、次々にうろたえた声を上げていた。

「地震じゃないよな」

「どっかの国の軍から爆撃されたんじゃないのか？」

口々にそんな言葉が交わされるうちに二回目の爆裂音が響き、今度は煉瓦造りの獄舎が激しく揺れて、房の一部の壁がばらばらと剝がれ落ちた。

「これは攻撃だ。刑務所が何者かによって兵器で攻撃されているんだ。あの音はバズーカ弾だ、間違いない！」

誰かが言って、皆が鉄格子に殺到した。「おおい、開けてくれ！　このままじゃ爆弾で蒸焼きにされる。おおい！」

しかし、いつも定時に見回りに来て、余計なつまらないことまで詮索する看守が、いっかなやって来なかった。

「おおい、おおい……！」

鉄格子にしがみつき、大声を上げた囚人たちを尻目に、三回目の爆裂音が響いた。そしてそれと同時に、おおっ、という歓声とも、驚きともつかない、怒号のようなものが聞こえた。爆発で他房の隔壁と扉が壊れたのかも知れない。気がつけば、他房の囚人たちがわらわらと湧いて出て、我先に獄舎の外に出ようとしていた。誰かが逃げるついでに、看守不在の一望監視所(パノプティコーン)にあった錠を奪ったらしく、次々と房の施錠を外していく。

「おお、有難い。これで助かる！」

そう叫んだ囚人の一人が、ホルへたちに声をかけた。「みんな、ありったけのベッドを運びだすんだっ」

不思議なことに、普段は手前勝手な囚人たちがその男の言うことを素直に聞いて、総出でベッドを運び出す。見ると刑務所の壁にそれを積み上げて、壁を乗り越えようとしているらしかった。なるほど……、と手を打ったとき、幾つか放射状に分かれた獄舎のある箇所から懐かしい声が聞こえた。

ヨルレィイリー、ヨルレィリー。

一旦急な事があったら、と示し合わせていたクゥワンからの合図の声だった。

ヨルレィイリー、ヨルレィリー。

ホルへもすかさずそれに呼応した。

その日、モロ・イスラム解放戦線と思しい反政府勢力のキダパワン監獄襲撃は、赫々(かっかく)たる成功を収めた。

後日、キダパワン州政府当局の発表によれば、戦闘で守衛五名が殺害され、服役していた囚人の中にも七名の死者、十六名の重軽傷者が出て、その日、受刑者約千五百人のうち、少なくとも一割強にあたる百五十八名が脱走したという。

その数の中にもちろん、ホルヘとクゥワンも含まれていた。「おおい、クゥワン、大丈夫か？」

「僕は大丈夫だよ、ホルヘ、きみに怪我は無いか？」

お互い山岳民族の裏声で呼び交わしながら、自分たちのいる地点を確認し、落ち合った二人は、手に手を取り合ってキダパワン監獄を脱出した。

「もっとベッドを積め！　皆でこの壁を乗り越えるぞ！　さあっ！」

その朝、内部から脱獄の手引きをしたのは、ゴンザレスと呼ばれる褐色の肌をした屈強な囚人だった。彼がムスリムであり、反政府勢力の一員であることは、その後の行動から明らかになった。

「こっちだ、こっちに来るんだ！」

そう叫んで囚人たちを先導し、まだ夜の明け切らない中を彼は疾駆した。ホルヘはクゥワンと目を見交わし、頷きあいながらゴンザレスに従った。刑務所の壁を乗り越え、素早く街路を走り、町並みの死角をついて、彼らは逃走した。途中で、反政府軍の一部がその遁走の群れに加わり、ゴンザレスとその一味を守るように前後左右を固めた。

「……よし、ここまでくれば、もう大丈夫だ。皆一休みしよう」

ジャングルに逃げ込み、ゴンザレスが彼に従った者たちに声をかけたとき、クゥワンとホルへは自分たちが解放戦線の戦闘員に囲まれた、ほとんど唯一の非ムスリム囚人であることに気がついた。周りが皆、ミンダナオ方言で叫び、語りあう中で、二人は急激な孤立感に襲われて顔を見合わせた。

しかし、そのとき二人に声がかかった。

――ホルへ、クゥワン、待っていたぞ！

振り向くと、そこには痩身で皺くちゃの顔のミゲル老人が立っていた。

「やっぱりな」

とミゲルは感に堪えないという面持ちで続けた。「お前たちは絶対にこの機会を逃さないと、俺は踏んでいたんだ。まあ、ある程度は予告もしておいたしな」

その言葉に気圧されたように黙った二人を尻目に、老人は今度はゴンザレスに声をかけた。

「ゴンザレス大尉、この二人を貰っていくよ。いいだろう？」

ゴンザレスは胸に手を当てて、一瞬、へりくだったように老人に一礼した。

「もちろんだよ、ミゲル伯父さん。あんたの言っていたのは、やはりこの二人だったか。いや、二人ともなかなかすばしこかった。うちの軍事キャンプで鍛えれば、いい兵士になれる素質があるよ」

そう言って、口許を綻(ほころ)ばせたゴンザレスに、いや、いや、とミゲルは首を振った。

「大尉の部隊にこの二人を鍛えなおしてもらうのも一法だが、ワシもこの二人にはそれ相応の投資をしているんでね、まずはそれを返してもらわなくっちゃならん」

片目を瞑ってそう言い放ち、ミゲルはホルへとクゥワンに軍事背嚢のような迷彩色のナップザックを放り投げた。

「そいつに着替えが入っている。プライヴァシーはないが、この場でさっさと着替えてくれないか？」

言われてクゥワンは少し身もだえするように身体をくねらせたが、さすがにそこはムエタイの戦士だった。くっそぅ、と一言つぶやいて、さっさと囚人服を脱いで素っ裸で着替えはじめた。男も急いでそれに倣い、二人が着替え終わったとき、ミゲルは、おお、忘れていた！と声を上げた。

「ほれ、よく頑張ったご褒美だよ」

二人の前に例の餡ドーナッツとコーラが差し出された。「二人ともまずは腹ごしらえだ。これからの一日は長くなる。食い終わったら、早速出発する。早いとこ行動しなきゃ、クソッタレ連中が態勢を立て直してこないとも限らんからな、ええ？」

ミゲルの声が嬉しそうに弾んでいた。

31　加納代議士　その二

成功裡にカテーテル手術を終えた加納代議士は、その後、特別個室に入り経過を観察された。耀子のカテーテル治療は米国流である。患者を必要以上に病室に留め置くことを嫌う。順調に行けば加納は一日入院した後、翌日の検査をもって、めでたく退院の運びとなるはずだった。しかし――。

「えっ、入院を延ばすんですか？」

術後の診断も終えて、良好な回復具合に満足した耀子だったが、彼女の立てた代議士のクリティカルパス（入院診療計画書）に横槍が入った。

家族に加えて、院長や理事長の意向もあって、加納にはもう数日退院を延ばす特別措置を取るというのだ。

「申し訳ありません」

と耀子のクリティカルパスに割って入り、一日入院を引き延ばした葛西循環器内科部長が言った。「加納代議士は、お仕事絡みで人と会うことが多くて、しかもあのご気性ですから、放っておくとご自宅どころか、夜の会合や宴会にまでお出になりかねないということでした。ご家族からも院長先生からも、もう少し病院に留め置けないか、と相談されまして」

「しょうがないですね。だったら、面会は謝絶にしてくださいよ」

背を丸めて、何とも心苦しそうに告げた葛西を目の当たりにして、結局、耀子はその提案に折れた。彼らの言うように二日から三日、患者を病院の特別室に留め置くことに同意したのである。この時点で彼女はその判断が後々彼女と、さらに言えば恵郁会札幌ホープ病院の命取りになることに思い及ばなかった。加納代議士を無理に留め置いた三日目、代議士が突然、不可解な発熱に及んだのである。

納得がいかなかった。手術はうまくいった。なぜ加納は突然八度五分の熱を出さねばならないのか？　耀子は加納の急変を知って、慌てて加納のベッドに詰めた。

「血中酸素濃度はどうなっていますか？」

「九三パーセントです」

「急いでＣＴを撮ってください！」

病室担当の看護師とそんなやり取りをしながら、耀子は激しい焦燥感にかられた。ひょっとして加納は例の間質性肺炎に罹っているのではないか？

数カ月前から奇妙な肺炎が流行っているというのは、春日理事長と葛西と三人で会食したとき、春日から聞いて承知していた。ホープ病院では喘息発作の吸引剤が肺炎の悪化を防ぐらしいと経験的に知って、治療に及んでいる事実もそのときに教えられた。

その間質性肺炎が中国の武漢で発生したとされる新たなコロナウイルス感染症に近似しているらしいことは、このところ医療関係者の間で密かに囁かれはじめていた。じっさい新型コロナウイルス感染症は、この北海道でも中国人旅行客がそれを持ち込んだことが公になり、いつ感染が広まるか関係者の間で警戒感が深まっていたのだ。

「手術後、医療関係者以外で加納さんの病室へ入った人はいますか？」

担当看護師に問い質した耀子に、絶望的な答えが返ってきた。

「秘書の方々はじめ、陳情に見えられた後援会の方が何人もおられます」

「何人もって……。あらかじめ面会謝絶で、外部から人は入れないように頼んでいたのに」

「それが、どうしてもと加納先生が仰るし、秘書の方々ももう大丈夫だろうと」

地団駄を踏んだ格好の耀子に届けられたＣＴ画像が、彼女をさらに困惑させた。

「……これ、肺胞の周りの部分が白くなっている」

思わず声に出してしまったが、加納の肺のＣＴ画像は明らかに間質性肺炎の様相を呈していた。

「面会に来た人を全部洗い出してください。そしてその人たち全員に問診とＣＴ、ＰＣＲ検査をお願いします」

「加納先生については如何します？」

「ＰＣＲ検査？　もう結果が出ているようなものだけれど、確定診断のために必要ならば、そうするしかないわね」

そう言いながら、彼女は彼女と一緒にいて難しい顔をしていた葛西に告げた。「肺炎をうちの科で診た先生を呼んでください。あと、救命救急科でこの肺炎を扱っている先生方に声をかけてください。治療は急を要します――」と。

スタッフが鳩首凝議し、加納代議士の治療に入った。加納は明らかに間質性肺炎で、原因は十中八九、新型コロナウイルス感染症によるものと考えられた。

間質性の肺炎とは、肺胞に炎症が起こるのではなく、肺胞の周りの壁（間質）に炎症が起こり、壁が厚く硬くなって血液中に酸素が取り込まれにくくなる病気だ。悪化するとその壁が線維化してしまう。加納は発熱に加えて全身倦怠感があり、すでに人工呼吸器につながれ、昇圧薬による治療が始まっていた。

「ステロイドの吸引剤が効いてくれればいいんですが」

と救命救急科からやってきた来栖医師が眉間に皺を寄せて言った。「こんなにＣＴ画像が真っ白になっているということは、サイトカインストームを怖れなきゃなりません。ステロイドが効かないようだったら、他の免疫抑制剤を併用しましょう」

耀子はその提案に頷いた。そして気掛かりなことがあったので、治療経験のある来栖医師に訊いた。

「患者は心臓のカテーテル手術を受けた直後です。処置した心臓の血管も心配ですが、もともと糖尿病の持病もあるので、肺や全身の血管に血栓が出来ないか心配です」

「ああ、それでしたら……」

と、そこまで言って来栖医師は口を噤んだ。来栖が容態の悪化と最悪の事態を想定したことは傍目にも明らかだった。

「困るんですよ、簡単にそうなられちゃ」

言ったのは葛西だった。葛西部長は野口院長や春日理事長に手術の成功を大げさに吹聴したらしく、そうした手前、そうそう簡単に加納には容態が悪化してもらっては困る、ということらしかった。

「とにかく患者の回復には我が科の命運もかかっているんです」

この場で他科から応援に入った人間に言う科白ではないような気もしたが、とにかく葛西が加納を助けるため必死になっていることが伝わる話し振りではあった。ややあって来栖が重い口を開いた。

「ちょっと難しいけれど、エクモ（ＥＣＭＯ）を使ってみますか？」

エクモとは人工肺とポンプを用いた体外循環回路による治療のことだ。つまり自力で肺呼吸が困難になった患者を人工的な肺につないで、その器械に本来の呼吸の仕事をやってもらい、いったん呼吸から切り離された患者の肺を休止状態のままとことん治療するのである。

加納はすでに人工呼吸器と昇圧薬の治療を施されてはいたが、このままでは救命困難な呼吸不全に陥る恐れがあった。来栖の言うようにここはエクモによる治療が最善に違いなかった。

「断っておきますがエクモは簡単に使いこなせる代物ではありません。これを動かすには多くの人手がいりますし、器械の取り扱いの難しさがあります」

と来栖はあらかじめエクスキューズを入れた。「確かに救命救急科のスタッフには、その使い方を短期間ながら東京のＥＣＭＯセンターに出向して教わってきている者もいます。しかし、そのスタッフといえどもエクモ治療に完璧に習熟している訳ではありません。それでもやりますか？」

「これは急を要します。何か策を講じなくては……。ともかく、その医師を呼んでください」

幾分気落ちして、それでもそのスタッフに耀子は希望をつないだ。院内ＰＨＳで呼ばれて、直ぐにやってきた山田という若い医師は一目、患者の容態を診て言った。

「この患者さんはエクモの適用ですね。それで僕が呼ばれたと、そう解釈してもよろしいですか？」

顔つきを見ると、たぶん三十代初め。若いながらも目つきや口ぶりがどこかふてぶてしい。いい面構えだ、と耀子は思った。頷くと山田医師はＰＨＳで慌しく救命救急科のスタッフに指示を出し始めた。

「人工肺、ポンプ、カニューレを急いで持ってきてください。……そう、一式、用意してあるものがあったはずです」

そして耀子や来栖に振り向くと、力強く彼女たちに告げた。「長期管理になる可能性があるので、送血脱血の方法、ブラッドアクセス、抗凝固療法など、安定したエクモ治療確立のための治療戦略を立てさせてください」

かくして加納代議士はエクモに繋がれ、救命救急科から選抜されたＣＥ（臨床工学技士）や看護師らのエクモ・チームを中心に、スタッフ総出で懸命な治療が始まった。

「何度も言うようですが」

と来栖医師は耀子たちに告げた。「このエクモを使った治療は、重症呼吸不全への時間稼ぎの側面があります。エクモに呼吸を肩代わりさせながら、その間に何としても患者の自己肺を改善する。山田くんのチームにエクモの稼動は任せるとして、後は我々がどれくらい患者の肺を良い状態に戻せるか、知恵を出していきましょう！」

耀子は来栖の言葉に頷いた。問題はいかにしてサイトカインストームを抑えるかにかかっている。肺で過剰炎症が起こると、ときによっては免疫細胞がウイルスと戦うために作るサイトカインが、制御不能となって放出され続けることがある。これがサイトカインストームで、これが起こると正常な自分の細胞まで傷つけてしまう。

ホープ病院の救命救急科が経験的に行っている喘息吸引剤による治療は、ステロイド療法の一種で、免疫を抑制することによってこのサイトカインを抑えるが、この匙加減が行き過ぎると免疫を完全に抑えてしまうことになって、逆にウイルスの増殖を許して病状の悪化を招くことになる。

治療はだから「言うが易く行うが難し」なのだ。それにサイトカインはたんぱく質の一種である。耀子が行ったカテーテル手術の術後で最も怖れねばならないのは血栓が生じることだが、その血栓こそは血管の中に凝縮したたんぱく質そのものなのだ。どれほど注意しても注意し足りない。そう言っても過言ではなかった。

てきぱきと加納のカニュレーションを行い、エクモ管理のために人工肺やポンプ及び回路の交換シミュレーションを行うスタッフを眺めながら、耀子は内心誇らしく思うと同時に、断乎として加納の治療を成功させる決意を固めた。そんな彼女たち治療スタッフに、しかし、奇妙な通達が届けられたのは、代議士のエクモ治療が始まって翌々日のことだった——。

32　加納代議士　その三

「理事長から先生に伝言があります。葛西先生とご一緒にちょっとお時間をお取りくださいとのことでした」

事務室からの連絡を受けて、耀子はおっとり刀で葛西と二人で理事長室へと向かった。理事長室は病院のヘッドクオーターを兼ねていて、新館三階のフロア半分ほどを占める広さがある。そこに総合事務課と、秘書課からなるスタッフが十人以上配置されていて、それらの課の奥に二十畳ほどの理事長室が設置されていた。

「ああ、よくいらっしゃいました」

理事長は愛想よく二人を迎え入れた。コの字型になったスウェーデン製の立派なソファに座りながら、耀子と葛西は理事長の言葉を待った。

「加納代議士の治療に先生方がエクモをお使いになっていると聞きました。ご家族も院長先生も代議士のカテーテル治療が成功したと非常に喜んでいたのですが、エクモを使うというと、相当に容体が悪化しているのですか？」

「ええ、重篤な呼吸不全です」

と耀子は答えた。「代議士本人には空咳もなく、本人は重篤であるという意識もあまりないようですが、もともと持病を抱えていますし、今回の間質性肺炎は非常に危険だと思われます」

「もちろん助かるのでしょうね？」

「エクモの治療が功を奏すれば回復すると思います。ただ、ＰＣＲ検査の結果待ちですが、この症状はおそらく新型コロナ肺炎です。全国で散発的に発症例がありますから、うちの病院で患者さんが出てもおかしくありません」

「そこなんですが……」

と春日は少々大げさに顔を曇らせて言った。「これを何とか新型コロナではないと、いうふうに診立てられませんか？」

「どういうことでしょうか？　そもそもうちの救命救急科の患者さんの中に奇妙な間質性肺炎の患者さんがいる、と教えてくださったのは理事長、あなたではありませんか？　私たちは数カ月前からのその種の患者さんも、新型コロナと関係があるのでは、と睨んでいるのですが？」

耀子の言葉に春日はますます苦りきった様子だった。そして彼女を真っ直ぐに見返して、決心したように言った。

「はっきり言います。今、うちの病院から新型コロナの患者を出したくないんですよ。ホープ病院の評判が定着して今は非常にいい状態なんです。それなのに、ここで新型コロナの患者を出し、しかも院内での感染らしいとなれば、患者が怖がってやって来なくなる。評判も落ちるし、何より財政的に問題が生じる可能性があります」

「だからって、出た患者を無いものには出来ません。保健所だって、うちの病院のそんな勝手な言い分は認めてくれないでしょう」

と言いかけて、耀子はハッとなった。

春日理事長の目がどこか悪賢そうな光をたたえて、彼女を見つめていた。

「保健所のほうは、それなりの対応を考えてくれるものと思います」

そう冷たく言い放った春日を見て、ああ、この人は保健省の官僚だった……、と耀子は余計なことを思い出した。保健所は直接には道の管轄で知事の指示を受けるが、それ以前に春日は何かにつけ、国や道など公共団体の管理部門とは良好な関係を保っていると聞かされていた。そもそもその手腕を買われて、彼はこの恵郁会グループの理事長に引き抜かれたのだ。春日が言った。

「もちろん、黒を白と言いくるめるようなことは出来ません。しかし保健所も衛生局も、民間で最善の医療を提供しようとしている我が病院グループを、公的な権力で無体に抹殺するなどできません。魚心あれば水心で、私たちとしては感染を加納代議士だけに抑えて、それを他の入院患者に広めないことが肝要です。そして今までのように、きちんと間質性肺炎の疑い患者として代議士の治療に当たり、代議士を全面回復させる。それはやって出来ないことではありませんよね？」

「ええ、それはもう」

答えたのは耀子ではなく、一緒に理事長室に呼ばれていた葛西部長だった。このとき耀子は、葛西と春日の二人があらかじめ示し合わせていたことを直感した。

耀子は二人を交互に見つめ、ここはとにかく抵抗すべきだと判断した。

「ＰＣＲ検査の結果を誤魔化すということですか？」

「誤魔化すだなんて、そんな人聞きの悪いことは言わないでください」

と理事長はまったく動じなかった。「ＰＣＲ検査は非常に精密な検査だといっても、偽陽性もあれば偽陰性も出ます。関係方面に検査結果についてさらに精査していただくようお願いするというだけです」

「なるほど、それは当然の権利ですよね」

と葛西が同調した。二人が事前に企んでいたことはこの言葉でも明瞭だった。

葛西が続けた。「もともとＰＣＲ検査は抗原検査や抗体検査と違って、遺伝子を増幅して調べているわけで、かりに陽性の反応をしたとしても、日本に古くからある亜種のコロナウイルスを引っ掛けてきているだけということもあり得ます」

「そうですよ」

と理事長が素早くその意見を引き取った。「しかもＰＣＲ検査で何回も増幅をかければ、遺伝子の死骸や断片に反応しているだけにもかかわらず陽性反応が出る、と専門家の間でも言われているそうじゃないですか。やはりここは慎重にやっていただかねば」

耀子は肩をすくめた。

「症状が出ている肺炎患者の確定診断に使うのですから、ＰＣＲ検査は充分意味があると思いますけれど」

「いや、いや。だいたい感度が七〇パーセントの検査です。慎重な上にも慎重になる必要があります」

と葛西も言った。そこまで二人に言われて、耀子もこれ以上突っ張る気持ちが阻喪した。

「わかりました。わたしはあくまで管轄の保健所に検体を上げたまでで、それからの成り行きは関知しません。お二人のＰＣＲ検査についての意見も聞かなかったことにしますので、そのように願います」

言いながら、要は患者を救いさえすればいいのだ、充分な救命措置で必ず加納代議士を回復させてみせる、と耀子は内心で誓ったのだが……。

33　富産別　その三

「悪いなぁ。きみにこんなことまで頼んでしまって」

健吾が英語でそう言うと、綺麗な英語でホルヘ・エストラーダが返してきた。

「いいえ、ボス、どういたしまして。ご心配なさらずに札幌に行って来てください」

健吾は若いとき、大学を卒業した後にケンタッキー州の牧場に修業に出たことがある。実はそこで亡くなった妻のキャシーと出会ったのだが、彼の英語力はその修業時代に磨かれた。キャシーと夫婦になったおかげでそれほど錆びつかずに今日までできたが、彼に返事したフィリピン人の英語はほとんどネイティヴのものだった。

「ホルヘさんの英語は、フィリピン人の英語というより、西海岸の知的選良のような英語だわ。巻き舌は完璧なカリフォルニア訛り。たぶんあの人、アメリカに何年も住んでいたんじゃないかしら？」

キャシーの忘れ形見で、里帰りする米国に何度もついていって、ほとんどバイリンガルに近い絵里花もそう太鼓判を捺していた。そこで本人に確かめてみたが、彼には曖昧なままスルーされた。子供の頃、両親と一緒に米国に住んでいたことは認めたものの、どこで、どう過ごして、さらにいつフィリピンに戻ったのか、ホルヘは明言しなかった。

そのときはフィリピン人が女性ならメイドやウェイトレス、男性なら肉体労働などのエッセンシャルワークに携わり、海外から本国に仕送りする。――という海外出稼ぎの定型を思い出して、健吾はそれ以上は追及できなかった。

だが、そんな彼の躊躇や慮りとは関係なく、ホルヘ・エストラーダは実に堂々と健吾の牧場に馴染み、一緒に働く仲間とも良好な関係を築いていった。

ホルヘの顔は常人とは違っていた。目鼻立ちは整形美容を施したかのように端整なのだが、日焼けして渋皮色に変色した肌に、驚くような深い皺が刻まれているのだ。最初見たとき、とても四十代とは思われぬ印象を持った。この年頃のフィリピン人は、こんな老賢人のような容貌になるのだろうか？　そんなあらぬことを考えそうになったが、ともかくも長年の風雪に耐えたようなその外貌が、かえって仲間の信望を勝ちえて、ホルヘ・エストラーダは、またたくまに小田島牧場にはなくてはならぬ人間になっていったのだった。

じっさいホルヘは、ある意味スーパーマンだった。最初は馬の運動や飼葉入れ、牧舎の掃除など、慣れない作業も多かったはずなのに、しばらくするとその仕事に精通し、何年も経ったベテランのように存在感を増した。

そしてその結果、仲間たちからの信頼を得て、欠員になっていた牧童頭を務めるということにまでなった。それが勤めはじめてたったの三カ月。しかも、日本語は簡単な会話なら聞いて何とか理解する程度と聞いていたのに、仲間内のかなり複雑な相談もこなすようになっていた。

そんな次第でいまや健吾の信頼も絶大。過疎化の波に見舞われた富産別から札幌へ地方活性化のための陳情に出るときなど、思わず過大な仕事を彼に委ねるまでになっていたのだ。

「明後日には帰ってくるから、それまでディープの仔馬の世話は任せたよ。くれぐれも頼むよ」

「大丈夫、任せてください」

英語の会話から一転して、ホルヘは日本語で「大丈夫、任せてください」と健吾に返してきた。小田島牧場は何頭か期待の仔馬がいたが、中でも先年亡くなったリーディング・サイアーのディープインパクト号の牡子に当たる当歳馬が、骨格といい、体型といい、気性といい、動きの柔軟性といい、とても素晴らしい。目ざとい馬主たちからはその将来性を見込んですでに引き合いがきていた。

小田島牧場は健吾が自分で言うのもおこがましいが、かつてダービー馬や桜花賞馬、天皇賞馬などそうそうたる名馬を生んだ名門の生産牧場だった。ただここ数年は重賞レース馬が一頭出れば御の字の成り行きで、この当歳馬は久々に引き当てた大変な名馬に化ける可能性のある一頭だった。

こうした馬たちを上手に育てるのは非常に緻密な育成作業が必要だ。廃線になった日高線を買い上げた中国資本が、鉄路上に風車を建て、風力発電を行うなどということが起こったら、ヨーロッパの風力発電で低音波障害が報告されているため、それこそ仔馬たちの発育にどんな支障をきたすか、知れたものではない。今回の健吾の札幌行きは、その中国資本の開発計画に反対するためのものだった。

まずは北海道庁の関係各所、それから地元選出の与党代議士。道議会議員にも口を利いてもらって、何とか風力発電の話を反故にする。——それが健吾の狙いだったが、すでに旧日高線の敷地は人手に渡っているし、そこで風力発電を試みるというのは、クリーンエネルギー優先の施策とあいまって、道庁の関係者の間にも推進派がけっこういるらしい。

「……まったく困った話だよ」

と半ば愚痴るかたちで事情を周囲に洩らし、健吾はそれを黙って聞いていた外国人のホルヘに、ダメ元で意見を求めた。

「地元の反対運動はどうなっているんですか、ボス？」

驚いたことにホルヘは、他の牧童たちが口にしない政治向きのことを訊いてきた。

「軽種馬農家は皆反対しているけれど、それが大きな運動となっている訳じゃないよ。地元民の与り知らないところで風力発電の話が出ているわけだし、本当に風車なんか作りゃしない、とタカをくくっている連中もいる」

「野党はどうなんです？　反原発や反化石燃料発電で一枚岩なんですか？」

「いや、彼らは基本的にはクリーンエネルギー派だろうけれど、それについて熱心に自説を主張しているわけじゃないよ。まあ、連中は〝ためにする反対〟をするところがあるからね。要は次の選挙で自分たちの票をいかに確保するかに、心を砕いているんじゃないかな」

「だったら、野党を抱き込むのも一つの方法でしょう？　与党や道庁の官僚たちの気持ちが風力発電に向いているなら、〝敵の敵は味方〟で逆に反発して反風力発電派を応援してくれるかもしれない」

「そんなに上手く行くかなぁ……」

「上手く行くも行かないも、要は道庁や地元の与党代議士との折衝に、これこれこういう反対派の動きもあると、ブラフでもいいから示したりするのも交渉術の一つではありませんか？」

「うーん。そう言われると、そんな気がするな。ひょっとしてホルヘはお国で政治に関わっていたことがあるのかい？」

「いやいや、私はそんな大それたことはしていませんよ」

とホルヘは微笑んで否定した。「本国は有力者たちの間で賄賂と専横がまかり通る国です。いくら頑張っても社会的弱者が底辺から這い上がることが出来ない現実を、否応なく眺めていただけですよ」

「それにしても、きみはすごいな。うちの仕事の段取りも直ぐに飲み込むし、ちょっと話を小耳に挟んだだけでも、富産別のような過疎地の問題をあっさり把握する」

「褒められても、何も出ませんよ、ボス。こっちとしては本国に仕送りするだけであっぷあっぷの出稼ぎ人生なんですから」

どこまで冗談なのか、自分に向けられた言葉をさり気なく否定する彼に、健吾はホルヘはかなりの高等教育を受けた人間じゃないかと訝った。

たしか彼の身上書にはフィリピンの大学を出ていると記されていた。だが大学といっても、あちらでは学制も違い、専門学校を大学と呼ぶこともあると聞いている。協会から推薦書をもらって即決で雇ったこともあって、健吾はホルヘの学歴について詳しいことを確かめてはいなかった。

「ホルヘは本国や外国で会社勤めの経験はないのかい？」

「どういった趣旨のお尋ねですか？」

「いや、きみの分析や言葉を選んでする会話のいちいちに、社会人としての特別なスキルというか、世間知の塊のようなものを感じるからさ。ひょっとして専門職のホワイトカラーでばりばりやっていた過去があるのかも、なんて思ったんだ」

「ばりばりですか？」とホルヘは笑った。

「うん」

「そういえば、ドーナッツ屋でばりばり働いた覚えはありますよ。そのドーナッツ屋の親父がなかなか食えない人間でしてね。私のことを本当の甥っ子のように可愛がってもくれたんですけど、口癖が『ホルヘ、お前は何にも分かっちゃいない』でした」

そう言って破顔したフィリピン人に、健吾は微かに不安を覚えた。素晴らしい人材だが、彼は富産別に骨を埋めるようなことはない。所詮、本国に帰ってゆく人だ。彼なしで牧場が回らない程、すっかり頼り切るようじゃ、この先まずいことになるな、と……。

34　加納代議士　その四

エクモを使った懸命な治療にもかかわらず、加納代議士の回復は芳しくなかった。

「サイトカインストームですね。このままいくと手の施しようがありません。ステロイドだけじゃダメだ。他の免疫抑制剤も使いましょう」

来栖医師が言って、抗線維化薬や副作用を注意しながら静注していたステロイドに加えて、免疫抑制剤をさらに微妙な匙加減で投与していった。

間質性肺炎では炎症は背中側の肺から拡がっていく。加納もエクモ治療に入る前に耀子が背中を聴診すると、傷のある肺が膨らむパチパチとした擦過音が聴こえていた。そしてエクモが肺の動きを肩代わりしたいま、加納はカニュレーションされて静かにベッドに横たわっていた。

「バイタルを注視しながら、投与の最適値を探っていくしかありません」

そう重々しく告げた来栖に、耀子は固い表情で頷いた。カテーテル治療を施した後の心血管や肺の動静脈にサイトカインが激増すると、あっという間に血栓になる。これについては誰よりもまず、彼女が注意して、その予兆を見逃さないようにしなければならない。

加納の身体にはスパゲッティのようにコードが幾重にも繋がれていた。それらのコードの先にあるいくつかのモニタの数値を覗き込みながら、耀子はだしぬけに理事長の言葉を思い出していた。

「……はっきり言います。今、うちの病院から新型コロナの患者を出したくないんですよ」

彼女の前で断定的に告げた春日は、事態をどう操作したものか、保健所からのＰＣＲ検査の結果は、現在もなお耀子の許には届いてなかった。そもそもＰＣＲの検体を提出しなかったのだろうか？　それとも再度、再々度、検査を繰り返すように手を回したのだろうか？

あるいは、これはあまり考えたくないことだが、加納代議士の地位や国政での余人に代えられぬ役割を盾に、春日は加納を新型肺炎と診断することを、関係方面に躊躇させているのかも知れなかった。

病院で新型コロナ患者が出たとなれば、評判も落ちるし、何より財政的に問題が生じる——そう主張した春日の気持ちは、むろん分からないではない。しかしＰＣＲ検査の結果に横槍を入れてまで、そうしたい、というのはどう考えても行き過ぎだった。

たしかにホープ病院は何年か前まではバブル経済の痛手から、経営が順調ではなかった。それをあの豪腕の春日が理事長になって立て直した。そして今では耀子たちの所属する循環器内科の高額な設備を一新するくらいに財政的に潤い、北海道でもぴか一の儲かる病院と評判をとっている。

にもかかわらず理事長は、コロナ感染が発覚すると財政的な問題が生じる、とあからさまに脅えた。なるほど、加納は病院の評判を左右するほどの大物だし、加納の容態がうちの病院で悪化したとなれば、病院の評判は芳しくないものになるだろう。でも、そのことだけで大慌てしなければならぬほど、病院の財政基盤はフラジャイル（脆い）なのだろうか？

もちろん、耀子だってホープ病院のような民間病院がコロナ患者を受け入れるリスクについては聞き及んでいた。一般の患者と接触させないために動線を変えたり、ベッドや病棟の確保などが大変だし、通常医療の四倍はかかるといわれるマンパワーが必要にもなる。

だから開業医や小規模の民間病院がコロナ患者の受け入れに積極的でないのは、当然といえば当然なのだ。コストを計算すれば、医療機関の病床を維持するには最低年間一千万円くらいはかかると聞いている。百床なら年間十億円が飛ぶ計算だ。かりに新型コロナの専用病床を百床作ったとして、この十億円に見合う収入がなければ大赤字なのだ。

加えて春日が真っ先に指摘した風評被害のリスクも回避しなければならず、これらをホープ病院単体の自己資金でやれば痛手になることは目に見えている。春日はそれらについて、あのとき耀子に注意を喚起したのだろうが、それにしても理事長の財政破綻への怖れようは尋常ではなかった。

まさか、ホープ病院の財政がいつの間にか逼迫していて、理事長はそれを隠しているとかそんなことじゃないでしょうね？

あらぬことを考えそうになって、耀子はそれをただちに否定した。ホープ病院は近隣の病院中の稼ぎ頭。だから高額のヘリカルＣＴも二つ返事で理事長は導入したし、新しい循環器内科センターの贅沢な設備にもゴー・サインを出してくれている。財政の悪化が無いとしたら、これはもう春日理事長の経営感覚の問題としか言いようがない。恵郁会が新型コロナ感染症に立ち向かうことに、理事長は本能的に警戒感を抱いているのだ。〝石橋を叩いて渡る〟というが、大胆な攻めの病院経営を目指しつつ、守るときは守る。春日は意固地になって安全経営に走っているのだろう。

耀子はそう結論付けて、もうこれ以上は春日の〝新型コロナ恐怖症〟にはコミットすまい、と決めた。副院長のポストを振られているとはいえ、実質的には自分はカテーテルの専門医なのだ。一介の医師である自分には、ホープ病院の経営に口を挟むことなどは越権でしかない。

耀子は肩をすくめたが、財政とか経営の悪化とか、その種の連想に身を任せたのは、しかし少しばかり理由があってのことだった。実は加納代議士のカテーテル手術とその後の容態の変化に気をとられて、すっかり忘れかけていたが、例のデジキッズの事件が「経営破綻か？」といわれるほどの急展開を見せていたのである。

35　サイアム・ポーンキット

週刊誌や経済紙の受け売りにしか過ぎないが、金森迪子の殺人事件に端を発したそれは、長瀬会長（ＣＥＯ）の失踪を踏まえて、びっくりするようなデジキッズ株の乱高下をもたらした。連日ストップ安をつけた株価が、あるときから反転。逆に一本調子で上がり、大商いになったのだ。

「デジキッズの内紛か？」

「ＣＥＯの行方不明とともに、デジキッズ株はヘッジファンドのオモチャに！」

などいろいろな憶測記事が出て、いまデジキッズは大変な騒ぎ。順風だった経営がおかしくなり、ついには外国資本による買占めが行われようとしているらしかった。

某経済新聞の伝えるところでは、この買占めの張本人はタイのサイアム・ポーンキット・グループ（ＳＰＧ）。タイの流通や小売で財を成した華僑系財閥だという。

もともとデジキッズに魅力を感じていたＳＰＧは、最初、ファンドを通じて資本の提携を狙い、株式の一部を取得しようと動いていた。そして、その矢先にデジキッズの長瀬ＣＥＯが失踪する事件に遭遇。これを千載一遇のチャンスとみて、一気に買収を仕掛けたのだという。

なにしろ、長瀬ＣＥＯが行方不明となって株価は急激に下落。デジキッズ経営陣に内紛との報道もあり、経営環境が落ち着くまではすったもんだがあると予想した仕手筋が、相当大胆な空売りを仕掛けた。

際物（きわもの）株とみなされ、一株千八百円台で推移していたデジキッズ株は、見る見るうちに値を下げ、一時は五百円になった。これ以上下がればもう奈落の底。ひょっとすると百円以下になるのでは、との憶測からデジキッズ株はひどく揉み合った。ヘッジファンドや仕手筋の玄人衆に加えて個人投資家が参戦。空前の大商いになったのである。

ＳＰＧはこの混乱に乗じて、彼らばかりでなくタイ内外の華僑と連帯。コンソーシアム（買収目的の共同事業体）を組み、一気に下落株を拾いに入った。そしてデジキッズ経営陣に対して、持ち株が二五パーセントを超えたことを理由に、デジキッズ本体の買収交渉を持ちかけたのだった。

「うちは敵対的買収は断乎拒否します！」

だが、ＣＥＯが行方不明とはいえ、まだ経営に余裕のあったデジキッズは、その提案につよく抵抗。ＳＰＧの申し出を蹴ったため、事態はさらに紛糾し、ついにはＳＰＧによる本格的なＭ＆Ａが始まった。

デジキッズにとって致命的だったのは、長瀬、金森という創業以来のメンバーが失われていたことだ。この時点で残っている創業メンバーはＣＯＯの掛川、広報担当の黒木専務ほか数人のみ。その彼らが外資に対して必死の抵抗を試みることになったが、市場全体の風当たりはデジキッズに不利に働いた。株価がエレベーターのように上下したデジキッズに対して世間の見方はことのほか冷たかった。

――どうせ仲間割れでＣＥＯが殺人事件を引き起こして、失踪したのだろう？　そんな会社はつぶれて当然だ。

――そういえば、以前の社長もフィリピンで行方不明になっていたな。あれも良からぬカネを動かして、現地の不興を買っての事故だろう。つくづくこの会社には愛想が尽きた。

――もともと、カネにものをいわせて強引なＭ＆Ａで成り上がった会社だよ。それが今度は外資に買収されようとしているんだから、分相応な運命なんじゃないか？

こんな意見や声がネットでもあげつらわれ、ＳＰＧの買収攻勢は勢いを増した。

《デジキッズ株主の皆様にご提案致します。われわれサイアム・ポーンキット・グループ（ＳＰＧ）を中心としたコンソーシアムは、これから一カ月の期限を設けて、デジキッズ株の現在価格四五〇円に、五〇パーセント増しの六七五円で、発行済み株式数の五〇パーセントにあたる五千万株まで買い取ることを表明いたします》

ＳＰＧは勢いに任せて市場にそんな提案をし、さらにＥＤＩＮＥＴを通じてその旨を公告した。敵対的なＴＯＢ（株式公開買い付け）である。

これに既存の株主たちは動揺した。元々デジキッズはＩＴバブル時に最後発の企業としてマザーズに株式公開した経緯がある。そして株式公開で得た潤沢な資金を頼りに、ＩＴバブル崩壊をじっと耐え、その後、株式市場の語り草になるＭ＆Ａを仕掛けて、会社を大きくしていった。

デジキッズの株主はそうした強引なデジキッズ商法に乗った株主がけっこうな数を占めていたこともあり、生き馬の目を抜くといわれる株式市場でも、もっとも目端のきく株主たちとの評判があった。

一株六百七十五円で株を手放すのは、もともと株価が千八百円台だったことを考えると、たったの三分の一。しかし現経営陣の動きを見る限り、ここらで手放すのが「吉」かも知れない。

――一部の株主にはそんな思惑もあって、ＴＯＢに応じる株主が現れたのだった。

かくして株式会社デジキッズは、数カ月前ならば想像もできない惨状を呈していた。ＴＯＢ期限が次第に迫る中、ＳＰＧのコンソーシアムを代表して、パチャラ・プーンヤサック理事が来日。東京証券取引所で記者会見を開いたが、評判になったこのテレビ映像に耀子も釘付けになった。

パチャラ・プーンヤサックは三十歳代で、まだ充分に若くて、きりりとした細身のなかなかの美男子だった。やり手のビジネスマンらしく高価なスーツに身を包んで、記者会見に集まった報道陣を前に実に魅力的に対応した。

もっともプーンヤサックはちょっと変わった髪形をしていた。長髪を後ろで結び、短いポニーテイルのようになったそれを三つ編みに結っていたのだ。ムエタイの選手に時折見かける髪形だ、とテレビの司会者が解説していた。彼は記者たちの前で両掌を胸の前で合わせるお辞儀をした。タイ王国の伝統的な仕種であるワイだった。

「サワディー・クラップ（こんにちは）」

ほんの少し女性的にも見える、実に優雅な挨拶だった。彼は並み居る経済記者たちを前に滑らかに自説を展開した。

「私たちは私たちのグループの日本への橋頭堡として、デジキッズという若い会社に着目しました。そのデジキッズと業務提携を試みましたが、現経営陣側と交渉がまとまらず、ＢＯ（バイ・アウト）によるＭ＆Ａを決意いたしました。敵対的な買収ではありますが、日本の経営環境、企業風土といったものを勘案し、私たちはあくまでも紳士的に日本へ進出しようとするものであります」

彼の言葉を聞いて、耀子はかつて自分が裁判で戦った会社に対して、驚くほど冷静な感慨を覚える自分に気づいた。難攻不落と思われたデジキッズも、弱肉強食の資本の論理の前では水面に浮かぶ落ち葉の一片にしか過ぎない……。

あのデジキッズがそうであるなら、自分たちの恵郁会やホープ病院だって、いつ何時、そのような事態に陥ったとしても不思議ではない。――今でもはっきり覚えているが、実はこの時、彼女はそんなふうにも感じたのだった。

36　最初の復讐

目指す邸宅はセブ・シティに隣接するマクタン島の高台で、眼下にゴルフ場が広がる絶景のロケーションにあった。いわゆる最高級住宅地の一角である。

フィリピンでは富裕層が住み暮らすエリアは、ほとんど有刺鉄線つきの高い塀に囲まれて、外部からの侵入を阻止している。その邸宅もそうした住宅エリアの、充分な広さのサブディビジョンにあって、入り口のゲートでは軽機関銃を持ったガードマンが訪れる人々を誰何していた。

「やあサンチェス、いつもご苦労さん」

「おう、今日は遅いのにお客様の送迎かい。早く通りな」

運転手のペドロがガードマンと軽く挨拶を交わして、黒光りしたベンツのSクラスをエリア内に進入させた。

「……旦那方、もう、ここらで降りてもらっていいですか？」

「いや、まだだ。Cの3まで行って、そこで止めるんだ。C3で監視カメラの死角になる場所は知っているな？　そこで降ろしてくれ」

言ったのはポニーテイルの優男。彼は後部座席の脚部に隠れていて、車がゲートをしばらく過ぎると、伏せていた身体をおもむろに上げたのだった。その隣では、黒いスーツに身を包み、あたかも主客然と腕を組んでいた男が、鷹揚に頷いていた。

示された地点に停止したベンツの運転手に、ポニーテイルが千ペソ札を何枚か渡して「ありがとう」と告げた。

「お前は誰も運んでこなかったし、この場所にも停車しなかった。そうだな、ペドロ？」

「はい、サー。わたしは誰も乗せておらず、ここに停まりませんでした」

「よし、行っていいぞ」

ベンツが滑るようにその場を離れると、ポニーテイルと黒スーツの男は顔を見合わせて、ちいさく頷きあった。

門扉に「ｋａｗａｓｈｉｍａ」と刻まれたC2の邸宅は、コロニアル風の門柱付きバルコニーと、黄色い石壁が印象的な建物だった。どこか日本の松に似た熱帯亜種のパイン・ツリーの植え込みが点在していて、見る者が見れば在比日本人が住む雰囲気を醸し出している。

二人の男は剽悍だった。その場で一言も喋らずに顔隠しのマスクを被り、訓練されきった素早さで塀を乗り越える。阿媽や運転手といった使用人たちが、その日は休みで外に出ていることは、すでに調査済みだった。素早くテープを貼って、錠のかかった一階の窓ガラスを割り、彼らはするりとその邸宅の中に侵入した。

邸宅の住人たちは、二階のそれぞれの部屋に女を連れ込んで休んでいた。家の主人の川島は商社の駐在員としてセブにやって来て、もう十年以上になる。もともと本社では傍流だったせいもあり、この地で骨を埋める気になり、現地の女を娶った。しかし数年して離婚。以来、女を取っかえ引っかえ。セブの夜の世界では知らぬ者のないほどの遊び人だった。

もちろん、その種の遊興費は会社の経費だけで賄えるはずもない。川島は商社駐在員という地位を利用して、小口の賄賂を取り放題に取った。特に不動産取引では、日本から来て上客を紹介する在日のブローカー・山本某とつるんで、かなり危ない橋を渡っていた。

十数年前、デジキッズの役員たちがセブでのホテル投資を理由に現地を訪れたとき、投資案件を紹介したのはこの山本と川島である。副社長の長瀬と騙らい、社長の山崎三樹夫をアイランド・ホッピングにかこつけて亡き者にするヤバい計画に、主導的に関わっていたのはこの二人だった。

川島邸に侵入した二人組は、まず客人であるブローカーの山本こと朴健秀の部屋に侵入。酔ってベッドに入っていた男女をほぼ一撃で気絶させ、結束バンドで縛り上げるとともに、猿轡と粘着テープで口を塞いだ。

そしてその後、主人の川島の寝室へ押し入り、やはりベッドで事におよんでいた川島と相手の女を締め上げた。

「おっと、お前は見覚えがあるぞ」

結束バンドで身動きの取れなくなった女の顔を見やって、黒いスーツの男が微笑んだ。「クリスティーナ。そう、たしかクリスティーナと言ったよな？　十年以上経っても、まだこの手の連中とつるんでいたか」

黒スーツの男が彼女の顎を、手にした短銃の銃身でぐいっとしゃくった。

クリスティーナは侵入者に慌てふためき、完全に自失していた。恐怖に涙を流し、口に素早く猿轡をされていなければ、黄色い悲鳴を盛大に上げていたはずだ。

「知り合いか？」

ポニーテイルが黒スーツに訊き、頷いた彼にさらに訊いてきた。「お知り合いというんなら、少しいたぶってやろうか？」

歯をむき出しにして、わざとらしく脅しにかかったその言葉にいち早く反応したのは、しかし、同じく結束バンドでふん縛られ、床に転がされていた川島の方だった。

「ほう、ずいぶんご立派な胆の据り具合じゃないか」

ポニーテイルが川島を見やって笑った。川島は失禁していた。女と同じく猿轡をかまされ、裸の上に羽織った薄絹のガウンが川島自身の尿でしとどに濡れている。

「汚ったねえヤツだねぇ」

ポニーテイルがお道化て言って、続いて黒スーツが錆びのある声で川島に囁いた。

「お前が出所の良くない金を、この家の金庫に貯め込んでいるのは知っている。それを出せ。あと車のキーも渡すんだ。変な真似をしたらキンタマを潰すぞ。ポニーテイルの兄さんは気が短いので有名なんだ」

脅すだけ脅して、男たちは絶望的な眼差しになった川島に、無理やりに金庫を開けさせた。ビニール袋を広げて無造作に現金を突っ込むと、黒スーツが川島に告げた。

「川島さん。お前の身柄はイスラム解放戦線〝神の手〟が預かることになった」

そしてクリスティーナに振り向くと「そういう訳だから、警察がやって来たら、事と次第をそのように話すんだな」

そう言って彼女と川島の鳩尾に一発食らわせ、失神したのを確かめる。二人は川島を運び上げ、奪った車のキーを携えて車庫へと向かった。滑らかで水際立った動きだった。

「おう、レクサスか、小便たれの割には、いい車に乗ってるじゃないか?」

ポニーテイルが言って、黒スーツの言葉が続いた。「じゃぁ、行こうか!」

ゲートの誰何は入り口では厳密だが、出口ではフリーパスなのはあらかじめ知っていた。終始、二人は陽気で饒舌だった。

ポニーテイルと黒スーツの二人組――クゥワンとホルヘが、キダパワンからミゲル老人に伴われて、ここセブ・シティに帰ってきたのは一カ月ほど前になる。

それから、というかキダパワンを出発してからずっと、二人はミゲル老人からレクチャーを受け続けてきた。

「いいか、二人とも、よく聞け。お前たちはタダでキダパワンの刑務所から脱出できたわけじゃない。ちゃんと俺がイスラムの解放戦線へそれ相応のおアシを支払ってのことだ。だから俺はお前たちにそのおアシを請求することが出来る。つまり、お前たちは俺に脱出料金を払わなきゃならん。それはいいな？」

二人が苦笑いしながら頷くと、ミゲルはうん、と満足そうに呟いて続けた。

「とは言えだ、俺だってお前たちが厭だ、ということを無理強いして、何かさせようなんて腹はない。よく聴け、事はお前たちの復讐に関わっているんだ」

「俺たちの復讐？」

クゥワンが疑わしそうな声を上げた。「あんた、僕の復讐相手が誰だか本当に分かっているのか？」

老人が小ばかにしたように笑った。

「クゥワンよ、お前、俺をなめたらダメだよ。お前が落とし前をつけるのは、まずムエタイのプロモーターたちだ。マカオとそれにセブ。さらにはセブのＣＰＤＲＣのジェイル・ブレイクでお前を裏切った現地の幇（パン＝擬似血族マフィア）の連中。そうじゃないのか？」

ずばり言い当てられ、無言で頷いたタイ人から、老人の視線はホルヘに移った。

「ホルヘ、お前は言わずと知れた、お前を不動産取引にかこつけて嵌めたお前の会社の幹部連中と、それを手引きしたブローカーや現地駐在員たち。それとお前を捕まえて、殺す代わりに

ＣＰＤＲＣに送り込んだセブのボスと、その手下のカルロと言ったところかな？」

ミゲル老人に面と向かってそう言われ、ホルヘはいまや、フィリピン投資案件やアイランド・ホッピングなどに関わる一連の記憶を、走馬灯のように思い浮かべていた。

「ミゲル、あんたが俺たちの復讐相手について詳しく同定しているのはわかったよ」

と言ったのは、ホルヘではなくクゥワンだった。彼は続けた。「だけど、俺たちの復讐相手はそれぞれに違う連中なんじゃないか？」

「それが、そうでもないんだな」

と老人は勝ち誇ったように言った。「クゥワン、お前がババを引いたマニラとセブのプロモーターね、セブは確か、ジョアン・ミカエル・サントス。ラプ＝ラプ出身のセブの名家サントス家の家長で、セブ・シティでも一、二を争う幇の親分だったよな」

「それがどうした？」

「そのサントスは何を隠そう、ホルヘをＣＰＤＲＣに送り込んだ張本人だよ」

「……ということは、あのカルロのボスのことを言っているのか？」

とホルヘはミゲルに質して、全身の肌が総毛立つような心持ちになった。「あのボス、忘れようにも忘れられない。『どうせ一度は失っているはずの命だから』と名前も国籍も全部剝奪して、この俺をＣＰＤＲＣにぶち込みやがったんだからな」

「まあ、そうイキるな。マニラのプロモーターの圧力に負けてクゥワンをＣＰＤＲＣに入れたのも、サントスだ。だからお前たちの共通の敵はヤツだよ」

「しかし、僕はアイツはそんなに憎めない。むしろ、マニラの幇の圧迫を交わすために、僕をCPDRCに送り込んだフシもあるからね」

「実は俺もそうだ。あのボスは少なくとも、殺せるはずの俺を、殺さずにCPDRCに送り込んだんだ」

「ほう、やっぱりお前たちは飲み込みが早いな。そうだよ、サントスはお前たちをあの監護刑務所に送り込んだが、それでも今はお前たちに手を差し伸べている」

「どういうことだ？」

異口同音に聞いた二人に、ミゲルが言った。「あのサントスこそ、俺に依頼して、お前たちをキダパワンの監獄から脱出させた張本人だよ。まあいい、論より証拠だ、これからサントスに会いに行くぞ！」

37　サントス

セブに戻ったホルヘとクゥワンは、かくしてミゲル老人に伴われて、セブ・シティの幇（パン）のボスであるジョアン・ミカエル・サントスを訪ねることになった。

「サントスはね、くたばりぞこないだよ。癌で今はほとんど死の淵にある」

ミゲルはそう説明して、セブの大きな病院の上層階にある一角に二人を案内した。そこはセレブリティ専用に設えられた高級病室エリアで、廊下には看護人を装ったサントスの子分たちが複数人立って、侵入者に目を光らせていた。

「ミゲルさん、ボスから話は伺っています。どうぞこちらへ」

恭しく先導されて、三十畳以上もある病室へ入ると、そこにはソファや観葉植物、清朝風の調度品などもあって、それらとサントスのベッド脇の医療用モニタ器機が妙な具合にマッチして、ちょっと独特な雰囲気を醸し出していた。

「……来たか」

サントスは可動式ベッドから上半身を上げ、土気色の顔をクゥワンとホルへに向けた。そして盛大に咳き込んで看護師に背中をさすられ、ややあって告げた。

「わしはきみたち二人には多少の借りがある。そう思って、ミゲルに頼んできみたちをキダパワンの獄から娑婆に出られるように仕向けた。今日、きみたちにここに来てもらったのは外でもない。きみたちの力を借りたいのだ……」

サントスの話によれば、いま彼の幇はマニラの幇と抗争をしていて、何人もの犠牲者が出ている。抗争の激化に伴い、セブ・シティの治安も悪化の一途を辿っているのだという。

「原因はわしが年老いたことだよ。いつの時代でも、若者たちは年老いた者を追い落として、自分たちの世界を築こうとする。わしらもそうやって生きてきた。しかし現在の殺し合いを、自然の成り行きだと言って受け入れるほど、わしは人間が出来てはいない。目の黒いうちは、他所者にセブの素人衆の生活が脅やかされることは、絶対に看過できぬ。ここは、わしは男としての筋を通さねばならないのだ」

サントスの話はしばらく続いた
二人はこの老いたボスの語りに耳を傾けたが、煎じ詰めるとサントスは長引くマニラ幇との抗争を収めたがっていた。そして抗争の収拾のためには、敵に自分の手下とは看做されない別働隊が必要、という結論に達したというのだ。

「……つまり、その別働隊を僕たちにやらせようってことですか？」とクゥワンが口を開いた。

「その通り。さすがに察しが早いな。マニラの連中はフェルナンド・レジェスという当地のヤクザ——たしかクゥワン、きみをセブに連れてきたのはレジェスのはずだよ——を抱き込んで、わしのシマを荒らしにかかったが、その過程でわしは赤毛のカルロをはじめとして、多くの子分を失った。今また、わしの身内があの大口叩きのレジェスを殺っちまったとなれば、もうこの抗争は止まらない。どちらかが消滅してしまうまで終わらなくなる。しかしだ、第三者がこの抗争に割って入ったらどうなる？　わしはその第三者の役割をきみたちにやってもらいたいのだ」

顔を見合わせて一瞬黙り込んだクゥワンとホルヘに、なおもサントスは諄々と説き続けた。

「第三者といっても、要はきみたちが独自にきみたち自身のこれまでの仇を返してくれればいいまでだ。わしが頼まんでも早晩、きみたちはその復讐に手を染めるんじゃないかと思っているんだが？」

クゥワンがその言葉を引き取った。「僕の場合は、たしかに僕をマニラから連れてきて問題を起こした興行師は、あの大口叩きのレジェスだった。てっきりレジェスはセブのプロモーターであるあなたの意向で動いていた、と思ったけれど、違うんですね？」

サントスが頷いた。「レジェスは金にあかせて勝手にきみをセブにつれて来たはいいが、マニラに目をつけられて、結局その尻拭いをわしに頼んできた。そもそもマニラとセブの抗争の一端にはきみの興行移籍も絡んでいるんだ。それとホルへ、覚えているかな？　きみを最初にアイランド・ホッピングで殺す計画を実行しようとしたのは、そのフェルナンド・レジェスだよ」

サントスの言葉に目を見合わせたクゥワンとホルへだったが、この時すかさずパンと手を叩く音がした。ミゲルだった。

「わかったか、まあそういうことだ」

とミゲルが言った。「俺がお前たちのことについてサントスさんから打診されたとき、すでにシナリオは出来上がっていたようなものだ」

ミゲルは続けた。「つまりだ、お前たち二人は第三者も第三者、イスラームの戦士になるんだ。なぁに、モロ解放戦線の手助けでキダパワンの刑務所から脱出できたんだから、イスラームを名乗っても何ら問題はない。そうさな、解放戦線〝神の手〟とでも名乗っとくんだな。それでまず、お前たちはホルへを陥れた日系商社の駐在員とブローカーをイワしてもらう」

「殺るのか？」とクゥワンが訊いた。

「いいや、殺すのはいつでもできる。そうじゃなく、商社の駐在員のほうを誘拐してもらう。いくら不良駐在員でも社員は社員だ。日本の本社はきっと身代金を払うはずだよ。そのさい、反政府組織であるイスラーム解放戦線だと言えば、本社の連中はイチコロだろう？　セブやマニラにミンダナオのイスラーム反政府組織がフラクション（細胞）を作っているのは、万人周知の事実だからな」

「嘘をついても直ぐにバレるんじゃないのか？」

そう訊いたホルヘに、ミゲルは盛大に鼻を鳴らした。

「お前さん、いい加減、現実を見ろ。俺を誰だと思っている？　ミンダナオ出身のミゲル様だぞ」

「ミゲルさんはね、ＣＰＤＲＣではドーナッツ屋や金貸しをしていたかも知れないが、れっきとしたダバオの顔役だよ」

とサントスが言った。「宗派はイスラームではないが、彼らにも顔が利く。だからきみたちが商社マンを誘拐して身代金を奪ったとしても、反政府組織は表立って何も言わないよ。むしろ自分たちがやったと犯行声明を出すかも知れない」

「まあ、そういうことだ」とミゲルが頷いた。「もっとも、身代金を取ったら、ある程度は連中にも分け前を与えなきゃならんがね……」と。

38　加納代議士　その五

「……これは、ダメです。ここはもうご家族を呼んでいただいたほうが、いいかも知れません」

加納代議士のベッドの傍らで、来栖医師がしゃがれた声で言った。

耀子はその声に頷かずに、エクモを回す山田医師に目を向けた。耀子に見つめられ、山田は幾分か視線を下に落としながら、もう少し……と呟いた。

「もう少し頑張りましょう。まだ心臓は充分に力強く拍動しています」

しかし、その言葉はどこか虚ろで、まだ若い山田が患者をあきらめきれずに、駄々をこねているような響きがあった。

耀子は頷いた。ここは誰かが決断しなければならない。誰もが腰を引いて相手の決断を待っているならば、やはり、わたしが決断するしかない。

「……わかりました。特別室を手配して、ご家族を呼んでください」

彼女がそう告げて、しばらくすると加納代議士の妻や息子ではなく、春日理事長と野口院長が、葛西医師に連れられてやってきた。

青ざめた顔の野口院長が、うん、うん、と頷きながら、加納の手をとって彼に話しかけた。

「おうい加納、俺だよ、野口だよ。琢磨……、琢磨……！」

院長はしばらく、そうやって患者に呼びかけたが、ふいにかぶりを振って、耀子に言った。

「すまないが、加納くんを急いでＩＣＵの隣の特別室へ移してくれないか。エクモにつながれていても、動かせるんだろう？　だったら、頼む」

耀子は頷いた。「そのように手配しています。そこでご家族にきちんとお別れしていただきます」

「加納先生は良く頑張られました。いや、まだ頑張っておられます」

来栖が押し殺すように言って、周りのスタッフが静かに頭を垂れたが、ふとそのとき、耀子は一人だけ、際立って異なった視線の人間が混じっているのに気がついた。——春日理事長だった。わずかに舌打ちしたような、そんな春日の沈黙を、耀子はどこか不穏当で厭なもの、と感じた。

いまわの際にある加納代議士を、人事の限りを尽くしたスタッフが取り囲む中、理事長がまるで違った視点から事態を把握しているのは、明らかだった。

（……さて、どうしてくれるんです？　結局、代議士は助からないんですよね。鶴見先生、あなたは確か絶対に加納代議士は助ける、みたいなことを仰いましたよね？　あなたのカテーテル技術に過信があったんじゃないですか？

少なくとも術後の処置に手抜かりがあったから、代議士は予後が悪くなった。でも、ほら、私がＰＣＲ検査についてそれなりに手を回しておいて、良かったじゃないですか。あなたは私に感謝すべきですよ。新型コロナによる肺炎が死因だなんてここで発表しようものなら、マスコミの袋叩きになりかねませんからね）

と、さすがにスタッフ全員の前で春日が言うはずもなかったが、時と場所を違えれば、この人は必ず言ってくるに違いない。それも事実を明示して相手を制圧し、自らの支配下に置く——そんなあからさまな行動を、耀子たちの前で苦もなく取るのではないか？

春日の物言いが単なる嫌味だったならば、それでいい。だが春日のもの言いたげな視線は、明らかにそれ以上の含みがあって、耀子は威圧されている自分を否が応でも感じなければならなかった。

「鶴見先生……」

手早く、しかし丁寧にはじまった加納代議士の特別室への移送の最中、葛西がそっと彼女の耳許で囁きかけてきた。「後で少しお時間をください。理事長がお話ししたいことがあるとのことです」

ほら、来た！　と耀子は思った。最近、いや、もうずうっと以前から葛西は理事長と昵懇で、ときに理事長の使い走りのような役割を引き受けてきた。

副院長である耀子を表向きは立てつつも、実際には理事長の意向を受けて、耀子を監視し、何くれとなく春日の望み通りに振る舞うよう促してきた。それが今の今になって、はっきりと彼女に圧迫を加える力そのものになってきていた。


その後の、葛西を含めた春日理事長との会話はさんざんなことになった。

「鶴見先生、あなた、せっかくのチャンスをふいになさいましたね」と春日は開口一番、言ったのだ。

「どういうことですか？」

耀子は春日が何を言いたいのか、半ば了解しながら、それでも言わせるだけ言わせてみようと覚悟していた。この男に対処するにはそれからでも遅くはない。

「どういうことも、こういうことも、要するにあなたは野口院長から院長職を禅譲される機会を失ったんですよ。そればかりじゃない。『札幌ホープ病院に循環器内科あり！』と世の中に広まり始めた評判を、あっさり裏切ってしまった。加納代議士の心臓を治さないまでも、生還させなかったというのは重大なミスですよ」

吐き捨てるように言った春日の言葉を、いまや春日の腰ぎんちゃくと化した葛西が、うん、うん、と頷きながら聞いていた。

耀子は言った。「加納さんの容態は、間質性肺炎に罹りさえしなければ別の結果になっています」

「そうやってすべては肺炎に帰着させて、あなたに責任は無いという訳だ」

「責任が無いなんていっていません。ただ、術後の大切な時期に外部から病室に客を招き入れられたら、患者の管理なんてできません。お見舞い客を許可したのは、私の知らないところで部長の葛西さんがやったことで、しかもその大元は春日理事長、あなたが『大切な代議士の客だから、大目にみてやってくれ』と葛西さんに強要したと言うんじゃありませんか？」

「ほう、問題の尻をそっちに持ってきましたか？」

と理事長は冷ややかに耀子を突き放した。「あなたね、当病院には新型コロナ患者はいない、と何度言ったら分かるんですか？　うちのホープ病院では新型コロナの患者はいないんです。一人も出ていない。これからも出ないはずです」

耀子は血の気が引いた。

「でも悪性の間質性肺炎が流行っているので、そのために診断用のＣＴまで手当てしよう、と話していたじゃありませんか？　あれは夢の中の会話だったんですか？」

　耀子は明瞭に苛立っていた。春日理事長は加納代議士について、責任を耀子に取らせようとしている。このことについては、百歩譲ってこの男の主張を認めはせぬまでも、そういう主張がある、と受け入れない訳ではない。

　しかし主張がさらに飛躍して、加納が罹患した新型コロナ肺炎について、『そんなものはホープ病院にはない、過去にもなかったし、未来にもない』などと、現実を否定するようなことを言い出されると、これは笑い事ではなくなる。春日はそう言い張ることによって、いったい何を狙っているのか？

「理事長」

　と彼女ははっきりと敵対的なまなざしになって、春日を真っ向から問い詰めた。「先ほどから話を伺っていると、あなたはホープ病院の新型コロナ患者の存在を否定し、隠蔽する気が満々なようですが、それはどういう魂胆からですか？」

「魂胆？　魂胆とはまたぶっそうな言い振りですな。私は事実を言ったまでですよ。世間では今般の新型肺炎の流行でパニックになる人が続出しているようですが、うちとしては今後一切、そのような新型肺炎とは関わらないし、患者は受け入れない。そう決めたんです。保健省は助成金を出すから、なんとか民間病院も患者を引き受けろ、などと言っていますが、患者を引き受けるなんて、とんでもない。うちの病院の財政がめちゃくちゃになります」

「ということは……」

と耀子は何拍か間合いをおいて、春日に訊いた。ゆっくり息を吸って、自分を静めねばどうにも収まりがつかないほど、彼女は絶望的な気分に陥っていた。「ホープ病院は困った患者さんたちを見捨てるんですね？　いまここで手当てを必要としている肺炎患者さんをそのままにして、病院の評判だけを考える、というのですね？」

「何をカマトトぶった話をしているんですか？　いいですか、鶴見先生、うちの病院は慈善団体じゃない。あなたたち医療スタッフも、困った人を助けるシュバイツァーなんかじゃない。自分たちの病院の財政がみすみす悪化するのを、どうして手を拱いて眺めなきゃならんのですか？」

「財政、財政と仰いますけれど、ホープ病院の財政はそんなに逼迫しているんですか？　病院が立ちゆかなくなるようでしたら、循環器内科の新しい設備についても我慢しますが……」

そう口に出してから、彼女はよけいなことを口走ったと後悔した。売り言葉に買い言葉で、どこまでこの会話が険悪になるか知れたものではない。

「そんなことを仰いますか？　別にいらない設備ならば、そのように取り計らいますよ、もちろん。しかしね、我が恵郁会グループはあなた方の循環器内科だけで出来上がっているのじゃありません。ホープ病院の他にリハビリのための長期療養病院もあれば、老健施設もあるんです。財政というのはそれらをひっくるめてのものです」

「だったら、かえってホープ病院が新型コロナ患者を引き受けることに意味があるんじゃありませんか？　新型コロナ患者を受け入れたことによる赤字を、他の施設で穴埋めできると考えれば……」

「やめてください、全体が見通せないのに病院財政に嘴を突っ込まないでください。あなたの言っているのは部分最適です。あなたはまずカテーテルの仕事をしっかりやって、大事な患者さんを見殺しにせずきちんと治療してください！」

「理事長、それはさすがに言いすぎじゃありませんか？」

言ったのは葛西だった。「私どもとしても加納代議士の治療には最善を尽くしたんです。加納さんは不可抗力です」

不可抗力、という言葉に不満はあった。だって、耀子に何の断りもなく、術後の病室に秘書や後援者たちを入れたのは、葛西と春日なのだから。

「加納代議士が亡くなったのは事実でしょう？　はっきり言って、ほんのちょっとしたことで病院の評判は落ちるんです」

「でも、それを言うなら患者を受け入れて、〝新型コロナと闘う病院〟というイメージを作るほうが重要じゃありませんか」

彼女が言うと、春日は癇癪玉を破裂させたようだった。強い口調の言葉が返ってきた。

「いい加減にしてくれ！　きみたちは病院を潰す気か？　もういい、今日のところはこれまでだ。下がってください！」

不機嫌になった春日に、葛西と二人して追い出されるように理事長室を出た耀子だったが、循環器内科センターへ帰る途中でふと葛西に向き直って訊いた。

「葛西さん、春日理事長は私たちに何かを隠しているんじゃありませんか？」

「えっ、どういうことです？」

葛西は一瞬動揺したのか言葉を濁した。

「そもそも春日理事長が呼んでいるって、わたしに教えてくれたのは葛西さんよね。葛西さんは理事長の話については内容をご存知だったんでしょう？」

「いや、まあ、多少は……」

「加納代議士を回復させられなかったことについて叱責したい。ただ、それだけで春日理事長はわたしを呼んだわけ？　そうじゃないですよね。理事長の新型肺炎の患者を受け入れないという方針を、あなたも承知していて、わたしに声をかけてきたのではありませんか？」

「まあ、ある程度はそんな話になるとは思っておりました」

「ということは、理事長のいう病院財政の話についても、あなたはいろいろご存知だったということですね？」

「理事長が財政基盤について気にしているのは知っていました」

「部分最適がどうこう、と理事長は仰っていたけれど、全体の最適化のためにコロナ患者の受け入れは絶対不可なんですね」

「理事長はそう考えているみたいですね」

「本当のことを言ってください」

「え？」

「ホープ病院は、いえ、恵郁会グループは、もしかして表向きとは違って、財政的に逼迫しているんじゃありませんか？」

耀子がそうはっきり訊くと、葛西は少し黙り込む様子で、それからゆっくりと頷いた。

「……詳しくは分かりませんが、何度か理事長が決して経営状態は万全ではない、と洩らすのは聞きました。設備投資の負担もあって、かなり無理して体面を取り繕っているみたいです」

やっぱり……、と耀子は思った。知りたくはなかった現実を突きつけられて、このとき彼女は思った以上に落胆する自分を意識していた。

39　最初の復讐　その二

日系商社の現地駐在員・川島某の誘拐と身代金の請求は、予想以上にうまく事が進んだ。イスラーム解放戦線〝神の手〟と名乗ったことが奏功したのか、それともセブに根を張るイスラーム勢力にミゲルが根回ししたことに与って力があったのか。ともかくも現地の反政府勢力によって自社の駐在員が誘拐されたことを重く見た日系商社は、すぐさま法外な身代金を支払ったのだ。しかも商社は現地マスコミに手を回して、川島をフィリピン現地法人から放逐するとともに、この誘拐事件の報道を単なる噂として葬るように仕向けるオマケまでついてきた。

「こいつは、堪えられないなぁ。へんに大きく取り上げられて、フィリピンの警察に介入されたらまずかったが、それもなしだ。これで大手を振って次のターゲットに向かえるってもんだ」

ミゲル老人はそう言って破顔したが、身代金はイスラーム勢力、ミゲル、サントス、そしてクゥワンとホルへの二人組で四等分。その上で次の獲物と定めた〝大口叩き〟のフェルナンド・レジェスへ、と彼らの復讐の手は伸びていった。

「くれぐれも注意しておくが」

とミゲルがクゥワンとホルへに言った。「あのレジェスは用心深い。日本の駐在員たちのようにはいかんぞ。ブローカーの朴と川島が襲われたと知って、ヤツの身辺の警戒は今まで以上に厳しくなっているはずだよ」

「でも駐在員たちはイスラームの反政府勢力にやられたことになってるんだろう？」

そう訊いたクゥワンに、いや、いや、とミゲルは首を横に振った。

「レジェスは妙に勘がいいんだ。いくらイスラームの犯行声明があるからといって、まるまるそれを信用するようなお人好しではない。川島と朴がレジェスに〝山崎三樹夫殺し〟を依頼したのは、レジェスが金でヤバイ仕事も引き受けると知ってのことだが、いったん関係が出来てからは、レジェスが何かと二人に絡んで彼らを手放そうとしなくなった。いわば二人はレジェスの企業舎弟みたいなものだった。その二人が襲われたことに、レジェスは間違いなく神経質になっているはずだよ」

聞けば、以前はサントスの下働きに過ぎなかったレジェスはいつの間にか勢力を拡大。マニラ幇（パン）と結んで、徹底的にサントスのセブ幇に対抗し、血で血を洗う縄張り争いを続けたのだという。その過程で自分の手下ばかりか、マニラからの応援に加えて、企業舎弟の朴や川島をも利用し、セブ幇のヤクザどもを執拗に攻撃したらしい。

　おかげでセブのサントスの身内がどれだけあの川島や朴の手引きで殺されたか、分かりはしないのだという。日系や韓国の連中は夜の街で豪勢に遊ぶから、夜総会やＫＴＶ（売春カラオケ）を利用して、その帰りに地回りの者を始末する手引きは、案外とあの二人には簡単だったようだ。

「要するに川島と朴に関しては、サントスさんには積年の恨みがあるんだ。まあ、金庫の現金や身代金を絞り取ったいま、しばらくしてマクタン島の沖にヤツラの死体が浮かんでいても、わしはいっさい感知しないがね」

　そう嘯（うそぶ）いて、ミゲルはクゥワンとホルへの二人に、次のターゲットであるレジェスを始末する策を授けた。

「たぶん二人だけじゃ、ヤツはやれない。サントスさんの身内がいろいろレジェスの動向を探ってくれるはずだ。ヤツを殺る最終的な時と場所が定まったら、そこで何をどうするかは、お前たち二人に任せるよ。くれぐれも、やるときは徹底的にやることだ。アイツを生かしておいては他の者たちに示しがつかんしね」

　結局、じっと身を潜めて襲撃に備えているレジェスが、どうしてもそれなりに姿を晒さねばならないカジノに二人は狙いを定めた。セブにおけるカジノの利権を一部握っていたレジェスは、ピット・ボス任せの経営者が多い中で、成り上がりの貧乏性からか、毎週土日は自分のピットに顔を出す習癖があったのだ。

よせばいいのにレジェスは、そこで客がイカサマをしていないかチェックしたり、客のクレームへの対応や、VIPへのサービスにしゃしゃり出ていた。本来ならピット・ボスがする仕事に口を出していたのだ。このチャンスを利用しない手はない。クゥワンとホルヘの決意は固まった。


大口叩きのフェルナンド・レジェスが一部利権を握っているカジノは、セブ・シティではなく、隣接するマクタン島の空港近くにあるホテルの中にあった。

空港の近くということで外国人の入場も多く、日本人観光客も気軽に利用しているようだが、田舎のカジノであることに変わりはない。マニラのカジノは金ぴかで豪奢な作りのところが多いが、セブはマニラに比べてもっと小ぶりで、さらにマクタン島のホテルのものとなれば、利便性や華やかさの面からもずっと見劣りがした。

しかし、それがカジノ初心者や逆に筋者のセミプロ・ギャンブラーには受けがよくなるらしく、フェルナンド・レジェスのピットはけっこうな盛況ぶり。そこに日本から来た金持ちの太い客を装って、ホルヘが乗り込んで計画は滑り出した。

ホルヘが向かったのはカジノ・ゲームの花・ブラックジャックのテーブルだ。このゲームはテーブルに着くプレイヤーとディーラーとの間の勝負で、絵札と字札が合わせて21になれば勝ち。手持ちカードの強弱でゲームの勝ち負けが決まる。

もともとラスヴェガスではブラックジャックを主に遊んでいたホルヘにとって、往年の技と勘を取り戻すのにそんなに時間はかからなかった。ブラックジャックに使われるカードは有限。ゲームに習熟していてカードの映像記憶に長けた人間がこれに参加すると、次に出てくるカードの種類がそれなりに読めるのだ。いわゆるカード・カウンティングと呼ばれる技法である。ホルヘは完璧とは言わずとも、その真似事が出来た。

このカード・カウンティングは、半世紀以上前に数学者が理論を完成させた。その結果、これを使う本物のカウンターはラスヴェガスではブラックリストに載って、カジノの出入りを禁止されることになった。田舎のカジノではしかし、今でもプロのギャンブラーが密かにカウンティングしながら細々と稼ぐことも稀ではない。マクタン島のカジノはそんなギャンブラーにぴったりの、少し安っぽい感じが落ち着ける、西部劇の舞台のような雰囲気だった。

ホルヘには勝負に当たって最初から有利なことが一つあった。勝負に使うお足（カネ）がたんまりあったのだ。例の川島の邸宅からいただいた現金がそれだった。身代金は四等分するとして、とりあえずレジェスを攻めるために川島の金庫の金が使われた。

サントスが関係するセブの日系資本を通じて、今度、太いギャンブラーがそちらへ行く。――と、その種の情報を流されていたレジェスは、マクタン島のカジノにやってきたホルヘを揉み手をして迎えた。

あらかじめフロントマネー（カジノ側に預ける金）をたんまり積んだホルヘは、経済的な余裕をもつ日本人とみなされて、カジノからＶＩＰ扱いを受けた。キダパワンで損傷した彼の顔は、フィリピンでも最上級の美容整形外科の手にかかって、昔とは違うものの、なかなかのイケメンに変わっていた。だから、どこから見ても彼は金持ちのぼんぼんジャパニーズ。

多少はドレスコードもあるはずだったが、ホルヘの着ているものは派手な椰子の木をあしらったいわゆるアロハ。それに短パン、ナイキのシューズ、胸に18K喜平ネックレスと5カラットのど派手なタンザナイトというラフな格好だった。

いかにもな風体だったが、それでもVIPということで許され、ホルヘは一般客には珈琲しか出さず、ビールその他の酒類の金を取るフロアレディから、無料であらゆるサーヴィスを受ける幸運に浴した。

「ブラックジャックのテーブルはどこになる?」

と聞くまでもなく、そこはすぐさま見つかった。たった二つしかテーブルがなかったからだ。

「ミニマム・ベット(最少の賭け金)は300ペソか」

ホルヘは言って、少しの時間その賭け金の少ないテーブルで遊ぶと、色の違うチップを積んで、ディーラーを務める美人フィリピーナに提案した。

「最低のベットは3000ペソからってのではどうだ?」

首を傾げたディーラーがピット・ボスの指示で、この提案を受けたが、うん、と頷いたホルヘは一万ペソから賭け始めた。焦るディーラーを尻目にさらに賭け金を上げ、いい調子でカード・カウンティングの要領を思い出し始めたホルヘの背後に、そっと男の影が忍び寄るのが分かった。——レジェスだ。引っ掛かったぞ! ホルヘはニンマリ笑ってカードをヒットした。

40　最初の復讐　その三

その夜、ホルへはツイていた。

もちろん、もともとカード・カウンティングの真似事をするくらいにはブラックジャックに長けてはいたものの、カードの引きが尋常ではないのだ。

たぶんもう何年も獄中で暮らして、ギャンブルとは無縁な生活をしていたことが逆に作用したのかも知れない。最初、彼は素直にそう考えた。貯まりに貯まったツキが一時に押し寄せて、今はびっくりするようなカードが出ているのだと。

何度もディールで絵札とエースが重なり、造作もなく21を完成させたホルへは、絵札と字札でそこそこの数になっても、自分の幸運を信じた。例えば18になったカードをヒットしても、それが3と出て、計21でブラックジャックが舞い込むのだ。

「ブラックジャック！」

普通、合計18になったら勝負をそこでやめてディーラーのカードとの優劣を探る。それがセオリーなのに、何故かそんな気にはならなかった。彼はどんどん勝負に出た。負ける気がしなかった。ひょっとすると、相手の女ディーラーが何らかの理由で、ホルへに手心を加えているのかも知れなかったが、なに、かまうことはない。

大口叩きのレジェスはその様子を背後からじっと眺めていた。背中越しに、レジェスが何ともいえぬ苛立ちを抱えているのが感じられた。そのイライラが最高潮に達したらしいとき、レジェスはピット・ボスに目配せしてディーラーを代えさせた。

「すみません、ミスター。ディーラーがゴンザレスに交代します」

負けが込んだ女ディーラーに代わって次のディーラーが出てきたが、そのディラーこそが、実はあらかじめサントスの幇(バン)の息がかかっている、とホルヘが教えられていた人間だった。

「大丈夫、ゴンザレスが勝負の節目で加勢しますよ」と。

彼は三十代半ばの真っ黒なウェーブがかかった髪を、きつい整髪チックで固めた優男だった。細く整えた口髭がいかにもラテン系の色気を醸し出している。本当にこの男が何年にもわたってサントスがレジェスの組織に潜り込ませていた〝草〟なのだろうか？

ゴンザレスは強かった。絶好調のホルヘにもなかなか勝ちを譲らないのだ。

ステイ——。ある勝負で、ホルヘがそう言って開いたカードは合計20。ディーラーのゴンザレスは目をしばたたき、一瞬の躊躇の後にさらに一枚ヒットして21。しぶとくブラックジャックをこしらえた。

ときにホルヘが、ときにゴンザレスが、ブラックジャックを決めて一進一退のカード勝負が続く。

ヒット——。ホルヘが低く言って三枚目のカードを引いて、ぴったり21。ゴンザレスもヒットしてカードを開け、小さく肩をすくませた。ドボン！　21を超えたのだ。

「オーマイゴッド。日本のミスター、お手柔らかに」

男ディーラーは表情を変えずに、またカードを配り始め、続くきわどい勝負を何度かホルへは拾った。ゴンザレスの勝負の駆け引きは絶妙だった。今度こそディーラーが勝つ、と期待させながら微妙にホルへに勝ちが転がり込んでくる。ホルへは彼との勝負がイカサマであるかどうか、もはや眼中になくなっていた……。

いったいどのくらいの時間が経ったのか、不意にピット・ボスではなく、ホルへの背後で勝負の行方を眺めていたフェルナンド・レジェスから声が掛かった。

「日本のミスター。ここらでいったん勝負を水入りにしませんか？」

どうして？　と訝る気持ちは、ホルへにはなかった。実は最初からこの中断が狙いだったからだ。

「……レジェスは勝負が長引けば必ず、ストップをかけてくる。なに、やつが辛抱たまらなくなるんだ。やつは前立腺肥大でね。長い時間、尿を我慢は出来ないんだ。だけど、カード・カウンターらしき日本人が自分のピットを荒らしているとなっちゃ、貧乏性のアイツのことだ、その場に張り付かないわけはない。そこで放尿のための〝タイム〟がかかるという寸法だ」

そうミゲルは言って、クゥワンに向き直って不敵な笑いを浮かべたのだった。「ヤツがションベンに立つときがチャンスだ。クゥワンはトイレの天井裏にでも隠れていればいい。分かるよな、うん？」

勝負の中断を宣言して、レジェスがそそくさとその場を離れた。駈けだすような勢いでフロアを横切る。

「ボス、待ってください！」

レジェスのボディガードが声を掛けたが、レジェスは聞かなかった。

「お前は来んでもいい！」

よほど尿を我慢していたのだろう。辛抱が利かなくなったレジェスは、怒りが沸騰した人間がよくやるように、他人の言葉など無視。ほとんど眼中にない態度だった。

「大口叩きのレジェスは、のぼせ上がったらもう止まらない。頭が沸騰型なんだ。周囲の人間に当たり散らして、理性のないガキのような振る舞いに及ぶ」

そうミゲルに聞いていたように、レジェスは周囲の者を威圧し、押さえ込んで、そのまま一人で行動した。放尿を我慢させたのは大当たりだった。明らかにいきり立って、我儘いっぱいに部下を恫喝し、その場に立ち竦ませて、慌てて一番近くの便所へと急いだのだから……。

ホルヘはふと、ディーラーのゴンザレスを窺った。ゴンザレスの瞳がきらりと光ったように思われた。

「ボスが水入りと言ったから、気勢がそがれてしまいましたが、日本のミスター、ここらで本気の一勝負をしませんか？」

「と言っても、テーブルが回っていないなら無理じゃないのかな」

ホルヘがそう応えると、そんなことないですよ、とゴンザレスが応じた。

「一回だけなら、今までのシューとは無関係に出来るんじゃないですか？　そうでしょう？」

彼が訊いたのはホルヘではなく、ピット・ボスやレジェスに威圧されてその場に残されていたボディガードたちにだった。

「どうです皆さん、この日本のミスターに乗るか、私に乗るか、一勝負ってのは？」

そんなことを言いあって、誰もがレジェスの帰りが遅いのに気づかなかった。――レジェスが便所で首を括られてお陀仏になっていると分かったのは、それから二十分ほどして。ふと我に返ったボディガードが、ボスのカミナリ覚悟でトイレのドアをおそるおそる開けたときだった。


フェルナンド・レジェスは彼の持分ピットに一番近いトイレで、天井の配管に渡されたロープを首に巻かれて、事切れていた。お洒落だったレジェスはその夜、墨色の正絹のスーツに身を包み、細かな水玉模様のネクタイを締めていたが、その首の上に巻かれたロープで、ぶらん、と身体を宙に浮かせながら、小便を垂れ流していた。

レジェスの舌はべろん、と口から飛び出て、二つの眼球も思いっきり目蓋から剝き出しになっていた。可笑しいことに、レジェスのペニスはエレクトして、彼のパンツにテントのような形で突き立っていた。

「レジェスは小便を我慢していたんだ。ちゃんと放尿できたんだろうな？」

事が終わって、ホルヘもゴンザレスも、ピット・ボスやボディガードも、すべてがレジェスの死に対してシロと断定され、カジノから平穏裡に解放されて後、ホルヘはクゥワンに訊いた。

「大丈夫だよ。あいつは気持ちよさそうに放尿していた。何ていうかな、〝馬の尿(いばり)〟っていうのかな、とにかく長い長い放尿だった。余り気持ちよさそうだったので、僕はアイツの首にロープを掛けることを躊躇したよ」

しかし、クゥワンはそうは言いながらも断固レジェスの首を括った。レジェスはほとんど声すら洩らさなかったらしい。首の第何番目だかの骨がコトリ、ときれいに折れていた。ほぼ完璧な殺人だった。

「次は、クゥワン、きみを裏切ったセブのタイ人ヤクザ組織へ報復だな」

そう言ったホルヘに、クゥワンは首を横に振った。「これにはホルヘ、きみは関わらないよ。サントスさんの手の者が加勢してくれるって言うし、僕には僕のバンコクの兄弟や幇との関係でヤツらと一勝負しなきゃならない。それには、はっきり言ってきみがいると邪魔だ」

「いや、しかし……」

驚いたが、クゥワンの気持ちは変わらなかった。

「それよりか、きみは日本へ帰るんだ。その上で僕を日本に呼んでくれ。それまでに僕はセブとバンコクのカタをつけておく。いいか、これは約束だよ」

41　デジキッズ　その二

「ねえ、いま株式市場で噂の、M&Aの標的になっているデジキッズって会社、たしか耀子おばさんが以前関係していた会社だったわよね？」

絵里花がハンバーグのためのひき肉をパックから取り出しながら、譲に訊いた。

「うん、僕が病院で昏睡していた頃の出来事だから、経緯はよく分からないけど、うちのマミーが譲渡を受けた株について、あの会社の創業幹部たちと裁判で争ったのは後で聞いたよ」

「それはわたしも覚えている。譲くんがベッドに伏せっている間、うちの父親も応援して裁判をやったのは知ってる。でもね、そういうことじゃなくて、デジキッズという会社そのものとおばさんの関係について、譲くんは詳しく知っているのでしょう？」

絵里花はそう言いながら、電子レンジのクックブックに記された通りに調理を進めた。刻んだ玉葱とバターをラップに入れて加熱する。それに牛乳で湿らせたパン粉とひき肉を入れ、しっかり練りこむ。後は角皿にクッキングシートを敷き、薄くサラダ油をぬって、用意したハンバーグ生地をレンジにかけるだけ。大丈夫、絶対に失敗なんてしないはずだ。

「詳しくって言っても、三樹夫おじさん——あのデジキッズの創業者だけど、あの人がうちの母親と親しくって、僕も日本に帰ってきた後、ずいぶん三樹夫おじさんと遊んでもらった記憶があるよ。サッカーボールを蹴ったり、キャッチボールしたり、楽しかったなぁ」

「その三樹夫おじさんが亡くなって、おばさんにデジキッズの株を残したんでしょう？　わたし、それを父から聞いた」

「うん、元々ＩＰＯ（新規株式公開）をするときに、ある程度の株を分けてもらっていたらしいんだ。それに加えて、おじさんが死んだとき、遺言ですごい額の株式が転がり込んできた。母親は三樹夫おじさんの遺志だということで、ずいぶんデジキッズの残された幹部連中とやりあったみたいだ。だけど結局、その株は会社に渡った。裁判は母親としては、ひどく面白くない結果になったという訳だよね」

「でも、すごいわね。耀子おばさんから株を奪ったデジキッズが、今度は自社株をめぐってタイの会社と争っているんでしょう？」

絵里花は電子レンジの《任せて調理》から《焼く》を選んで、メニューをタッチした。お料理は得意ではないが、それでも譲に余りにもひどい料理ベタと思われたら、立つ瀬が無い。

いいから、あなたは何もしないの、と絵里花に命じられ、食卓についたまま手持ち無沙汰だったらしい譲が言った。

「タイの会社って、サイアム・ポーンキット・グループ（ＳＰＧ）のコンソーシアムだよね。あのグループの代表の記者会見、絵里花ちゃんも見た？」

「見た、見た！　ちょっと変わってたわよね、あの代表。髪を女の子みたいに三つ編みにしてたじゃない」

「うん、やたらカッコよかったね」

「ほんと、漫画の中から飛び出てきたみたいな不思議なリアリティというか、リアリティのなさ、というか」

「あの髪、ムエタイの戦士の髪形だというけれど、なかなか挑発的だったね。うちの母親はあの会見をテレビで見て、即座にＳＰＧのＴＯＢに応じる気になったみたいだよ」

「ＴＯＢって、耀子おばさん、まだデジキッズの株式を持っていたの？」

「うん。裁判で手放したのは、もともと三樹夫おじさんの持ち株で、母親が以前から頼まれて所持していた株はずっと持ち続けていたんだ。三樹夫おじさんとの約束を守って、本気で死ぬまで持ち続けようとしていたんだと思うよ」

「ちょっと素敵な話みたい。恋人との思い出のために、持ち続けたんでしょう？」

「いや、むしろある種の執着というか、母親がどうしようもなくそこに囚われている心理構図が透けて見えて、僕は逆にイヤだった。今回、母親があっさりＴＯＢに応じると言い出して、むしろ嬉しいというか、驚いているよ」

「いずれにしても、耀子おばさんはこれでようやくデジキッズにまつわる諸々に決着をつけられる、という訳ね」

「そうだったら良いんだけど……」

ほんの少し沈黙した後に、譲が続けた。「問題はうちの母親がＴＯＢに応じて、デジキッズの株をタイ企業のコンソーシアムに売るのが、デジキッズの経営陣に対する一種の敵討ちになると、そんな気持ちになっているらしいってことだよ」

「裁判で争ったのだから、そういう感情も自然なことでしょう？」

「まあ、そうとも言えるけど、何か思うことがあるらしくって、母親はコンソーシアムの代表のパチャラ・プーンヤサック――例の三つ編みの男の人にメールまでしているんだ。ちょっと驚いたよ」

「株を売る前にいろいろ尋ねることがあったんじゃないの？　かりにわたしが儲けのためにじ

ゃなく、敵討ちのために株を売る側だったら、きっとそうするわよ」

「僕もそう考えたよ。だから訊いたんだ。『マミー、タイ企業のコンソーシアムについて何か知りたいことがあるんでしょう？　だったら一緒にタイの情報を調べてみようか』って」

「うん」

「そしたらうちの母親、何て言ったと思う？『ネットで調べたけど、その上でちょっと不審なところがあるのよ』って言うんだ」

「不審なところ？」

「そうだよ。母親が言うには、あのプーンヤサックっていう理事はサイアム・ポーンキット・グループ（ＳＰＧ）の人間ではないんじゃないかって」

「つまり、ＳＰＧの部外者かも知れないってこと？」

「うん。他のタイ華僑系の資本も募ってコンソーシアムを組んだようだから、実際は彼はＳＰＧの幹部じゃないのに、コンソーシアムを代表する理事として来日しているようなんだよ」

「そのことの何が問題なの？」

「要するにプーンヤサック理事は他の華僑系の組織からＳＰＧに潜りこんだ、その筋の人間じゃないかって。日本のバブルの頃にはそういう種類の人間が企業に潜りこんで、企業を通して銀行から黒い金を引き出した例がたくさんあったみたいなんだ。母親はそれを微妙に気にしたらしい」

「それって、あの三つ編みの人がヤクザか、犯罪者かも知れないってこと？」

　そう訊いた絵里花に譲が答えた。

「ありていに言えばそうだね。うちの母親は、彼をタイの華僑系ヤクザじゃないかと疑っているんだ」

「企業舎弟って訳ね」

「うん。それで、いくらデジキッズの今の経営陣に対して面白くなく思っていても、みすみす外国のヤクザ組織に会社が乗っ取られるのは、さすがに寝覚めが悪いって言うんだ」

「そうか……」

　絵里花は唸った。いまはグローバリズムの時代だから、どこの企業もその種の怖い買収に脅えているのかも知れない。

「でもね、かりに彼がその筋の人間だったとしてだよ」

　と譲が続けた。「それでもサイアム・ポーンキット・グループ（ＳＰＧ）はそれなりに知られた企業だし、どんな企業にだって裏の顔というか、余り知られたくない部分はあると思うんだよ」

「そうなんだ……。それをおばさんが殊更に問題視している、と譲くんは考えているのね？」

「いや、もちろん企業のコンプライアンスは絶対に必要だよ。でも、コンソーシアムを組んでデジキッズを買収しようとしたからには、僕らが推し量れない事情もあるんだろうと思う。それをヤクザが絡んでいるからダメ、と決め付けて忌避してしまうのは、少し早計な気もしてね」

「本当にあのプーンヤサックという人はヤクザなの？」

「どうもそれは本当らしい。ただ東南アジアの国々は一族が総出で企業を営んでいることが多いし、一族がその種のヤクザ組織を形成することも珍しくないんだって」

「ふうん」

「それに母親いわく『初めにお金を作って、企業を育てるということは、それだけ危ない橋を渡ることでもある』らしいしね。デジキッズの創業者だった三樹夫おじさんの記憶から、そんなふうに考えているようなんだ。うちの母親は、いま勤めている病院のことでも色々問題があるらしくって、妙に秘密主義にもなっているし、僕としても少々頭が痛いよ」

「病院の問題って？」

とさらに絵里花は譲に訊いた。ハンバーグは電子レンジにまかせて、いま彼女は譲の語るデジキッズと耀子おばさんの話に、興味津々で聞き入ろうとしていた。

「恵郁会のホープ病院では、例の新型コロナウイルスに感染した患者を、断固受け入れないことにしたんだそうだ」

「他の病院に回すってこと？」

「うん。もともとあの病気は二類感染症に分類されているから、特別な病床を用意して消毒をしなければならない、というのは知ってるよね？」

「それは聞いている。一類って言うのはエボラ出血熱とか、ペストとか、特別な感染症で、二類はそれに次ぐ危険な感染症なんでしょう？」

「そう。公立の大きな病院は保健省の指導もあって、すぐさま新型コロナ病床を確保して、治療に当たっているけれど、私立の病院はその病院の方針に任せられているから、あえて新型コロナ専用の病床を作らないところが多いんだ」

「そのためにお金がかかるのを嫌がっているのかしら？」

「そうだと思う。加えてテレビのワイドショーが、新型コロナ感染症の恐ろしさをこれでもかって煽るだろう。だから風評被害や患者の減少を怖れて、最初から『コロナ患者は診ません、公立の大病院や大学病院に回します』って所が多いんだ。母親の勤める病院も同じように拒否しているのだろう」

「耀子おばさん、それが不満なのね」

「まあ、そういうこと。実は母親の病院では以前から、原因がよくわからない肺炎の患者が出ていたらしい。しかも最近では母親が手術した患者さんが肺炎を併発して亡くなった。それで、これをうやむやにしている病院の経営陣に不信感を持ち始めたらしい」

「そうなんだ」

「そんな訳で、デジキッズのM&Aで色々気を揉んでいることに加えて、勤めている病院の不誠実な態度に母親はすごいおカンムリでね。このままいくと何らかのかたちで感情が爆発するんじゃないか——、と僕は心配しているんだよ」

42　耀子　その六

耀子は何とも落ち着かなかった。

春日理事長が新型コロナ患者を受け入れない方針を示したことは、不承不承であるが了解した。本来ならホープ病院にそのための病床を作って、この病気と闘ってもらいたいのは山々だった。だが恵郁会がその方針だというなら、それは自分の職掌を離れている。

しかし、いままで正体不明の間質性肺炎と捉えてそれなりに対処してきたはずの病気を、病院経営陣はコロナと切り離してしまった。あまつさえ耀子自身が担当した加納琢磨についても、理事長は〝疑い症例〟と主張。事実をうやむやにしようとしていることは、どうしても許せない。

幸いホープ病院のコロナ疑い患者は単発の発症で、まだクラスターにはなっていない。加納の件については本人が死亡したこともあって、マスコミさえ抑えればこれ以上は余計な風評は拡散しない。そう踏んで、おそらく春日はこのままで逃げ切る算段をしているはずだった。

耀子は首を横に振った。春日が考えているように、事態は何の問題もないとみなされて、そのまま時が過ぎ去るのかもしれない。だが、それはたんに病院経営にとって幸運というだけだ。恵郁会が新型コロナウイルス感染症の蔓延に対して何の対処もしないならば、これは医療者としてのモラルが問われるのではないか？

　ホープ病院が新型コロナの患者を受け入れ難いとしても、医療機関として何か出来ることはあるはずだ。ボランティアを募って他の新型コロナ患者を受け入れている病院に手伝いに行くことだって出来るし、保健所と連携してプレファブの発熱外来を作って、せめてPCR検査や患者のトリアージなどしてもいいのではないか？

　耀子がこんなことを思うのは外でもない、今度の新型ウイルスの流行は社会の問題であるからだ。一病院が私的な利害だけのために動いて、手を拱いていては、逆にツケが回ってきて自分の首が絞まるようなことになるのではないか？

　そんな確信めいた予感のようなものもあり、何とも不安な気持ちに囚われていた矢先、案の定まずい事態が出来した——。

「えっ、クラスターですか？」

　初めそのニュースを聞いたときは、いっぽうでは寝耳に水のような、まさかという思いもありながら、しかし来るべきものが来た、と耀子は腹をくくった。恐れが現実のものとなったのだ。

　恵郁会は急性期医療のホープ病院ばかりでなく、系列にリハビリテーション病院や介護老人福祉施設を持っている。つまり「医療事業」「保健事業」「介護・福祉事業」を三つの柱とする、地域と連携した医療グループを会として標榜している。

　だから、ときには患者はこれらの三つの種類の病院・施設を行き来もする。例えば、救急外来でホープ病院に運び込まれた患者が、急性期の治療を終えて、しばらくリハビリのために長期療養病院に入院し、その後、老健施設で命を養うようなトータルケアが可能になるのだ。新型コロナウイルス感染症のクラスターは、その中のリハビリテーション病院「札幌アカシア病院」で発生した。気をつけていたのに、患者家族によってウイルスがもたらされ、それが当の患者、および同室の患者、看護師の間に広がった。

「当病院は長期療養病院という性格から、新型コロナウイルス感染症患者様のための病床が確保できません。患者様には速やかに新型コロナ病床がある大病院に移っていただきます」

そう告げたアカシア病院の院長および治療スタッフは、当該患者たちを専門病床のある北斗医大病院へお願いしようとした。ところが蔓延する新型コロナウイルス感染症のため、北斗医大病院ではアカシア病院の依頼をすげなく拒否した。

「申し訳ありません。いま当病院の専用病床は満床です。ほかを当たっていただけませんか?」

「でも、私どももグループにはコロナ専用病床がありません」

「それは申し訳ない。しかし、それは恵郁会さんのご都合でしょう? 最初から恵郁会さんには専用病床を作るためのお誘いや、そのための資金援助など道や国のほうから、いろいろお話があったはずなんですが……」

結局、この北斗医大病院の転院拒否は注目を浴び、地域だけでなく全国版ニュースにも載ることになった。

「北斗医大病院は当院の患者様を拒否されていますが、それでは地域の中核病院として私たちは北斗医大病院に全幅の信頼を置くことが出来なくなります」

　そう公に通告したのは、春日理事長だった。いったいどの口がそんなことを言えるのか？　そう思いもしたが、春日も切羽詰ってそう主張したのだ。しかし、これに対し北斗医大病院の反論はつれなかった。

「私どもは地域中核病院としてのニーズに応えるべく精進しておりますが、その力にも限りがあります。恵郁会はまずご自分の責任において、ご自分の患者様を手当てなさるよう努力すべきでないでしょうか？」

　こんなことを言われて、春日も黙ってはいなかった。

「新型コロナウイルス感染症に対応する病床を持っている病院が、地域の病院の要求をほとんど無視して、患者を拒否するのは倫理的に問題ではありませんか？」

　こうしたやり取りがあって、北斗医大病院と恵郁会グループは完全に対立状態に陥った。それまでは恵郁会の院長が北斗医大の出身、それも元学長という縁もあって、ホープ病院は医師の派遣を北斗医大から仰いでいたのだ。つまり実質的に北斗医大の系列病院として認知されていただけに、この対立は決定的だった。

　世間的には春日の主張を自らの非を省みない手前勝手な言い分と捉える向きもあった。だが北斗医大病院の意見を、危急存亡にある地域医療グループを無視する大病院の横暴と取る者たちもいて、テレビのニュース番組でも色々な批評が飛び交った。

　そして偶然だったが、こうしたニュースショーの一つで、〝北斗医大病院VS恵郁会〟報道に引き続いて、〝デジキッズのM&A（企業買収）〟が取り上げられたことがあった。

《デジキッズの怪――CEOの失踪と海外資本からのM&A》

とキャプションがふられた特集部分で、ニュース番組は、タイ資本のサイアム・ポーンキット・グループ（SPG）が、デジキッズの買収に乗り出した経緯について、驚くほど事細かに触れていた。

第一に、現在のデジキッズ経営陣がその買収提案を拒否していること。

第二に、デジキッズの元幹部だった女性会社経営者が自宅マンションで殺害されたこと。

第三に、この事件に関連し重要なカギを握るデジキッズの長瀬会長（CEO）の行方がその後分からなくなっていること。

これらついて、番組はフリップも使って、時間を追って説明していた。

キャスターが解説役の記者に尋ねた。

「SPGのコンソーシアムは、最初は日本進出の足がかりとして、デジキッズと業務提携を試みたんですね。しかしCEOの失踪などが重なったデジキッズ経営陣は、乗っ取りを警戒してこれを拒否。その結果、株式の公開買い付けにまで発展した。そういう流れで、よろしいんですか？」

「ええ、そうですね。デジキッズはあの事件以来、経営陣の足並みが揃わなくなっていると指摘する向きもあったんですが、SPGの提案があって一挙に拒否に意見が固まった。ただ、

ＳＰＧ側からもデジキッズに対する強力な切り崩しがあって、事態は混沌としている。これからも経営権を巡ってドロドロの戦いが続きそうです」

「決着がつくのは、どういう力が働いたときですか？」

「それはもうＴＯＢが成立すれば、そのままタイ資本側の勝ちですが、このままじゃ無理です。誰か大株主がキャスティングボートを握るか、それとも第三者のいわゆるホワイトナイトが出てくるか……。多くの場合、取引銀行やタイ資本と関係の深い日系商社などが斡旋役になるんですが、もともとデジキッズはＭ＆Ａで会社を大きくしてきた株式市場の暴れん坊ですからね。従来の手法が効くかどうか、私は難しいと踏んでいます」

　キャスターがさらに記者に訊いた。

「ＴＯＢの期限は一カ月後に迫っている訳ですけれど、あと他にこのＭ＆Ａの戦いに決着をつけそうな要素といえば、何が挙げられますか？」

「デジキッズそのものの心変わりかなぁ」

「心変わり？」

「ええ、いまデジキッズの経営陣は断固会社をタイ資本に譲り渡さないことで一枚岩になっています。でも例えばですよ、行方不明になっている長瀬会長が現れて、彼が金森迪子社長の殺人事件に関与していることがハッキリすると、どうでしょう？　今のデジキッズそのものが揺るぎかねない。何しろ亡くなった金森社長は元々デジキッズの創業幹部で、長瀬会長や現在の経営陣とは仲間ですからね」

「金森社長の事件は、デジキッズ株式を巡る内紛に関係しているのでは、との噂もありましたよね?」

尋ねられて、記者はうーん、と首を振った。

「まあ、そこら辺は事が事だけに、迂闊なことはいえません。ですが、少なくともこの殺人事件にデジキッズの経営者たちが関わっているようなことがハッキリすれば、企業コンプライアンスの問題どころではなくなります。ここまで何とか踏ん張ってきたデジキッズの株価も暴落するでしょうし、SPG側も買収を躊躇するような事態に発展するかも知れません」

「そういえばデジキッズは十年以上前にも、創業CEOがフィリピンで事故死することがありました」

「ええ、あのときも事故死が余りにも不自然だと噂が立った。それに、その事故で亡くなった創業者の山崎氏が遺した株を巡って、会社側と株を譲渡されたと主張する側との間で民事訴訟が起こり、長い間双方で争った経緯があります」

「ああ、覚えています。たしか心臓カテーテルの名医と呼ばれた女性医師が訴えたものでしたね」

「はい、裁判は会社側に株の所有権を認める結果になりましたが、こうした経緯を考えるとデジキッズという会社はつくづく話題性に富むというか……、まあ、色々な問題を提供してくれる会社でもある訳です」

皮肉な口調になって記者は続けた。「かりにあの訴訟で、女性医師が勝訴していたとしてですよ、そうなっていれば、今回のＴＯＢは簡単です。ＳＰＧ側は大株主である女性医師を説得して、その所有株式を買い受ければ、その時点でＴＯＢは完了なんですから」

「言われてみればそうですね」

　とキャスターは同調した。「先の訴訟で創業者の株式は会社側に渡りましたが、ひょっとすると内紛が囁かれているデジキッズについては、経営陣がその渡った株をどうするかで揉めたということなんでしょうか？」

「いや、その点については詳しいことはわかりません。事件後に行方不明になった長瀬氏のこともありますし、今後、司直がどこまで事件を解明するか、にかかっている部分もあると思います」

「なるほど。そうした次第で、今後、デジキッズのＭ＆Ａの行方はますます興味深いものになっていくということですね」

　とキャスターは頷いた。「グローバリズムが叫ばれる現在、日本の会社の資本も純粋に日本だけの問題ではなくなってきている。この問題では私たちはそういうことを強く考えさせられている気がしてなりません。以上特集を終わります」


　特集に先立って自分の病院問題が取り上げられていた偶然も手伝って、耀子はこの番組を注視した。しかし、やたら詳しくＭ＆Ａ事情を解説した割りに、キャスターが当たりさわりのない感想でやり過ごしたそのニュースショーを、彼女以外に複雑な思いで視聴している人間がいたことに、耀子は思い及ばなかった……。

43　ホルへ　その二

「ずいぶん熱心にニュース番組を視ていたようだが、デジキッズのM&Aについて興味があるのかい？」

健吾がそう言って、居間のソファでくつろぎながら、一緒にテレビ番組を視聴していたホルへに訊いた。

「いや、特にそんなことはないんですが、この会社、ひょっとして直前のニュースで出ていた病院で働いてらっしゃる、ボスのお知り合いの女医さんと関係があったんじゃないかと」

「まいったな、すごい勘だなぁ。そうだよ、デジキッズの経営陣と遺贈株をめぐって裁判で争ったのは、耀子ちゃん――恵郁会ホープ病院に勤めている鶴見耀子先生だよ。どうして分かったんだい？」

「いや、そもそも特集の前のニュースをボスが熱心にご覧になりながら、ホープ病院に勤めてらっしゃる鶴見先生は小田島牧場とは縁の深い先生だって、そう私に仰ってたじゃないですか」

「いや、まあ、そうだったか」

「それに、その鶴見先生がデジキッズと昔関係があったというのは以前から小耳に挟んでいましたしね。こうやってニュースで立て続けに流されるんじゃ、気にしないといっても、気になりますよ」

ホルへのその言葉に、健吾は頷いて、まあ、そうだよね……、と再び自らに言い聞かせるように呟いた。

「鶴見先生とデジキッズの裁判はけっこう評判になったから、いろんな人が知っていても不思議はないかも知れない。それに、昔、富産別では鶴見先生のお祖父さんが〝鶴見医院〟を開業していてね、地元の名士だったんだ。うちの親父と鶴見先生のお祖父さんが碁敵で、私と鶴見先生も幼馴染という、いわく因縁があるんだよ」

「へえ、そうなんですか」

そうホルへは応えて、健吾に訊いた。「そういえば、ボスのお嬢さんと、鶴見先生の息子さんも幼馴染と伺いましたよ？」

「うん、そうなるね。それにしてもホルへさん、うちで働いてまだ日が浅いのに、もう何でも知っているね。何というか、ちょっとした地獄耳だな、うん」

健吾の驚いたような、感心したような、今更のようにホルへに注目した発言を受けて、ホルへが改まった。

「とんでもないですよ、ボス。私はあくまで周りの人間から入ってくる話を小耳に挟んだだけで、地獄耳などと驚かれるような、そんなものじゃないです」

「いや、ご免。言い方が悪かったね」

と健吾は恐縮したホルへの気持ちに気づいて、率直に言葉を継いだ。「きみが何でも分かっているスーパーマンのように感じられて、そう口走ったまでだよ。本当に他意はないんだ。それよりも明日、道庁に陳情に行くついでに娘の所や鶴見先生の所へも顔を出すつもりだが、一緒に行くきみには色々面倒をかけるかも知れない。申し訳ないが、よろしく頼みますよ」

「もちろんです。札幌のフィリピン協会に顔を出さなければなりませんので、そのときは別行動しますが、他の場面ではどうぞよろしくお願いします」

健吾とホルへはお互いを見やって、微笑んだ。実は明日からまた札幌に陳情に出かける健吾は、今度は一緒にホルへも連れて行くことに決めていた。そのため、いろいろ明日の打ち合わせをしていて、その流れで二人は居間でテレビのニュース番組を見ていたのだった。

「それにしても、デジキッズの経営陣はどうしてあれ程に頑ななんですかね？」

とホルへが訊いた。「タイ資本側がM＆Aを望んでいるなら、それなりの値段で交渉に入ってもよさそうなものなのに」

「他の資本に売ったら、それまでの自分たちの悪行がバレるとか、そんな心配をしているのかも知れないな」

「経営陣は商業倫理にもとるような行為をしてきたということですか？」

「それは良く分からないが、現経営陣はそもそも鶴見先生が譲られた株式を、自分たちのものと主張して、奪った連中だよ。内部の事情が公になると困ることだってたくさんあるんじゃないかな」

「ははあ、やっぱり例の殺人事件も、長瀬ＣＥＯの行方不明も、デジキッズの内紛に関係があるという訳ですね？」

訊かれて健吾は、彼にどう応えていいものか、迷いながら言った。

「いや、真相はさっきの番組の解説のように藪の中だからね。でも何だかキナ臭いことは確かだ、と私も思うよ」

ホルヘはその言葉に頷きながら、答えにくいことをしゃらりと訊いてきた。

「鶴見先生がデジキッズ創業者から遺贈された株式は、裁判の結果、全部、デジキッズ側に渡ったのですか？」

「遺贈された分はそうだと思うが、彼女の持ち株が全部向こうに渡った訳じゃない。耀子ちゃんは元々、創業者との関係から、相当数の株を上場前に手に入れていたんだ」

「そうなんですか……」

「うん、その株式がまだ彼女の手元にあるはずだよ」

「特集では、このままじゃタイ資本はＴＯＢで勝てない、と言っていましたよね」

「うん、そうみたいだね」

「でも、誰か大株主がキャスティングボートを握るかも知れぬ、みたいなことを言っていませんでした？」

「確かにそうだね、しかしその見込みはなさそうだ、とも言っていたじゃないか」

「ええ、でもですよ」

とホルへの眼がきらりと光った。「かりにボスのお知り合いの鶴見先生が持っている株が、キャスティングボートを握ることになる、なんて事態は考えられないんですかね？」

「彼女の持ち株が、か？」

「ええ、フィリピンで事故死したという創業者の株を手放しても、それなりの株数を鶴見先生はお持ちになっていて、上位株主として名簿に公開されてるはずですよ。鶴見先生はこのことに気づかれていないんじゃないかな。ボスはぜひ彼女にこのことを指摘されるべきじゃありませんか？」

「……いや、本当にそうなるのかな」

「そうですよ。詳しく調べる必要がありますが、デジキッズの株を押さえるというんだったら、ボスが持っている株も含めて、鶴見先生がお持ちになっている株はかなりの割合で、決め手になるんじゃないのかな？」

健吾は突然ホルへにそう言われて、小さく頷いた。戸惑いの表情を浮かべながらも、唇を綻ばせて言った。

「わかった。きみの意見はぜひとも耀子ちゃんに伝えるよ」

「そうしてください。鶴見先生の株が今回のＴＯＢのキャスティングボートを握るようなことがあったら、こんなに面白いことはありません。きっと現在のデジキッズ経営陣の心胆を寒からしむる事態になりますよ」

ホルへのその言葉に頷きながら、しかし、健吾の心に微かに疑念がよぎった。ホルへのこの言葉遣いはどうだ？　心胆を寒からしむるだって？　まるで日本で教育を受けた人間のような口ぶりじゃないか。ひょっとしてホルヘは以前に日本にいて、少なくとも高等学校の漢文で習う程度のことは身につけているのじゃないのか？

「実はね」と健吾は少々曖昧な口ぶりで、誘うように言った。「耀子ちゃん——鶴見先生は、あのテレビニュースが言っている以上に微妙な立場にいるんだ。勤めている恵郁会が新型コロナウイルス感染症の病床を設けることに消極的な姿勢に出ていることはテレビ報道の通りだけれど、彼女はそれを面白く思っていない。むしろ、恵郁会のホープ病院はコロナ病床を作るべきだと主張して、反対派の理事長と一触即発の事態に立ち至っているらしいんだ」

「そうなんですか？」

「うん、元々、彼女は正義感が強いから、お金の問題で医療を曲げるようなことがあってはいけないと考えているらしいよ」

「しかし、それはホープ病院の事例だけでなく、風評被害やその他諸々を勘案した上で多くの私立病院が取っている態度ですよね？」

とホルヘは健吾が期待していたのとは反対のことを言った。「病院経営の立場からすると、鶴見先生の意見は全体を見ようとしない、いわば部分だけの最適解のように思われますが、いかがですか？」

そう言って、眉をひそめて思案投げ首のホルヘを見つめて、健吾は落ち着かない思いに囚われた。やはり、この男ただ者ではない……。

44　パチャラ・プーンヤサック

小田島健吾といっしょにニュース番組でデジキッズの特集を見た日の深夜。ホルヘは最近ほとんど日課になっている電話を東京のSPG代理人とかわした。

——もしもし、ホルヘ？

——おお、パチャラさん。パチャラ・プーンヤサック理事ですね？

——よせよ、その言い方。クゥワンでいいよ。

——いいや、パチャラってのもけっこう響きがいいよ。パチャラってのはタイ語で「ダイヤモンド」って意味なんだろう。なかなかいい名前じゃないか？

——からかうなよ。それで女医さんのほうはどうなった？

——うちのボスに、彼女の持っている株式について、それがTOBの成否を握る鍵になるかも知れないと匂わせておいたよ。明日ボスが彼女に会うときに、間違いなくこの情報を彼女の耳に入れるはずだ。

——これで女医さんが企業コンプライアンスがどうこうなんて、お堅いことを考えるのをやめて、我が方に株を売ってくれれば万万歳なんだけどね。

パチャラことクゥワンが半分ため息混じりに男に言った。そんなクゥワンに男は確かめるように訊いた。

——しかし、それにしても本当に彼女の株がＴＯＢの鍵を握っているとはね？

——何度言わせるんだよ。彼女は律儀というか、意地になって有償の株式の割り当てに付き合っていて、公開情報によればいまや持っている株が全体の八パーセントに近い大株主なんだぞ。信じられないよ。

その言葉を聞きながら、男は心の中に甘酸っぱいものが溢れるのを感じた。鶴見耀子は俺との約束を守って、ずっと株を持ち続けてくれていたのだ……。

その昔、まだデジキッズの株式公開前に、男は彼女に頼み込んで、デジキッズの株を持ってもらった。それが二人の絆でもあるかのように彼女に強く主張したのだ。「いいですか先生、この株はずっと持ち続けてくださいよ。上場で億に近い金額になって将来的に必ず一財産になります。それまで絶対この株を売っちゃダメです」と。

当時のやり取りを思い出して微かに感傷的になった男の耳に、受話器越しにクゥワンの声が響いていた。

——ところでホルへ、きみは彼女に会わないのか？　明日はボスの小田島さんと一緒に札幌へ出向くんだろう？

男はその問いに、小さく肩をすくめた。

——うん、俺はまだ彼女には会わないつもりだ。会えるとしても、席をはずして遠くで眺めるよ。

——ほう、男の純情、そのものだな。

――からかうなよ。

――からかっちゃいない、事実だからな。それよりも僕を筋者だという彼女の先入見を、きちんと払拭してくれなきゃな。でなかったら彼女は我が方に株を売る気にはならないかも知れないぜ。何度も言うようだが、メールで彼女から問い合わせが来たときにははっきりいってビビッたよ。その点についてはどうなっているんだ？

――それはすぐには無理だ。先入見も何も、彼女の思い込みを正すにはもう少し時間がかかる。

――何を言っているんだよ。僕はたしかに前科のついたヤクザ者かもしれないが、心はまっさらな善良ヤクザだぞ。なんとか早急に手を打ってくれよ。でなきゃ、彼女、僕を日本に殴り込みをかけにきたタイの経済ヤクザと思い込んで、株なんて金輪際売らないと言い出しかねないぞ。

――彼女にとってはデジキッズの現経営陣も相当なヤクザ者だからね。日本のヤクザとタイのヤクザとどっちもどっちだよ。同じように反社会的勢力にすぎない。

ホルヘはクゥワンとそんな会話を交わしながら、次に打つ一手を考えていた。耀子を心変わりさせてSPG側に株を売らせるには、デジキッズと自分にまつわるセブ事件の顚末を話して、彼女に事実を知ってもらうのが一番だ。だがそれにはまず、自分が生きていて、仲間とともにデジキッズの買収に乗り出していることを知らせねばならない。

しかし、どうする？　急に彼女の前に現れて、『俺が、このホルヘが、三樹夫だ！』と主張したとして、彼女は俺を三樹夫と認めることができるのか？

やはり無理だ。彼女は俺を三樹夫とは認めまい……。彼は力なく、首を横に振った。なにしろ自分の相貌はこの十数年の獄中生活とその後の整形手術で、以前の形をとどめぬ程に変わってしまっているのだ。

「ホルヘ、ずいぶんと変わったな……」

キダパワンで再会したとき、クゥワンが眼を瞬きながらそう呟いたのを、昨日のことのように彼は覚えていた。

何よりも目と鼻とが変わり、さらに言えば顎も耳も形が変わっていた。三樹夫は元々きれいな二重瞼だったが、セブ、マラウィ、キダパワン、と続いた獄中での獄吏の辱めによって、いつしか目蓋が腫れ上がり、傷が治ったときには以前と違って醜い肉塊となって貼り付いていた。昔日の気力が戻ってきて、眼の輝きだけは強く、生来の姿勢のよさと相まって周囲にそれなりの印象を与えてはいたものの、実を言えば右目はほとんど視力を失うほどのダメージも受けていたのだ。

そして鼻。娑婆に舞い戻った当時は鼻は何度か骨折を繰り返した挙句、鼻梁がひしゃげていたし、顎もよく見ると左右の形がほんの少し歪んでいた。そしてその側面には柔道選手の耳がそうであるような、餃子みたいになった両耳が不器用にくっついていた。

要はボクシングのパンチドランカーのような顔つきが、キダパワンを脱出したときの自分だったのだ。ただ、パンチドランカーと違っているのは、自分をこのような境遇に陥れた者たちへのリベンジの意識。――必ず彼らに落とし前をつけるという明瞭な目的意識が、男をどこか美醜を超えて不屈の面魂を持った人間へと変えていた。

「ここは心機一転、ちょっと整形してみるか?」

そんなホルヘにクゥワンは手術を勧めた。いきつけの美容院を気まぐれに代えてみるような、実に気楽な口調での提案だった。「いい医者にかかったら、別人だぜ。もう一回、違う人生を生きられるってもんだ」

その結果、男は別人になった。以前、見知った人間がまったく彼とは認知できないような、他人の顔……。顔ばかりではない。男の体つきは過酷な肉体労働や、セブのCPDRC(監護刑務所)で脱獄のためにトンネルを掘ったり、キダパワンの石切り場での重労働によって、かつてとは比べものにならないくらいのマッチョになっていた。

さらに言えば肌は南国の潮風と灼熱の陽の光に晒されて、まるで五十歳か六十歳過ぎの漁師のような荒み具合をしていたが、それが整形をした今、男の悠揚迫らぬ態度も加わってか、周囲の者たちには年齢不詳の不思議な威厳を醸し出しているらしいのだ。

男は時々鏡を見て噴き出すことがあった。要するに日本で暮らしていた頃の自分自身の雰囲気をまったく留めていないのが、現在のホルヘ・エストラーダの姿なのだ。

いや、もちろん外見がどんなに変わろうと、一つの仕種や、物言いの癖で、彼女は自分を山崎三樹夫だと気づいてくれるのかも知れない。そんな万に一つの可能性にすがって、自分が三樹夫だ、セブで死んだはずの山崎三樹夫だよ、と訴えてみたい衝動に駆られたこともあった。

実際、男は日本へ戻ってそれほど経たないとき札幌へ出向いたのだ。そして彼女が勤める病院や彼女の周辺を洗った。一時は契約社員と偽ってホープ病院に紛れ込み、そっと耀子に面通しを試みたことすらあったのだ。

結果は――耀子は彼の姿に確かに何かを感じてくれたようにも思われたが、ただ、それだけ……。それ以上の反応は得られなかった。何故彼女がこの自分を一目見て、かねてからあれほど望み、男が渇えていた以上の反応を示してくれないのか？　男は意外と同時にやはり、と危ぶむ感情に囚われた。何故彼女は俺を俺とわからないのか？　俺は確かにかつての俺ではない。しかし、それでもなお俺はかつての俺ではないのか？

男は自問した。そうやって考えても考えても、なお答えの出ない衝動に捉えられて、身動きならなくなる自分を彼は持てあましていた。だからここで、と男は落ち着かぬ思いで自らに言い聞かせたのだった。この衝動を行動に移した結果が、眼も当てられぬ事態を生むのだけは避けたい、と……。

彼女は三樹夫が死んだと知らされ、時を同じくして起こった息子の事故にも翻弄され、しかも三樹夫が残した株を巡ってデジキッズとの長い訴訟を戦ってくれてもいた。そうした諸々が一段落して、今はようやく落ち着いた生活を取り戻したばかりなのだった。そんな折に、早まった行動が引き起こす無残な結果については、心のセンサーが働いて男はひどく臆病になっていた。そう……。自分が三樹夫であると名乗るのは、最低限今ある彼女と息子の生活を壊さず、彼女が多少なりとも男に対して、赦しや受け入れの感情を持つ場面でなければ、到底考えられない。

どう考えても今はまだその時ではない。そう見切った男が、彼女に関して取ることが出来たアプローチはただひたすら眺めること。徹底的に外から彼女を観察し、現況を把握することだった。

だが、日本に帰ってきた男が彼女の周囲を調べて分かったのは、そのようやく落ち着いた生活に、今にも俄然、波風が立とうとしていることだった。彼女はカテーテルの腕を買われて札幌で評判の医療グループに職を得ていた。医療グループの理事長は辣腕で、どういう訳か、かつて三樹夫自身が目指した医療グループと同じ性格の医療グループを築き上げようとしていた。

この事実については、日本に戻ることが決まって、フィリピンでその準備をしている中、ネットなどで情報を取得しているうちに次第に了解されてきた。そして理事長の思惑について、男はどこがどうとも分からぬが強い不安を抱いたのだった……。何かがおかしい。この春日という恵郁会グループの理事長の動きはおかしい。

鶴見耀子を重用して、三人いる副院長の席を与え、さらに彼女の専門である循環器内科にふんだんに資金をあてがって、北海道でも有数のカテーテル部門を作り上げる。その発想は、かつて男自身が鶴見耀子を院長にして、カテーテル専門病院を開設し、そこを中心に一大病院グループを作り上げようとしたものと似ていた。いや、そっくりそのままと言っても過言でない。

恵郁会のホームページを精査するうち、この事実は疑いようもなく明らかになってきた。恵郁会は鶴見耀子というお御輿を担ぎ立て、リハビリ病院を買収し、薬品卸の子会社と、医療人材コンサルティング子会社を合併。医療、介護、情報の三サービスを柱に業務を展開しようとしていた。

これはもう、三樹夫がデジキッズのＣＥＯだったときの手口そのもの。株式交換を使って市場の株価を維持し、違法覚悟のＭ＆Ａで会社を大きくし、さらに飛躍するために病院グループを創ろうとした手法そのものだった。

どうやら春日理事長は俺の商売のやり口を研究済みらしい。そう男は確信し、春日の用意周到な手腕に感嘆した。バブルで経営破綻寸前に追い込まれた経緯からみるに、恵郁会の弱点は最初の資本蓄積が疎かなことだった。この資金難という致命的な問題をクリアすれば、おそらく恵郁会は一段と飛躍するに違いない。

耀子が春日にいいように利用され、用済みとなる最悪の未来をも視野に入れながら、しかし男はまず何より先に済まさねばならぬことに注力した。——先立つものは金。その資金を得るためにも、彼は彼をセブで陥れた当時の秘書室長で、現在ＩＴ専門広告会社社長の金森迪子に接触しなければならなかった……。

45　金森迪子

日本に帰ってきた男が、まず最初に試みたのはデジキッズの元秘書室長・金森迪子の身辺について調べることだった。

金森は男がデジキッズを立ち上げるときから一緒に汗を流した仲間のはずだった。しかもその過程で男女の仲にもなり、やがて納得ずくで別れたものの、お互いにその性格を親しく知っている。いわば盟友とも言い得る存在だった。

だからセブの不動産投資にかこつけて、片腕とも頼んだ長瀬が男に反旗を翻したときも、最後まで金森に対する信頼は変わらなかった。彼女なら自分に味方するはず、と。

「ちょっと頼まれてくれるか――」

あのとき、そう金森に訊いた男に、彼女は頰を赤らませながら、強く頷いてくれたのだった。社長、大丈夫です。この私にお任せくださいと。

そうして満を持して長瀬の計略に乗る素振りをした男だったが、金森は彼女に寄せた男の十全の期待を、ものの見事に裏切ってくれた。

その後、男がＣＰＤＲＣ（監護刑務所）に囚われ、さらにはマラウィ、キダパワンと獄を点々とする間、金森は長瀬らと結託して、デジキッズにおける男のすべてを剝奪し、男が最愛の女性に遺贈したデジキッズの株式を詐取した。

金森迪子……。お前を俺が、どのように煮たり焼いたりしようとも、かまわないよな？　その挙句に奈落の底に突き落とされても、お前は何にも文句を言えないはずだよな。え、そうだよな？　一時は男女の仲だったし、盟友とも頼んだ金森迪子に対する男の憎悪は、いや増しに募った。

なにしろ金森は鶴見耀子から詐取したデジキッズの株式を消却して自らの持ち分の株式価値

を上げ、さらに会社の一部門を分社独立させ、ＩＴ専門広告会社ビズエッジの社長に成り上がっていたのだ。

——もしもし、金森社長？

狂おしいまでの出世欲と金銭欲にギラつき、今やビズエッジのトップとして君臨していた彼女の許に、男からの運命の電話がかかったのはそんな折だった。

——久しぶりだね。金森社長。

男の声は低く錆びつきながらも、力強かった。金森にとってはかつての上司であり、創業の同志であったはずの男の声は、どんな風に響いたのだろうか。

——誰？　誰なのよ？

——うろたえる所をみると、どうやら分かっているようだな？　三樹夫だよ。山崎三樹夫。きみがセブでワナにはめた男だよ。

金森は初めだんまりを決め込み、取り合わない振りをしたが、だんだんに証拠を積み上げて彼女の意識を逆なでする男に、終いには恐怖の嗚咽を洩らしはじめた。

——お前さぁ、いまはＩＴ広告会社の社長なんだって？　出世したもんだなぁ。長瀬の口車に乗って、この俺を裏切るなんてずいぶんな度胸じゃないか？

——何を言っているんだか、わからない。ほんとにあなた誰よ？

——だから山崎だよ。山崎三樹夫。お前がアイランド・ホッピングの際に俺の段取りに乗らずに、長瀬に寝返ったばかりに、俺は日本に帰ってくるのにひどい遠回りをしなきゃならなかったんだ。これからお前への貸しを、利子をつけてきちんと返してもらわなきゃなぁ……。

脅える金森を説得して彼女と会う約束を取り付け、その後の彼女の行動を逐一観察した。そのために調査会社に大枚をはたいたけれど、フィリピンでの仕事でそれなりの金を懐に入れていた男にとって、それは単なる必要経費に過ぎなかった。

金森が慌てて長瀬に電話するのを、男は金森のタワーマンションの自宅に取り付けた盗聴装置ですべて聴いた。

「もしもし、山崎が現れた！」

慌てて電話口でくちごもる金森に、長瀬が余裕の答えを返してきた。

「山崎？　お前、何を言ってんだよ。あいつはセブで死んだはずだぞ。何をくさい芝居をしているんだ？　お前の会社、また金が要るのか？　俺とお前の仲だからって、会社の金をはい、そうですかと右から左にかんたんには動かせないぞ」

「何を言っているのよ、本当なの。本当に山崎社長が現れたのよ」

焦れて癇癪を起こしそうになった金森に、長瀬はそれでも余裕綽々だった。

「迪子、お前にはずいぶん報いているはずなのに、まだ欲しいのか？」

「だから、そんなこと言っている訳じゃないって言っているでしょう」

「だったら……」

「だから本当に三樹夫が現れたのよ。あの電話の声は昔とは違って潮風に焼かれたような渋さだったけど、確かに口調は社長だった。それにアイツと私にしか分からない色々な過去のことについて知っていた。だからあれは間違いなく山崎三樹夫よ。アイツ、生きていたんだよ！」

長瀬はそう口走った金森に、一つ、深いため息のようなものをくれると、今度はあやすように言った。

「はい、はい……。わかったよ。山崎三樹夫は生きていた。生きていて日本に舞い戻った、と。で、それで？　それでどうしたって言うんだ？」

「だから、アイツ、わたしに株を返せって。さらに金もよこせって」

「そうか」

と長瀬は今度はクールに続けた。「だったら出せばいいじゃん。株も、金も。お前が持っているやつ、全部出して、すみませんって謝ればいいじゃないか？」

「何を言っているのよ。アイツ、誰を憎んでいるって、アンタをだよ。殺しのお膳立てして、会社を乗っ取った張本人はアンタじゃない。わたしは従犯よ。主犯はアンタじゃないの？」

「電話の男がそう言ったのか？」

「言った訳じゃないけれど、まずわたしが最初で、次は長瀬だなって……。とにかくアイツにロックオンされているのよ！」

金森と長瀬の電話はまだ続いた。調査会社に頼んで仕込んでもらった盗聴装置の出来は非常に良くて、二人の会話はきれいに録音されて、実は今の今も男の手元に残っている。

「救けてよ。わたしがヤツに食い殺されたら次はアンタなんだから、協力してよ！」

そう喚いた金森迪子の切迫した声に、長瀬は何をどう思ったか、どこか金森の圧に妥協したような物言いをした。

「わかった。お前、そいつがお前に会いたいって言っているなら、そいつに会え。そしてそいつについて確かめがてら、そいつの要求を聞いてこい」

「それはいいけど、アンタ、ちゃんとわたしを救けてくれるんでしょうね？　会ったはいいけど、そのままアイツの餌食になるなんて、わたしはイヤだよ」

「心配するな。そいつの素性を確かめたら、それなりに俺たちにも打つ手があるはずだ。そいつが山崎のニセモノだっていうことだって考えられるし、敵を知り己を知らば百戦殆うからずとも言う。とにかくヤツの狙いを全部知って、それからこっちの対処法を考えるのが一番だ」

「うまいこと言って、わたしだけを犠牲にするなんてことだけはやめてよね」

「心配するな。俺はそんな阿漕じゃない」

そう告げたものの、長瀬のサイコパス具合を金森はとっくの昔に承知していた。お互い相手を利用し尽くそうという魂胆から、長瀬と金森は身体の関係を持っていたし、三樹夫を排除してからその関係がギクシャクしはじめても、お互いの利益のために手を握り合っていたのだ。

「とにかくだ」

と長瀬は続けた。「お前に対する相手の出方を見て、俺が対処法を考える。それまで、お前はいわば囮（おとり）のようなもんだ。うまくそいつの目的や意図を見抜いてくれ。頼んだぞ」

そう金森に告げる長瀬の言葉を盗聴しながら、何かまずいことが生じたら長瀬は速やかに金森を切るに違いない、と男は思った。まあ、どちらが狸か狢か。金森も土壇場になれば、きっと長瀬を裏切るに違いないと感じながら。

46　耀子　その七

耀子はひどく困惑していた。恵郁会と北斗医大病院の対立は、テレビで取り上げられるほど地域で問題化していた。しかもデジキッズの特集と一緒に取り上げられたニュース番組の後、事態はさらに悪化。ホープ病院の世間からの風当たりは思った以上に強くなっていったからである。

「かりに交通事故にあっても、恵郁会のホープ病院には運ばないで欲しい。恵郁会はコロナ患者のクラスターが発生しているのに、北斗医大病院は恵郁会からのコロナ患者は引き受けないって言っているんだろう？　ということはコロナ患者は恵郁会に滞留しているってことだよね。運ばれてコロナに感染しちゃ、話にならない」

そんな市民からの噂が立って、ホープ病院の大きな柱である救命救急科の評判が芳しくなくなった。交通事故の患者もそうだが、脳血管障害、心臓病の患者たちも、搬送されるのを避けだした。

恵郁会のコロナ感染患者はホープ病院ではなく、長期療養病院の札幌アカシア病院にかたまっていたが、そうした事実関係をただす機会は、いったん風評がたてば、なかなか訪れない。噂は解消される様子がなかった。

「やっぱり言ったとおりだ。それもこれも北斗医大病院のせいですよ」

理事長は憎々しげに言って、早急に対策に乗り出していた。「まず、国立札幌感染症センターにできるだけの患者引き取りをお願いします。クラスターの残りは、病床が空くまでうちで見るしかない。こうなったら緊急にホープ病院からアカシア病院に応援を出します。よろしいですね？」

医療職・看護職の職員全員にそう通達した理事長は、まず第一陣応援部隊のチーフに循環器内科センターから鶴見耀子副院長を指名した。

「鶴見先生はコロナ感染症に対して医療の社会的責任を感じていらっしゃるのですから、ここは絶大なお力を発揮していただけるものと確信しています」

もちろんこれは、どう言い繕おうが、耀子に対する明瞭な報復人事だった。

「わかりました、札幌アカシア病院に参ります」

耀子はほとんど脊髄反射的にその指名を受けて、アカシア病院へ向かった。札幌アカシア病院は、春日理事長が病院のM&Aを試みて、赤字続きだった病院を強引に買い取ったものだった。恵郁会グループへ編入し、金の儲かる長期療養病院へと衣替えさせたのだ。

ホープ病院とは最寄り駅は同じでも、アカシア病院は敷地が飛び地になって離れていた。敷地面積千平米、四階建て鉄筋コンクリート造りの、比較的こぢんまりした病院である。職員中、最も多いのが介護士。経理や受付などの職員はすべて医療専門会社の派遣社員でまかなわれていた。医師と看護師、理学療法士はベッド数から考えると、ぎりぎり保健省の基準を満たす、いわば省エネに徹した病院だった。

耀子が行って、すぐに感じたのは病院の病棟全体にまといつく臭気だった。入院患者のほとんどが寝たきりの老人で、排泄物処理のため、どうしても病室や廊下に臭いが沈殿する。しばらく勤務していると慣れてそれほど気にすることもなくなるのだが、来訪者や患者関係者は誰もがこの臭いに眉をしかめた。

それでも病院の業務は職員の頑張りでそれなりに円滑に回っていた。静脈中心栄養や胃瘻の患者が多いため、管理が他の栄養摂取方法にくらべて比較的簡単なのも、与って力があるのかもしれない。

新型コロナウイルスに感染した患者は、最上階の四階の北側に集められ、いちおう動線や、レッドゾーン、ブルーゾーンで分けられた隔離生活を送っていた。だがこの種の区分けと看護は、言うは易く行うは難し。なかなかうまくいかないのだ。

早い話が患者は高齢の既往症患者なのである。なかには認知症を患っている人たちもいて、そうした患者さんに、マスクの着用やソーシャルディスタンスなどを理解してもらうことはほぼ絶望的。抱きつかれて、唾や咳を正面から浴びることもままあって、コロナ対策は困難を極めているといっていい。

「とにかく、頑張りましょう。ここで踏ん張れるかどうかが、私たちの病院の命運を決めます」

そう言ってスタッフを督励した耀子だったが、コロナ病棟での闘いは過酷だった。

なにしろ防護服を着用すれば、そのまま何時間も脱着がかなわないのだ。汗で皮膚が濡れても、生理現象でトイレに駆け込みたくなっても、かまわず着続けて患者の手当てにあたらねばならない。常在戦場とはよく言ったもの。スタッフ全員がまるで野戦病院にいるような感覚だった。

加勢を頼んでも、追加の支援メンバーはなかなかやって来ない。理事長が嫌がらせをしているのではないか、と疑いそうになったが、恵郁会の医者や看護師の人数には限りがある。とにかく現有勢力でやれるところまでやるしかない。そう臍を固めた。

スタッフのためにあてがわれた一室で、交代で防護服を脱ぎ、おにぎりを頰ばり、水分補給にお茶を飲んで、仮眠をとる。まる一日医務に就くことは当たり前。看護師たちが過労で、貧血や立ち眩みに注意しながら、互いに励ましあって勤務のやりくりをする様子を、耀子は祈る気持ちで見守っていた。

「鶴見先生、休んでください。先生はもうまる二日も患者にかかりっきりじゃないですか？」

そう告げる看護師に、大丈夫、と断りを入れて、耀子はコロナ病棟で奮闘した。その昔、アメリカの病院でレジデントをしていたときは、三日三晩、鉛の放射線防護ベストを着こんで、寝ずの勤務にあたった。当時は若かったし、それが当然とも思い、さらには新知識を得られる喜びに溢れていた。あの時と同じように、いまは気持ちを奮い立たせなくては……。

そう思いながらも、スタッフから無理やりに休憩を取らされたあるとき、ふと脳裏にテレビニュースのデジキッズ特集が甦った。あの番組では、タイのＳＰＧによるＴＯＢが成立するかどうか、いろいろ検討していた。そして先日、札幌を訪れた健吾がＴＯＢに関して本当かどうかわからないが、耳寄りな話を披露してくれたのだった。

47　パチャラからのメール

「耀子ちゃん、うちの牧場のスタッフが、耀子ちゃんの持っている株がデジキッズのＴＯＢを左右する切り札になるんじゃないか、って言ってるんだが。その可能性について考えてみたことがあった？」

札幌に着いて、耀子の許に電話で一報を入れてきた健吾が、珍しく提案めいた強い口調で彼女に聞いてきたのだ。

「私の株？」

「うん、亡くなった山崎さんから株式の公開前に購入を勧められた分ね、あれ、ずっと持ち続けていたんだろう？」

「ええ、あれは彼との約束で、ずっと持つって決めていたから」

「スタッフが言うには、デジキッズの株は持ち主が分散していて、五〇パーセント以上を取得しようというタイ側にとっては、耀子ちゃんの持っている株を取得できるかどうかが鍵なんじゃないかって」

「その人、どういう筋の人かしら？　そんなことを調べ上げられるのは、株式市場に精通した取引業者や、あるいはデジキッズとかＳＰＧとかの本物の関係者じゃないのかしら」

「いや、違うよ。私も本当かなって怪しんで、よくよく聞いてみたら、株式所有の情報は公開情報だとのことだ。耀子ちゃんは間違いなく知らされているはずだよ。たぶん仕事の忙しさにかまけて、自分の株式について意識したことはなかったのじゃないのか？」

訊かれて耀子は、小首を傾げた。そういえば、ＳＰＧのパチャラ・プーンヤサック理事に彼の素性について問い合わせたとき、返事のメールに《あなたの所有する株式の割合が……》とかいう文言が書かれていたけれど、ＴＯＢを試みる側が使う常套句のように思われて、そのまま放置していたのだった。

「後でＳＰＧからもらったメールをもう一度詳しく読んで、確かめてみるわ」

「そうしたほうがいい。もしきみの株がキャスティングボートを握っているんだとしたらチャンスだよ。今こそ、あのデジキッズの経営陣に一泡ふかすことが出来る」

健吾との電話では、そんなふうにしてデジキッズの話題はいったん終わった。それから通話は健吾が札幌に出てきたそもそもの理由である、中国資本による土地の買収に話が移ったのだった。

「……じゃあ、そんな次第で、陳情が済んだら、俺はスタッフも連れて耀子ちゃんの家に寄らせてもらうから」

「ええ。そのときは絵里花ちゃんと譲に来てもらって、五人でご飯を食べましょう」

「料理なんて作る暇があるのかい、病院が大変なんだろう？」

「北斗医大との争いのこと？　コロナ感染症患者をどの病院に受け入れてもらえるのか、恵郁会としては打診で必死よ。でも、ホープ病院はいまのところクラスターが発生していないし……。そのうち私たちホープ病院の医師も、コロナ対策で動かなきゃならないと覚悟はしているけれど」

「そうか、大変なことにならなきゃいいね。何かあったら連絡してよ。じゃあ」

「ええ、ありがとう」

そう言って電話を切って、まだほんの一週間ほどしか経っていなかった。でも、この数日で事態は激しく変わった。理事長に命じられて、アカシア病院へ向かった耀子は、あれから……と指折り数えてハッとなった。健吾の陳情が終わって、今日はひょっとして、彼がうちにやってくる日ではなかったのか？　あわててその場で、健吾に電話を入れた。もう冷や汗がどっと出ていた。

「ああ、耀子ちゃんか。どうせ今日の予定のことだろう？」

健吾はしかし、電話口で余裕の言葉を返してきた。「恵郁会がどこからもコロナ患者を受け入れてもらえず、自分の病院で患者の面倒を見ているのはニュースで知っているよ。どうせきみはそのコロナ受け入れ病棟で、陣頭指揮でも執っているんだろう？」

図星を指されて、耀子はたじろいだ。

「ごめんなさい。お察しの通りなの。いま全然抜けられない」

「大丈夫だよ、俺が後は全部やっておく。譲くんや絵里花とも会っておくから、耀子ちゃんは心置きなく、コロナと闘ってちょうだい。うん」

電話の後、耀子はパソコンを開いてメールボックスを覗いた。以前にやり取りのあったSPGからのメールを確認しようとしたのだ。

この数日の奮闘の間にボックスにはたくさんメールが入っていた。病院内部の業務報告メールを除けば、それらのほとんどはデジキッズとSPGから発信された、双方の主張を伝えるメールだった。おそらくSPGが知りえた株主全員に送りつけられているのだろう、メールのほとんどは株主に訴える定型文ともいえる形式で、内容も大方予想される範囲のものだった。

例えばデジキッズの経営陣からは以下のようなメールが送られてきていた。

《株主の皆様　長年、デジキッズの株式を所有いただき、有難うございます。先般からの外国資本（サイアム・ポーンキット・グループ）による弊社株式の公開買い付けに関しまして、皆様にお願いがございます……》

こんな文面で始まって、デジキッズの経営陣は株主である耀子に、株式をSPGへ譲渡しないよう懇願してきていた。SPGの行動はデジキッズの経営方針と真っ向からぶつかるものであり、経営の独立を維持する観点からも、株主の皆様には現経営陣への応援をお願いいたします、と。

何を言っているのだろう、と思った。このメールを出した人間は、耀子と現経営陣の裁判についてまったく知らないか、あるいは知っていてもあえて無視しているのだ。コンピュータに登録された株主全員に自動的に送られてきているとは分かっていても、その鉄面皮さに憮然となった。

誰でもない、ずっと敵対し続けた耀子に送って、出来ればそれなりの成果を収めたいと願うのならば、なぜこんな定型メールを送りつけるのか？　無視されたほうがまだましだ。現経営陣の傲慢さというか、人を人とも思わぬ鈍感さに耀子はただ呆れ返った。

それに反してSPGからのメールは定型的なものもあったが、真逆のものも混じっていた。パチャラ・プーンヤサック理事自身からメールが送られてきていたのだ。


《鶴見耀子様　SPGコンソーシアムの理事をしておりますパチャラ・プーンヤサックです。先日お尋ねの件についてメールを差し上げましたが、ご査収いただけたでしょうか？　もしお読みになられたのだとしたら、このメールは行き違いになります。どうぞお許しください。もし、まだお読みいただけていないのなら、このメールはお尋ねの件についての、私の重ねてのご返事と、お願いになります。

さて、先般のお問い合わせでは鶴見様は、私の出自や経歴について疑問をお持ちとのことでした。私の出身はタイ北部のチェンライに近い山村であります。義務教育を終えると首都バンコクへ出て、兄弟の経営する商店で働き始めるとともに、夜学の経理学校へ通い始めました。

同時に趣味でムエタイの修業を始め、二十歳のときエージェントがついて、東南アジア各国で試合をする日々を送りました。むろんその間も経理の勉強は続け、コリンズ・タンマーサート経理学院を卒業。タイ王国の定める経理士資格を取得しました。

ＳＰＧとの関係は兄弟の経営する商店が、ＳＰＧの小売部門と提携したことに始まります。これにより提携会社の海外事業部門に奉職。フィリピンに派遣され、タイに帰国後はＳＰＧとの合弁子会社で、いくつかの事業を立ち上げました。そしてこの度、日本進出を目論むＳＰＧのコンソーシアムで理事（現地責任者）となった、というのがおおよその経歴です。

ことほど左様にタイの国立大学を出た学力エリートではありませんが、たたき上げの実業人として恥ずかしくない経歴を持っていると自負いたしております。ご心配なされているタイの黒社会との関係でありますが、それはおそらくタイ華人社会の宗族制度からのご懸念かと存じます。

タイの華人社会にはご存知のように宗族という苗字を同じくする一族の利益共同体があり、また中国と同様に「圏子（チェンツ）」という人間関係が築かれております。私は私の属する宗族や圏子の掟には支配されますが、決してそのような黒社会の人間ではありません……》

このようにパチャラ・プーンヤサックからのメールは、黒社会出身ではないかとの耀子の疑いに応えて、詳しく自身の経歴を綴っていた。

そしてメールの記述はさらに続き、《……『郷に入っては郷に従え』の格言どおり、私どももＳＰＧコンソーシアムもタイ社会と日本社会の違いをわきまえて、日本における事業は出来るだけ日本の流儀に従い、もちろん日本の法律を遵守する所存です。

コンプライアンスは企業の根幹にあるものです。ご心配いただだいている黒社会とは、これま

でも、また今後も一切関わらないことをお誓い申し上げます》
と明瞭に組織犯罪との関係を否定していた。
耀子は目を瞬いた。本当にこのパチャラ・プーンヤサックという人物は信頼するに足るのだろうか？　気になるのは、テレビの記者会見で見たあの風貌と語り口が、どこかデジキッズを立ち上げて上場する直前の三樹夫に似ていたことだった。
どこがどう似ているとはハッキリ言い表せない。だが、ぎらぎらとして周囲の金や欲望がすべて引き寄せられるような強い魅力を、この男はあの記者会見で露骨に発散させていた。
メールではさらにＳＰＧ側による株式の公開買い付けにおいて、ここ数週間が山場であること。そして耀子の株式を入手することがＴＯＢ成功の鍵になることに触れ、是が非でも株式の譲渡をお願いしたい、と誠心誠意の文面で訴えていた。
《……組織犯罪との関係についてお疑いを払拭していただくためにも、出来ましたらこちらから鶴見様のもとに出向いて、お話をさせていただきたいと思う次第です。お忙しいことは重々承知です。お時間がいただけるならば、幸甚に存じます》
パチャラ氏が直接訪ねてくる？　訪ねてこられても、いまはまずコロナ病棟が第一。クラスター退治が一段落しないことにはどうにもならない……。そう内心で呟きながら、耀子はどこか事態の重大さを把握しかねて、戸惑う自分を感じていた。

48　会食

「いやぁ、結局こんな形でご飯を食べることになっちまったねぇ」

健吾が半ば申し訳なさそうな口調で言うと、譲が笑ってそれを打ち消した。

「でも、そのほうが面倒がないし、たまにはこういう豪勢な食事も嬉しいです」

「そうね、耀子おばさんがこの場に来れなかったのは残念だけど、美味しいものが食べられるのは、わたしもラッキーかな」

「おお、若い二人はまず食い気か？」

健吾が応えて、破顔した。「だったら遠慮はいらない、どんどん食べておくれ。若い二人ほど食べられない私たちは、ちょっといいお酒でも貰うことにしよう。ホルヘさん、リストにはバローロやバルバレスコの美味そうなのが載っているぞ」

大通り公園に程近いイタリア料理店で、健吾と絵里花、譲、それにホルヘの四人が囲むテーブルに、アンティパストが運ばれてきた。和牛のカルパッチョ、マグロとアボカドのサラダ、黒豚と地鶏のテリーヌ……。プリモはポルチーニ茸のタリオリーニ、小柱のスパゲッティ生クリームソース、牛頬肉のリガートー……。

「うわぁあ、美味しそう！」

絵里花が言ってセコンドピアットの前に、ワインリストを見ている健吾に、ねえ、パパ、と付け加えた。「わたしもワイン、選んでいい？　ティニャネッロがお勧めって書かれてるけれど、どんなワイン？」

「ああ、それはスーパータスカンだね。トスカーナの地酒だけれど、作り方に工夫を凝らして、値段も高く設定しているから、スーパーって頭につけられているんだ」

とホルヘがぽろりと呟いて、それから慌てて付け足した。「以前にレストランで働いていたことがあって、むろんソムリエじゃないけれど、それなりに詳しいんです」

驚いて目を瞬いたのは健吾ではなく、譲だった。譲は気取られないようにホルヘをそっと一瞥して、さりげなく訊いた。

「ずいぶん日本語がお上手ですね。日本にはいらしてから長いのですか？」

「いや、いや、そんなに長くはありません。ただ語学が好きだし、日本が気に入って一生懸命覚えている最中なんですよ」

「すばらしいな。まるでネイティヴ並の流暢さですよ」

そう言った譲に、健吾が応援した。

「ホルヘさんはね、英語もすごく上手だよ。元々フィリピンの人はほとんどネイティヴだって言うけれど、カリフォルニア生まれもびっくりするくらい完璧な英語だよ」

「それだったら、バイリンガル、いやフィリピンの言葉もお話しになるからトリリンガルですね」

と絵里花が感嘆したように言った。

「いや、いや、言葉だけ出来てもたいした足しにはならないんですよ」

と恐縮しっぱなしのホルヘに、健吾はご謙遜を、と首を横に振った。

「実はホルヘさんは語学が出来るばかりじゃない。仕事もうちに来てからあっという間にみんなの信頼を得てね、今じゃすべての面で私の右腕だよ。この四人の間だから忌憚なく言うけれど、デジキッズのＴＯＢに関しても私の蒙を啓いてくれた」

「そんな、大げさな……」

「いや、本当のことでしょう？」と健吾は続けた。「実はね、ホルヘさんはデジキッズの株式公開情報を調べて、耀子ちゃんが持っているデジキッズの株ね、あれが今度のＴＯＢの鍵を握っていると教えてくれたんだ。私らは競走馬のことは多少は分かっても、株のことは分からないからね、デジキッズの株式数やどんな株主構成なのか、ということも詳らかにしなかった。だけどホルヘさんがそう言うもんだから、耀子ちゃんにもこの情報は伝えておいたよ。今頃は彼女、大慌てでいろいろ情報に当たっているんじゃないのかな？」

「本当ですか？」

と譲が訊いた。「僕も母の持っている株式はけっこうな数になると思っていたけれど、うちの母親はあのＳＰＧの理事が経済ヤクザかもしれないと疑っていた。だから、なかなか譲渡に踏ん切りがついていなかったんですよね。でもそれが事実だったら、母親も晴れてＴＯＢを奇貨として、デジキッズの経営陣と渡り合えますね。何だかちょっと面白くなってきたなぁ」

「その、ＳＰＧの理事が経済ヤクザかもしれない、ってことだけれど」

と今度はホルヘが譲に訊いた。「どうしてお母さんはそう思われたのかな？」

譲は肩をすくめた。

「よくは分かりませんが、テレビに映ったパチャラ・プーンヤサック理事でしたっけ、あの人の様子を仔細に眺めながら、そう思ったと言っていました」

「ああ、なるほど」

とホルヘが頷いた。「何だか分かるような気がする。見た目のチャラさと、言っていることのギャップがなかなかですからね」

「もしかして三つ編みのことですか？」

と絵里花が言った。「たしかにあの理事の三つ編みはちょっとカワイイというか、チャーミングですよね」

「テレビの解説では、ムエタイの選手があんな髪だって言ってなかったかな？」

健吾も口を挟んで、それから何やかやと話が弾んだ。セコンドピアットが運ばれて、手長エビのグリル、仔牛のミラノ風カツレツのルーコラサラダ添え、パルミジャーノがたっぷりのパルマ風タリアータ……。それらをシェアしながら、ティニャネッロのつぎに二本目のワインとして極上のブルネッロが開けられ、誰もが饒舌になっていった。

「ところで母親の持っている株がＴＯＢの鍵になるとして、タイ資本側は確実に勝利するんですか？」

と譲がホルヘに向かってさりげなく訊いた。「かりに母親があの理事に株を譲渡したとして、

ＴＯＢが成立しなかったら逆に眼も当てられないですよ」

「それは条件次第じゃないかな」

とホルヘではなく健吾が言った。「デジキッズの現経営陣がどこかのホワイトナイトを連れてきても、株式の二五パーセントを所有しているＳＰＧがこれを止められる。それに、行方不明のＣＥＯに関連して現経営陣に司直の手が入ったら、そもそもデジキッズは株式市場から退場しなければならないほどのダメージを受けるはずだよ。すべては今後の風向きにかかっている。私はまだ一波乱ある、と見ているんだけどね」

「一波乱、ですか？」と譲が訊いた。

「うん。これまでタイ資本側の攻勢に比べて、デジキッズの経営陣の動きがよく分からないだろう？」

と健吾は言った。「いくらＣＥＯが行方不明だからって、残った経営陣がこのまま黙って成り行きに任せるようなことはしないんじゃないか？　と、まあ、それがホルヘさんの意見なんだ。そうだったよね、ホルヘさん」

「ええ、まあ……」

ホルヘは控えめな視線を卓の皆に送りながら、それでも促されて喋りはじめた。「デジキッズについてネットなどで、私なりに情報収集をしてみましたが、上場してからはＭ＆Ａで会社を大きくしてきた歴史があるそうですね。その際、買収する会社の株の値をあらかじめ見込んで、それを担保に銀行から借り入れをするのは、まあ、よくある手法でしょう。しかし、彼らはそれに加えて、違法すれすれともいえる荒っぽいことをして会社を大きくしていった。確か、そうでしたね？」

「ええ、その話は僕も母親から後で聞きました。いわゆる〝株価の極大化〟のためでしょう？」と譲が応えた。「このことに気づいた母親は、この手法が怖くて、何度もやめてくれ、と創業者である山崎三樹夫さんに訴えたけれど、山崎さんは自信たっぷりで耳を貸さなかったと言っていました」

「まあ、どんな会社も急激にサイズが大きくなるときってのは、多少荒っぽいこともしなければならなくなりますからね」

「それも母親が言っていました。それが、山崎さんの口癖だったって」

ホルへは苦笑いを浮かべた。なぜかそんな自分の表情が、譲にじっと見つめられているような気がして目を伏せ、それから慎ましやかに言った。

「いずれにしてもデジキッズの現経営陣は、その種の〝株価の極大化〟を経験して今があるわけだから、ＴＯＢに関してそう簡単には引き下がらないのじゃないでしょうか？　私はそう思います」と。

49　パチャラ・プーンヤサック　その二

――ホルへ、僕だよクゥワンだよ。鶴見先生のほうはどうだった？

——どうだったって、彼女には会えなかったよ。会えたとしても、直接面と向かって会話する勇気もなかったしね。

——何を言っているんだ、そんな弱腰じゃ困るぞ。もうTOBの期限は迫っているんだ。早く彼女にその気になってもらわなきゃマズイよ。

——そんなことを言ったって、実際彼女は新型コロナウイルスと闘っている最中だし、俺は言ってみれば幽霊と犯罪者が一緒になったような存在だしね……。

——馬鹿を言っちゃいけない。かりに幽霊だったら、どんなヤバイことをしでかしても罪になんか問われないぞ。なんせ、人間じゃないんだからね。

男はクゥワンのその言い草に思わず皮肉な笑いを洩らした。

——まあ、幽霊じゃなかったとしても、自分で自分だとは明かせない、情けない状態にあるわけだけどな。

——だからいいんじゃないか、物事は考えようだよ。きみは以前のきみじゃない。だけど以前に戻るチャンスを窺ってここまで来たんだ。もうすぐきみは元のきみに戻る。デジキッズの創業者で有名女性医師の婚約者だった山崎三樹夫にね。かりにきみが山崎三樹夫に戻る前に犯罪に加担していたところで、それは戻る前のホルヘ・エストラーダと相棒のクゥワン様が犯したことだよ。そうだろう？

クゥワンが言わんとしていることは、男には痛切に了解された。クゥワンは男とセブのCPDRC（監護刑務所）で出会って以来、二人でやってきた一連の行動を、何だったらクゥワン一人で肩代わりしようかと仄めかしているのだ。

——クゥワンよ、もし罪が発覚したらきみが一人で被ろうってのか？

そう訊いた男にクゥワンは盛大に笑い声を立て、言下にそれを否定した。

——よせやい。何で僕がきみの罪を被らなきゃならんのよ。僕は無罪だよ。そしてきみもまるっきり罪なんて犯しちゃいないさ。取り越し苦労もいい加減にしろよ。


クゥワンにそうやって慰められながら、男は思わず、自分が日本に戻ってきてからの一連の出来事を思い浮かべていた。

じっさい金森迪子と長瀬慎次郎にまつわる事件について言えば、入念に練ったはずのシナリオを大幅に逸脱する、予想外の展開を男は目の当たりにしたのだった。

そう。山崎社長が日本に帰ってきて自分を脅している、と訴えた金森に、長瀬が電話で呟いた声が、まだ男の脳裏に残っていた。「お前、そいつがお前に会いたいって言っているなら、そいつに会え。そしてそいつについて確かめがてら、そいつの要求を聞いてこい……。それなりに俺たちにも打つ手があるはずだ。そいつが山崎のニセモノだっていうことだって考えられるしな……」

そう言って、長瀬は金森に男との接触を強要した。

「お前に対する相手の出方を見て、俺が対処法を考える。それまで、お前はいわば囮のようなもんだ。うまくそいつの目的や意図を見抜いてくれ。頼んだぞ」

そう長瀬が続けた電話を男は盗聴していた。そして金森と長瀬を嵌めるべく、自ら考え抜いたやり口で、まず金森を脅し、翻弄した。「会って話したい」という金森を引っ張り、なかなか姿を現さずに彼女を恫喝しつづけたのだ。

焦れた金森は、彼女の持つデジキッズの株と引き換えに、彼女が男に会えるよう求めてきた。男は「某地下鉄駅の出口付近で待て」と彼女に指示し、そこで電話を用いて彼女に次々と命令していった。某駅で降りろ。それから直近の某駅まで歩け。そしてそこの改札で指示を待て云々……。そうやって引っ張りまわされ、疲れきった彼女は、結局その日男には会えず、その憤懣を彼女をタワーマンションに訪ねてきた長瀬にぶつけた。

「もう、いや！ 囮なんて我慢ならない」

憤る金森を宥めて、彼女と同衾する長瀬のあられもない映像を、もちろん男は遠慮なく盗撮した。

当初の計画では、裏切った連中のうち一番弱いと見た金森をまずターゲットにして、徹底的に攻撃する予定だった。精神的に痛めつけ、制圧し、彼女を意のままにし、囮にして、他の裏切り者たちをおびき寄せる餌にする。

そんなことを目論んでいた男だったが、逆に主犯格の長瀬が金森を囮にして男をおびき出す、などという頓狂なことを考えてくれたおかげで、計画は思ったよりもはるかに素早く進んだ。なにしろ金森と長瀬が男女の関係で、どうやら他の裏切り者たちに内緒で、会社資金を不正に懐に入れているらしいのだ。

将を射んと欲すれば馬からというが、こういうとき手っ取り早いのは、金森や長瀬の家族に彼らの悪行をそれとなく匂わせ、家庭生活を崩壊させることだった。しかし、二人には家族や家庭というほどのものがなかった。金森は元夫だった某宣伝会社のリーマンと別れ、以後はバリキャリ女としていいように男を手玉にとっていたし、長瀬は元々妻や子などを求める性格の男ではない。その時々で玄人や素人の女をつまみ食いしては捨てる生活を繰り返していた。

結果、ワルとワルが引き寄せあうように二人は男女の関係を結び、しかもそれが徹底的に自らの利益のため、というドライなつながりを続けていたのだった。男は二人のこの関係に半ばあきれ、自らの欲望しかモチベーションに出来ない生き方に肩をすくめた。

しかし、ここで彼らの道徳性を問うても何も生まれない。たまたま盗撮して手に入れた二人の〝濡れ場〟映像は、他の裏切り者たちにそれを示して、いかに彼らが長瀬と金森の二人にいいように操られていたか知らしめ、仲間割れさせるツールに利用するべきと判断した。

ともかくここは、金森を完璧に籠絡するチャンスだった。金森の私生活は相当に退廃していて、長瀬とは割り切った男女関係を結んでいたが、それには飽き足らずに他にもずいぶんと火遊びをしていた。

実は金森は何年も前から、自分の会社の部下に手をつけていたのだ。それがパワハラ、セクハラと告発されたため、この手の行為を自粛。いままではオトコが欲しいとなると、ホストクラブに出入りして若いオトコを漁るようになっていた。

男はその事実を突き止めると、金森迪子を担当しているホストに鼻薬を嗅がせた。そして因果を含めた上で、そのホストに金森を某ラブホテルにおびき出させた。そこで彼女を待ち伏せしたのだ。

「どうしたの、竜作ちゃん?」

とシャワーを浴びた金森が、すでにその場から姿を消したホストに、浴室から甘い声で呼びかけていた。「わたしもうスタンバイしてるわよ。早く! 早くきてよ!」

鼻唄交じりで、乳房に両手をあてがって、これから起こることを思い浮かべながら眼を瞑る様子の彼女だったが、ドアが開いてプロレスの悪役のようなギラついた縁取りのマスクをした男が入ってきた。

眼を見開いた彼女は、鏡に映ったその男の姿を見て、驚いた声を上げた。

「何よ、何すんのよ!」

男は無言で金森の肩をつかみ、その場で固まった彼女の顎を、片手の指でひょいと摘まんだ。なぶるように顎を上下させ、引きつったままの金森の両手を、あっという間に後ろ手に縛った。そして、軽々とベッドまで運ぶ。裸の彼女を物を扱うように、その上にぞんざいに放り投げた。

「何すんのよ! あんた、わたしを誰だと思ってるの。許さないからね!」

まだ虚勢を張っている金森に、男は低く錆びの入った声で諭すように話しはじめていた。

「まあ、そんなに尖んがるなよ。お前と俺の仲じゃないか、うん? デジキッズをこの俺と一緒に立ち上げた、戦友の金森迪子さんよ？」

　噛んで含めるように、男は金森に金森と男にしかわからぬ、かつての記憶の幾つかを語って聞かせた。姿かたちは変わっても俺は山崎だ、山崎三樹夫だ。疑心暗鬼の彼女にそう断言し、それからふいに腰ポケットから取り出したスマホの画面を突きつけた。息を呑んだ彼女に男が続けた。

「……そうだよ、お前と長瀬の濡れ場だよ。まあ、あんまりいい趣味ではないが、きっちり撮らせてもらった」と。

「お前と長瀬の関係はいつからなんだ？　セブで俺を裏切った時からか？　それともそのずっと前か？」

　男は金森を理詰めで問い質していった。制圧されて、金森は抗う気力を喪失したらしく、案外と素直に答えはじめた。

「それで、お前たちは俺の株券をどうしたんだ。まさかどっかの貸金庫に仕舞っているなんてことはないよな？」

「そんなの無理よ」と金森はうなだれて言った。「社長、あんたは日本を離れていたから知らないだろうけど、二〇〇九年から株は証券保管振替機構が全てデジタル化しているのよ。だから無理」

「いい加減なことを言ったら、承知しないぞ」

　と男は金森を脅した。「とにかく、お前の株は全部吐き出してもらおうか？」

言いながら、男が示したのはノートパソコンの画面だった。「何？　まだ何か画像があるの？」

「そうじゃない。お前にパソコンでちょっとやってもらいたいことがある」と男は告げた。「株がデジタル化しているんだったら銀行預金だって同じようなものだろう。お前のそれを移すことも可能だよな？」

「だめだよ。自分のパソコンでなきゃ暗証番号も分からないし、すぐさま預金を移動なんて出来ない」

「そうか……。そんなことを言うか。お前、本当に俺の怖ろしさが分かっていないようだな。ぼーっと金まみれの生活を送っているうち、俺の性格を忘れたか？」

じっと睨まれて、金森は男を見返そうとして不意に押し黙った。額に脂汗が滲み、歯の根が合わない口で何か言おうとして、彼女はがっくりと頭を垂れた。観念したのだ。

50　金森迪子　その二

結局、男は金森のすべてを奪った。詐取した男のデジキッズ株は消却されていて戻らなかったものの、彼女が元々持っていたデジキッズ株は全て取り上げた。加えて金森自身が社長をやっているＩＴ専門広告会社の株式も、もちろんみんな取り上げた。

「預貯金の他、保険金など解約できるものはいくら持っている？」

「保険金まで奪うの？」

「当然だろう。お前はそれだけのことを俺にしたんだ。お前が持っている土地やマンションの所有権も、むろんこっちに移してもらう」

「そんな……。全て根こそぎ持っていくってわけ？」

「どっかの借金をおっかぶせて、泡風呂にでも沈めないだけ、ありがたいと思え」

　腰の入った低い声でそう告げられ、金森はしおらしく顔を伏せたように見えたが、次の瞬間、ふいに狡猾な顔になった。上目遣いでじっと男を見つめてきた。

「ねえ、そんな怖い声で脅かさないでよ。あたしたち、昔はいい仲だったじゃない？　株式公開を夢見て、来る日も来る日も頑張った。あの頃はほんとに楽しかった。あの頃に戻れないかな？　あたしたち、もう一度ヨリを戻そうよ」

「よく言うよ、食えない女だな……。しかし、まあ、お前のそういう前向きなところは認めてやるよ」

　男が呆れたように呟くと、それで許されたとでも勘違いしたのか、金森は表情を一変させた。ガラリと明るい口ぶりになった。

「ほんと？　ほんとに許してくれるの？　あたし、何でもする。何でもするから、お願い、許して！」

「よせやい」

　とあしらおうとして、いや、と男は心変わりしたように呟いた。「……よし、わかった。そんなに言うなら、お前の根性の据ったところを見せて貰おうじゃないか。これから長瀬を呼ぶんだ」

「えっ、いま、ここに？」

「ここじゃない、お前のマンションだ。この前もしっぽりやってくれたんだから、お前も嫌いじゃないだろう？」

「あいつとはお金で繋がっているだけだよ」

「だったら、そのように繋がっていてくれ。とにかくお前は長瀬を呼び出すんだよ」

驚いたことに、長瀬はすぐに金森のマンションにやってきた。たまたま時間が空いたような口ぶりだったが、おそらく長瀬には期するものがあったのだ。

「あいつ、すぐ来るって」

スマホの通話を切ると、金森は男に言って口許を綻ばせた。明らかに媚を売った微笑だった。

「じゃあ、お前は今からすぐにマンションに帰れ。帰って長瀬を迎えろ。断っておくがお前にはずっと尾行がついている。下手に逃げ出そうなんてことは考えるな」

「そんなこと、するはずもないよ」

金森は戸惑ったように言った。「だけど、長瀬を迎えるのはいいけれど、わたしはあいつにどう話すのよ。どういう態度で接すればいいの？」

「それはお前次第だ。お前がやつを説得して、俺に二人して詫びを入れてくるようなことがあ

って も、俺には何の不思議もないけれどな」

わざと何十年か時代遅れのヤクザ映画のような臭いセリフを吐いた男に、金森は神妙な顔つきになった。

「わかった。あんたがわたしを見捨てないのなら、わたし、一芝居打ってみせる。いい結果が出たら、本当に、あんたはわたしを許してくれるよね？」

金森が何を決意したのかは分からなかった。だが、もともと二人の行動については、探偵たちを使って徹底的に調査済みだった。二人がこれ以上おかしな考えを抱くようなことはあるまい、と男は踏んでいた。

一人でマンションに戻った金森が長瀬と話し合いに及ぶのを、男は金森の部屋に設置した監視カメラと盗聴マイクで、一部始終見物した。

話し合いというか、欲まる出しの腹の探りあいを演じる中で、金森迪子は一貫して強気だった。男の存在について半信半疑の長瀬を、ときになじるような場面もあって、その際には驚いたことに台所から出刃包丁を出してきて、長瀬の前でそれをテーブルに突き立てたのだ。

「ねえ、私の言うことを聞いてくれないのだったら、私にも覚悟があるよ」と。

金森の芝居じみたパフォーマンスに、しかし、長瀬はいっこうに動じなかった。包丁を突き立てる金森迪子に、余裕たっぷりにニヤついて言った。

「お前、何の真似だ？　気でも狂ったか？」

「狂ってなんかいない。おかしくなってるのは、あんただよ。山崎社長を亡き者にする計画がうまくいって、トントン拍子で会社の権力をほしいままにしたから、あんたの方が驕っておかしくなったんだよ」

長瀬は唇をそびやかした。ヒューッと音が聞こえてきそうなポーズだった。

「お前ね、欲にくらんで山崎を亡き者にする計画に進んで乗ったくせに、その言い方は無いんじゃないか？　他人のせいにするのはお前のお家芸かもしれないが、それを今ここでやってくれなくてもいいんだ。誰に脅されているのか知らんが、死んだ社長の話を持ち出して訳のわからんことを言うのはもうやめろ！」

長瀬は金森を睨み倒す格好でテーブルに突き刺さった出刃包丁に手を伸ばし、それをすっと抜き取ると、言った。

「こんな危ないものを持ち出されちゃ話にならない。預かっておくぞ」

包丁をハンカチで包み、持参した革鞄にしまうと、さて、と長瀬が呟いて彼のターンになった。「何度も言うが、山崎社長が戻ってきたという話は信じられない。誰を引き込んだのか知らんが、これ以上お前が勝手なことを言うなら、それなりのお仕置きをしなきゃな……。お前、それとも、もう俺に抱かれたくないのか？　うん？」

そうしてテーブルを介して向かい合っていた迪子のもとににじり寄り、彼女を腕に抱くと、お前も、もっと素直になれよと告げて、乳房のあたりに手を伸ばした。

「あんた、私を脅したら高くつくよ」

と長瀬に乳房を揉みしだかれながら金森が言った。「山崎社長は一人じゃない。外国から仲間を連れて帰ってきたし、そいつらの冷酷さはあんたの比じゃないよ。何せ東南アジアの華僑系ヤクザは、思いっきり命が安いんだから」

そんな迪子の乳房を、長瀬はまだ余裕たっぷりにねぶっていたはずだったが……。

二人の様子がおかしくなったのは、それからしばらくしてからだった。ずるずると長瀬にいいようにされているように見えた金森が、突然長瀬を突きとばして彼に馬乗りになったのだ。

「何をするんだ？　迪子、お前、やっていいことと悪いことがあるぞ！」

慌てて叫んだ長瀬を見下ろして、金森が毒々しい笑い声を上げた。

「やっていいことと、悪いことと？　それはわたしの言うセリフだろうが？　今までさんざんいいように嬲ってくれたわねぇ」

「おい、やめろ、話せばわかるだろう、おかしなことはするな！」

長瀬が金森の下で小さく両手を挙げて、脅えた声を出していた。

「ふん、今ごろ喚いても遅いわよ」

金森の手に、狩猟で使うような大振りのサバイバルナイフが握られていた。彼女はその柄の部分を両手で握って、いつでも長瀬の胸を突けるように、マウントをとったまま、くっ、くっ、と笑っていた。

どうやらそのナイフはソファの下に隠されていて、テーブルの上に突き刺した出刃包丁は、いわばダミー。長瀬がその処理に気を取られていて、さあ、もう大丈夫と金森の身体を嬲りにかかったとき、彼女はそれを取り出したらしかった。

「……危ないことはやめろ！　話せばわかるだろう、話せば！」

そう言いながら、長瀬は両手をそろり、とナイフを握った金森の手にあてがった。とたんに二人の間でナイフを巡って争いが起こり、くんずほぐれつの状態がはじまった。馬乗りになった金森の身体が裏返り、逆に長瀬が金森の身体に重なり、ふいに二人の動きがぴたりと止まった。

しばらくして身体を動かしたのは長瀬だった。自らの両の掌をまじまじと見つめ、そこに付いた返り血に、長瀬はウワァッという声を上げた。あぶぁあぶぅ……、と声にならない、漫画の吹出しのような声を上げて、長瀬が後ずさりした。

長瀬が動いたその下で、血まみれの金森迪子が胸に真っ直ぐにナイフを突き立てられて、そのまま事切れていた。

51　耀子　その八

「鶴見先生――。コード・ブルー（容態急変）です。19号室の丸川さんがコード・ブルーです」

看護師の一人に呼ばれて、耀子は四階にあるコロナ病棟の一室へと急いだ。

丸川さんはアカシア病院に入院してかれこれ三年になる九十歳のお婆さんだ。認知症が亢進していて、ふだんは自分の殻に閉じこもっていることが多くなっていたが、五日ほど前に高熱を発した。そして胸部ＣＴとＰＣＲ検査の結果、新型コロナ感染症と診断されていた。

今朝は一時の高熱が収まり、持ち直したように見えたのに、丸川さんが重篤な状態にたち至ったのは間違いなかった。本来だったなら、丸川さんのご家族を速やかに病院に呼ぶべきなのだが、ことコロナ病棟に限ってはそのようなことが出来ない。仮に連絡したところで、コロナでお亡くなりになるとご遺族は、ご遺体には対面できない決まりになっているからだ。万が一丸川さんが亡くなった場合、ご家族は荼毘に付された後、お骨になってしか丸川さんに会うことが出来ない。二類感染症相当に分類されたため、遺体の扱いは厳重を極めるのだ。

まったく情けないことに、こうした悔しい現実を耀子たちコロナ病棟の医療関係者は立て続けに経験していた。高齢者が例えば誤嚥性の肺炎で亡くなるのは、ある意味ありふれた事態なのだが、これがいったん新型コロナ感染症の診断が下るとすべては自然でなくなる。

普通ならば持病の糖尿病や腎障害からくる死亡などと認められるべきものが、すべてコロナ病死に変わって、当局に報告しなければならなくなる。認知症に罹っていた高齢患者さんだったなら、どちらかといえば老衰による自然死と考えるべきなのに……。

「これで五人目、ね」

呟くともなく呟くと、傍らにいた看護師が力なく頷いて、訊いてきた。

「先生、いくらコロナだとはいえ、丸川のお婆ちゃんのような患者さんに無理に酸素吸入して頑張ってもらうより、そのまま静かにお亡くなりになって、ご家族に引き取っていただくほうが、ずっとお幸せなんじゃないでしょうか？」

耀子は看護師の言葉に頰笑んだ。医療者としては、言ってはならないことだけれど、彼女の気持ちは痛いほどわかる。新型コロナ感染症が社会的脅威なことは確かだが、長期療養病院であるアカシア病院のコロナ病棟で患者と向き合うと、違った現実も見えてくる……。

コロナ感染症で死に直面している患者は、少なくともこの病棟に限っていえば全員持病のある高齢者だった。長年の病苦の末に命の灯火が消えてゆこうとする患者を、コロナ感染症に分類して無理やりに延命治療を施し、ご家族との接触も禁止する。それは患者にとって幸福なことだろうか？　看護師の言っていることは実際もっともなことではないか？

コロナ病棟の担当になって芽生えたこの感覚は、何の反省もなくそのままに表現すれば、多くの人々の顰蹙（ひんしゅく）を買うだろう。誰だって新型コロナの恐怖に抗いながら社会生活を営んでいるのだし、政府や都道府県もその脅威を抑えようと〝緊急事態宣言〟まで出して、懸命なのだ。

それをたんに病棟で高齢コロナ感染症患者を診たというだけで、素直な感想を語れば必ず反発が起こる。でも内心では耀子はこの新型コロナは感染力が強く、重篤な症状をともなう強力な風邪にすぎないとの感触を強めていた。アカシア病院で病身を養う高齢者にとっては、しかし、これが命取り。毎年インフルエンザでお亡くなりになる高齢者が後をたたないが、コロナ感染症もご高齢の患者にとっては致命的な病気だ。

しかしその一方で、若い免疫力のある人たちにとってはそれほど恐ろしい病気ではない。むろん一定の割合で重篤な症状に陥る患者は出る。だが、多くの若い人たちにとっては自然に治癒する強力な風邪という一面もあるのだ。思うに、治療現場にいる他の医師たちの多くもそのような感想を抱いているのではないか？

しかし、もちろんそのような感想を声高に触れて回るつもりも、時間的余裕も今の耀子にはなかった。ここは戦場だ。少しでも高齢の患者をこのウイルスから守り、延命することが、ここでは先決なのだ。

ところで耀子はこうしたコロナ感染症の実際と、アカシア病院の現状に鑑みて、すべてのトイレと患者の下のお世話に対する消毒管理を徹底することを、病院長に提言済みだった。

新型コロナウイルス感染症はＳＡＲＳ（重症急性呼吸器症候群）と近縁のウイルス感染症だ。ＳＡＲＳが香港で流行ったとき、香港衛生省は感染拡大は下水溝の空気が浴室に逆流し、ウイルス粒子が撒き散らされたためだと考えた。ＳＡＲＳの患者の特徴は、多くが下痢の症状を伴っていることだ。だからＳＡＲＳとの近縁性を考えると、この新型コロナも糞口感染すると考えるべきではないのか？

患者の唾や口腔からの感染ももちろん考慮すべきだろうが、長期療養病院のアカシア病院では、患者のオムツやトイレの接触からくる糞口感染を第一に警戒すべきなのではないか？

病院長に説いて、周囲には少々大胆と思われる対策を耀子は推し進めた。できることなら防護服に関しても、いったん装着したら容易に脱げずに小用すら我慢しなければならないデメリットを考慮して、これを簡便なものにしてもよいとまで考えた。もっとも、それは新型コロナの脅威を重く見た病院長らに一蹴されたのだが……。

ともあれ、そうやってアカシア病院のコロナ病棟で奮闘する中、彼女の動向を聞きつけた理事長から、連絡が入ってきた。

52 理事長との電話

春日は耀子のスケジュールをすでに把握していたらしく、休憩に入った折を狙って電話をよこしたのだった。

——もしもし、鶴見先生？　今よろしいですか？

——はい、ちょうど休憩室におります。

——それは良かった。アカシア病院の院長の話によれば、鶴見先生は高齢患者について、ある程度幅を持たせた治療を行っておられるようですね？

——どういう意味でしょう？　回復を期して、できるだけの治療を行っていますが？

——いや、そういうことじゃなくてですね、そちらに移られて、コロナ感染症については以前とはかなり違った印象を抱いているとお聞きしたのですが、違いますか？

——はい、その通りです。

と耀子は応えた。理事長が言っていることの意味が分かりかねて、字義通りに対応したのだ。「コロナは若い人よりも、高齢者にとって命取りになる病気で、ここのようなリハビリ病院や老人施設での蔓延を防止することが、何よりの要諦になると思います」

——ということは、私が提案したように、ホープ病院のような急性期病院ではコロナ感染症を扱わない。このことに、ある程度理解が生じたということですか？

——いえ、そういうことではなくて、緊急の治療が必要な患者さんには、それなりの対応をする病床が必要です。ただ、この病気の蔓延や死亡を防ぐためには、まず老人施設やリハビリ病院の感染対策が求められる、と言っているのです。

言いながら耀子は、理事長に誘導されて答えなくてもいいことまで口にするのではないかと怖れた。春日は確実にそれを狙っている……。

——鶴見先生、そうしゃっちょこばらないでください。私が言いたいのはそんなことではなく、先生がアカシア病院でコロナ患者を診るうちに、私と同じような大所高所からの見地に立たれたのでは、ということです。

と言って理事長は続けた。「恵郁会は私立の病院としてこのコロナ感染症に出来るだけの力を注ぎたいのは山々ですが、出来ることと出来ないことがある。鶴見先生はアカシア病院で同じような感想を持たれたのではないですか？」

耀子は理事長のその言いように、一瞬詰まった。確かにコロナ対応の病床を採算抜きで設けることは難しい。国や道の援助を仰ぎながら、何とか赤字を減らす方向でコロナ病床を運営するしかない。

しかし、問題は急性期病院のコロナ病床ではなく、そのままうっかりすると命を落としかねない高齢患者を、恵郁会全体としてどう診ていくかということだ。どう春日に訴えたものかと思案した耀子に、理事長はさらに予想外の言葉を投げかけてきた。

——そういえば先生、話は変わりますが例のデジキッズのＴＯＢね、先生どうなさいます？ どちら側にお付きになられます？

《えっ、この人は何を言っているのだろう？》

理事長に尋ねられたとき、耀子はポカンとなった。そして、ワンクッションおいて逆に問い返したとき、彼女の頬は赤く染まっていた。どう表現すべきか分からないが、この期に及んで自分の私生活の恥部まで覗かれているような、そんな屈辱に似た感情を彼女は覚えていた。

——理事長先生、どういうことですか？ わたしがどちら側に付くか、とは仰っていることの意味がよく分かりません。

——あ、いや、そんな大した事をお聞きしている訳じゃありませんよ。鶴見先生はたしか、まだデジキッズの株主でいらっしゃいましたよね？

訊かれて、確かに春日理事長は自分とデジキッズの関わり合いについて、ほぼ全てを知っている、という思いが耀子の脳裏に閃いた。そう、春日は何から何まで知っているのだ。

札幌での就職を求めて恵郁会の面接を受けたとき、理事長にはそれまでの経緯のほぼ全てを語っていたし、その後ホープ病院にお世話になってからも、三樹夫の遺した株式を巡ってデジキッズの経営陣と訴訟したため、何度も東京へ出向かねばならなかった。

もちろん、それを彼女は理事長の公認の下に行った。どうしても訴訟に関わらねばならない理由を、彼女は春日に懇切に説いて、その支持を勝ち得たのだった。

「鶴見先生、先生のご事情は痛いほど理解しました。どうぞ、デジキッズの現経営陣に正義を知らしめてください。私は一私人としても、また恵郁会の理事長としても、先生を全面的に支援します。世の中、不公正がまかり通るようではダメです」

彼はあのときそう言って、耀子を快く送り出してくれたし、側面から応援してもくれた。彼はこうも告げたのだ。

「鶴見先生、私もデジキッズの株を買わせてもらいますよ。株主総会で私も一言、株主として発言したくなりましたしね」

だから春日はいまだに株主であり、今度のＴＯＢでは、持ち株を買い取りたい旨の勧誘をデジキッズから受けているはずなのだった……。

耀子は硬い口調になって春日に訊いた。

――理事長先生、先生はデジキッズの株をまだお持ちだったんですね？

――ええ、やっとお気づきになられましたか。鶴見先生が訴訟の後、創業者から譲られた株を手放されたときが、実は売り時でしたね。あの後、塩漬けかと思っていたら、今回のＴＯＢでしょう。ちょっと楽しみが出てきました。

春日はそう言って、もう一度耀子の意向を訊いてきた。「で、どうなんです？　やはり先生は、タイのＳＰＧ側にお売りになるんですか？」

――まだ、ちょっと疑念があって、決めていません。

――デジキッズの経営陣には含むところがおありになるはずでしょう？

――ええ、そうですが……。

――私は鶴見先生の決断を待って、どちらかに売ろうと思っています。私の持ち株数は先生に比べると微々たるものですが、それでもそれなりの株数になります。たぶんＳＰＧもデジキッズも、双方とも喉から手が出るほど欲しいはずです。なんなら場外で少々高値で売りつけてもいい。

高笑いする春日に、思わず耀子は直対応した。

――下手なことをしたら法に抵触しますよ。

――いやいや。もちろん、すべては適法の範囲内で行いますよ。私だって馬鹿じゃない。何しろ両方からプッシュというか引きがありますからね。

ああ、やっぱり……、と思った。やはり春日は両方から引き合いがあって、両天秤にかけている。おそらく彼は耀子の出方をみて、耀子に味方するような素振りをして彼女を揺さぶり、恩を着せ、今後恵郁会の病院政治において耀子を都合のいい玉として活用する魂胆なのだろう。

――そういえば理事長先生、わたしにもタイ側から連絡がありました。日本現地代表のパチャラ・プーンヤサック理事が、こちらに訪ねてきたいとのことでした。

――えっ、先生のところにですか？

電話の向こう側で、理事長が唸ったように聞こえたのは、あながち耀子の空耳とも思われなかった。

――鶴見先生、これはご相談ですが……。

とややあって春日が言った。「仰るようにパチャラ・プーンヤサック理事が訪ねてくるようなことがあったら、是非とも私もその場に居合わせたいのですが？」

——どういう意味ですか？

——いや、他意はありません。私は恵郁会医療グループの理事長として、大げさに聞こえるかもしれませんが、恵郁会に私財を捧げてきました。私が理事長になるとき個人の生命保険を担保に借金したのはご存知ですよね。私の信用は恵郁会の信用であり、私の資産が今後どう推移するかは恵郁会の今後にも影響を与えるんです。SPGによるデジキッズのTOBがある現在、どちらに手持ちの株を売ればより利益があるのか、私はきちんと見極めたいと思っています。そのためにはまず情報収集です。SPGの理事が訪ねてくるのならば、その話を聴き、人となりを吟味したくなるのは当然のことでしょう？

妙に大上段に振りかぶった春日の物言いに、多少たじろぎながら耀子は頷いた。

——分かりました。パチャラ・プーンヤサック理事が訪ねてくる場合には理事長先生にお知らせします。ただ、かりにSPGの理事が訪ねてきたとして、私がアカシア病院のコロナ病棟にかかりっきりになっている事情もありますので……。

——いや、そんなことはないでしょう。新型コロナ感染症の患者さんは、もう数人になったと聞き及びました。

断言口調になった理事長に、耀子は苛立ち気味の言葉を返した。

——確かに患者さんは減っていますが、それは収束というものでは決してありません。

──わかっていますよ。入院されていたご高齢の患者様が次々お亡くなりになっているんでしたよね。

──そうです。だから……

──いえ、皆まで仰らずともけっこうです。少なくとも、その結果、当医療グループにおけるクラスターは収束に向かっているということですよね？

理事長にはこれ以上、何を言っても無駄かも知れない。そんな気持ちに襲われた。結局、耀子はＳＰＧのパチャラ・プーンヤサック理事が訪ねてくるようならば、理事長もその面談の場に居合わせるようにセッティングする。そう約束して、その電話を終わらせたのだった。

53 譲と健吾

「おう、譲くんか？　きみから直接電話がかかってくるなんて珍しいな。いったいどうしたんだい？」

「実は折り入って、おじさんにお聴きしたいことがあって」

譲の声が電話口の健吾にむかって、微妙に躊躇したものになっていた。「……単刀直入にお伺いしますね。おじさんの牧場で働かれているホルヘさんですけれど、彼は本当にフィリピン人なのですか？」

「何だい藪から棒に」と健吾は微笑んだ。「先日会ったとき、ホルヘさんの日本語が余りにも上手かったので、疑問に思ったのかい？」

「ええ、そんなところです」

そう言ってから譲が一拍おいた。「そういえば、お礼を言うのを忘れていた。この間はご馳走様でした。イタリア料理、すごく美味しかったです」

「いや、いや。お母さんも一緒だったら良かったんだけれどねぇ。次には耀子ちゃんも交えて、いっしょにやろう」

「ええ」と譲は頷いて、それから再び本題に入った。「それでホルヘさんですけれど、健吾おじさんは彼の履歴書というか、身上書というか、その手の書類をご覧になっているんですよね？」

「ああ、もちろんだよ。日比親善友好協会からの紹介だし、彼の生まれや学歴や主な職歴についてもペーパーに目を通したよ」

「日本人ってことはありませんよね？」

「うん、私もホルヘさんの日本語が短時日で上達したので驚いたが、最初はあれほど上手じゃなかったんだよ。寡黙というか、どこまでこちらの言うことがわかっているのか不安だったので、一応、英語で確かめてみたりしてね。そのときは実に流暢なアメリカ英語が返ってきて……。もともと日本語は聞くだけならかなり理解できるということだったので、まあ、あまり深くは詮索しなかった。たしかに、あの語学力は尋常ではないよなぁ。でもホルヘさんがフィリピン人ということを疑う理由はなかったしね」

「それはそうですよね……」

どこか曖昧に濁したような譲の言葉に、健吾が逆に聞き返した。

「譲くんはホルヘさんが日本人かも知れぬ、となぜ思ったんだ？」

「いや、僕は彼が日本人かどうかというよりも、なぜあんなにデジキッズの情報について詳しいのか、吃驚したんです。ひょっとしてＳＰＧコンソーシアムと関係がある人なんじゃないかって……。そう考えると、長いこと東南アジアにいてＳＰＧと関係を持った邦人のような気がしてきたんです」

「ああ、そういう疑いは正当かもしれない。私も実は大いに怪しいと思った口だよ。なにせホルヘさんは相当な教養というか、知識の持ち主だし、彼が有能なビジネスパーソンだと誰かに言われてしまえば、『そうでしょうね』と答えざるを得ないぐらい有能だからね。うちの牧場で雇用できたのは幸運だとずっと思っていたんだ」

「ホルヘさんはイタリア料理店で僕たちに話す前に、おじさんにデジキッズのＴＯＢについて詳しく展開したんでしょう？　あの店で話を聞いたとき、僕は何だか変だなと思ったんです。何で彼はこの問題について、あれほど詳しいんですか？」

「うん、それだけどね……」

と健吾は記憶をまさぐった。「彼から最初にあの話が出たのは、ちょうどテレビのニュース番組を見ていたときなんだ。そのニュースではデジキッズの話題に先立って、耀子ちゃんが勤めている恵郁会医療グループのことが報道されていたんだよ。恵郁会のコロナ患者を北斗医大病院が引き受け拒否して社会問題化したことがあったろう？　あのニュースを聞きながら、そういえばデジキッズは元は耀子ちゃんと関係があった会社だったという話になったんだ」

「ホルヘさんはその時点で、その辺の事情を詳しく知っていたんですね？」

「いや、どこまで詳しくかは分からない。だが私と二人して色々話して、それから興味を持って調べたみたいだね」

「それ以前から知っていた、ということはありませんか？」

「どういうことかな？」

「健吾おじさんは、デジキッズの創業者の山崎三樹夫さんをご存知ですか？」

「いや、直接会ったことはないが……」

と、そこまで話して、健吾の脳裏にある種の謎解きの解が浮かんだ。「もしかしてホルヘさんが山崎さんと関係があると言うのかね？」

訊かれて、譲が電話の向こう側で言い淀んだ。

「いえ、そこまではっきりとは……。でも、どうしても彼は、タイのＳＰＧコンソーシアムと関係がある人物のように思われてならないのです。

それに山崎さんはフィリピンで亡くなったけれど、当時、フィリピン投資のことで現地の人とつながりがあったはずだし、ホルヘさんがフィリピンからやって来たのなら、それらの人と関係があってもおかしくはないでしょう？」

「ふうむ」

健吾は押し黙った。まさかホルヘが山崎三樹夫と同一人物などという訳ではあるまい。譲の懸念は懸念として、そういった疑念は打ち消していいのではないか？

　そう考えて、もうそれ以上の詮索をしようとしなかった健吾に、譲が言った。

「うちの母親が、ＳＰＧの日本代表であるパチャラ・プーンヤサックという人物に疑問を抱いているのは、ご存知ですよね？」

「ああ、黒社会の人間かも知れない、というんだろう？　しかし、あれからそのパチャラ理事から耀子ちゃんのところにメールが来て、事実を否定したそうじゃないか」

「ええ。でもそれは本人がそう主張しているだけで、何ら証拠はないわけだし」

「いずれにしても、ホルヘさんの動きは少なくともうちの牧場で働いている限り、何も怪しいことはないよ。そういえば、ＳＰＧの理事は直接、耀子ちゃんのところに会いに来たいと言っているんだろう？」

「ええ、母親の都合がつき次第、そうなるようです」

「だったら、そのとき私もホルヘさんと一緒にそちらに向かおうか？　彼とＳＰＧとつながりがあるんなら、ホルヘさんも二つ返事でオーケーするはずだしね」

「かまわないんですか？」

　意外なことに譲からは明るい声が返ってきた。「母親とＳＰＧの理事が会う場所でホルヘさんもご一緒願えれば、いろいろ疑念は氷解すると思います。できたら、僕もその場に立ち会うつもりです」

　健吾は頷いた。「わかった、日時がはっきりしたら直ぐにこちらに知らせてくれないか。私たちも万障繰り合わせるから」

54　長瀬と金森

金森迪子と揉みあって、覚えず金森の胸にサバイバルナイフを突き立ててしまった長瀬だったが、その後の彼のその場からの撤収振りは水際立っていた。台所にあった滅菌スプレーを手に取ると、自分が触った珈琲カップやドアノブ、ソファなどに吹きかけた。そして指紋をハンカチで丁寧にふき取ると、一つ一つ〝指差し確認〟をしていったのだ。

そして全てを点検し終えると、よし、と頷き、自分の鞄を抱えて金森のマンションを出て行った。ドアを開けるとき、ちらりと廊下の天井や壁などを一瞥している様子を見ると、マンションの共有部分に据えつけられた監視カメラにまで、気を配っているように見えた。

「こいつ、間抜けだな。マンションの共有部分に気を配る前に、どうして部屋の隠しカメラの有無を確かめないんだ？」

言ったのは、男と一緒に遠隔操作のカメラ画像を眺めていたクゥワンだった。「ホルへ、きみは本当にこんな間抜けに嵌められてセブのＣＰＤＲＣ（監護刑務所）にぶち込まれたのか？だとしたら、ここ数年のお前の成長振りは特筆に価するな。よくぞここまで成長したもんだ。やっぱりこの僕と知り合ったのが幸運だったたね！」

クゥワンのその言葉に、男は苦笑いを返した。

「たしかにお前と出会ったのはラッキーだったよ。こうやって、俺がＳＯＳを出したら、おっとり刀でタイから駆けつけてくれたんだからな。だけど、お前、向こうの連中の始末はきちんとつけてきたんだろうな？」

「心配するな。僕を裏切ったマニラ幇の連中にも、バンコクの裏切り者たちにも、しっかり煮え湯を飲んでもらったよ。まあ、セブのボスのサントスが癌から奇跡的に生還して、ミゲルと一緒に僕の手助けをしてくれたのが、何にもまして強力な助太刀になったけどね」

「それにしても財閥のサイアム・ポーンキットに食い込むなんて、すごいじゃないか。いったい何をしたんだ？」

「まあ、それはおいおい話すとして、この長瀬ってヤツを確保しないとな。今すぐ処置しないと、後々厄介になるぞ」

クゥワンのその発言に、男はにやりと笑った。

「心配は要らないよ。お前が日本に来てくれるとなったとき、実はミゲル爺さんのほうからも加勢が入ってね。今ごろミゲルの息のかかった連中が、長瀬を確保しているはずだよ」

そう言った先から、男のスマホに連絡が入った。

——もしもし、こちらホルヘ……。うん、うん……、わかった。

男は電話を切ると、じゃあ、そろそろ行こうか？　とクゥワンを促した。「連中が長瀬を押さえたそうだ。早いところあいつを落として、あいつの株を手に入れないことには事態が悪化しかねない」

「殺された女は放っておくのか？」

とクゥワンが訊いた。「死体を片付けて、何事もなかったとダンマリを決め込むのが利口なやり方じゃないのか？」

「いや、金森については裏の筋と関係のある探偵に依頼して彼女の部屋に隠しカメラを仕掛けたとき、マンションの管理が厳しくて、監視をかいくぐって中に侵入するのにものすごく手間がかかったんだ。だから、今ここで大勢が出張って、死体処理をするなんてことは到底無理だよ。そのまま放っておくほうが断然いい」

「だったら、探偵に鼻薬を嗅がせたほうがいいな。それとも脅して……」

「物騒なことを言うなよ。探偵には彼らが仕事を終えた時点で、話はつけてある。今後、金森の死体が発見されて、隠しカメラとその映像がぼろぼろ出てきても、わざわざ自分たちの仕事だと警察に言い立てるような馬鹿な真似はしないさ。探偵だってヤバイ橋を渡っている自覚ぐらいは持っているよ」

「そうか……」

「それにこの後、隠しカメラを警察が手に入れるということは、その映像から犯人が長瀬だと警察自らが特定してくれるということだろう？　悪いことばかりじゃない」

「長瀬からデジキッズさえ取り上げれば、後はどうでもなるってか？」

とクゥワンが笑った。「ホルヘ、きみも知らないうちにずいぶんワルになったなぁ」

「クゥワンという良い手本がいたからね」

長瀬については、その後、ホルヘとクゥワンは徹底した脅しと肉体的恐怖で、彼を支配することになった。長瀬はミゲルと関係するフィリピン人ヤクザたちに身柄を確保され、東京湾の埠頭に近い空き倉庫に拉致されていた。そして連絡を受けて到着したホルヘたちに、蛇に睨まれた蛙のように質され、圧迫され続けたのだった。

「おい、長瀬」

とマスクをかぶったホルヘが、トボけてまず訊いた。「お前、金森についてはどうする気なんだよ？　このまま放っておけば早晩お前は警察に捕まるぞ」

無言で抵抗する長瀬に、クゥワンがやはり一言も言葉を発せずに、まず左手の人差し指の関節を痛めつけることから始めた。

「痛い！」

あまりの激痛に呻き声を発した長瀬を、不思議な小動物でも眺めるように、無感動な眼差しで見据えて、クゥワンはそのまま長瀬の人差し指を攻めた。

「痛いっ！　痛いって言ってるだろうっ！」

涙を流し、歯の根が合わなくなった長瀬に、それでもクゥワンは容赦しなかった。指の骨が折れる寸前で力を抑え、完全に腱が伸びきって、使い物にならなくなったところで、次に中指に移っていく。

「やめろっ！　やめてくれっ！」

中指の腱が伸びきり、次に薬指、そして小指に移ったところで長瀬が落ちた。

「わかった！　何でもする！　何でもするから、お願いだ。やめてくれっ！」

結局、長瀬は彼の銀行口座から全額を引き出し、それを仮想通貨に交換した後、その市場取引を装ってシンガポールのクゥワンの別名口座に移すことを認めた。そして彼名義のデジキッズその他の株式をＳＰＧ側に渡す意向を弁護士に依頼することを約束した。また万が一のために用意されたオフショア銀行の彼の口座の存在と、そのパスワードなどを次々に吐いていった。

傑作だったのは、ＣＥＯとして全ての権限が与えられたデジキッズのコンピュータへのアクセス方法や、デジキッズの預金その他有価証券の残高とその移し替えを、途中から、まるでＲＰＧゲームでもやっていて、そのチーム仲間にでも教えるように、べらべらと喋り始めたことだった。

……コイツ、終わったたな。

箍（たが）が外れたようになって、ときおり頬に微笑すら貼り付けながら、会社の機密情報をだだ洩れに洩らしていく長瀬を、男は冷ややかに見つめた。

おおよそ喋れることは全て喋って、長瀬はついに何か恍惚な表情まで浮かべはじめていた。

もう少し骨があると期待していたが、肉体的な恫喝にこれほど弱かったとは……。呆れ顔で肩をすくめた男に、クゥワンが耳打ちした。

「ホルへ、きみはコイツに十何年前だかのセブの出来事について、糺さなくっていいのか？」

「セブ？」

反応したのは、男ではなく長瀬だった。「セブっていうと、あの山崎三樹夫を嵌めたアイランド・ホッピングのことを思い出すなぁ。あれはほんと、びっくりするぐらい上手くいった」

たぶん、こんなことを歌うように口にした時点で、長瀬は半ば以上気が狂れていたに違いない。尋ねられるまでもなく、毀れたレコードのように、かつて三樹夫を嵌めたセブの一連の出来事について喋り始めた。

「……金森のやつがね」

と長瀬はさもおかしなことを思い出したように、破顔して言った。「山崎三樹夫が生きているって言うんですよ。生きていて、フィリピンから戻ってきて、俺たちに復讐しようとしているって。

おかしいでしょう？　そんなこと、ある訳がない。あいつは、山崎三樹夫は、確かに死んだんだ。俺はセブの現地事務所の日本人社員と、ブローカーに確かめたんだ。ヤツら、確かに『山崎社長はコンクリ詰めになってマクタン沖に沈んでいる』って言ってたし、セブのヤクザの赤毛のやつ、あいつ、何ていったかな……」

「赤毛のカルロ？」

「そうそう、そのカルロ」

と繰り返して、長瀬ははっとなった。「何で、あんたたちそこまで詳しいんだ？」

クゥワンが蔑んだように鼻を鳴らした。

「そんなこと、お前は知らなくていいんだよ。下手に知っちまったら、それこそ東京湾に沈められちゃうぞ、うん？」

全てを吐き出した後の長瀬の処置については、実は男は詳らかにしない。きみは今夜にも札幌へ

「こいつの始末はホルへ、僕とフィリピンヤクザたちに任せてほしい。きみは今夜にも札幌へ発つんだろう？　きみはたぶん知らないほうがいい。なにせ、これからのデジキッズ本体をやっつけにかからねばならないのに、ホルへ自身に仏心がきざしてはマズイしね」

クゥワンにやんわりと告げられて、男はあえて長瀬のその後について詳しく知ろうとはしなかった。おそらく東京湾でコンクリ詰めになっているか、あるいは富士の樹海の奥深くに埋められているか……。まあ、そんなところだろうと察しがついたが、せっかくのクゥワンたちの創意工夫について、あれこれ詮索しても始まらない。

長瀬の身柄が男の知らないところで処理されている間、男は金森と長瀬を脅して手に入れたデジキッズの株式とヤツらの預金を使って、デジキッズの乗っ取り計画を進めた。

何度も繰り返すようだが、男がデジキッズの創業社長だったときに持っていた株は、会社に戻され消却されていた。

そのうち金庫株を除き実際に流通している株は、全体のおよそ七割にあたる七千万株。会社を乗っ取るためにはそのうちの七分の五、つまり全体の二分の一の五千万株超が必要になる。

現在、金森と長瀬から回収した株式はおよそ千五百万株。だから、あと必要な株式数は三千五百万株超。それだけのものを集めるには、そっと株式市場から株を拾っていって少なくとも

三千万株以上は入手し、それからＴＯＢ（株式公開買い付け）でも何でもして、五百万株以上を確保しなければならない。

「サイアム・ポーンキット・グループがデジキッズに興味を示しているのは事実なんだろうね？」

確かめた男に、クゥワンは太鼓判を捺した。

「もちろん。ヤツラは本気だよ」

クゥワンが言うには、サイアム・ポーンキットはタイに住み着いている華僑の蔡氏一族が中心になって、第二次大戦前から発展してきたグループだ。大戦中は日本軍と良好な関係を保ち、軍隊の備品や糧食をまかなって大きくなった経緯があるという。

もちろん蔡氏の経済基盤はただそれだけではなく、裏の顔はタイ黒社会の顔役だった。中国の青幇と深く結びついて、アヘンなどの禁止薬物の売買に手を染めていた。その筋では強面のグループでもあるらしい。

もともとクゥワンとは、彼のムエタイのエージェントが蔡氏の一族で、つながりがあった。バンコク裏社会のボスの一人でもあるそのエージェントが、幇つながりでフィリピンでの試合をプロモートし、マニラに乗り込んだのが、クゥワンのフィリピンとの関わり合いの始まりだった。

しかし、彼がマニラからセブにムエタイの場を移し、興行権を巡ってマニラとセブの黒社会のボスたちが抗争。その巻き添えを食って、クゥワンがＣＰＤＲＣに収監されたのは、男も承知していた。

「でもね、セブのサントスが僕たちと組んで、セブ幇が抗争に勝利したろう。それで僕は僕を裏切ったマニラとバンコクの連中に復讐した。サントスも手を貸してくれたけれど、バンコクでは元々僕のエージェントをしていた蔡氏一族が、裏切り者たちを一掃するのに協力してくれた。蔡氏も彼らに刃向かうバンコクのヤクザ者に手を焼いていたんだ」

男は頷いた。「そうした次第で、クゥワンはサイアム・ポーンキットの裏の筋に、それなりに顔が利くようになったという訳か？」

「まあ、そういうことだね。もちろん、セブのサントスの影響力もある。癌を克服したサントスは、きみと僕が例の〝大口叩き〟のレジェスを始末して以来、僕を強力にバックアップしてくれているからね」

「それはけっこうなことだ」

と言った男に、クゥワンはにっこり笑った。

「まあ、ホルヘもミゲル爺さんとの仲は良好のようだし、ＳＰＧのコンソーシアムは蔡氏の筋ばかりじゃなく、セブやダバオの黒社会の資金も集まってきている。ここは、ホルヘ、きみの腕の見せ所だよ」

毒食らわば皿まで。結局、男はタイやフィリピンの黒社会の資金が入ったＳＰＧコンソーシアムの全面的支援の下で、デジキッズのＴＯＢに挑むことになった。

ただ、男は自分が前面に出ることは避けて、クゥワンをSPGの現地代表理事に仕立てた。日本ではクゥワンを知る人が誰もいなかったし、彼の身元の保証にはサイアム・ポーンキット（蔡氏）がなってくれたからだ。そんな次第で、パチャラ・プーンヤサックという名で彼は華々しく日本社会にデビューできたという訳だった。

こうした事情に加えて、デジキッズのTOBには思わぬ追い風が吹いていた。金森迪子が自宅マンションで殺され、重要参考人として長瀬が浮かび上がったからだ。しかも長瀬は行方不明。一連の不祥事を受けてデジキッズの株価が暴落したのだ。男とクゥワンはこの事実にひたすら感謝して、暴落したデジキッズ株をせっせと拾っていった。そして三千万株近くを手に入れた時点で、SPGとして日本進出と、デジキッズとの提携の意志を発表した。

驚いたのは社長の長瀬を欠いた、デジキッズの残った経営陣だった。創業以来の役員であるCOOの掛川や広報担当の黒木専務らは、デジキッズの評判を回復し、株価を元の水準に戻そうと躍起になっていた。その矢先での、タイ資本（SPG）との提携話。これを持ってきた野島証券の島村常務はデジキッズがIPO（新規株式公開）したときの担当で、旧知の仲だった。だが、そこは生き馬の目を抜く証券市場。ひょっとして、と残されたデジキッズ経営陣は疑った。島本はSPG側に立って、いいようにデジキッズの鼻面を取って引き回すつもりなのかもしれない……。

用心に用心を重ねる構えのデジキッズ経営陣に対して、最初は実に友好的に接触してきたSPGだったが、あるときを境に強硬な姿勢を露わにした。突然、デジキッズにTOBをかけると言い始めたのだ。時機を失してはＳＰＧの日本進出が難しくなる、というのが彼らの言い分だったが、掛川ら現経営陣はそれ以上に、不穏な何かをＳＰＧと代理のパチャラ・プーンヤサック理事に感じとっていた。

55　春日理事長

——あ、鶴見先生。ちょうどよかった、こちらから先生のほうにお電話しようと思っていたんですよ。

春日理事長が電話口に出てそう言ったのは、耀子が理事長室を呼び出して、秘書に「お待ちください」と告げられてから、三分、四分が経った後のことだった。

直ぐに電話に出ないのは、理事長が他の仕事で忙殺されているからか、それとも何か考えがあってのことだろうか？　微妙に詮索しかけた彼女に、しかし、思いのほか上機嫌な口調で春日は続けた。

——いや、実はですね、あのＳＰＧの理事がこちらに出向いてくるってお話、どうなったのか、とちょっと焦れちゃいましてね。あれからこちらにデジキッズの経営陣からいろいろと連絡というか、お願いのメッセージが入っているもんですから。

——すいません、ご連絡がおくれて。

と耀子は慇懃に言った。「パチャラ・プーンヤサック理事から、明日の午後以降か、明後日にでも会いたいと言ってきたものですから、まずは理事長先生のご意向をお伺いして、それから先方に返事できればと思いまして」

――いやぁ、さすがにきちんと覚えておいてくれたのですね。鶴見先生にシカトされて、こちらから尋ねたら『もうお会いしちゃいました』なんて言われたら、どうしようかと思っていたのですがねぇ。

わざとらしく笑い声をたてる春日に「いえ、まさかそんなことはありません!」と返しながら、耀子は用心した。理事長が機嫌のいいときはかえって要注意だ。春日は腹に一物あるときほど、上機嫌で周りに応接するのだから。身構えた彼女に春日はとびきり明るい声で続けた。

――善は急げといいますから、明日ではどうでしょう? 恵郁会のコロナ・クラスター騒ぎもようやく収まってきたし、明後日だと、それこそ、その次の日にもTOB(株式公開買い付け)の期限がくるんだから、先方もぎりぎりで大変なんじゃないですか?

――それでは、そう返事をします。

と耀子は頷いた。そしてそう言った後、「ところで、ちょっとご相談があります」と付け加えるのを彼女は忘れなかった。

――何ですか、改まって?

警戒した春日に、耀子は大したことじゃありませんと続けた。

――明日のパチャラ・プーンヤサック理事との面談ですが、他にも何人か出席予定者がいます。理事長先生には、それをお含みおきくだされば有難いです。

――誰です、その出席者というのは？

――実は息子がその場に居合わせたいと言っているのです。息子は北斗医大の医局に勤めているのですが、私が所持しているデジキッズ株のことで以前から相談していた経緯もあって、彼なりに心配しているのです。

――ああ、それはそうですね。息子さんも鶴見先生とデジキッズの経営陣との確執はご存知で、きっと心痛めていたのでしょうな。

ええ、まあ……、と曖昧に返事して、さらに彼女は春日に続けた。

――それと私の昔からの知り合いで、富産別で牧場をやっている者がいるのですが、彼もデジキッズの株を少しですが所有していて、それでパチャラ・プーンヤサック理事の話を聴きたいと申しております。

――構わないのじゃないですか？　元々ＳＰＧの理事とお会いになるのは鶴見先生であって、私は先生にお願いしてその場に参加する身なのですから、他にもその場にいらっしゃる方がいても文句は言えません。

――ほっとしました。

と耀子は返した。「では明日の午後ということで、詳しい時刻と場所は、パチャラ・プーンヤサック理事と相談して、追ってお知らせします」

――はい、では、それでお願いします。

と言って、しかし春日は突然、思いついたように言った。「……ちょっと待ってください。場所ですが、私のところの応接室ではいかがですか?」

——ホープ病院新館の理事長のお部屋ですか?

——ええ、そのほうが私としては移動の面倒がないし、アカシア病院からは眼と鼻の先で、そのほうが鶴見先生もご都合がよろしいんじゃありませんか?

耀子はその言葉に一瞬眉をひそめた。理事長の応接室でするとなると、どこか理事長にイニシアチヴをとられるような気がしたのだ。

耀子は注意深く応えた。

——わかりました。その線でパチャラ・プーンヤサック理事に提案してみます。ただ、あちら側に面談場所に心算りがあるかも知れませんし……。

——もちろんですよ。先方が例えばすでにホテルの一室を用意しているとかであれば、別に私としてもうちの応接室を強要しようなんて思いませんから。そこらへんはご安心ください。

——わかりました。では、そういうことで……。詳しくは後ほどご連絡します。

——はい、では!

電話を切って、耀子は理事長の思惑について思いを巡らせざるを得なかった。面談に理事長の応接室を提供するということは、理事長にその場をすべて仕切られるということだ。話し合いの録音や映像を無断でとられる可能性だってある。最悪の事態を考えれば、まさかとは思うが、パチャラ・プーンヤサック理事の意見や提案をそのままデジキッズの経営陣側に流すことだって起こりえる。

もちろん、春日理事長がそんなことをするモチベーションについては考え及ばない。だから十中八九そんなことはあり得ない、とは思う。しかし、ことはデジキッズという上場企業のTOB（株式公開買い付け）に関するものなのだ。数百億円単位のお金が動き、そこで働く人々の動向がこれによって左右されるのだ。そんなとき、目に見えることだけで事態を判断していては、必ず後悔することになる。

三樹夫が残してくれた株を巡って何年間もデジキッズ経営陣と争った経験が、耀子をこの種の懸念について敏感にしていた。それに……、と彼女は思った。あのパチャラ・プーンヤサック理事に関しては、三樹夫にその昔感じた怖さというか、危険な魅力を感じるのだ。

彼らの主張に乗れば、自分がどこか思いもしなかった恐ろしい場所に連れて行かれるのではないか？　息子の譲が「僕もその話し合いに参加してもいい？」と訊いてきたとき、実は譲もまたその危険な魅力に引き寄せられているのでは、という昏（くら）い予感に彼女は慄（おのの）いたのだった。思い過ごしであればいい、とあのとき彼女はつよく首を横に振ったのだったが……。

耀子からの電話を切った後、春日はしばし宙をにらみ、うん、と頷いた。

自分が広い理事長室に一人でいるのはわかっていた。だが、それでも周りをもう一度見回し、ドアを一つ隔てた秘書室にいる秘書たちが、今までの電話のやり取りやこれから通話しようとする相手とのやり取りに、まさか聞き耳など立ててはいないだろうな……、と自問した。

秘書たちは自分が選んだそれなりに優秀な人材だ。いわば手の内の者として、自分との信頼関係が築かれているはずだった。だが、それでも万が一裏切られて、鶴見耀子や他の副院長たちなどに告げ口されるようなことがあっては面倒だった。

だからデジキッズの株式について、これから自分がしようとしていることについては秘密厳守。誰にも知らせてはならない。話の発端はTOBで、株主としてデジキッズ経営陣とSPGコンソーシアムの両陣営から、打診を受けたことに始まる。SPGは自分たちの買値（公開買い付け価格）で買い取らせてもらいたい旨を言ってきた。また、デジキッズ経営陣は株価が市場でどう動くか、充分に見極めて経営陣に味方してくれと言ってきた。そのほうが結局は得だと……。

むろん自分にとって得な方につくのは原則だったが、この時点で春日にはSPGにもデジキッズ現経営陣にも知らせていない事実があった。二つの陣営が株主名簿に載っていたため信じている、春日本人の実際の持ち株数についてである。実は春日が自由に出来る株は、株主名簿に現れた株数よりもずっと多かった。最初に株を取得した時点では、名義はいま両陣営が把握しているものだけだったが、その後、春日は自らの親戚や知り合いの名義を使って、株主名簿に記載されている五倍ほどの株式を手に入れたのだった。

初めは恵郁会の目玉として獲得した鶴見医師を、純粋に支援するために取得したはずだった。それなのに鶴見医師のデジキッズとの訴訟が長引くにつれ、ひょっとするとこの株で一儲けできるのではないか、との思惑が春日の頭をもたげた。

もちろんそんな勘働きを、たんに突っ張りすぎた欲の皮、と切り捨てる向きもあるだろう。

だが、ことは彼が白羽の矢を立てたカテーテルの目玉医師・鶴見耀子に関係していた。鶴見医師については、恵郁会にスカウトして実際に接してみればみるほど、彼女を独占したいという思いがいや増すのを感じた。要するに春日は彼女に岡惚れし始めていたのだ。

この事実を最初、春日はたんに恵郁会理事長としての意欲、というか自分の経営者としての意欲がなせる業、と勘違いしていた。しかし、鶴見医師が長く困難なデジキッズとの法廷闘争に入り、その中で事故死した元創業者から託されたデジキッズ株の価値を知るに及んで、どうやら自分は勘違いしていたのでは……、と悟り始めた。

そう、春日は勘違いしていた。スキャンダルにまみれた不運なカテーテル医師を自分の手元に引き入れて、恵郁会を大きくするパン種にする。そのためには女医の気を惹く手段として買ったはずのデジキッズ株が、途中からまったく違ったものに見えてきたのだ。

デジキッズは良く調べてみれば、なかなかに美味しい企業だった。創業社長がフィリピンで客死しなかったら、確実に日本でも有数のインターネット企業に成り上がっていたはずだし、今からだって現経営陣のやり方次第では、少なくとも数倍、数十倍の株価という果実になって戻ってくる宝の山のような会社だった。

法廷によって、死んだ社長から譲渡された株式が鶴見医師のものと確認されれば、鶴見医師は一挙にデジキッズの最大株主として経営を左右できることになる。仮に……、仮にだ、そのとき、この自分が鶴見耀子の信認を得て、その経営に参画できたとしたら、どうだろう？

捕らぬ狸の皮算用というが、法廷闘争を戦っている最中の鶴見医師にとって、春日は良く考えてみれば最大の協力者で、後見人の立場に立っていたのだ。個人的に鶴見耀子に魅かれている自分についても意識して、あのとき、春日はここを先途とデジキッズの株を買い増し続けたのだった。

もちろん、その結果は苦々しい敗北だった。鶴見耀子は裁判で敗れ、春日がせっせと集めたデジキッズ株も、結局は塩漬けになった。

しかも、あれほど世話を焼き、自家薬籠中の物になるはず、と意識した鶴見女医自身が、こちらの好意をどこまで感じているのか、なかなか靡いてこようとしない。ホープ病院のカテーテル治療の設備を一新し、彼女の言い分を一心に聞いてはみたものの、そのために支払った代価は大きかった。決算を何とかごまかしてはいるものの、恵郁会は実のところ、けっこうな赤字なのだ。

しかもここへきて新型コロナ感染症などという厄介者が現れて、「感染者専用病床を作れ」などと鶴見医師は経済原則を無視したことを言い出した。こちらの厚意などどこ吹く風。つけあがらせたら、いくらでもつけあがる医師の典型のように、彼女は振舞い始めた。

しかし、どっこい、まだ天は我を見放してはいなかった。ここでタイ資本がＴＯＢなどという想定外のことを始めてくれた。これで少なくとも穴を開けたデジキッズ株の投資分は解消される。はっきり言って株の投資には恵郁会の金を流用して、自分や知り合いの名義で仕入れた少々ヤバい経緯もある。下手をすれば不正経理で追及される怖れもあったから、ここは隠し続けてきた損失を一掃するチャンスだ。春日の心は逸った。

いずれにしてもデジキッズ株に関してはできるだけ利益をとるつもりだった。そうやって、新型コロナ感染症でボロがではじめた恵郁会医療グループの財政を取り繕わねばならない。

鶴見耀子がSPGとという話も、渡りに船。この上は、デジキッズの現経営陣とSPGとを文字通り両天秤にかけ、こちらの思うように鼻面を取って引き回してくれる。春日は頬に小狡い笑みを浮かべながら、スマホの電話帳を繰った。

——はい、掛川です。

デジキッズのCOOが電話口に出たのを確かめて、春日はいまや大きく頷いていた。

56　パチャラ・プーンヤサック　その三

SPGのパチャラ・プーンヤサック理事は、盟友のホルヘ・エストラーダと交わすいつもの電話の中で、少々いらだたしげに訊いた。

——本当か？　きみは本当に鶴見耀子に会わないつもりなのか？

パチャラが問い質したのも当然のことだった。ついに待望の再会が果たせるかもしれないのに、何故この期に及んでホルヘはそれを避けるのだ？

——せっかくのチャンスじゃないか？　何故そんなに消極的になるんだ。

そう再度訊いた彼女に、ホルヘは少々戸惑ったような口調で返答してきた。

——クゥワンが鶴見先生に会うとき、他の連中も参加するんだろう？　はっきりいって面子が悪いよ。

――どうしてだよ。鶴見耀子の息子さんと、彼女が勤める医療グループの理事長と、それにホルヘの現在のボスの小田島さんだよ。これにホルヘが加わることの、どこがいけないんだ？

――息子の譲だよ。どうも、気に懸かるんだ。先日、札幌で譲やボスの娘さんといっしょに会食したことは知っているよね？

――うん。和気藹々とした雰囲気だったと、ホルヘも言っていたじゃないか？

――確かにそうだったんだが、譲の視線が少し気になった。あの子はひょっとして、俺の存在について気づいているんじゃないだろうか？

――よせやい。もう十数年も会っていないんだろう？　しかもホルヘはその間に昔の面影もなく変わっちまったし、鶴見先生の息子にしたって何年も病院に入っていたんだろう？　分かるはずもないよ。

――いいや、あの譲という子は特別な子なんだ。頭もいいし、勘もいい。昔、俺と一緒にキャッチボールしたり、泳いだり、それはもう楽しいことをいっぱいした。そのときの絆というか、記憶が堆積していて、会ったときすぐに何かが弾けたみたいな心持ちになった。まるで心の弦が同調するような、そんな感じがしたんだ。俺がそう感じたんだから、譲だってきっとその種の直感を分かち持ったんじゃないかって……。

クゥワンはスマホを持ったまま、首を横に振った。

――いい加減にしろよ。それは感傷だ。そんなものに囚われていては、何も事は進まない。

言われてホルヘは口を噤んだ。ややあって、それでも静かに抗弁してきた。

――でも、譲はたしかに俺に何かを感じていた。じっとあの子に見つめられて、それに気づいた俺は、これ以上譲に見つめられれば、何だか今の俺の魂胆を全部見透かされそうな気分に陥ったんだよ。

――いいじゃないか。魂胆を見透かされようが何しようが。きみがやろうとしていることは間違っていない。正しいんだ。何を怖れることがある？

――怖れている訳じゃないよ。ただ俺の正しさと、あの子たちの正しさが重なっていればいいけれど、違っていたらどうなる？　あの子と別れてからの時間は思った以上に重いよ。その間、俺が長瀬や金森たちに感じていた憤怒を、あの子が同じように感じていたかどうかは分からないんだ。

――鶴見耀子はきみの遺志を継いで、きみから譲渡されたデジキッズ株を巡って、何年にもわたって長瀬たちデジキッズ経営陣と裁判をしたんだ。鶴見先生だって、息子の譲だって、きみと同じような憤りを、ヤツらに対して共有していると思うけれどね。

――それは、いま俺たちが俺たちの立場からそう考えているだけで、必ずしも彼女も譲もそう考えているとは限らない。

――まどろっこしいヤツだな。考えることはもう終わっているんだ。いまは実行するのみ。ひたすらデジキッズの残党どもをどう料理するか考えるんだ。弱気になったら出来ることも出来なくなるぞ。

そう言うと、電話の向こう側でホルヘが小さくため息をつくのが聞こえた。だが、躊躇わずにクゥワンは続けた。

――いいか、ホルヘ。きみのボスが一緒に出席しようって言い出しているんだ。こんなチャンスはそうそうない。まさに願ったり叶ったりだよ。ここでお前の正体がバレたって問題なんてない。むしろハッキリさせるべきなんだ。違うか？

まだぐずぐず言いそうなホルヘに向かって、クゥワンはさらに続けた。

――とにかく鶴見耀子と彼女の息子に関しては、きみの正体がバレるか否かは別として、きみさえ毅然としていれば、事態は自然と収まるところに収まるよ。それよりも今回の顔合わせに、僕はちょっと不安なところがある。

――何だい？

――鶴見先生が働いている医療グループの理事長だよ。僕と鶴見先生との話し合いに割って入りたいというのは、ちょっとね。まあ、その春日っていう理事長もデジキッズの株主らしいし、断る理由はないよ。だけど、理事長は僕と鶴見先生との顔合わせの場所を、医療グループの理事長応接室でやりたいって言ってきたんだぜ。

――単なる親切心からの提案ではなさそうだな。

――うん。理事長応接室がどんな場所か知らないが、場合によっては、話の内容がデジキッズの経営陣に筒抜けになるってことも考えられる。

――ずいぶんと警戒したもんだな。

──茶化すなよ。ちょっと調べたけれどあの理事長は、食えないヤツだよ。

──うん、それは俺も感じていた。

ホルヘは、クゥワンが吃驚するくらいすぐに同意して、続けた。「小田島牧場に勤め始める前に、ホープ病院の周辺を洗ったのを知っているね？　実際に契約アルバイトになって潜り込んだりもしてみた。恵郁会グループについてはホームページを眺めただけで、理事長がデジキッズの病院グループ計画そのものを、模倣しているのがわかったよ。ちょっと驚きだった。

もちろん恵郁会は既存のグループだからね。医療・介護・情報の三つのサービスを中心に、一からグループ展開しようとしたデジキッズの青写真そのまま、という訳にはいかないようだった。しかし薬局や医療人材コンサルティングなどの子会社を作ろうと画策していたし、〝誰もが最善の医療を受けられる医と介護のネットワーク〟というキャッチフレーズは、そっくりそのままだった」

電話を通して聞こえてくるホルヘの声が、苦々しいものに変わっていた。

クゥワンがそんなホルヘに訊いた。

──要するに理事長は、ホルヘの二番煎じを意識的に演じているということか？

──まあ、そういうことだ。

──ということは、だぜ……。

とクゥワンは冷やかすように言った。「彼はたんにデジキッズの病院グループ計画を模倣しているだけじゃなく、もうちょっとヤバイ面に関してまでホルヘを真似している可能性があるということかな？」

——皆まで言うなよ。

とホルヘはさらに苦みばしった語調になった。「おそらく事態はクゥワンが考えている通りだろうよ。あの春日という理事長は十中八九、鶴見先生を狙っている。あわよくば彼女と夫婦になるか、それとも絶大な影響力を振るう職業的、金銭的、社会的地位……、まあ、何でもいいや、とにかく彼女のパートナーになろうと目論んでいる。そう俺は睨んでいるよ」

——じゃあ、ホルヘ、なおさらきみの話し合いへの参加は必須だな。その場で理事長を有無を言わさずにシバかなきゃな。

——簡単じゃないぞ。

——分かってる。だからこそホルヘの出席が必要なんだ。

念を押したクゥワンの耳に、ホルヘのため息が聞こえてきた。あと一押しだった。わざと押し黙ったクゥワンに、諦めたようにホルヘが訊いてきた。

——ヤツは株主だとか抜かしているらしいが、ヤツの持ち株数はどれくらいあるんだ？

——株主名簿に記載されているだけでは、そんな大した株数はないはずだよ。

——油断は禁物だ。ヤツが別名義で株を持っている可能性もある。それが案外な株数だったら目も当てられない。会うまでにもう一度詳しく確認してくれよ。

——分かった。とにかく僕一人ではそんなアブない理事長や、きみと心が同期しているらしい息子の世話までは見切れない。明日のミーティングは絶対に逃げるなよ。

――……分かったよ。

観念したらしいホルヘに、肩をすくめてクゥワンは付け足した。

――明日の話し合いが終わったら、僕は東京へトンボ返りするけれど、そのときはきみも一緒に来て欲しい。牧場のボスにどう言うかは、自分で考えろ。何とでも理由はつくだろう？とにかくもうＴＯＢの期限が迫っているんだ。これからは単独で動いていちゃ、遅れをとる。いいね？　それじゃあ。

57　ミーティング

翌日、ホルヘと小田島健吾は健吾の運転する４ＷＤに乗り込み、富産別を出発、札幌へと向かった。早めに出たために、午後三時に恵郁会の理事長応接室で開かれるはずのパチャラ・プーンヤサック理事との面談には充分間にあうはずだった。

牧場を出て、トミサンベツ川に架かる鉄橋を越え、左手に日高沿岸の太平洋、右手に丘陵地帯を望みながら、車は軽快に国道三三六号線を走ってゆく。

ハンドルを握りながら健吾が言った。

「ホルヘさん、すまないね。こっちの我儘ばかり聞いてもらって」

「いいえ」

「ＳＰＧ側の理事と会えば、いろいろ耀子ちゃんの疑問も氷解すると思うんだが、何にしても彼女一人じゃ判断に狂いが生じる可能性もあるからねぇ。彼女もぜひ立ち会ってくれと言うので、それだったら私よりもホルヘさんのほうが数字にも詳しいし、全体を把握する眼力があるんじゃないかと思ってね」

言葉少なに応えるホルヘに、健吾のほうが逆に饒舌になっていた。

「譲くんが加わるのも、鶴見先生のご意向なんですか？」と男が訊いた。

「いや、それは彼女のというより、譲くんの意向かな」

そう応えながら、健吾が左前方に開けた沖合いに見える岩礁を指差した。「あの岩ね、何て地元で呼ばれているか、ホルヘさん、知っているかい？」

「いえ」

「あれはトド岩だよ。トドが毎年あの岩にやってきて、営巣とまではいかないのだろうけど、けっこうな数があそこを根城に海を遊弋（ゆうよく）するんだ。あるものは日向ぼっこよろしく寝そべるし、あるものは魚網を食い破って中の魚を頂戴する。それで、漁業被害に手を焼いた地元の漁民が自衛隊に頼んで、あそこのトドを駆除してもらうのが毎年の習いだったんだ。機銃で掃射するのだけれど、私らが子供の頃は、そうやって狩られたトドを漁協が水揚げして、トド肉を鯨肉よろしく近隣に配るんだ。でも、これがなかなか食べるのには難物だった」

「美味しくなかったんですね？」

と男が合いの手を入れた。

「いや、実は味のほうはほとんど覚えていないんだよ」

と健吾が言った。「特有の臭味もあったような気がするが、好き嫌いは人によるからね。好んであのトド肉を食べた人もいたんじゃないかな。私はダメだった。耀子ちゃんも同様でね。二人して、アレは食べられないってことで意見は一致していた。トド岩に寝そべるトドを眺めている分には楽しかったんだけれどね。だから、トドを機銃で撃って殺さなくてもいいのに、なぜ撃つんだろう、と子供心に二人で言い合ったものだよ」

「はあ」

「要するに私たちは、トドが害獣だということにあまり注意を払わずに、観賞用の海の動物ぐらいに考えていたんだ」

「そうですか」

「まあ、子供の頃の詰まらない思い出だよ。それでね、話は飛ぶけれど、今回のデジキッズの買収ね、資本の論理から行くとどちら側が正しいとか、間違っているとか、そういう価値判断はあまり重要じゃないんだろう？」

「どういうことですか？」

「いや、トドの昔話と同じで、子供だった私らが目にした通りに判断するのは、どうも視野が狭いというかね。機銃掃射でトドを狩ってもらわなければ、漁民の生活が成り立たないのに、それをぼーっと眺めて、トドが可哀相とか、トド肉は気持ち悪いとか言っていても、何も始まらないだろう？　今の私らの立ち位置も、これと同じような気がしているんだよ……」

「要するに」

と男は微笑んで言った。「デジキッズのＴＯＢについて、ボスや鶴見先生が見ている現実とは違うものを、私に見てほしい、そして自分たちの意見を修正してほしい、ということですか？」

「いや、そこまでは言わないよ。でも三人寄れば文殊の知恵とも言うし、判断できる人が多いのは好都合だろう？　譲くんもそう思っているんじゃないかな？　実はね、ホルヘさんにも是非ミーティングに参加してもらいたい、と言い出したのは彼なんだ」

「えっ、そうなんですか？」

健吾の話にいったん驚いたふりを装って応接したが、男はやはりな……、と心中で頷いた。やはり、俺が呼ばれたのには譲が絡んでいた。俺にその場に居合わせてほしいというのは、おそらく俺の正体について山崎三樹夫本人か、あるいは三樹夫に非常に近い人間ではないか、と疑ったということだろう。

この事実に小田島健吾は気づいているのだろうか？　譲が俺を疑っていることについては、むろん気づいているに違いない。だが、健吾自身は俺を三樹夫本人だとまでは考えていないはずだ。考えていたとしたら、牧場のルーティン仕事を俺と一緒にいつものようにこなす訳もない。

ただし、トド岩の思い出話を持ち出したのには驚いた。それを長々と語ったのは、多少なりとも健吾と耀子との昔からの繋がりを、この俺に意識させ、二人に協力させる、という巧まざる魂胆があるのかも知れない。まあ、健吾の真意がどこにあるにせよ、ここは彼の片腕となったフィリピン人、ホルヘ・エストラーダとして、ご期待に沿えるように呟いておくべきところなのだろう。

「そういう事情だったら、とにかく私としては、話し合いの経過を複眼的に捉えるよう、出来るだけ頑張りますよ」

そう応えると健吾は、にっこり笑った。

「何だか、ながながと訳の分からないお願いをしちまって、すまんね」

「いえ、いえ。そんなふうに仰られたら、かえって恐縮してしまいます」

そう返した男は、さらに思い出したように続けた。「そういえば、恵郁会の理事長室でミーティングを行うということですが、春日理事長さんは、どういう方なんですか？」

この言葉に、前方を見つめていた健吾の表情が一瞬曇ったように見えた。

「私もよく彼の人となりは知らないんだ。だが、最初は理事長は耀子ちゃんの庇護者として立ち現れて、私らもそりゃあ感謝していたんだが、どうも最近は風向きが違うようでね」

と健吾はさらに続けた。「耀子ちゃんが今は札幌ホープ病院から出向して、アカシア病院にいるのは伝えたよね？」

「ええ、新型コロナ感染症の患者さんを診ているんでしたね」

「うん。でもそれはアカシア病院で出たクラスターの患者さんを、北斗医大病院ほかコロナ病床を備えた大病院が引き取ってくれなかったからだよ。本来だったら、理事長はコロナ患者を自分たちの病院では診たくなかったらしい」

「ええ、それも聞きました」

男は話を引き取った。「コロナ病床を作るには相当の資金が必要で、それを私立の恵郁会が負担することには財政が耐えられない、と言ったんですよね」

「うん。まあ、国公立の病院だったなら、赤字が出たら国や道から補塡されるんだから構わないだろうけど、私立じゃ確かに大変だよね。でも耀子ちゃんの考えはそれに真っ向から反対で、ホープ病院にコロナ専用病床を確保したい、というものだった」

「病院というものは、経営の側から考えるか、医療者の側から考えるかで、まったく違った現実が見えてくる。その種の食い違いは半ば自然の成り行きでしょうね」

「私もそういう説明を受けて、まあそんなものだろうと思っていたんだ。だが、耀子ちゃんに電話で詳しく聞いてみると、どうも違う。恵郁会は実は表面上は利益を上げているけれど、内実は赤字で、それを隠しているらしいんだ」

「赤字の原因は何ですか？」

「良く分からないが、耀子ちゃんは彼女の所属するカテーテル部門への投資が行き過ぎたのじゃないか、と自分で自分を責めているみたいだ」

「うーん」

絶句したフリを装いながら、男は理事長個人のデジキッズの持ち株に思いを巡らせた。ひょっとして、理事長は病院の金をデジキッズ株などの購入に流用した過去があるのではないか？

男は目を瞬いた。もしかすると、いや、もしかしなくても、今日のミーティングは一波乱も二波乱もあることになりそうだ。男はこの時点で、そう覚悟した。

58　ミーティング　その二

健吾とホルヘが恵郁会グループ新館にある受付に赴き、理事長と約束がある旨を告げると、二人いた受付嬢の一人が、にっこり微笑んで立ち上がった。

「お待ちしておりました。ご案内申し上げます」

美形のうえに立ち姿まで美しい彼女は、二人の前に立ってエレベーター・ホールへと進み、扉が開くと、どうぞ、と二人を招じた。そして自らもエレベーターに乗り込むと、タッチボタンで三階を押した。

「皆さん、もういらっしゃってます」

そう言われて、男が覗き込んだ腕時計が示していた時刻は午後二時四十五分。約束した時刻の十五分前だった。

「パチャラ・プーンヤサックさんは、確か二時少し前の便で千歳空港に着くということでしたが、もういらしてるんですか？」

「ええ、なんでもタクシーを飛ばされたとかで、つい五分ほど前にいらっしゃいました。鶴見先生ともうお一方はそれから程なくお見えになって、皆さん理事長応接室にお入りになられました」

男は健吾と顔を見交わした。健吾は小さく肩をすくめたが、まあ〝後の先〟という発想もある。別に時刻に遅れた訳でもなし、後から入って彼ら全員の様子を眺めるのも一法だった。

総合事務課、秘書課、とパネルで表示された広いフロアを横切って、受付嬢が理事長室の隣の「応接室」の扉をノックした。

「――どうぞ」

声がかかって、開いた扉の向こうに進み入ると、十数人は余裕で腰掛けられる大きなコの字型の応接セットの奥に、鼈甲縁のメガネをかけたスーツ姿の中年男が見えた。その横の大きく開いた窓に対面する位置に、クゥワンと通訳らしき男。そしてその席の反対側、窓を背にする格好で鶴見耀子と息子の譲が座っていた。

「どうぞ、どちらにでもお座りください」

春日理事長が鷹揚に言って、ソファを勧めてきたが、一瞬、どちらに座るか躊躇した。健吾が窓際の耀子と譲の並びに座るのを見て、男も健吾の隣に腰を下ろした。

座りながら男は、自分が一同に注目されているのを感じた。健吾と自分という遅れてやってきた二人組が目立ってしまうのは仕方がないとして、理事長もクゥワンも、そして耀子や譲も、皆がなぜか自分一人に視線を据えているような気がした。

自意識過剰と言ってしまえばそれまでだ。だが、たんに鶴見耀子と近しいという理由で参加した小田島健吾が、なぜか一人でないことに春日理事長はちょっと面食らったらしかった。健吾が周囲を見回し、にこやかに会釈して言った。

「富産別で牧場をやっている小田島健吾です。鶴見先生とは昔馴染みで、少額ですがデジキッズの株主です。この度は無理を言って参加させていただきました。連れは私の牧場経営の片腕で、今回、私の相談役としてともに参ったホルヘ・エストラーダです」

「よろしくお願いします」

と男も健吾といっしょに皆に一礼した。健吾の言い方が大仰な感じもしたが、まあ、この際だ。厚顔だろうが何だろうがミーティングの行方を見守って、クゥワンにもおさおさ援護射撃を惜しまないつもりになっていた。

「全員が集まったので、それでは始めましょうか？」

理事長が言って、まずはクゥワンが鶴見耀子に会見を申し出た経緯を英語で話し始めた。

「ＳＰＧコンソーシアムのパチャラ・プーンヤサックです。今日はお集まりいただいて恐縮です。私どもとしましては、大株主である鶴見耀子先生に是非ともわが陣営にご協力願いたいと東京からやって参りました。春日理事長先生には、本日、会場をご提供いただき、また株主であられる理事長先生、さらには小田島様にもご列席いただき、大変ありがたく、感謝いたしております」

クゥワンの言葉を聞きながら、男はようやく落ち着いて周囲を見回した。考えてみると、このソファの場所に陣取ったのは好都合だった。クゥワンも理事長も、顔がよく眺められたし、逆に鶴見耀子と彼女の息子は横並びに並んだため、少なくともこちらの顔が見えにくいはずだった……。

最初、男が危惧したのは、耀子に見つめられ、見透かされ、あげくに正体がばれることだった。

譲が男を呼ぶよう健吾に頼んだことも、男の懸念をいや増しにしていた。譲は少なくとも男の正体について疑っている。その疑いを譲ははたして耀子に告げているのだろうか？

この場に母親と一緒にやって来たのだから、何らかの情報共有はあるはずだった。それがたんにデジキッズ株に関するあれこれではなく、自分に関することなのではないか？　そう男は怖れたのだった。

だが、その場の話し合いは男の懸念とは別に、まずは春日理事長の欲得ずくの質問によってリードされていった。春日はクゥワンに訊いたのだ。

「我々株主に対して、ＳＰＧコンソーシアムが提案できるものは、買い取り価格で買い取る、ということだけですか？」

クゥワンはその言葉に一拍おいて、静かに答えた。

「株価が今後どう推移するかと考えると、私どもＳＰＧの買い取り価格以上に高値になる可能性はおそらく皆無です。私どものＴＯＢ表明によって、株価は上昇しました。先般からのデジキッズＣＥＯの失踪以来、ただ下がりになっていた株価は、私どものデジキッズ買収提案があって、それで高値になっていったんです。

ここで私どものＴＯＢが成功裏に終わるのであれ、失敗するのであれ、期日が来てその結果が出てみれば、デジキッズの株価は必ず下がります。上がる要素がない。万が一、行方不明の長瀬ＣＥＯが現れて、その結果デジキッズの綱紀が正されて、商売が上向けば多少は違うかもしれない。しかし、現在の株価は、私どものＴＯＢによって作られた相場です。これが終われば、再び以前の株価の水準に戻るというのが、大方の予想ではないでしょうか？」

「しかし、そうは考えない向きもある」

と理事長はわざとらしく反対意見を唱えた。「現に私はデジキッズの経営陣から『株をこのまま持っていてほしい、必ず高額配当で報いる』との回答を貰っているのです。その辺りはいかがです？」

「配当と現在価格の比較ですか？　難しいですね。配当性向と株価について、それなりの数式を当てはめて割り引けば、将来にわたる利益というか損得が出てくるでしょうが、どうですかねぇ。

こういうのはいつも現在から見た将来で、はなはだ不安定というか、後になってみれば『嘘をおっしゃい』となる確率も高い。現経営陣の甘言に乗ることはお勧めできません」

しゃらりと言ったクゥワンの顔を男は頼もしげに見やった。クゥワンはすっかりＴＯＢを仕掛けたＳＰＧコンソーシアムの理事になりきっていた。

「仰ることはわかりますが、私がお聞きしたいのは買い取りを確約した株価だけではなく、それ以上のことを理事がお約束なさるのか否かということです」

と春日理事長が言った。彼の態度はさきほどの鷹揚さとは打って変わって、金の匂いを嗅ぎつける腕っこきの商売人のそれになっていた。

「言外に特別な取引を望まれておられる、と受け取っていいのでしょうか？」

理事長に応えたクゥワンは、どこか相手の圧力を柳に風と受け流すように見えた。ムエタイの対戦でいつかクゥワンが、相手に気のない風情で近づき、突然、裏拳のエルボースマッシュを炸裂させたときの記憶が、男の脳裏に甦った。

「いえ、いえ、インサイダーまがいの取引を要求しているわけでは毛頭ありません。そうではなく、株主たちに何をＳＰＧ側は還元できるのか、とお聞きしたまでです」

理事長もさるもの。なかなか尻尾はつかませない物言いで、いったん矛を収める。クゥワンは阿吽の呼吸というか、理事長の言葉にもっともらしく頷いて、耀子のほうに話題を振った。

「ところで鶴見先生、私がお訪ねして参ったのは、一つには、先日先生から私の出自や、ＳＰＧの資本のありようについてご質問があったからです。メールでは出来る限りのことをお答えしたつもりですが、まだ例えば幇（パン）と呼ばれる裏社会やタイ華僑の圏子（チェンツ）についてお疑いがあれば、お話ししたいのですが……」

59　ミーティング　その三

耀子はパチャラ・プーンヤサックのその言葉に首を振った。「いえ、そのことについては必要ありません。理事からのメールでおおよそ納得いたしました」

「では、私が黒社会の人間かも知れない、という当初のお疑いは晴れたのですね？」

そう確かめるように訊いたクゥワンに、彼女は首を振った。「最初からあなたを黒社会の構成員だと決め付けていた訳ではありません。ただ、最初にテレビで理事を拝見したとき、バブルの頃に株や土地取引で暗躍した紳士たちのイメージを、否が応でも思い浮かべたのです」

といって耀子は少し間をおいた。それから、きっぱりとした口調で続きを話し始めた。「いえ……、バブル紳士と言っては語弊があります。実を言えば、日本のＩＴバブルの頃、最後に上場してバブルに間に合ったといわれた企業——それはデジキッズのことなんですけれど、その最初のＣＥＯだった山崎三樹夫さんと似たような匂いというか、雰囲気を嗅ぎつけたんです。不思議な感覚でした」

「山崎ＣＥＯはその種の裏社会と繋がる人間、つまり企業舎弟のような方だったのですか？」

訊いたのは春日理事長だった。その理事長に耀子はやわらかく微笑みを返した。

「いえ、三樹夫が——山崎ＣＥＯがその種の人間だったとは思いません。むろん、起業して、その会社を大きくして株式公開にまで持っていく過程で、そういった筋の人たちと接触したり、場合によっては怖い取引も辞さなかったとは想像できます。

しかし、三樹夫はヤクザ者ではなかった。ただアニマル・スピリットというか、自らの身を顧みずに危険に飛び込んで、利益を取ってくる気概に満ちていました。単なるリスク・テイクではなく、もっと生々しい、切った張ったのやり取りを行って、その匂いを隠そうとはしていなかった。その意味で、男を売って世間を渡っていくヤクザ者と似ていたと思います。

その彼とパチャラ・プーンヤサック理事の醸し出す雰囲気がどこかしら同じようで、ちょっと怖かったのです」

「ああ、仰ることは良く分かります」

とクゥワンが耀子の言葉を引き取った。「メールにも記しましたように、私はタイの名門大学出身のエリートではありません。いわば叩き上げです。商売で悪戦苦闘している中で蔡氏――サイアム・ポーンキット財閥ですね――の一族と近づきになり、彼らに引き上げられて、今日があります。

タイ華僑は宗族の世界です。まず血縁があり、地縁があり、圏子（チェンツ）と呼ばれる人と人とのつながりが最優先されます。そうした中で血盟の誓いがあり、掟があります。ギャングではないのですが、幾分か日本映画のヤクザ者の世界に似ているかも知れません。私が山崎ＣＥＯに似た雰囲気を醸し出しているとすれば、そういった部分かも知れません」

「わたしは山崎三樹夫とあなたの印象が似ているからといって、責めようとしているのではありません」

と耀子が言った。彼女は背筋を伸ばし、辺りを睥睨（へいげい）するような口調になっていた。「ただ、資本の論理に身を晒しながら、毎日を闘ってらっしゃるあなた方が少し怖いと思ったのです。山崎三樹夫はご存知のようにわたしのパートナーでした。そして、フィリピンで事故死したと言われていますが、事実は分かりません。事故死どころか、本当に死んだのかどうかさえ分からない。死体を現地の警察では確認したといっていますが、本当のところは藪の中なのです。

わたしは怖い、と申し上げましたが、三樹夫が関わっていた実業の世界は生き馬の目を抜く世界です。三樹夫が死んだと公に認知されたことでわたしの運命は変わりました。三樹夫がわたしに株を遺してくれたことによって、何年もの間、デジキッズの経営陣と訴訟をせざるを得なくなりました。

今回のＳＰＧコンソーシアムのＴＯＢは、そんなわたしにとって一種の天佑のように感じられました。これでデジキッズの現経営陣に一矢報いることが出来る。かたちは違っても三樹夫の遺志を実現することが出来る。復讐と言っていいかどうか、分かりません。でも、この度のＭ＆Ａはわたしにとっても絶好の報復の機会なのです。そして、だからこそ脅えてしまうのです」

耀子の言葉はさらに続いた。

「もし、わたしがこのＴＯＢの機会を見送って、そのままデジキッズの株を持ち続けたならば、それはたんに三樹夫との思い出に株を手放さないというだけで、それ以上は周囲に何の影響も及ぼしません。

しかし、わたしが株をＳＰＧ側に売ったなら、デジキッズの経営権はＳＰＧに渡り、少なくともわたしにとって最悪の経営陣を放逐できることになります。

わたしは当然株を売るという方向に傾きましたが、それでも何処か躊躇するところがありました。わたしは遺された株を巡っての裁判に疲れていました。敗訴が決まったときには、もう金輪際この種の騒ぎとは無縁に暮らそうと決意していたのです。わたしの目には、お金のために生きる死ぬを繰り返す実業の世界が、ひどく恐ろしいものに映っていました。

先ほど、パチャラ・プーンヤサック理事の醸し出す雰囲気が山崎三樹夫に似ていて怖い、と感じたと話しました。わたしが恐怖とともに受け取ったのは、お金を巡っての人々の旺盛な欲望です。三樹夫もパチャラ・プーンヤサック理事も資本の論理で行動するビジネスマンです。三樹夫や理事が発散していたのは、大きなお金をこともなげに左右し、動かす人特有の魅力と、それに自らの身を預けた人が持つ危険で痺れるような感覚です。わたしはそれが怖いのです。

ひょっとして、デジキッズのＴＯＢに関わることによって、また、わたしはその種の切った張ったの世界に導き入れられてしまうのではないか？　わたしには生死の境から生還した息子がいます。その息子がわたしと一緒に、過去の亡霊のように立ち現れたデジキッズのＴＯＢに飲み込まれるのだけは避けたい。そう思いながらも、ぼんやりしていると、望んだ訳でもない資本の、暗闘の世界に組み込まれてしまうのではないか？　そう考えると、とても怖いのです……」

「鶴見先生、仰ることは分かりますが、いささか大袈裟に考えすぎなんじゃないですか？」と理事長が口を挟んだ。「要は、お手持ちの株をどこに売るかという、ただそれだけの問題ですよ」

言われた耀子は、真っ直ぐに春日理事長を見つめて反論した。

「大袈裟？　そうでしょうか、大袈裟なんでしょうか？　事は株をどこに売るかという問題ではない、というのがわたしの印象です。なぜならこのＭ＆Ａには警察が興味を持っているからです」

　警察？　耀子の言葉を聞いて、男は戦慄した。誰にも見られてはいないと確信しながらも、思いとは別に小さく震える自分を制御できなかった。ようやく震えを抑え込んだとき、男は耀子の視線がクゥワンに集中していることに気づいた。

「パチャラ・プーンヤサック理事」

　と彼女はクゥワンを名指しして、まず訊いた。「デジキッズの長瀬ＣＥＯの行方不明と、ＳＰＧコンソーシアムが企てたデジキッズ買収について、何らかの関係があるとわたしは睨んでいます。警察が捜査上、この事実に興味を持っていることについて、わたしから説明する前に、まずこのことについてお教え願えないでしょうか？」

　耀子ははっきりと詰問口調になっていた。その耀子にしかし、クゥワンは動じなかった。

「私どもがデジキッズについて興味を持ったのは長瀬ＣＥＯが失踪するよりも以前の時点からです。サイアム・ポーンキットの願いは日本進出でして、その重要な拠りどころとしてデジキッズと提携を試みようとした。その矢先に、デジキッズの創業メンバーである金森迪子さんが殺されて、重要参考人と警察がにらんだ長瀬ＣＥＯが、そのまま失踪した。これが嘘も隠しもない実際のところです」

「では、ＳＰＧは金森事件や長瀬ＣＥＯの失踪に一切関わっていないんですね？」

　そう訊いた耀子に、クゥワンは大真面目に頷いた。

「もちろんです。デジキッズに関心を抱いて、少しずつデジキッズ株を拾いにかかったところで事件が起きた。それは偶然で、私たちはあの事件とは無関係にデジキッズに提携を持ちかけようとしていました」

とクゥワンは行い澄ました慎ましやかな笑顔で続けた。「いや、もちろん、あの事件でデジキッズが混乱したのは承知していますし、それが我が方のM＆Aに有利に働くだろうことは予想できましたがね」

「……そうですか」

と耀子はクゥワンの言葉に頷き、何ら心動かされた風情もなく続けた。

「わたしが警察から電話を貰ったのは、あの事件があってそれほど時間が経たないときでした。警視庁捜査一課の飯田刑事から連絡があり、金森さんや長瀬さんはじめ、デジキッズの経営陣たちと最近連絡を取っているか否か、訊かれたのです。

訴訟以来彼らには会っていない、と答えると、飯田刑事は突然、奇妙なことを告げてきました。『万が一のありえない仮定の話になるのですが、亡くなった山崎三樹夫の名を騙った電話が入ることがあったら、是非ともご一報いただきたい』――そう言うのです。

わたしは非常にショックを受けました。もちろんわたしは、彼の遺した株について裁判で争ったのですから、三樹夫の生存に一縷の望みをつないでいたのです。しかし、彼の死亡宣告からかれこれ十数年が経つこの時点で、警察がこんなことを言い出したのは何故なのだろう？

人は現実をおのれの願望にひきつけて、良いように解釈する気味があります。そのときのわたしも、もしかして三樹夫が生きているのでは、という身勝手な希望に縋りつきそうになりました。

しかし、飯田刑事は、いや、万万が一の話です、とぴしゃりと言って、続けました。『先生、誤解なさらないでください。死んだ人間を騙るワルもいるんですよ』と。

また刑事さんの話では、金森さんたちの事件はデジキッズの株式を巡るトラブルの可能性が高い、とのことでした。わたしもこのことは事件が発生したときに直感していましたが、そうなれば必然的に、刑事さんが仄めかした三樹夫を騙るワルについての興味が湧いてきます。

わたしの想像力は羽ばたきました。もちろん否定なさるだろうけれど、三樹夫に似た匂いを放つパチャラ・プーンヤサック理事は、もしかすると、その死んだ人間を騙るワルなのではないか？　理事は亡くなった三樹夫の化身として、いまデジキッズへの恨みを晴らしに、わたしたちのところにやって来たのではないのか？　そんな都合のいいことを夢想し始めたのです」

耀子は言葉を選びながら、さらに続けた。他の者がどう感じたかは知らない。けれど、それは誰にもずっと隠し続けた信仰の告白でもあるかのように、男の耳には響いたのだった。

「こんなことを話し続けると、何を熱に浮かされたようにおかしなことを……、と思われるでしょう。でも、飯田刑事が言った『三樹夫を騙るワル』は架空の存在ではありません。金森さんや長瀬さんがあんなことになったのは、そのワルの介入があったからです。三樹夫の名を騙るワルが金森さんに接近し、その結果長瀬さんが重要参考人となる殺人事件が起こった。これは隠しようのない事実です」

「ちょっと待ってください」

と耀子の言葉を遮って春日理事長が言った。「先ほどは、鶴見先生も願望交じりの夢想だと認められていたじゃありませんか。本当はそんなワルなんて、いないのじゃありませんか？」

わざとらしく呆れたような語調になった春日に、耀子は「いいえ」と答えて、どこか非常に余裕のある笑みを浮かべた。

「ちょっと待ってください、わたしではなくて、その事実を証し立てる人がいます。今お呼びします、よろしいですね？」

耀子はそう言うと、気圧されてそのまま頷いた春日を尻目に、すばやくスマホを取り出した。

「もしもし、お待たせしてすみません。理事長先生の許可がおりました。どうぞお連れしてください」

彼女の言った人物はものの一分もたたないうちに、くだんの受付嬢に先導されてやってきた。

「お邪魔します。警視庁捜査一課の飯田と申します」

「同じく赤坂署の山倉です」

二人の刑事がきびきびした口調と動作で、応接室に入ってきた。飯田は五十絡み。山倉は三十歳くらいだろうか。鼠色のスーツに身を包んで、気配を消した風情で周囲を窺う飯田に比べて、若い山倉はなめし皮の上着にデニムといったチャラい服装をしていて、いかにも今どきの若者の雰囲気を醸し出している。コの字型のソファの空いている一角――パチャラ・プーンヤサック理事が座っている側に、二人は歩を進めた。

60　飯田刑事

　二人は勧められたにもかかわらずソファに腰を下ろさずに、立ったまま一同を見回した。飯田刑事が言った。

「捜査のため鶴見先生に電話でお聞きしたのですが、どうにも埒が明かない。一度お目にかかったほうがいいと先生とも意見が一致しまして、東京からやって参りました。大事なお話し合いの中に飛び込むかたちになって、申し訳ありません」

「いえ、お気になさらずに、どうぞお座りください」

　理事長に言われて山倉はさっさとソファに座ったが、飯田はそのまま続けた。

「私たち二人は、警視庁の金森迪子殺人事件捜査本部に属しております。金森ビズエッジ社長が赤坂サカスに程近いタワマンで殺されて以来、犯人(ホシ)を検挙(あ)げるために動いてきました。

　その過程で、私たちは金森社長のタワマンの防犯カメラを調べ、併せて自宅でいくつかの監視カメラを発見。それらを調べました。防犯カメラは住民の安全を図ってあらかじめタワーマンションに取り付けられていたもので、捜査のためにタワマンの管理会社から提供を受けたものです。

　一方、金森社長の自宅のカメラは違います。それは防犯というよりも、監視とか盗撮といった目的で彼女の自宅に仕掛けられていました。おそらく金森社長自身も、カメラが取り付けられていることに気がついていなかったものと思われます。

　これらのカメラにはＳＤメモリ・カードが付属しておりまして、音声を含めて長時間の映像記録が可能になっていました。したがって金森社長の殺害に関して、それらのカメラの記録を逐一調べて、現場の事実と照合するだけで、ほぼ事件の全容は明らかになってきました。

　ただ問題なのは、金森殺害にデジキッズの長瀬ＣＥＯが関与していたとはいえ、二人の諍いの中でしばしば引き合いに出された〝山崎三樹夫〟という名前です。金森迪子はセブ島で事故死したはずのデジキッズの山崎前社長について、あたかも彼が生きていて二人を脅している。――そういう前提で話をし、それを長瀬ＣＥＯが否定する、という流れで事件は進行しておりました」

　飯田刑事はさらに続けた。

「結局、現場に遺されたカメラのメモリ・カードから読み取れることは、何者かが金森社長を通して長瀬デジキッズＣＥＯを脅し、そのため二人の間に不和が生じた。そしてついには刃傷沙汰になり、金森社長が殺害された、という事実です。私たちは長瀬ＣＥＯの身柄確保を図るとともに、その背後にある〝山崎三樹夫デジキッズ元社長を騙る男〟の存在を追い求めて、捜査を進めました。

　残念ながら金森社長の自宅カメラには、〝山崎三樹夫を騙る男〟の画像は一つも映っていません。タワーマンションの防犯カメラにも長瀬ＣＥＯが出入りする姿が確認出来るだけで、〝山崎元社長を騙る男〟の映像は一つも残されておりません。

しかし、金森迪子と長瀬慎次郎の刃傷沙汰の背後には必ずこの〝山崎前社長を騙る男〟がいる。その男を追うために、私たち捜査本部はこれまで動いてきた、といって過言ではありません。

捜査は難航していますが、それでも光明はあります。デジキッズの買収騒ぎです。事件後にデジキッズとの提携話から始まって最後には買収を企てたＳＰＧコンソーシアムについて、私たちは金森迪子殺害事件との関連を疑うに足る状況証拠をいくつか持っています」

飯田刑事はあえてクゥワンに視線を送らずそのまま続けたが、ホルヘはクゥワンを注視した。クゥワンも堂に入ったもので、身じろぎもしない。攻撃の矢が自分のところに向かっていることを察知して、それを柳に風と受け流す例のムエタイ流防御の姿勢を貫いているのかも知れなかった。

「そもそもＳＰＧとは何物なのか？」

と飯田刑事は、自分と対面している耀子母子や健吾、ホルヘのそれぞれを見やりながら言った。「日本の新聞・テレビではタイ華僑を代表する流通系のコングロマリットと紹介されています。しかし、その真実の姿はタイの裏社会とも関係のある、華僑血縁集団を中心とした財閥です。私たちはその種の経済利益集団についてなかなか実像を把握できませんが、例えばマフィアなどを想像してみてください。

マフィアがアメリカの政治や経済と密接に結びついているように、ＳＰＧも表と裏の両方の顔を持つ経済利益集団です。その集団がデジキッズの買収を企てていて、デジキッズの経営陣に内紛が起こっている。しかも、その内紛はデジキッズ創業者である山崎元社長の外国での事故死に関わり合いがあるらしい……。いや、もう隠しだてはやめましょう、事故死というのは間違いですね」

　飯田刑事の声は、いまや応接室に居合わせた全員を圧倒していた。「タワマン自宅隠しカメラに記録された金森迪子と長瀬慎次郎の二人の会話を考慮すると、山崎元社長の死は事故死ではない。明瞭に長瀬や金森らによって仕組まれた殺人です。二人以外の殺人を計画した連中の範囲がどこまでかは分かりませんが、殺害は長瀬らの依頼により、現地のヤクザを実行犯として行われた。このことは確かです。そして金森迪子殺害事件の背後には、少なくともその事実を知る〝山崎元社長を騙る男〟の存在がある」

　飯田はそこまで言うと、一呼吸おいて、今度はあからさまにパチャラ・プーンヤサックSPG理事を見つめながら続けた。

「デジキッズの山崎元社長が殺害されたのを知っているのは、それを計画した連中です。長瀬や金森の他、それを計画した者たちがいて、そのうちの誰か、あるいは全員が容疑者です。そうなると、疑わしいのはデジキッズの現経営陣。つまり、山崎元社長が殺されたとき現地に赴いていた掛川COOや黒木専務たちになります。そうですよね、パチャラ・プーンヤサック理事？」

　飯田は突然、クゥワンを名指しして明瞭な英語で訊いた。「理事、あなたはSPGの日本代表理事ですが、デジキッズに提携を申し入れる過程で掛川か現経営陣にお会いになっていますよね？」

「イエス……、もちろん交渉のためデジキッズ経営陣には会っています。それが？」

「彼らから、山崎元社長の話はお聞きになりませんでしたか？　例えば、フィリピンでの事故死に不審なところがあるとか、そういう話ですが……」

「すみません。お尋ねになられている趣旨が分かりかねます」

　クゥワンはかわそうとしたが、飯田は許さなかった。

「そうですか？　私としては、デジキッズの現在の経営陣の一部とＳＰＧとの間である種の了解があり、長瀬ＣＥＯをはじめとした経営陣の切り崩しが行われたのでは……、と疑いたくなったのですがね」

　クゥワンが驚いた、というより呆れた顔をしたのを素早く観察して、さらに飯田が言った。

「いや、もちろん、これは私単独の推理でありまして、まあ、当てずっぽうと言われればそれまでなんです。そうだよな、山倉刑事？」

　突然、飯田に話を振られた山倉は、若いのになかなかいい呼吸でそれを受けた。

「そうなんですよ。どうもうちのチョウさん——飯田刑事のことですが——は思い込みが強くって。この事件（ヤマ）でもあらぬ裏読みをするんで、特捜本部の主任にも煙たがられているんですよ、いえ、ほんとです。まあ、私としてはいくらＳＰＧが華僑資本で青幇と関係があるとか言われても、れっきとしたビジネスマンであられるパチャラ理事が、まさかデジキッズの経営陣と裏で手を組んで金森社長の殺害事件をお膳立てしたなんて、とても信じられません」

肩をすくめてそう言った山倉が、クゥワンを大袈裟に見つめて、いやがうえにも一同の注目がクゥワンに集まった。

「まあ、とにかく」

と今度は飯田が引き取って続けた。「そこらへんのことも含めてパチャラ・プーンヤサックさんに再度お尋ねしたい。デジキッズの一部経営陣と理事はすでに手を結んでいて、山崎元社長が殺された件についてもご承知だったんじゃないですか？　それを承知の上で、金森社長たちに背後から圧力をかけたのではありませんか？」

飯田の言葉には相当な力がこもっていて、クゥワンもさすがにこの問い質しについて無視できない、と誰もが思ったとき、びっくりするようなタイミングでクゥワンのスマホが鳴った。

「失礼！」クゥワンはスマホを手に立ち上がった。

「……はい、こちらパチャラ」

クゥワンは小声で電話に出ると、うん、うん、とちいさく頷き、振りかぶって皆を見つめた。申し訳なさそうに告げた。

「……ちょっと失礼、緊急の連絡が入りました」

そう言うとソファを離れ、すたすたと応接室の入り口まで歩いて、ドアを開ける。外へ出て電話を続けるらしかった。「はい、はい……」と言うくぐもった声がドアを通して微かに聞こえてくる。

男はほっとした。実はその電話は、それと悟られぬようクゥワンのスマホに男がかけたものだった。我ながらなかなかなアシストだった。そうほくそ笑みながら自分のスマホの画面を見て、ハッとした。クゥワンと繋がっていない！　――電話は自分ではなく、誰か他の人間が自分より先にかけてきたものらしかった。

いったい誰が？　クゥワンがこの場面で電話をとるということは、非常に重要な案件だろうとの予想はついた。しかし、いったい何が起こったのか？

「――ごめんなさい。事態が少々、違う方向に向かいそうです」

部屋に戻ってきたクゥワンが、一同を見回して言った。「いま東京からの報告があって、デジキッズにホワイトナイトが現れたようです」

ホワイトナイト？　男は目を瞬いた。ホワイトナイト（白馬の騎士）は買収防衛策の一つだ。ＳＰＧによって敵対的買収を仕掛けられたデジキッズが、新たに友好的な買収者（ホワイトナイト）を見つけて、ＳＰＧに対抗してきたのだ。

クゥワンが続けた。「せっかくの話し合いでしたが、事態がまったく違うフェイズに入ったので、ここでの協議は打ち切らせていただいて、私は東京へトンボ返りしなければなりません。詳しい話は、そうですね……、お疑いの件については、春日理事長がデジキッズの現経営陣とご昵懇のようですから、理事長のほうからデジキッズの掛川ＣＯＯか、黒木専務にでもお確かめくださいい。飯田刑事と山倉刑事も、そんな事情ですから、私とデジキッズの裏交渉についてはは、また違う方向から捜査をお願いします。では、失礼します」

クゥワンは言うだけ言うと、そのまま、さっさと理事長室を後にした。まさに、あっという間の出来事だった。

61 ホワイトナイト

ホワイトナイトによる対抗策は、買収を仕掛けられたデジキッズにとって苦肉の策。いわば最終的な手段のはずだった。

掛川や黒木たちデジキッズの現経営陣は、ＳＰＧにうまうまと買収されるより、ホワイトナイトの企業に頼み込んで、デジキッズを友好的に買収してもらうことを選んだのだ。そしてそうした場合、デジキッズは単独では生き延びられずに、そのホワイトナイト企業の傘下に入ることになる。

本来だったなら、もう少し違った防衛策があったかも知れない。クゥワンもホルヘも第三者割当増資とか新株予約権の発行といった防衛策にデジキッズが打って出てくるのでは、と睨んでいた。

「掛川たちなら、デジキッズの企業価値を減じることとくらい平気でやるぞ」

とホルヘはＴＯＢを仕掛けた当初から、クゥワンに言っていた。「そうやって、提示した価格でＳＰＧがデジキッズを買収しても、何のメリットもないようにしちまいかねない」

「クラウンジュエル（焦土作戦）ってやつだね」

クゥワンもそう答えて、その種の防衛策にどう対処するか作戦を練っていたはずなのだ。それが案の定というか、掛川たちはホワイトナイトを呼び込んだ……。慌しくクゥワンが東京へ取って返した恵郁会の理事長室で、後に残された者たちはしばらくの間、事態を把握し、それぞれに善後策を協議するような運びとなった。

「ホワイトナイトになったのは、どんな企業なんだろう？」

と健吾が言って、春日理事長に尋ねた。「理事長さん、さっきSPGの理事があなたとデジキッズの経営陣とはお知り合いだ、というようなことを話していたけれど、その企業について、ひとつデジキッズに確かめていただけませんか？」

「そうですね。この話し合いの結果をお知らせするついでに、ぜひお願いします」

そうホルへも言って、春日は苦り切った顔になりながらデジキッズに電話を入れた。電話は直ぐに繋がって、理事長が声を上げた。

「……デジタルバンク？　デジタルバンクがホワイトナイトになったんですか？」

デジタルバンク――と春日理事長がスマホを耳に当てながら呟くのを聞いて、一同は一瞬、沈黙した。デジタルバンクは一代でＩＴ企業を築き上げ、その後、中国資本に投資して巨万の富を得た有名起業家がオーナーの大会社だ。その社長兼会長が世界の投資家から大金を集めて、巨大グローバルファンドを立ち上げたことは多くの者たちが知っていた。

「そうか。なるほど、あのデジタルバンクなら、そんなこともあり得ますね……」

と今まで黙っていた譲が口を開いた。そして何を思ったのか男に向かって訊いてきた。「デジキッズの現経営陣はデジタルバンクに経営権を譲り渡して、自分たちの利益を確保したということでしょうか？」

「おそらく、そうだろうね」

と男は頷いた。このさい健吾の陰に隠れて事態の推移を見守る気は失せていた。ホワイトナイトが出現したことによって、耀子や健吾たちの持つデジキッズ株の減損が生じないよう機敏に立ち回らねばならない。「デジタルバンクの出現によって、SPGがどう動くのか？　その推移を見て、私たちは自分たちの株をどうするか決めねばなりません。今日、パチャラ理事に面識を得たのは幸便でした。私は後で理事に連絡を取って、SPGの動きを見ながら、うちのボス――小田島牧場の社長――に対処を進言するつもりです。いいですね、ボス？」

健吾がつよく頷くのを見て、さらに言った。「私どもと同じ意見の方がおられましたら、どうぞ言ってきてください。利己的な観点から離れて、私どもが決断した事実を包み隠さずお知らせします」

こんなやり取りの後、気がつけば譲が男にそっと耳打ちしていた。

「……ホルヘさん、僕は母を説得して、あなたたちの見解に従います」

結局、苦虫を嚙み潰した顔で態度を留保した春日理事長を除いて、その場は男の意見に合意、ということで大勢が決まった。応接室の一角で最前から耀子とひそひそと何やら話し合っていた刑事たちが、じゃあ、これで私たちは……と、立ち去った後、

「ホルヘさん、頼むよ」

と男を信頼した健吾の真っ直ぐな言葉が、つよく男の耳に残った。

結局、男はその夜、「デジタルバンクについて調べ、ＳＰＧに問い合わせて、事態を詳しく把握します。そのためには少々時間が必要です」と健吾を説得した。

健吾と耀子母子と、三人で時間を取って、この事態について突っ込んで話し合ってもらうことにして、男は彼らといったん別れることにしたのだ。

「結論を出したら、直ぐお知らせします。たぶん、それほど時間はかかりません」

「うん、ホルヘさんだけに無理を言って申し訳ないが、そうしてください」

そんな会話を健吾と交わして、男は宿泊予定のホテルに一人で入って、そこでクゥワンにメールを入れた。

《――ＳＰＧの対処策が決まったらすぐ連絡をほしい。ホワイトナイトのデジタルバンクについては、ボス交の余地があるかもしれない。あそこの社長兼会長は利にさとい。クゥワンのほうから好条件を出せば、案外と柔軟な態度に出る可能性だってある。掛川たちとデジタルバンクの繋がりは決して強固なものではないと思う》

おそらくはまだフライトの途中か、羽田に降り立った頃か、返信には時間がかかるだろうと踏んでいたが、クゥワンからは三十分もしないうち、電話で返信があった。

「もしもし、ホルヘ。いま東京に戻った。タイのＳＰＧ本体から幾つか問い合わせと、指示めいた連絡が入っている。これから折衝の予定だ。今回のＴＯＢの大口金主であるサイアム・ポーンキット（蔡氏）も、セブのサントスもダバオのミゲル爺さんも、その他の出資者も、自分の金が危うくなると見ると、いっせいに及び腰になるはずだよ。僕の頭越しに蔡氏がデジタルバンクに話をつけるかもしれないしね」

「そうなったら、そうなっただ」

と男は吐き捨てるように言った。「蔡氏たち金主が彼らの利益確保に走るのは当然だよ。問題はデジキッズの現経営陣が自分たち抜きのボス交を許容するか否かだな。彼らの願うようなポストや金が保証されるかどうか、まあ、見物だね。こちらとしては、まずは掛川や黒木たちを潰し、その上で俺たちと鶴見先生たちの利益を確保する。後は野となれ山となれ、だよ」

「春日はどうする？」

とクゥワンが訊いてきた。「あいつはちょっと痛い目にあってもらう必要があるぞ」

「放っておけ。黙っていてもヤツは自滅するよ」

答えながら、春日は欲の皮を突っ張らせて、おそらくデジキッズの情報に踊らされるのだろうと男は思った。そういう手合いはかつて何度も見てきた。かりに欲をかいて恵郁会の金に手痛い損失が出たとしても、春日の自業自得だ。

「そういえば、あの飯田と山倉とかいう刑事たちについては、お前さん、どう見た？」

とクゥワンが訊いてきた。「警視庁から出張ってきたとか言っていたけれど、あれはヤバイかもな」

「うん、金森の部屋の監視カメラは解析されるとは予想していたけれど、彼らは相当深くこっち側に探りを入れてきていると見たほうがよさそうだ。どうせカメラの映像が送信されているのは、連中にはお見通しだろうし、長瀬がどうなっているのか、突き止められたらマズイぞ」

「それについては、余計な心配はするな。アシがつかないように充分注意しているよ。今はデジタルバンクの意向をきっちり探って、ＳＰＧ側としてどういう結論をだすかだよ。そのためにもホルへにはこっちへ早く来てほしい」

「うん……」

「最悪、最終便で東京に来てほしい。でなけりゃ、小回りが利かない」

「わかった。小田島ボスと鶴見先生母子には、ＳＰＧと一蓮托生だということを力説するよ。でなければ、掛川や黒木にいいように利用されるだけだってね。鶴見先生たちも掛川たちには裁判で煮え湯を飲まされているんだから、まさか逆の行動はとらないはずだ」

「そう願いたいよ。彼女たちの株があれば理論的にはＴＯＢはぎりぎり成功するはずだったんだ。かりにデジタルバンクとこっちが後ろで握ることになっても、過半数さえ確保していれば、ＳＰＧはそれなりの主張が出来るってもんだ。じゃあ頼んだぜ」

　電話を切って時計を見た。このぶんだと健吾たちへの連絡は空港からになりそうだ、と男は思った……。

62　ボス交

二十三時の羽田空港は雨に濡れていた。着陸したジャンボジェットの窓から眺める滑走路も、管制塔などの空港の灯りも、雨に滲んで闇の中に浮かび上がっている。

デイバッグ型の鞄を肩に引っ掛けて、手荷物預かりエリアを抜けた男は、エスカレーターを降りた地上階で、彼を待っていたクゥワンと落ち合った。

「ようこそ、東京へ！」

クゥワンは軽く左手を挙げて、男を空港の外へと導きながら、スマホを手に何やら指示出しをしたようだった。

「オーケー、いま車が来る。車中でこの間の出来事を整理するとしよう」

午後に札幌で会ったときもそうだったが、クゥワンはすっかりSPGコンソーシアムの日本代表理事の役割が板につき、なにやら辺りを睥睨するような凄みまで身につけている。やってきた黒光りするグランエースに乗り込み、上質な革装のシートに身を沈めるとクゥワンは男を見やった。

「さて、どこから始めよう？　理事長の応接室にかかってきた電話あたりからか？」

その声に頷きながら、前後を固める彼の部下が以前会った時よりも数が多く、さらにずっと屈強なことに気づいて、男は目を瞬かせた。

「……ああ、この連中か？　警察の彼ら——飯田刑事と山倉刑事と言ったっけ？　二人の僕に対する関心というか、ご忠告があったので、もしものときのために幇(パン)の力を頼った。いくら僕だって、国家権力を行使されたら、盾になってくれる人間くらいいなきゃね。これからホルへにもボディガードがつく予定だよ」

「大袈裟だな」

「いや、全然大袈裟じゃない。それくらい事態は切迫している、と思ってくれ」

黙って頷くと、クゥワンは続けた。「あのときかかってきた電話だけれど、実はホワイトナイトとタイのＳＰＧ側本体が、あの時点ですでに話し合いを始めていたらしくてね。まあ、頭越しのボス交ってやつだよ。その後、経緯を連絡してきた。危うく僕はカヤの外に置かれそうだったけれど、そこはそれ、彼らだって僕やきみ抜きには、そんなに簡単にことを運べないからね……」

「ホワイトナイトとＳＰＧ本体が話をしているということは、デジタルバンクの姜（カン）会長と蔡氏が接触したということか？」

男が聞くと、クゥワンは指を鳴らした。

「当たり！」

クゥワンによれば、デジタルバンクの姜会長兼社長が、現地代表のクゥワンが札幌に出張っているのをいいことに、直接ボス交を望んで、バンコクのサイアム・ポーンキットまで連絡してきたのだという。

「姜も急いだもんだな。急にホワイトナイトになるといっても、ＳＰＧが設けたＴＯＢの期限が迫っているんだ。下手なことをしたら法令違反でデジタルバンクがやばいことになるんじゃないか？」

そう訊いた男に、クゥワンは人差し指を振って、チッ、チッ、チッとわざとらしく舌を鳴らした。

「それが、そうでもないんだ。姜はすでに産業育成省に話をつけている。デジキッズがタイの華僑資本に買収されるのは、ゆくゆく日本の産業育成に問題が生じる。ひょっとしたらデジキッズが関わっている国防関係の半導体企業にも影響を及ぼしかねない。それならば、いっそのこと日本を代表する投資会社のデジタルバンクにデジキッズの将来を委ねたほうがいいんじゃないか――、とかいう議論が官僚たちの間で大手を振ってまかり通っているらしいんだ」

「よせよ」

と男は言った。「デジタルバンクは今じゃ中国資本と手を携えているのは業界の常識じゃないか？　ＳＰＧが買収するよりも、もっとヤバイぞ」

「まあ、そう主張するのは少数派でね。デジタルバンクはれっきとした民族（日本）資本というのが省庁の建前だよ」

「ふん……」

鼻を鳴らした男にクゥワンは続けた。

「とはいえ、デジタルバンクの姜はもちろん抜け目のない商売人だからね。サイアム・ポーンキットには絶対に損にはならない、という条件を提出してきた」

「俺たちのＴＯＢの条件以上の、相当な高額で俺たちの持ち株を買い付けるとでも言ったか？」

「ご明察。その通りだよ」

とクゥワンが微笑んだ。男は肩を竦めてクゥワンに訊いた。「……そんな訳で、蔡氏はじめ金主たちの意向は、大方がデジタルバンクと手を握ることに傾いているということか？」

「まあ、そんなところだ。セブのサントスも、ミゲル爺さんもな」

「そうか、爺さんたちもか」

「観念したか、ホルヘ？」

とクゥワンが男を見ずに静かに訊いた。「僕はホルヘがいいならば、ホルヘの言うようにするよ。別にデジタルバンクの姜に恨みがある訳じゃないしね」

「うん……」

男はしばし沈黙し、ややあってクゥワンに向き直った。「姜は他の条件をつけてはいないのか？」

「持ち株を高く買うから、全て手を引いてくれということの他、特になかった」

「SPG側としては、デジキッズの現経営陣の処遇について注文はなかったのか？」

「ああ、それについては、姜は最初から掛川や黒木たちについては期限をもうけて放逐、という方針を打ち出していたからね。現経営陣に対するこちら側の不満について、やつは敏感に察知していたらしい」

「姜らしいな。掛川たちを切っても自分の腹は痛まないと踏んで、余裕の譲歩か」

「まあ、そう言うなよ」

とクゥワンは男を宥めるように言った。「これで、ともかくもホルヘ、きみを裏切ったデジキッズ創業以来の幹部たちはすべて血祭りにあげることが出来るんだ。リベンジという観点からは文句あるまい？」

「そう言われれば言い返せないが、鶴見先生たちの株については、どうなる？」

「ああ、それは俺たちがＴＯＢ価格で買い上げた後、私的に差額を保証することだって出来るよ。もともと産業育成省の官僚たちを噛ませた出来レースなんだ。僕たちが裏で多少強引な手を使ったって、ヤツラも文句は言えない。お目こぼしもあるはずだよ」

言われて男は覚悟した。もともと札幌を離れて羽田に向かうにあたって、健吾や譲と電話で交わした約束が彼の脳裏に甦っていた。

……そう、札幌を離れるにあたって、男は健吾の了解を取り付けるべく連絡を入れた。そしてその電話口で、健吾とのやり取りは意外な方向に進んだのだった。

「ホルへさん、どうしても東京へ行かねばならないのか？」

「ええ、このままじゃ埒が明かない。東京でＳＰＧ側の対処についてよくよく聞いて、その上で出来るならデジキッズ側やデジタルバンクにも問い合わせたい。そう思っているんです」

「まあ、確かに今回の件について詳しく知るためには、そうしたほうがいいのだろうけれど……」

「ボスや鶴見先生がお持ちのデジキッズ株をどうするか？　売るのか、それともそのまま保持するのか？　ホワイトナイトが現れるということは、このＴＯＢも大詰めです。早急に態度を決めなければ、大損もあり得る。そう踏んでいるんです」

「そこなんだけれどね、私の株は少量で損をしても大したことじゃないし、耀子ちゃんはもともと創業者の山崎氏との関係で手放せなかった株だろう？　現在のデジキッズの経営陣を何と言うか……、懲罰できれば、彼女は喜んで株を放棄すると思うよ」

「それでしたら、デジタルバンクはたぶん現経営陣を放逐するはずです。ホワイトナイトが現れたことは鶴見先生にとっては幸便じゃないでしょうか」

「……うん、その話は了解するが、ちょっと待ってくれ、譲くんに代わる。彼が折り入ってホルヘさんに話したいことがあるそうだ」

言われて少々たじろいだ。譲が腹に一物あるらしいことは、理事長室でのミーティングまでに何となく分かっていたことだった。しかし、この場で自分に彼が伝えたい事柄とは、いったい何なのか？

「もしもし、譲です。ちょっと待ってください……」

電話口の声がくぐもって、ややあってそれが鮮明なものに変わった。「失礼しました。聞こえますか……？　いま健吾おじさんと母の前を離れて、二人がこの会話を聞こえないところで話しています」

譲は冷静だった。現在の自分の状況を的確に伝えて来ながら、彼は何か口ごもる様子だった。「間違えていたなら、御免なさい。でも、どうしてもお話がしたくて」

間違えていたなら、御免なさい⁉　――そう言われた時点で男は覚悟した。譲は分かっている。少なくとも自分の正体が何であるのか、慎重に探りを入れてきている……。

「何でしょうか？」

男は無機質に応えを返した。

「そんな、しゃっちょこばらないでください。僕はホルヘさんをSPGのパチャラ・プーンヤサック理事と深い関係がある方だと睨んでいます。というか、ホルヘさん、あなたはSPGの別動隊なのではありませんか？」

「突然、どうしてそんなおかしなことを言い出すのですか？」

「はぐらかさないでください」

と譲は微妙に硬い声になった。「僕はパチャラ・プーンヤサック理事の動きも、あなたの動きも、否定しようなんて思っていません。ただ真実が知りたいのです。母はパチャラ・プーンヤサック理事の精力的な動きを眺めて、かつてパートナーだった山崎三樹夫さんを連想したようですが、僕はむしろホルヘさん、あなたの一挙手一投足に、山崎さんの面影を見てしまいます」

「申し訳ない。話の内容が、よく私には摑めないのだが……」

「そうですか？　そう仰るなら、これはまったくの比喩というか、違った世界での話として聞いてください」

譲の声が硬く、いくぶんか改まったものになった。

「山崎さんが亡くなる直前、うちの母は彼に『一旦姿を隠す、けれど死ぬ訳じゃない』と電話で告げられました。母はその言葉をまだ心のどこかで信じていて、パチャラ・プーンヤサック理事の出現を山崎さんが帰ってきたように感じたかった。でもそれは錯覚です。山崎さんが生きていたなら、あのような形では現れない。もっと自然に、それと気取られぬようにそっと戻ってくるのではないか？　僕はそう考えています。

そしてこう言ってては何ですが、あなたは、まさにそっと目立たぬように戻ってきた。母や僕とつながりの深い小田島牧場の忠実で頼りになるスタッフとして……。あなたが山崎さんだとは言いません。しかしあなたは、もし山崎さんが帰ってくるならば、きっとそうするだろう場所にスッとその身を滑り込ませた」

「いや、しかし……」

ともかくも何か口を挟もうとした男に、譲はしかし、何も言わせなかった。

「最後まで言わせてください。先ほども言ったように、これは違った世界でのお話なんです。だから僕はあなたを帰ってきた彼だとは思いません。でも、ホルヘさん、あなたはこの世では、僕にとって、もう一つの世界で生きているはずの山崎さんの――三樹夫おじさんの、明らかな比喩なのです」

「…………」

「もう一度言います。ホルヘさん、母や僕らが生きているこの世では、あなたは山崎三樹夫ではない。だから僕はあなたを山崎さんとは認めません。

かりに山崎さんが帰ってきたとしたら、きっとデジキッズの幹部たちに復讐を企てるでしょう。僕は今回の一連の出来事をそのようなもの、と受け止めています。僕も今回の事件では少なからず溜飲を下げましたが、この結果は回りまわって手を下した者に返ってくるのではありませんか？

でも僕はあなたにそうなってほしくはない。だから逃げてください。万が一、あなたが山崎さんだったとしたら、あなたは罪深いが、それでもあなたに罪は無い。だって山崎さんはここにはいないんです。もう一つの世界で生きているんですから」

そう告げてしばし黙り込む様子だった譲に、ホルへは思い切って訊いた。

「お母さんは――鶴見先生は、きみのように考えているのだろうか？　彼女は……、彼女は……、ひょっとして……」

「母は何も知りませんよ」

間髪を容れずに譲が答えた。「今までの話は、僕の夢想に過ぎません。もう一つの違った世界で生きている人についての、僕の想いにしか過ぎません」

あのとき、それ以上男には何も訊くことはなかったし、また言うこともなかった。かくして男は、黙ってスマホの通話を切ったのだった。男は大きく深呼吸すると、傍らにいたクゥワンに振り返った。

「結局、なるようになるってことだな？　よし、ボス交の結果を受け入れよう。株は全部、姜に売ろう！」

エピローグ

眼前で夕暮に煙った横浜の埠頭がゆっくりと遠ざかっていく。台湾、マカオ、香港と周遊する豪華客船の船尾に開いた特等スィートル客室のバルコニーから、男とクゥワンが瞬きはじめる陸（おか）の灯りを眺めていた。

「これで良かったんだよね？」

とクゥワンが小首を傾げ、男の表情を窺った。クゥワンはパチャラ・プーンヤサックだった際に着用していたエリートビジネスマン風のスーツをきっぱり脱ぎ捨て、フェミニンなドレスに身を包んでいた。

「たぶんな……」

と男が彼女に答えた。「何をどうしようにも、これ以上のことは出来なかった。俺たちは突っ張るだけ突っ張ったんだ。良しとしようじゃないか」

「そうだね。金だけは腐るほど手に入れたしね」

言って、クゥワンはどこかうきうきとした面持ちになった。「何を微笑んでいるんだ？　日本でやった殺しのことでも思い出しているのか？」

「ぶっそうなことは言わないでよ」

とクゥワンは鼻白んで口を尖らせた。それからふと、意地悪な顔になって男に尋ねた。「そういえばホルへ、きみは長瀬があれからどうなったか知っているかい？」

男は肩を竦めた。

「たぶん富士山麓の樹海か、東京湾か」

ブブーッとクゥワンが口を鳴らした。

「不正解！　ヤツを最後にシバいた場所を忘れたの？」

言われて、男はそこが湾岸の冷凍倉庫が立ち並ぶエリアの一角だったことを思い出した。ということは、長瀬はあのまま冷凍の輸入豚肉か何かと一緒に……、と結びかけたイメージを、男は慌てて払拭した。

「日本の警察は馬鹿じゃない」

とクゥワンが続けた。「真相を知る者もそのうち出てくるよ。僕らが何のために動いたのかも含めてね」

その声に、うん、と頷きながら、男は再び陸を見やった。遠ざかる陸は夕闇の中で、二度とは手に入らぬ幻のように青黒く染まって見えた。

《二度とは手に入らぬ幻か……》

声に出さずにそう呟いて、男は横浜の埠頭の灯のきらめきに耀子を――鶴見耀子の面影を重ねていた。結局、俺は彼女に何も言い出せずに、この日本を去るのだ。その事実がいくぶんか男を打ちのめし、かつてそう信じていた自己像がきれいさっぱり消失していることを、男に自覚させた。男はそっと微笑んだ。そう、俺はすっかり変わった。顔も、在り方も、気持ちも、何もかも……。

俺だけが変わってしまったのだろうか？　それとも鶴見耀子や、彼女の息子の譲や、かつて俺が愛し、日本に残してきたはずのいちいちが、気づかぬうちに変わってしまっていたのだろうか？

男は日本に帰って来て、復讐のために慌しく過ごした記憶のあれこれを反芻しながら、富産別の小田島牧場での日々を、意に反して懐かしく思い出していた。そうなのだ……。小田島健吾が耀子を特別な目で見ていることは、牧場で働き出してすぐに知れたのだ。妻を亡くした健吾にとって耀子は幼馴染以上のものであり、二人の関係は子供である絵里花や譲にとっても、ごく自然なものとして認知されていたのだった。

そんな彼らに、いま男が割り込む場所はあるのか？　あえて男が名乗り出て、かつての耀子の婚約者であり、帰ってきた何者かとして自らを主張する、その意味はあり得るのだろうか？最初男は、俺は怖気づいたのかも知れない、と自らを慰め、叱咤した。長い間異国にあったため、たんに心が弱くなっているだけなのだと。だが、違った。すでに何かが決定的に違っていた。どこがどのように違うのか？　いったい俺は、そして彼女は、どこをどうやって、違ったリアリティを生きてしまったのか？

長い逡巡の後、それらの一つ一つを確かめようとする自分を男は放棄しつつあった。しかしその放棄には、不思議なことに徒労感もなければ、怒りもなく、絶望もなかった。ただ、そこにはよくは分からぬ受け入れがあった。自分自身に対する受容と和解があった。

何かが違う。完璧に違ってしまった。その違う何かを受け入れて、微笑む自分を男は意識していた。彼は目を瞑った。俺が生きるのはあそこではない。あそこではなく、もう一つの……、と言いかけ、いま一度、遠ざかる陸のさんざめきに眼をやった。

宵闇の中、陸はゆっくりと遠ざかり、気がつけば、光の揺らめきも次第に小さくなろうとしている。男は身じろぎもせずにそれを眺めた。遠ざかる陸と、遠ざかる懐かしい灯……。

ふと振り向いて、男はクゥワンを見返した。クゥワンはいま、バルコニーの手摺りに黙って身体を預けている。そして彼女もまた静かな微笑を湛えて、遠ざかる現実をじっと見つめていた。

（了）

初出　公明新聞（二〇二〇年七月〜二〇二一年六月）

久 間 十 義
（ひさま・じゅうぎ）

1953（昭和28）年、北海道生まれ。早稲田大学卒。'87年、「マネーゲーム」で文藝賞佳作入選し作家デビュー。現実の事件に想を得た問題作を次々と発表し、ポストモダン文学の旗手として注目を集める。'90（平成2）年、『世紀末鯨鯨記』で三島由紀夫賞受賞。『魔の国アンヌピウカ』『オニビシ』等の文芸作品の他、ブームの嚆矢ともいわれる『刑事たちの夏』『ダブルフェイス』『ロンリーハート』『放火（アカイヌ）』等の警察小説、『聖ジェームス病院』『生命徴候（バイタルサイン）あり』『禁断のスカルペル』『デス・エンジェル』等の医療小説、『狂騒曲』『黄金特急』等の経済小説、『僕と悪魔とギブソン』等のサスペンス・ホラーと幅広く活躍している。

復活

2024年5月24日　1刷

著者 ・・・・・・・・・・・・・・・・・・・・・・・・・・久間十義

発行者・・・・・・・・・・・・・・・・・・・・・・・・・ 中川ヒロミ

発行 ・・・・・・・・・・・・・・・・・・・・・・・ 株式会社日経 BP

日本経済新聞出版

発売 ・・・・・・・・・・・・ 株式会社日経 BP マーケティング

〒105-8308　東京都港区虎ノ門 4-3-12

装幀 ・・・・・・・・・・・・・・・・・・・・・・・・・・・新井大輔

DTP ・・・・・・・・・・・・・・・・・・・・・・ マーリンクレイン

印刷・製本 ・・・・・・・・・・・・・・・・・・・・・・中央精版印刷

ISBN 978-4-296-11586-0

本書籍に関するお問い合わせ、ご連絡は下記にて承ります。
https://nkbp.jp/booksQA

Printed in Japan